Marc Girardelli und Michaela Grünig

EISKALTE SPIELE

KRIMINALROMAN

emons:

Bibliografische Information der Deutschen Nationalbibliothek
Die Deutsche Nationalbibliothek verzeichnet diese Publikation in der Deutschen Nationalbibliografie; detaillierte bibliografische Daten sind im Internet über http://dnb.d-nb.de abrufbar.

FSC MIX
Papier aus verantwortungsvollen Quellen
FSC® C083411
www.fsc.org

Umschlagmotiv: mauritius images/Rapt.Tv/Alamy
Umschlaggestaltung: Nina Schäfer
Gestaltung Innenteil: César Satz & Grafik GmbH, Köln
Lektorat: Carlos Westerkamp
Druck und Bindung: CPI – Clausen & Bosse, Leck
Printed in Germany 2018
ISBN 978-3-7408-0434-3
Originalausgabe

Dieser Roman wurde vermittelt durch die Medien- und Literaturagentur Gerald Drews, Augsburg.

EISKALTE SPIELE

Marc Girardelli, Jahrgang 1963, ist einer der erfolgreichsten alpinen Skirennläufer aller Zeiten und gewann u. a. fünfmal den Gesamtweltcup. Nach seinem Rücktritt vom Spitzensport ist er als Unternehmer und Kolumnist für verschiedene Zeitungen tätig.

Michaela Grünig, geboren in Köln, war lange Jahre in der Entwicklungshilfe tätig. Seit 2010 arbeitet sie hauptberuflich als Autorin in der Schweiz, wo sie zusammen mit ihrer Familie lebt. Neben Krimis schreibt sie heitere, bisweilen tiefgründige Unterhaltungsromane.

Für den Skisport

Nur wer die Sehnsucht kennt,
weiß, was ich leide!
Allein und abgetrennt
von aller Freude,
seh ich ans Firmament
nach jener Seite.

Ach! Der mich liebt und kennt,
ist in der Weite.
Es schwindelt mir, es brennt
mein Eingeweide.
Nur wer die Sehnsucht kennt,
weiß, was ich leide!

Johann Wolfgang von Goethe

EINS

»Citius, altius, fortius«, schreie ich in das Ohr des Mannes, der auf dem Sitz neben mir kauert. Doch seinen weit aufgerissenen Augen ist nicht abzulesen, ob er mich verstanden hat. Machen die kreisenden Rotorblätter über uns zu viel Lärm? Liegt es an seiner mangelnden Konzentration? Oder doch an der lateinischen Sprache? Im Grunde genommen ist das egal. Schon sehr bald wird er wissen, worauf ich mit diesen Worten angespielt habe. Entspannt lehne ich mich zurück.

Durch die beschlagenen Seitenfenster ist nirgendwo ein Lichtschimmer zu entdecken. Der verschneite Wald liegt in der einsetzenden Dunkelheit wie ein schiefergraues Meer unter uns. Kein Wunder. An einem derart unwirtlichen Abend würde niemand freiwillig zwischen den Tannen und auf vereisten Wanderwegen spazieren gehen oder gar kampieren. Nicht bei minus acht Grad. Nicht bei dieser Wettervorhersage. Selbst die unermüdlichsten Fitnessfreaks würden heute im Warmen Sport treiben und die laut Trainingsplan zu absolvierenden Kilometer auf dem Crosstrainer oder Laufband erledigen.

Plötzlich rüttelt es: Der Pilot fliegt tiefer und kämpft im peitschenden Wind ruckelnd um Stabilität. Ich blicke auf das im Dunklen leuchtende Ziffernblatt meiner Armbanduhr. Gleich ist es so weit. Man kann schon einzelne wild wogende Tannenwipfel erkennen. Noch zwei Minuten. Ein letztes Mal überprüfe ich meine Vitalfunktionen: Meine Atmung ist ruhig, der Herzschlag geht gleichmäßig, und beide Hände liegen gelassen in meinem Schoß. Weder freue ich mich auf das, was mir nun bevorsteht, noch habe ich Angst davor. Es handelt sich lediglich um eine mir auferlegte Pflicht. Eine bittere, aber erforderliche Notwendigkeit.

Der Pilot schaltet die Suchscheinwerfer ein.

Nachdenklich blicke ich durch die Frontscheibe auf den zugefrorenen Bergsee, der einsam und still unter uns in Sicht kommt. Im Windschatten des Waldes, der den See wie einen silbrig glänzenden Diamanten in dunklen Samt bettet, schwebt der Helikopter bis zur Mitte des vereisten Ovals und bleibt taumelnd rund dreißig Meter hoch in der Luft stehen. Showtime!

»Du weißt, was dir zur Last gelegt wird?«, frage ich den Mann neben mir, auf dessen hoher Stirn trotz der Kälte Schweißperlen stehen.

Er schüttelt den Kopf.

»Du lügst«, stelle ich lapidar fest. »Deine Schuld ist zweifelsfrei bewiesen. Nun musst du die Konsequenzen deines Handelns tragen.«

Der Mann zerrt wild an seinen Fesseln und gurgelt panisch. Letzteres liegt an dem Knebel, der in seinem Mund steckt. Er ist nicht daran gewöhnt. Dabei muss man lediglich ruhig durch die Nase weiteratmen. Ich beuge mich nach vorn und an dem trotz seines fortgeschrittenen Alters athletisch gebauten Mann vorbei, um die Tür des Helikopters aufzustoßen. Keine leichte Aufgabe auf diesem engen Raum. Als es mir gelingt, dringt ein eisiger Wind in die Flugkabine, und der Rotorlärm wird noch lauter.

»Einen letzten Wunsch wollte ich dir allerdings erfüllen. Du hast dein ganzes Leben dem olympischen Motto ›Citius, altius, fortius‹ gewidmet: Schneller, höher, weiter. Deshalb habe ich diese spezielle Strafe für dich gewählt. Niemand sonst wird – wie du – aus dem Himmel fallen und kraftvoll die Eisdecke durchbrechen. Glaub mir: Es wird schnell gehen.«

***

Obwohl es ein grauer Herbsttag war, mit dem für Zürich und Umgebung typischen Morgennebel, fühlte Marc sich gut. Jedenfalls nicht so apathisch und gleichgültig wie meistens in den letzten Wochen und Monaten. Das lag vermutlich daran, dass er gerade seinen »PPL(H)«-Prüfungsflug absolvierte. PPL stand dabei für »Privatpilotenlizenz«, das H für »Helikopter«. In dem gelben Robinson R22 saß sein Fluglehrer Ruedi neben ihm und beobachtete jeden seiner Handgriffe mit Argusaugen.

Doch Marc ließ sich davon nicht verunsichern und genoss stattdessen die erhabene Aussicht auf den schneebedeckten Säntis, den höchsten Berg der Ostschweiz.

»Zeit umzukehren«, meinte Ruedi nach einem Blick auf die Uhr und machte trotz der gut funktionierenden Kopfhörerverbindung eine entsprechende Handbewegung.

Marc nickte und lenkte den Zweisitzer-Heli mit lockerem Griff am Stick in westliche Richtung, parallel zu der stark befahrenen Autobahn unter ihnen. Er schuldete seinem Freund und Kollegen Ted Mahre definitiv eine Kiste Rotwein. Der hatte ihn vor rund vier Monaten, auf dem Höhepunkt von Marcs privater und beruflicher Sinnkrise, zu einem Heli-Schnupperflug eingeladen. Diese Exkursion hatte ihn nicht nur auf andere Gedanken gebracht, sondern auch mit dem Flugvirus infiziert. Kurz darauf hatte er sich von einem Vertrauensarzt des Bundesamts für Zivilluftfahrt seine Flugtauglichkeit bescheinigen lassen und für die Theoriekurse angemeldet.

Das Büffeln der Grundlagen von Aerodynamik, Navigation und Meteorologie hatte Marc wunderbar abgelenkt, während die praktische Ausbildung perfekt dazu geeignet gewesen war, ihm den dringend benötigenden Adrenalinkick zu bescheren. Denn zum ersten Mal in seinem Leben war er sich unsicher, wie es für ihn weitergehen sollte: Lohnte es sich, nach dem Gewinn des fünften Gesamtweltcups seine Karriere als Abfahrtsfahrer fortzusetzen? Womit konnte er sich erneut für die harten körperlichen und psychischen Strapazen des Sommertrainings und für die neue Saison motivieren?

Auf der anderen Seite: Weshalb sollte er ausgerechnet jetzt aufhören, wenn seine On-off-Freundin Andrea anscheinend immer noch nicht zu einer gemeinsamen Zukunft bereit war? In den letzten Wochen hatten sie sich mehrere Male getroffen, doch die vertraute, fast zärtliche Atmosphäre, die bei diesen Begegnungen herrschte, verwirrte ihn noch mehr als ihre Worte: Einerseits wollte sie wieder mit ihm zusammen sein. Doch irgendwie auch nicht, denn eine gemeinsame Wohnung kam für Andrea »zu diesem Zeitpunkt« nicht in Frage. Aber wann sollte dieser richtige Zeitpunkt kommen? Worauf wartete sie? Auf einen Mann, der besser zu ihr passte? Oder darauf, dass er seine Karriere endgültig und offiziell beendete?

Leider hatte er keinen blassen Schimmer, in welche Richtung er sich danach beruflich orientieren sollte. Eine Zwickmühle, der er sich entzog, indem er einfach gar nichts tat. Weder war er zum Sommertraining erschienen, noch hatte er sich ernsthafte Gedanken über ein Leben nach seiner Profikarriere gemacht. Und nur das temporäre Ziel »Pilotenschein« rettete ihn davor, zu einer fernseh- und computerspielsüchtigen Couchpotato zu verkommen.

»Leite bitte über der Autobahnausfahrt Gossau den Anflug nach Sitterdorf ein«, wies Ruedi ihn an, als der Stadtrand von St. Gallen unter ihnen vorbeizog.

»Geht klar«, antwortete Marc und hielt nach der genannten Zwischenmarkierung Ausschau, was ihm nicht allzu viel Mühe bereitete, schließlich war dies bereits sein fünfundvierzigster Flug mit dem R22. Wenn er heute die Prüfung bestehen würde, wovon er eigentlich ausging, hatte er es mit der vorgeschriebenen Mindestanzahl von Flugstunden geschafft. Ein Umstand, der sich günstig auf seinen Kontostand auswirken würde. Denn die Flugstunden waren alles andere als billig und hatten ihn bislang, inklusive Treibstoff und Prüfungsgebühren, rund dreißigtausend Franken gekostet.

Direkt über der Autobahnausfahrt meldete sich Marc zum ersten Mal beim Tower: »Flugplatz Sitterdorf – HB-zyw im Anflug auf Sektor South auf viertausend Fuß.«

Ruedi signalisierte mit erhobenen Daumen sein Lob, denn der Flugplatz selbst war zu klein und unbedeutend, um Marcs Funkspruch zu beantworten. Es ging lediglich darum, den anderen Piloten, die sich gerade in der Luft befanden, anzuzeigen, dass jemand über dem Einflugpunkt Süd landen würde.

Drei Minuten später, nachdem Marc den Sinkflug eingeleitet hatte, funkte er: »HB-zyw auf dreitausend Fuß zur Landung.« Danach drosselte er das Tempo von hundert auf sechzig und kurz vor dem Landeplatz auf vierzig Stundenkilometer.

»YW crossing axis«, gab Marc dem Tower zu Protokoll und hoverte quer über die Landepiste bis zum Heliport. Die Landung auf dem Asphalt vor dem Hangar war schon fast Routine. Butterweich setzte er auf. Noch zwei Minuten den Motor auskühlen lassen und danach abstellen. Geschafft!

Ruedi zog sich den Kopfhörer von den Ohren und nickte.

»Herzlichen Glückwunsch. Ein fehlerfreier Flug. Damit hast du eindeutig bestanden. Welcome to the club!«

Marc lächelte. Doch während Ruedi ihn noch über die möglichen Zusatzausbildungen für Gebirgs- und Nachtflüge informierte, erkannte er plötzlich die dunklen Silhouette des Mannes, der winkend vor dem weißen Hangar stand, und sein unbeschwertes Lächeln gefror.

»Hoi, Marc«, wurde er von Hans Bischoff begrüßt.

»Hoi, Hans«, erwiderte Marc einsilbig und ging an seinem Trainer vorbei in den Hangar, wo er seinen Rucksack abgestellt hatte.

Hans folgte ihm. »Wir müssen reden.«

»Willst du mir zum bestandenen Flugschein gratulieren?«, fragte Marc spöttisch.

Sein Trainer schüttelte den Kopf. »Wohl kaum.«

»Schade.« Genervt rollte Marc mit den Augen. Warum hatte er eigentlich ein schlechtes Gewissen? Schließlich zahlte er Hans immer noch ein fürstliches Gehalt, ohne dass dieser auch nur einen Finger für die Kohle rühren musste. War das nicht der Traum aller Menschen? »Money for nothing«, wie die Rockband Dire Straits im gleichnamigen Klassiker röhrte.

»Ich habe ein Angebot bekommen.«

»Schön für dich.« Unschlüssig blieb Marc stehen. Natürlich ging das Leben weiter. Weshalb hatte er angenommen, dass alle in seinem Umfeld auf der Stelle traten, bloß weil er das tat? Es war ja nicht Hans' Schuld, dass er antriebslos und frustriert in der Warteschleife hing. Er versuchte, sich zusammenzureißen. »Von wem?«

»Der Fitnesscoach des Nationalteams ist kurzfristig ausgefallen, und da haben sie angefragt ...« Hans' Stimme wurde zum Satzende hin brüchig.

»Ob du mich nicht fallen lassen und stattdessen meine jungen Kollegen ausdauer- und kraftmäßig auf Vordermann bringen kannst«, ergänzte Marc bitter.

Hans zuckte mit den Schultern. »So ähnlich.«

»Und was hast du geantwortet?«

»Dass ich das erst mit dir besprechen muss.«

Marc verschränkte die Arme vor der Brust. »Dann schieß los.«

»Hier?« Hans schaute sich in dem leeren, ungemütlichen Hangar um.

»Warum nicht?«

Der Trainer verzog sein wind- und wettergegerbtes Gesicht zu einer Grimasse. Die Furchen auf seiner Stirn wurden noch ein wenig tiefer. »Okay, du willst es also auf die harte Tour. Von mir aus. Dann reden wir eben Klartext: So geht es jedenfalls nicht weiter. Du musst dich endlich entscheiden: Bleibst du weiterhin als Profi aktiv, oder erklärst du deinen Rücktritt?«

Es war das erste Mal, dass Hans ihn auf die Möglichkeit eines Rücktritts ansprach. Bislang hatte sein Coach gebetsmühlenartig ein ums andere Mal versucht, ihn zum Training zu überreden. Doch bis auf ein paar Stunden pro Woche im Fitnessraum hatte Marc alle seine Pläne abgeschmettert. Er hatte keine Lust gehabt, wochenlang in Argentinien oder Chile zu sein. Oder sich in den Höhenlagen der heimischen Bergen zu schinden. Andrea arbeitete in Zürich, und selbst wenn sie sich nicht allzu oft sahen, hatte er sich der Chance auf Versöhnung nicht berauben wollen. Doch inzwischen war es fast Ende Oktober geworden. In einer Woche würde die neue Saison in Sölden beginnen.

Plötzlich fühlte er sich mies, dass er ausgerechnet seinen Trainer, dem er so viel verdankte, in seinen privaten Schlamassel mit hineingezogen hatte. Er räusperte sich. »Sorry, Hans. Du solltest den neuen Job annehmen. Schließlich beginnt in gut drei Monaten die Winterolympiade. Das wird bestimmt spannend.«

Hans seufzte und fuhr sich mit seiner rechten Hand übers graue Stoppelhaar. »Genau darum geht es doch. Ich hatte gehofft, dass dich die Spiele noch einmal motivieren, dein Bestes zu geben.«

Es wunderte Marc selbst, wie kühl und gelassen er bei dem Wort »Winterolympiade« blieb. Früher war das sein größter Traum gewesen: olympisches Gold. Bislang war ihm dieser Erfolg leider versagt geblieben: 2010 hatte er die Spiele in Vancouver verletzt am Bildschirm verfolgt. Und 2014 in Sotschi hatte er sich mit zwei Silbermedaillen zufriedengeben müssen, weil Peter Winkler, sein österreichische Konkurrent, ihm das Edelmetall vor der Nase weggeschnappt hatte.

»Warum antwortest du nicht? Ist dir das tatsächlich nicht mehr wichtig? Oder tust du nur so?«

Hans wurde laut. Ein sicheres Zeichen, dass zumindest ihm die Olympischen Spiele nicht am Allerwertesten vorbeigingen.

»Pyeongchang liegt nur rund achtzig Kilometer von Nordkorea entfernt. Dort herrscht ein Diktator, der sich gerade mit der Reichweite seiner nuklearen Raketenköpfe brüstet. Hast du mal nachgedacht, was das für die Sicherheit der Spiele bedeutet?«

Hans grinste. »Das ist doch völliger Quatsch. Wenn dieser Kerl sein Nachbarland bislang nicht mit Atomraketen beschossen hat, wird er es doch garantiert nicht während der Olympischen Winterspiele tun, wenn die ganze Welt zuschaut! Aber ich bin beruhigt, dass du dir zumindest schon mal angeschaut hast, wo die Spiele stattfinden. Vielleicht besteht ja doch noch ein Funken Hoffnung …«

»… um mich nach Südkorea zu karren? Vergiss es. Ich habe sieben Monate kaum trainiert, wie sollte ich da allein die Qualifikation schaffen?«

Hans blickte ihn prüfend an. »Das stimmt schon, bei den Riesenslalom-Veranstaltungen hast du wahrscheinlich keine Chance. Aber für die Abfahrtsrennen würde ich dich noch nicht abschreiben. Da zählen vor allem Mut, Erfahrung, Durchhaltewillen und …«

»… die dicksten Muskelpakete. Vergiss es. In meinem untrainierten Zustand will ich meinem Körper diese Aufholjagd nicht zumuten.«

»Selbst die Aussicht auf eine weitere Olympiade kann dich also nicht umstimmen?«, fragte Hans fassungslos. »Du willst dich nicht noch einmal mit den Besten der Welt messen? Nicht um die einzige Trophäe kämpfen, die dir noch in deiner Sammlung fehlt? Gold, Marc! Olympisches Gold! Das bedeutet ewigen Ruhm. Glaub mir, dafür würde sich der Aufwand lohnen!«

Langsam schüttelte Marc den Kopf. »Nein.«

»Das ist nicht dein Ernst«, stammelte Hans fassungslos.

»Doch, Hans. Nimm den Job an. Ich werde gleich morgen meinen Anwalt anrufen und ihn anweisen, dich aus unserem Vertrag zu entlassen.«

***

Andrea Brunner unterdrückte ein Gähnen. Sie war hundemüde. Ihr war kalt bis auf die Knochen. Es war bereits zwei Uhr morgens, und seit drei Stunden arbeitete sie bei einer Schwerpunktaktion der Stadtpolizei Zürich mit – einer groß angelegten Fahrzeugkontrolle an der Pfingstweidstrasse. Zusammen mit rund zwanzig Kollegen hatten sie aus mehreren Einsatzfahrzeugen eine enge Gasse gebildet, durch die sich alle Fahrzeughalter, die stadtauswärts wollten, langsam hindurchschlängeln mussten. Alkoholisiert wirkende oder möglicherweise unter dem Einfluss von Drogen stehende Fahrer wurden rausgewinkt und jeweils von zwei Polizisten »abgefertigt«.

Sie selbst hatte am heutigen Abend bereits zwölf Leute »blasen« lassen und insgesamt vier Personen auf die Hauptwache geschickt, um einen Bluttest durchzuführen. Außerdem würden einige der Kontrollierten Post bekommen: Bußbescheide samt Einzahlungsschein, weil sie ihre Fahrzeugpapiere beziehungsweise ihren Führerausweis nicht bei sich gehabt hatten. Aber ein richtig großer Fisch war ihnen leider nicht ins Netz gegangen. Weder hatten sie ein gestohlenes Fahrzeug noch eine nennenswerte Menge an Drogen sichergestellt. Und ehrlich gesagt sehnte sich Andrea inzwischen inständig nach einer wärmenden Tasse Tee und ihrem kuscheligen Bett.

Während sie einem jungen, verängstigt aussehenden Mädchen mit verlaufener Schminke seinen Führerausweis zurückgab und darauf wartete, dass ihr Kollege den nächsten Fahrer mit verdächtig roten Augen rauswinkte, dachte Andrea darüber nach, dass sie alles dafür geben würde, um erneut eine Stelle bei der Kantonspolizei zu bekommen. Dieser Job bei der Stadtpolizei füllte sie nicht aus. Obwohl die Kollegen nett zu ihr waren. Obwohl sie sogar kurzfristig in die verschiedenen Bereiche der Verkehrssicherung bei der Kantonspolizei hatte hineinschnuppern dürfen: Ganz zu Anfang hatte sie in der Verkehrsleitzentrale Dienst geschoben. Dort wurden die Bilder der überall auf den Schweizer Autobahnen angebrachten Kameras ausgewertet, und es war interessant gewesen zu sehen, wie auf großen Bildschirmen der Verkehr überwacht und geleitet wurde. Tagelang hatte sie geübt, per Computer die elektronischen Tafeln mit den aktuell geltenden Geschwindigkeitsbegrenzungen zu bestücken.

Danach war sie für ein paar Wochen der Autobahnpolizei zugeteilt worden. Jeden Morgen hatte sie der Besprechung des Teams beigewohnt und war anschließend mit einem Kollegen auf einem bestimmten Autobahnabschnitt Streife gefahren. Mit dem rot blinkenden »Bitte folgen«-Hinweis hatten sie telefonierende Lastwagenfahrer auf den nächsten Rastplatz gelotst und dort Papiere, Fracht und den Zustand des Fahrzeugs kontrolliert. Und natürlich Bußgelder verhängt. Ebenso hatte sie gelernt, wie millimetergenau man mobile Radarfallen aufstellen musste, und sich sogar mit einem Raser eine nächtliche Verfolgungsjagd geliefert, bei der die vom Polizeiauto gemessene Geschwindigkeit des flüchtenden Fahrzeugs mit zweihundertzehn Stundenkilometer aufgezeichnet worden war. Keine Frage, diese Arbeit war abwechslungsreich und recht spannend. Selbst wenn sie bei der Stadtpolizei nun wieder ausschließlich für den Verkehr innerhalb der Stadtgrenzen zuständig war. Aber trotz allem war es nicht das Richtige für sie.

Andrea liebte es, sich wie ein Terrier in einen komplexen Fall zu verbeißen. An unübersichtlichen Tatorten Beweismittel zu sichern. Zeugen und Verdächtige zu vernehmen. Tief in die Abgründe der menschlichen Psyche zu blicken und Kapitalverbrechen aufzuklären. Schon die Suche nach dem Motiv eines Mörders faszinierte sie. Laut des Vortrags eines Profilers, dem sie in der Polizeischule gelauscht hatte, gab es genau drei Hauptmotive für einen Mord: eine reale oder eingebildete Kränkung des Selbstwertgefühls des Täters, Habgier und Rache. Diese drei Themen wurden dann noch durch sexuelle Devianzen, Eifersucht, Hass und Liebe verkompliziert. Ein Minenfeld, auf dem man sich sicher und vorsichtig bewegen musste. Eine Arbeit, für die man ein gewisses Fingerspitzengefühl und auch Talent brauchte. Eigenschaften, die ihr wahrscheinlich noch nicht einmal ihr früherer Chef bei der Kantonspolizei Zürich absprechen würde, auch wenn er letztendlich aus persönlichen Gründen – Andrea hatte sich in einem Fall seinen direkten Anweisungen widersetzt und recht behalten – ihre Wiedereinstellung blockierte.

Ob sie doch einmal ihren ehemaligen Lehrer von der Polizeischule, Alberto Passini, anrufen sollte? Gemeinsam hatten sie erst Anfang des Jahres den Fall rund um die Ermordung der attraktiven SRF-Journalistin Lara Frey gelöst. Alberto war deshalb kürzlich zum Oberst befördert und nach Chur versetzt worden. Dort stand er dem SD1 Kapitaldelikte/Fahrzeugfahndung vor. Ob er ein gutes Wort für sie einlegen oder ihr gar einen Job verschaffen konnte?

Aber wollte sie wirklich nach Chur ziehen? Weg von Marc? Das würde sicherlich den endgültigen Bruch bedeuten. Dabei hatten sie sich in den letzten Monaten und Wochen gerade erst wieder angenähert. Sie waren öfter zusammen essen gewesen und ins Kino gegangen. Das alte Gefühl von Vertrautheit hatte sich erneut eingestellt, und sie hatten einander umarmt und geküsst. Mehr war allerdings nicht passiert. Und das ging irgendwie von Marc aus. Er machte keinerlei Anstalten, sie nach einem gemeinsamen Abend in ihre Wohnung zu begleiten oder in seine eigene einzuladen.

Manchmal fragte Andrea sich, ob er vielleicht parallel mit einer anderen Frau eine Beziehung hatte. Doch im Grunde genommen erschien ihr das unwahrscheinlich. Marc war leider schon immer ein sturer Bock gewesen. Seine Devise hatte von jeher »ganz oder gar nicht« gelautet, und offenbar nahm er ihr ihre Weigerung, aufs Neue mit ihm zusammenzuziehen, übel. Dabei hatte sie ihm ausführlich erklärt, warum sie sich im letzten Frühjahr von ihm getrennt hatte: Ihre finanzielle Unabhängigkeit war ihr sehr wichtig. Sie wollte nicht nur das ausgehaltene Anhängsel eines berühmten Sportlers sein, das ihn wie ein Groupie auf seinen Reisen rund um den Globus begleitete. Irgendwie schien er das auch verstanden zu haben. Doch in der Wohnungsfrage zeigte er sich unerbittlich und war absolut dagegen, dass sie ihre eigenen vier Wände behielt. Eine halb gare Beziehung käme für ihn nicht in Frage, hatte er ihr mehrfach erklärt. Schließlich müssten ihre zukünftigen Kinder ein gemeinsames Zuhause haben.

Andrea schwieg zu diesen Argumenten. Tief in ihrem Inneren zweifelte sie daran, dass Marc schon für Nachwuchs bereit war. Es war offensichtlich, dass er noch mit seinen eigenen Zukunfts- und Karriereplänen haderte. Mit Verwunderung hatte sie registriert, dass er den ganzen Sommer über kaum trainiert hatte und auch jetzt keinerlei Vorbereitungen für die Rennsaison traf. Wollte er seine Sportlerlaufbahn tatsächlich beenden? Aber was kam dann? Sie traute sich nicht, ihm diese Frage zu stellen.

In diesem Moment winkte ihr Kollege Nico einen weißen VW Passat aus der nicht abreißenden Autokolonne und wies den Fahrer an, in der von Verkehrskegeln begrenzten Bucht einzuparken.

»Der linke Scheinwerfer ist kaputt«, rief er ihr erklärend zu.

Noch immer in Gedanken klopfte Andrea gegen die Fahrerscheibe.

»Mensch, was soll der Scheiß? Ich habe doch nichts verbrochen. Warum werde ich um diese gottverdammte Uhrzeit hier festgehalten?«, brüllte der Fahrer ihr ins Gesicht, nachdem er den Fensteröffner betätigt hatte. Unter der oberflächlich zur

Schau gestellten Aggressivität glaubte Andrea, noch eine andere Emotion auszumachen: Panik. Und plötzlich war sie wieder hellwach und konzentriert.

»Allgemeine Kontrolle. Fahrerlaubnis und Fahrzeugpapiere, bitte«, erwiderte sie äußerlich gelassen und ließ den Schein ihrer Taschenlampe durch das Wageninnere gleiten. Der Mann war der einzige Passagier. Auf der Beifahrerseite lag lediglich eine schwarze Aktentasche, in der der Typ gerade nach seinen Papieren kramte. Die Rückbank war leer. Keine Alkoholfahne. Alles schien in bester Ordnung zu sein. Weshalb war der Mann derart nervös?

»Hier!«, sagte er, ohne ihr ins Gesicht zu blicken, und hielt die verlangten Dokumente aus dem Fenster.

Während Andrea die Führerausweiskarte inspizierte, stieß Nico, der zwischenzeitlich den Wagen umrundet und auf weitere Mängel kontrolliert hatte, wieder zu ihr. »Bis auf den defekten Scheinwerfer ist alles okay.«

Sie nickte und reichte dem Mann seine Papiere zurück. »Ich glaube, wir können es hier bei einer Verwarnung belassen. Bitte erneuern Sie die Scheinwerferbirne gleich morgen früh.«

»Mach ich«, erwiderte der Autofahrer. Die Erleichterung stand ihm ins Gesicht geschrieben, als er Anstalten machte, den Motor wieder anzulassen.

»Nicht so schnell«, sagte Andrea aus einem Bauchgefühl heraus. »Wir schauen uns noch Ihren Kofferraum an.«

»Aber … aber das dürfen Sie nicht. Dazu haben Sie kein Recht! Das ist Hausfriedensbruch«, stammelte der Mann.

»Blödsinn. Bitte öffnen Sie sofort den Kofferraum!« Nico ging gar nicht auf die stotternd vorgetragenen Gegenargumente ein und stellte sich hinter den Wagen.

»Nein!«

»Dann müssen Sie mit uns auf die Wache kommen.«

Ohne Vorwarnung startete der Mann urplötzlich den Motor und legte den Rückwärtsgang ein. Nico konnte gerade noch zur Seite springen, als der Wagen mit Vollgas nach hinten setzte.

Reflexartig zog Andrea ihre Dienstpistole. Mit vor Konzentration halb zusammengekniffenen Augen zielte sie auf den rechten Vorderreifen des flüchtenden Fahrzeugs, während der Wagen unkontrolliert nach vorn preschte.

Im nächsten Moment peitschte ein Schuss durch die Nacht und durchschlug das Gummi des Reifens, dem zischend die Luft entwich. Atemlos beobachtete Andrea, wie der Wagen heftig nach links schleuderte und anschließend mit voller Wucht gegen eines der Einsatzfahrzeuge prallte. Schließlich blieb er laut hupend stehen.

Eine Schrecksekunde lang verharrten alle Beamten völlig reglos auf ihren Posten. Das in der plötzlichen Stille gespenstisch wirkende Hupen hielt an, aber im Wagen war keinerlei Bewegung auszumachen. Andrea, Nico und drei weitere Kollegen reagierten – wie auf ein unausgesprochenes Kommando – fast gleichzeitig und rannten mit gezogener Waffe auf die Fahrerkabine zu.

Doch dieser Vorsichtsmaßnahme hätte es gar nicht bedurft: Der nicht angeschnallte Mann war beim Aufprall offenbar gegen die Windschutzscheibe geknallt und ohnmächtig auf dem Lenkrad beziehungsweise der Hupe zusammengebrochen. Aus irgendeinem Grund hatte der Airbag nicht ausgelöst.

Während drei ihrer Kollegen den Verletzten bargen und per Funk einen Krankenwagen riefen, bückte sich Andrea und betätigte den Knopf links von der Lenksäule, um den Kofferraumdeckel zu öffnen.

Mit angehaltenem Atem ging sie um den Wagen herum und starrte zusammen mit Nico auf die dort gelagerte Fracht: zwei große, geöffnete Kartons, die offenbar randvoll mit Medikamenten waren.

»Was sind das denn für Drogen?«, fragte Andrea und hob mit spitzen Fingern zwei weiße Pillenschachteln mit der Aufschrift »Mildronate« hoch. Darunter kam eine Lage Ampullen mit einer durchsichtigen Flüssigkeit zum Vorschein.

Nico zuckte mit den Schultern. »Keine Ahnung. Wahrscheinlich finden wir das noch früh genug heraus.«

ZWEI

So unauffällig wie möglich folge ich dem Mann auf seiner Rückfahrt nach Zürich. Ein Kinderspiel, wenn man weiß, wie so etwas gemacht wird. Das Wichtigste ist, einen Kleinwagen in einer gedeckten Farbe zu wählen und niemals zu dicht aufzufahren. Das kann man in jeder zweitklassigen Polizeiserie lernen. Außerdem stehe ich nicht unter Erfolgsdruck. Wenn ich den Kerl jetzt aus den Augen verliere, würde ich ihn trotzdem wiederfinden. Schließlich weiß ich, wo er wohnt. Sein ebenerdig gelegenes Zwei-Zimmer-Apartment habe ich mir natürlich auch schon angesehen. Mehrfach. Es ist leichtsinnig, keine Alarmanlage zu besitzen, wenn man so oft wie er auf Reisen geht. Besonders wenn sämtliche Nachbarn schwerhörige Senioren sind, die bereits gegen zehn Uhr abends in ihren Betten liegen.

Die Einrichtung wirkt erstaunlich altmodisch. Schwere dunkelbraune Holzmöbel, wahrscheinlich Erbstücke, abgetretene Perserteppiche. Die Siegestrophäen sind in biederen, auf Hochglanz gewienerten Glasvitrinen ausgestellt. Eine gepolsterte Sitzgruppe schmiegt sich eng um den niedrigen Couchtisch. Die Bücher, die ordentlich aufgereiht die Regale über dem Fernseher nur zur Hälfte füllen, handeln alle vom Skisport. Die meisten sehen ungelesen aus, vermutlich Verlegenheitsgeschenke. Darüber hinaus gibt es viele gerahmte Fotografien, die persönliche Widmungen zeigen.

Das Badezimmer mit den blauen Kacheln ist garantiert in den letzten dreißig Jahren nicht renoviert worden. Der Emaillebezug der Badewanne platzt bereits an mehreren Stellen ab, und der eingefasste Spiegel des kleinen Waschschranks ist zum Rand hin rostig angelaufen. Obwohl der Wohnungsbesitzer in einem Doppelbett schläft, liegen nur ein Kissen und eine Daunendecke auf der breiten Matratze. Selbstverständlich auf der Seite, die auf dem direktesten Weg zur Badezimmertür führt. Vermutlich macht dies seine vergrößerte Prostata erforderlich.

Ein typisches Leiden älterer Männer. Auch wenn man weder im Wandschrank noch im Nachttisch entsprechende Medikamente finden kann.

All diese Dinge sprechen zu mir. Jede Kleinigkeit erlaubt es mir, Rückschlüsse auf den Charakter des Bewohners ziehen. Besonders, weil er unverheiratet ist und nicht der Einfluss einer dominanten Ehefrau das Analyseergebnis verfälscht. Alles deutet darauf hin, dass der Mann, der in sicherer Entfernung vor mir fährt, ein ganz netter, umgänglicher Typ ist. Ein wenig pedantisch vielleicht, aber kein Fanatiker. Jemand, der seine Familie und seine Freunde mehr schätzt als Geld und Luxus.

Wahrscheinlich mögen ihn die Menschen, mit denen er zusammenarbeitet, weil die eigentlich ob seiner vielen Erfolge zu erwartende Arroganz nicht die Oberhand gewonnen hat. Er wirkt bescheiden und im wahrsten Sinne des Wortes auf dem Teppich geblieben. Selbst auf den zweiten Blick kommt er mir prinzipientreu und ehrenwert vor. Und doch weiß ich es besser. Denn der Mann, der sich gerade so rechtschaffen ans Tempolimit hält, ist ein Verbrecher. Ein Mörder sogar. Jemand, der das Leben eines ganz besonderen Menschen auf dem Gewissen hat, selbst wenn er sich dieser Schuld vielleicht gar nicht bewusst ist.

Bei dem Gedanken krampfen sich meine Hände noch etwas fester um das Steuerrad, und kurzfristig bin ich versucht, seinen Wagen zu rammen und ihn mit Vollgas von der Straße zu drängen, die steil abfallende Böschung hinunter. Fast kann ich schon den Feuerball seines explodierenden Tanks sehen, während das Auto, sich immer wieder überschlagend, unaufhaltbar hinabrollt. Mit etwas Phantasie rieche ich sogar den befriedigenden Gestank von verbranntem Fleisch … Aber ich beherrsche mich.

Ich habe ihr auf dem Totenbett versprochen, nicht vorschnell Rache zu üben. Und daran werde ich mich halten, auch wenn mir bewusst ist, dass ich mich selbst betrüge. Dass ich ihre Worte absichtlich falsch interpretiere. Die Frau meines Lebens hat mich, sanft und gütig, wie sie gewesen ist, von jeglichen Vergeltungstaten abhalten wollen … Doch dieses himmelschreiende Unrecht ungesühnt zu lassen würde mich zweifellos selbst umbringen.

Und so klammere ich mich wie ein Ertrinkender an meinen Rettungsring: an das unbedeutende Wort »vorschnell«. Ich werde dem Mörder Zeit geben, seine Schuld einzusehen und seine Taten zu bereuen. Bei diesem letzten Mann werde ich auf einem würdigen Rahmen für seinen »Prozess« bestehen. Ihn vielleicht sogar schriftlich »vorladen«. Doch irgendwie ahne ich schon jetzt, dass ich auch gegen ihn die Todesstrafe verhängen muss.

***

Der Vermisste hieß Reto Wellingen, war achtundfünfzig Jahre alt und wohnte in einem historischen Chalet an der Hauptstraße von Churwalden.

Alberto Passini stand vor dem imposanten Eingang und bewunderte nachdenklich das Musterbeispiel alpenländischer Architektur: Über dem weiß verputzten Erdgeschoss lagen ein Ober- und ein Dachgeschoss, das aufwendig mit Holz verkleidet worden war. Das Giebeldach, zwei schöne Balkons und die grün gestrichenen Fensterläden strahlten Gemütlichkeit und einen gewissen alpinen Charme aus. Außerdem waren die Skisportgebiete Alp Stätz und Pradaschier und damit die herrlichen Pisten von Arosa Lenzerheide einfach und schnell zu erreichen. Natürlich war das Chalet, das Wellingen von einem Onkel geerbt hatte, viel zu groß für eine Person gewesen, und so hatte er aus der Not eine Tugend gemacht und es in ein hübsches Gästehaus umgewandelt. Insgesamt gab es sieben renovierte Zimmer, alle mit eigenem Bad. Doch lange hatte sich der Hausbesitzer nicht an dieser neuen Einnahmequelle erfreut.

Einen Monat, nachdem alle Umbauarbeiten abgeschlossen waren, hatte ihn ein Nachbar aus dem Hause gehen und in einen wartenden dunkelblauen Kleinwagen einsteigen sehen. Von dieser Spritztour war er, trotz des gut mit Reservierungen gefüllten Gästebuchs, nicht zurückgekehrt. Obwohl der Nachbar und auch das Personal sein Verschwinden gemeldet hatten, hatte man vonseiten der Polizei bis dato noch keine weiteren Untersuchungen eingeleitet, da ein erwachsener Mann durchaus das Recht hatte, seinen Aufenthaltsort frei zu bestimmen. Doch als auch zwei Wochen später kein Lebenszeichen von ihm zu verzeichnen war und Wellingen nicht wie ausgemacht seine Tochter am Bahnhof abgeholt hatte, war er offiziell als vermisst gemeldet worden.

So weit die Aktenlage, jetzt würde sich Passini höchstpersönlich ein Bild von diesem merkwürdigen Fall machen. Entschlossen stieg er die zwei Stufen zur Eingangstür hinauf, putzte seine Schuhe sorgfältig auf dem braunen Fußabtreter ab und klingelte. Zu seiner Überraschung öffnete nicht sein junger Kollege Elias Spaldo, der ihn hierhergebeten hatte, sondern eine attraktive junge Frau.

»Oberst Passini von der Graubündner Kantonspolizei«, stellte er sich vor.

»Daria Wellingen. Ich bin die Tochter«, antwortete die gepflegte blonde Erscheinung, die vor ihm stand und die Tür noch etwas weiter öffnete, damit Passini eintreten konnte.

Der Eingang des Hauses war, gerade im Vergleich zu der altmodischen Fassade, erstaunlich modern eingerichtet. Die weißen Ledersofas und roten Lackmöbel bildeten einen seltsamen Kontrast zu den Gams- und Hirschgeweihen, die an den Wänden hingen. Interessiert ließ Passini seine Augen durch den Raum schweifen. Unwillkürlich blieb sein Blick an den ausladenden Rundungen einer Frauenskulptur hängen, die neben der Eingangstür stand. Konnte es sich dabei wirklich um einen echten Botero handeln? Dann müsste das Kunstwerk extrem wertvoll sein. Doch bevor er sich dazu durchringen konnte, sein Gegenüber danach zu fragen, bedeutete ihm Frau Wellingen, die er auf Mitte zwanzig schätzte, mit einer Geste, ihr in den nächsten Raum zu folgen.

Dieser stellte sich als der großzügig geschnittene Speisesaal für Gäste heraus. An einem der vielen runden Holztische saß, dunkelhaarig und trotz seines jungen Alters ziemlich gedrungen, sein Kollege vor einem aufgeschlagenen Notizbuch.

»Gut, dass du endlich da bist«, begrüßte Elias ihn. Er wirkte erleichtert.

»Möchten Sie einen Kaffee?«, fragte Frau Wellingen gerade, als Passini sich setzen wollte.

»Nein danke. Bitte keine Umstände.«

Frau Wellingen nickte und nahm ebenfalls Platz. Sie machte einen gefassten Eindruck. Oder lag das nur an dem kräftigen Make-up, das sie sich ins Gesicht geschmiert hatte? Aus der Nähe und wenn man sich die viele Schminke wegdachte, wirkte sie fast noch hübscher.

Passini räusperte sich. »Bitte entschuldigen Sie, wenn wir noch einmal ganz von vorn anfangen, aber ich möchte keins der wichtigen Details verpassen. Sie heißen also Daria Wellingen und wohnen in …?«

»Ich wohne bei meiner Mutter Dorota in Kitzbühel. Ihr Kollege hat die genaue Adresse schon aufgeschrieben.« Routiniert strich sich Frau Wellingen eine Strähne ihres schulterlangen platinblonden Haars aus dem Gesicht.

»Schön. Dann brauchen wir noch Ihr Geburtsdatum und Ihren Beruf.«

»Ich bin am 17. März 1998 in Churwalden geboren und arbeitete hauptberuflich als Influencerin.«

Passini war wie vor den Kopf geschlagen. Diese selbstbewusste, top gestylte Dame war erst neunzehn Jahre alt? Nur zwei Jahre älter als sein eigener Sohn? Offenbar schminkte sie sich so stark, um älter zu wirken. Er versuchte, sich seine Verwunderung nicht anmerken zu lassen. »Hast du … haben Sie noch Geschwister?«

»Nein.«

»Und was machen Sie beruflich?«

Daria hob eine der sorgsam gezupften Augenbrauen. »Das habe ich doch eben schon gesagt. Ich bin Influencerin.«

»Influencerin?«, wiederholte Passini. »Was ist das?«

»Ich habe auf YouTube und Instagram über zweihunderttausend Follower«, sagte Daria, als ob das alles erklären würde.

Doch Passini, der sich noch nie mit den sozialen Medien auseinandergesetzt hatte, verstand leider immer noch nicht. »Ja und?«

Daria rollte mit den Augen. Plötzlich sah sie wie ein ganz gewöhnlicher motziger Teenager aus. »Ich werde von Designern und Kosmetikfirmen dafür bezahlt, dass ich ihre Kleidung und Produkte teste und in meinen Videos promote.«

»Echt?« Elias, der sich bis dato aus der Unterhaltung rausgehalten hatte, starrte sie mit offenem Mund an.

»Ja«, sagte Daria stolz. »Ich verdiene richtig gut Kohle damit.«

»Das freut mich für Sie«, antwortete Passini freundlich. »Machen Sie auch noch eine Ausbildung, um für die Zukunft vorzusorgen?«

»Mein Job ist meine Zukunft«, antwortete das Mädchen selbstbewusst. »Und darüber hinaus hätte ich gar keine Zeit für ein langweiliges Studium. Ich werde schon jetzt oft zu Messen und Veranstaltungen eingeladen. Bestimmt tritt bald auch ein Privatsender mit Plänen an mich heran. Wie sollte ich das alles unter einen Hut bringen?«

Passini kratzte sich am Kopf. Plötzlich wirkten die Pläne seines eigenen Sohnes gar nicht so versponnen. »Gut. Dann wollen wir über das Verschwinden Ihres Vaters sprechen. Sicherlich machen Sie sich große Sorgen um ihn.«

»Ich?« Daria warf den Kopf in den Nacken und lachte laut. »Ganz bestimmt nicht.«

»Nein? Wieso nicht?«

»Weil mein Vater ein Frauenheld und ein Arsch ist. Und zwar genau in dieser Reihenfolge. Er hat meine Mutter und mich schon öfter auf diese Weise gedemütigt, indem er einfach nicht zu Verabredungen aufgekreuzt ist. Vor vier Jahren hat er sich dann vollends aus dem Staub gemacht. Seitdem sehe ich ihn nur noch sporadisch. Deshalb bin ich mir hundertprozentig sicher, dass er sich auch jetzt mit einer seiner Schlampen vergnügt.« Sie schüttelte nachdrücklich den Kopf. »Nein, dem ist garantiert nichts Schlimmes passiert! Unkraut vergeht nicht.«

Das war also der Grund, weshalb die Familie nicht schon früher aktiv nach Wellingen gesucht hatte. Passini hakte nach. »Sie meinen, dass er absichtlich so lange wegbleibt … obwohl er weiß, dass Sie hier auf ihn warten?«

»Als ob ihn die Gegenwart seiner Familie jemals von solchen ›Spontanausflügen‹ abgehalten hätte!« Hinter Darias kaltem Ton witterte Passini tiefe seelische Narben. Irgendwo hatte er mal gelesen, dass gerade Mädchen im Teenageralter die Wertschätzung und Liebe ihres Vaters brauchten. Sonst waren sie verunsichert und ständig auf der Suche nach Selbstbestätigung. Vermutlich fand Daria diese momentan bei ihren zweihunderttausend Followern. Doch was, wenn die einmal wegfallen würden? Anonyme Internetbekanntschaften gaben einem jungen Mädchen doch sicherlich nicht den gleichen Halt wie Freunde aus Fleisch und Blut – oder eben die Familie.

»Hat Ihr Vater eine neue Partnerin, mit der er verreist sein könnte?«

»Keine Ahnung«, antwortete Daria geringschätzig. »Bei seinen Frauengeschichten hat noch nie jemand richtig durchgeblickt.«

»Wann haben Sie ihn denn das letzte Mal gesehen oder mit ihm telefoniert?«

»Zwei Tage, bevor er in dieses blaue Auto gestiegen ist. Er hat mich angerufen und eingeladen, mir seine neue Pension anzusehen.«

»Dann ging der Kontakt sogar von ihm aus … Da macht es doch noch weniger Sinn, die Verabredung nicht einzuhalten.«

Daria zuckte mit den Schultern.

»Und er hat Sie nicht benachrichtigt, dass ihm etwas dazwischengekommen ist?«

»Nein.«

»Also für mich hört sich das schon sehr merkwürdig an. Hatte Ihr Vater außer der Gästepension noch andere geschäftliche Interessen?«

»Nicht, dass ich wüsste. In jungen Jahren war er als Biathlet aktiv und hat danach in mehreren Ländern als Profitrainer gearbeitet. Erst vor Kurzem, nachdem er das Chalet geerbt hatte, hat er damit aufgehört.«

»Dann war es wahrscheinlich auch finanziell wichtig für ihn sicherzustellen, dass das Gästehaus gut lief, nicht?«

»Schon«, gab Daria widerwillig zu. »Soweit ich weiß, hat er für die Renovierung einen ziemlich großen Kredit aufgenommen.«

Passini nickte. »Noch ein Grund mehr, nicht wochenlang zu verreisen.«

Plötzlich standen Tränen in Darias schwarz umrandeten Augen. »Sie meinen also wirklich, dass ihm etwas passiert sein könnte?«

Passini zögerte. Sollte er ihr die Wahrheit derart unverblümt ins Gesicht sagen? Oder doch besser ihre Mutter anrufen?

Daria legte unvermittelt ihre Hand auf seinen Arm. »Bitte sprechen Sie offen mit mir! Ich muss wissen, was Sache ist.«

Hinter Darias Rücken schüttelte Elias nachdrücklich seinen Kopf. Offenbar hielt sein sensibler Kollege das Mädchen nicht für gefestigt genug, um den Tatsachen ins Auge zu blicken. Aber Passini entschied sich trotzdem für die Wahrheit. Oder zumindest eine Version davon. »Sagen wir mal so: Man kann es zumindest nicht vollständig ausschließen, dass Ihr Vater einen Unfall … oder etwas Ähnliches erlitten hat.«

»Etwas Ähnliches?«, wiederholte Daria tonlos. Plötzlich war sie leichenblass.

»Zum Beispiel einen Herzinfarkt«, erwiderte Passini. »Vielleicht hat ihn seine Begleitung vorsorglich ins Spital gebracht.« Er wollte zum jetzigen Zeitpunkt selbst noch nicht von einem Verbrechen ausgehen.

Daria tupfte sich vorsichtig eine Träne aus dem Augenwinkel. »Scheiße. Und was machen wir jetzt?«

»Jetzt suchen Sie mir bitte ein möglichst aktuelles Foto heraus, das ich an die verschiedenen Krankenhäuser und Polizeistellen übermitteln kann. Und der guten Ordnung halber schauen mein Kollege und ich uns noch schnell in den Privaträumen und dem Büro Ihres Vaters um. Einverstanden?«

DREI

»Mildronate ist der lettische Handelsname für Meldonium«, erklärte die rotwangige Gabriela Bürgli, die in der Ermittlungsabteilung Strukturkriminalität der Kantonspolizei Zürich arbeitete, in ihrem grünen Mammut-Poloshirt mit passender Hose aber mehr wie eine Profibergsteigerin aussah. Sie wirkte topfit, wenn auch – durch ihre beeindruckende Muskelmasse – ein wenig maskulin.

Gabriela hatte Einweghandschuhe angezogen, bevor sie den Inhalt der beiden Kartons berührte, die Nico und Andrea ihr nach der verhältnismäßig kurzen Nacht vorbeigebracht hatten.

»Und was genau ist Meldonium?«, erkundigte sich Nico interessiert.

Andrea dankte ihm innerlich für seine Frage. Sie selbst hätte sich nicht die Blöße geben wollen, möglicherweise als Einzige nichts über diese Droge zu wissen.

»Ein herz- und kreislaufwirksames Medikament. In manchen osteuropäischen Ländern verabreicht man es ganz legal bei Diabetes, Angina pectoris oder einem Herzinfarkt.«

»Wie? Das Zeug ist ein stinknormales Medikament? Warum hat der Typ dann unbedingt Reißaus nehmen wollen?«, meinte Nico enttäuscht.

Wahrscheinlich hat er sich im Geiste schon neben den Kartons auf einem Foto im »Blick« gesehen, mit der Überschrift »Stadtpolizei stellt Designerdrogen im Wert von zwei Millionen Franken sicher«, schoss es Andrea durch den Kopf.

»Na ja, wie man es nimmt.« Gabriela hatte ihre Inspektion offenbar beendet. Sie zog sich die Einweghandschuhe aus und beförderte diese im hohen Bogen in den Abfalleimer. »Seit dem 1. Januar 2016 steht Meldonium auf der Dopingliste der Welt-Anti-Doping-Agentur, der WADA. Seitdem hat man bereits mehrere Athleten überführt, die den Kram einwerfen, um die

Sauerstoffversorgung der Muskeln zu verbessern und damit ihre Ausdauer zu erhöhen.«

»Ein Dopingmittel?«, entfuhr es Andrea.

Gabriela nickte. »Ja. Genau wie der restliche Kram. Das sind Ampullen mit Testosteron und Anabolikapillen. Ich schätze den Marktwert auf rund hundertfünfzigtausend Franken. Aber letztendlich wird das Kompetenzzentrum den genauen Wert beziffern. Ich gebe denen dort gleich Bescheid.«

»Was für ein Kompetenzzentrum?«, hakte Andrea nach.

»Die Stiftung Antidoping Schweiz. Die ist seit 2008 das unabhängige Kompetenzzentrum für Dopingbekämpfung. Wir arbeiten eng zusammen. Falls sich im Zuge unserer Ermittlungen Verdachtsmomente gegen einzelne Sportler ergeben würden, würde die Stiftung entsprechende Disziplinarverfahren einleiten.«

»Unsere Sportler dopen?« Nico klang völlig entgeistert.

Gabriela grinste ironisch. »Das soll schon mal vorgekommen sein. Wobei ich mir fast sicher bin, dass diese Kartons nicht für Profisportler gedacht waren. Profis gehen da meistens geschickter vor.«

»Für wen dann?«

»Für ein paar Bekloppte im Breitensport.«

»Amateursportler?« Andrea blickte ihre Kollegin von der Kantonspolizei ungläubig an. »Weshalb sollte denn ein Amateursportler dopen? Da geht es doch um gar nichts.«

»Das sagst du. Und rein theoretisch gebe ich dir natürlich recht. Aber in der Praxis geht es bei den Amateuren – genau wie bei den meisten Profis, die ja auch nicht alle Millionäre sind – um Anerkennung. Um Leistungssteigerung. Um einen perfekt geformten Körper.«

»Und dafür nehmen sie die Nebenwirkungen dieser Mittel in Kauf?«

Gabriela zuckte mit den breiten Schultern. »Erstens treten die zumeist zeitverzögert auf. Am Anfang merken diese Leute also hauptsächlich die positiven Effekte. Und zweitens belügen sich diese Hobbysportler auch gern selbst, indem sie davon ausgehen, dass die Beipackzettel sowieso alle negativen Wirkungen übertreiben und es sie schon nicht selbst treffen wird.«

»Das ist doch völlig krank, wenn sich ein vierzigjähriger Bürohengst mit so einem Zeug vollpumpt, nur um am Ende bei einem popeligen Volkslauf zu gewinnen«, echauffierte sich Nico.

»Sicher. Aber wir leben nun mal in einer Leistungsgesellschaft. Und wenn es im Berufsleben nicht mehr richtig rundläuft, dann muss das Selbstwertgefühl eben auf diese Weise aufpoliert werden.«

»Völlig daneben«, resümierte Nico trocken.

»Na klar. Besonders wenn man bedenkt, dass nach jedem spektakulären Dopingfall, der in den Zeitungen breitgetreten wird, der Absatz des jeweiligen Dopingmittels rasant in die Höhe schnellt. Das kommt dann richtig in Mode, und jeder Amateur will es ebenfalls haben.«

»Wie fürchterlich. Dabei sollte es doch gerade beim Sport fair und sauber zugehen«, sagte Andrea erschüttert. »Und was passiert jetzt mit dem Besitzer der Kartons?«

Zielsicher zog Gabriela aus dem Wust von Papieren auf ihrem Schreibtisch ein Fax hervor. »Der Kerl hat lediglich eine Gehirnerschütterung erlitten und wird morgen direkt aus dem Krankenhaus in Untersuchungshaft genommen.«

»Fällt sein Vergehen eigentlich auch unter das Betäubungsmittelgesetz?«

»Nein, hier greifen die Strafbestimmungen des Sportförderungsgesetzes.« Gabriela zitierte auswendig: »›Wer zu Dopingzwecken Mittel nach Artikel 19 Absatz 3 herstellt, erwirbt, einführt, ausführt, durchführt, vermittelt, vertreibt, verschreibt, in Verkehr bringt, abgibt oder besitzt, wird mit einer Freiheitsstrafe bis zu drei Jahren oder Geldstrafe bestraft.‹«

Nico warf ihr einen anerkennenden Blick zu. »Respekt, Frau Kollegin.«

»In besonders schweren Fällen können auch Gefängnisstrafen bis zu fünf Jahre verhängt werden. Aber das muss dann später das Gericht entscheiden.«

»Und die weiteren Ermittlungen werden jetzt von dir geleitet?«, fragte Andrea und versuchte, nicht neidisch zu klingen.

»Ja«, antwortete Gabriela gleichmütig. »Ein Fall wie viele andere. Meistens findet man schon in der Wohnung des Verdächtigen alles, was man für die Beweisführung in der Verhandlung braucht. Im Grunde geht es nur darum, festzustellen, ob derjenige allein oder als Teil einer Bande gehandelt hat. Und darum, die Lieferantenkette und die Abnehmer möglichst lückenlos aufzudecken.«

»Schon klar«, erklärte Nico flapsig. Er war offenbar immer noch ein wenig enttäuscht über die unrühmliche Wendung in dieser vermeintlich wertvollen Fundsache. »Alles Gute für die weiteren Ermittlungen. Andrea und ich müssen los.«

***

Der Cursor blinkt auf einer leeren weißen Seite. Wie formuliert man eine Vorladung? Ich habe ein solches Schreiben noch nie in meinen Händen gehalten. Kein Wunder, als gänzlich unbescholtenes und vermeintlich wertvolles Mitglied der Gesellschaft. Mal sehen, was man dazu im Internet finden kann.

Kurze Zeit später bin ich schlauer: Zunächst schreibe ich den Namen und die Anschrift des potenziellen Mörders in die obere linke Ecke des Dokuments. Da ich weder den Briefkopf eines imaginären Amtsgerichts noch ein Aktenzeichen erfinden möchte, beschränke ich mich darauf, in die Betreffzeile »Vorladung« zu tippen. Dann geht es ans Eingemachte: »Sehr geehrter Herr Beschuldigter, hiermit werden Sie eingeladen, sich in der Zeit vom 9. bis 25. Februar 2018 in Pyeongchang, Südkorea, einzufinden, um, anlässlich der dort stattfindenden Olympischen Spiele, Ihre Schuld in Bezug auf den tragischen und vorzeitigen Tod von …«

Ich halte inne. Irgendwie bringe ich es nicht fertig, ihren Namen aufzuschreiben. Es zerreißt mir das Herz. Wir hatten vor ihrem Ableben so viele Pläne geschmiedet. Nach den schwierigen Jahren unserer Jugend hätte uns beiden so viel Glück zu-

gestanden. Wir hätten es verdient gehabt. Doch es ist uns nicht vergönnt gewesen. Und jetzt ist sie tot und mein Traum von einem Leben an ihrer Seite zerplatzt. Ich versuche, den akut einsetzenden Schmerz in meiner Brust wegzuatmen, aber es gelingt mir nicht, und so mache ich mich mit zusammengebissenen Zähnen wieder an meine halb fertige Vorladung, lösche und schreibe neu: »… Ihre Schuld in Bezug auf einen tragischen und vorzeitig herbeigeführten Todesfall zu klären.«

Ja, das ist besser. Neutraler. Eigentlich müssten nun einige rechtliche Belehrungen folgen. Aber ich kann mich schlecht auf die in diesem Land geltenden Gesetze beziehen. Deshalb formuliere ich meine eigenen: »Der Beschuldigte ist verpflichtet, zu dem später noch detailliert kommunizierten Termin am vorgeschlagenen Ort zu erscheinen und dem zuständigen Richter die volle Wahrheit zu sagen. Bei unentschuldigtem Fehlen oder dem Nachweis einer Lüge darf der Richter eine Strafe seiner Wahl verhängen, die in Bezug auf die Schwere der Tat des Beschuldigten angemessen sein und sofort vollstreckt wird. Anfahrtskosten und Dienstausfall werden nicht vergütet. Mit freundlichen Grüßen, der Richter.«

Natürlich ist der Satz über die nicht vergüteten Anfahrtskosten lächerlich. Aber ich möchte, dass das Schreiben so authentisch wie möglich wirkt. Der Adressat soll das Schreiben ernst nehmen, aber gleichzeitig nicht in Panik geraten. Weshalb ich auch die angedrohten Strafen nicht weiter ausgeführt – und den letzten Schuldigen in einem Bergsee versenkt habe. Auf diese Weise können weder die Presse noch die Polizei rausfinden, dass sein Körper bei dem Fall aus dem Helikopter nicht mehr ganz unversehrt gewesen ist …

***

Mit federnden Schritten ging Passini hinter Elias die Treppe hoch. Reto Wellingens Privaträume lagen direkt unter dem Dach des Chalets. Daria hatte ihnen für die Durchsuchung anstandslos den Ersatzschlüssel ausgehändigt. Doch vielleicht fiel ihr dies auch leichter, weil sie selbst in einem der Gästezimmer untergekommen war und man nicht ihre Privatsachen durchstöbern würde. Außerdem hatte sie ihnen mitgeteilt, dass sie lieber nicht bei der Inspektion anwesend sein, sondern stattdessen ein paar Freunde ihres Vaters anrufen wollte, um herauszufinden, ob er sich in der Zwischenzeit bei ihnen gemeldet hatte.

Es war offensichtlich, dass Daria seit dem Gespräch über das Verschwinden ihres Vaters von einem schlechten Gewissen geplagt wurde, weil sie bislang nichts in dieser Sache unternommen hatte.

Auf dem obersten Treppenabsatz angekommen, trat Elias zur Seite. Passini zückte den Schlüssel und öffnete die massive Holztür. Bevor er über die Schwelle trat, steckte er den Schlüssel zurück in seine Jackentasche und zog sich ein paar Einweghandschuhe über. Elias tat es ihm gleich. Eine reine Vorsichtsmaßnahme, falls sie wider Erwarten doch Beweismittel sichern müssten. Elias kramte zusätzlich sein Handy hervor, um die Räumlichkeiten für die Akten zu fotografieren.

Neugierig betrachtete er den Eingangsbereich. »Die Dachbalken sehen solide aus. Und was für eine schöne hohe Decke«, bemerkte er schwärmerisch.

Passini lächelte. Sein junger Kollege hatte vor wenigen Monaten seine Jugendliebe geheiratet und betrachtete seitdem Immobilien, selbst blutverschmierte Tatorte, mit anderen Augen. Jeder in der Abteilung wusste, dass Elias seine gemietete Zwei-Zimmer-Wohnung gründlich satthatte und von einem schmucken Eigenheim träumte. Doch leider würde dieser Wunsch bei seinem momentanen Einkommen und den immensen Häuserpreisen wahrscheinlich noch für lange Zeit unerfüllbar bleiben.

»Lass uns die Räume aufteilen«, schlug Passini vor. »Ich nehme mir als Erstes das Schlaf- und das Wohnzimmer vor. Du machst die Küche und das Bad.«

Elias nickte und bog auf dem Flur nach rechts ab, wo man durch eine geöffnete Tür eine moderne Küchenzeile erspähen konnte.

Passini drehte sich in die entgegengesetzte Richtung und schloss für einen winzigen Moment die Augen. Manchmal war der Geruch, den ein Apartment verströmte, genauso aufschlussreich wie die Dinge, die man sehen und anfassen konnte. Es war zwar nicht besonders wissenschaftlich, aber bisweilen hatte er das Gefühl, dass man allein aufgrund dieser olfaktorischen Analyse erahnen konnte, ob ein Haushalt aus einer glücklichen oder eher unzufriedenen Lebensgemeinschaft bestand. Die Mischung machte es: aromatische Gewürze, die nach gemeinsam genossenen Mahlzeiten die Luft parfümierten, eine Spur Holzpolitur, die warme Note von herumrennenden Kindern und die erdige von Haustieren.

Er schlug die Augen wieder auf. Unwillkürlich musste er über sich selbst lächeln. Wie gut, dass seine Vorgesetzten nicht die Gedanken hinter seiner Stirn lesen konnten. Sicherlich hätten sie ihn sonst für einen romantischen Spinner gehalten und ihm niemals die Verantwortung, die ein Abteilungsleiter hatte, übertragen. Außerdem dufteten Wellingens Wohnräume sowieso lediglich nach Reinigungsmitteln. Irgendwie fast antiseptisch. Bestimmt hatte er eine Zugehfrau, die auch nach seinem Verschwinden regelmäßig geputzt hatte. Der Blick in das perfekt aufgeräumte Wohnzimmer bestätigte diesen Verdacht.

Im Übrigen war sich Passini sicher, dass Wellingen zum Zeitpunkt seines Verschwindens Single gewesen war. Nirgendwo gab es die Handschrift einer Frau: keine kuscheligen Sofakissen, keine liebevoll gepflegten Grünpflanzen, keine Familienfotos … Lediglich einige gerahmte Bilder aus Wellingens aktiver Zeit als Sportler standen auf dem Kaminsims. Die Einrichtung war karg und wirkte neuwertig, fast so, als ob Wellingen sie in genau dieser Anordnung in einem Möbelhaus gesehen und gekauft hätte. Die Einbauschränke waren bis auf ein paar Aktenordner mit Abrechnungen ebenfalls leer. Letztendlich wurde das Zimmer von dem riesigen Flachbildfernseher dominiert, der, wenn man ihn einschaltete, vermutlich das Eurosport-Programm zeigte.

Es schmerzte Passini, sich eingestehen zu müssen, dass Wellingens »gute« Stube fast genauso unbehaglich anmutete wie seine eigene in Chur. Der eigenwillige Charme einer klassischen Junggesellenbude! Denn auch Passini lebte seit seiner Versetzung von montags bis freitags allein. Seine Ehefrau Tiziana und sein Sohn waren im Engadin geblieben. Offiziell, weil Jonas seinen Matura-Abschluss an der gewohnten Schule machen sollte. Aber eigentlich hatten sie beide nach den traumatischen Ereignissen im Frühjahr eine Pause gebraucht. Voneinander. Von ihrer Beziehung.

Die Trennung bekam ihnen leider besser als geplant: Tiziana war förmlich aufgeblüht. Sie hatte sich ihre lange rote Mähne abgeschnitten und trug nun eine moderne Kurzhaarfrisur, die ihr ganz ausgezeichnet stand. Außerdem hatte sie einen Halbtagsjob in einer Boutique in Sankt Moritz angenommen, der sie mit interessanten Leuten in Kontakt brachte. Auch zwischen ihr und Jonas schien alles harmonisch abzulaufen. Jedenfalls harmonischer, als es vorher gewesen war. Und jedes Wochenende, wenn er nach Hause kam, fühlte er sich wie ein Fremdkörper in seiner eigenen Familie. Die Gesprächsthemen gingen ihnen aus. Tiziana heuchelte kein Interesse mehr an seinen Kriminalfällen, und ihm fiel es schwer, sich auf die Schilderung ihrer exzentrischen Kunden in der Boutique zu konzentrieren. Seine Kommunikation mit Jonas war leider schon von jeher kompliziert gewesen. Sie hatten völlig unterschiedliche Weltanschauungen und Hobbys.

Zu seiner Schande ertappte sich Passini dabei, dass er begann, sich auf die Montage zu freuen, wenn er sein Leben endlich wieder selbstbestimmt und ganz nach seinem Geschmack gestalten konnte. Entschlossen verbannte er diese traurigen Gedanken in die hinteren Windungen seines Hirns. Schließlich ging es momentan um diesen merkwürdigen neuen Fall. Und da musste er sich voll und ganz konzentrieren.

Wellingens Wohnzimmer führte auf einen großen Balkon, der eine ganz wunderbare Aussicht auf den Wald und die Berge offenbarte. Bei so einem Panorama konnte man sich glatt die Bilder an den Wänden sparen. Insgeheim nahm Passini sich vor, hier einmal abends mit seinem Mountainbike vorbeizufahren. Denn obwohl heute ein eher tristes Wetter herrschte, verlockte ihn der Balkon, sich den Ausblick aus der Nähe zu betrachten.

Wenig später stand er fröstelnd vor der Tür. Dort stellte er überrascht fest, dass, bedingt durch die Hanglage des Hauses, der Balkon nur knappe anderthalb Meter über dem Garten lag. In anderen Wohnlagen hätte man deshalb bestimmt eine Alarmanlage benötigt, aber Churwalden war ein sicheres Pflaster. Trotzdem schaute Passini sich auf dem Rückweg ganz routinemäßig das äußere Schloss der Balkontür an – und erstarrte. Denn dort gab es eindeutige Spuren. An einer Stelle, dort, wo jemand eine Brechstange angesetzt haben musste, war das Holz aufgesplittert, und man konnte den äußeren Rahmen der Tür anheben. Auf diese Weise konnte sich jemand Einlass verschafft haben, ohne dass der Schließmechanismus beeinträchtigt worden war. Merkwürdig, dass ihm Daria nichts davon erzählt hatte. Oder war dieser Einbruchsversuch bislang noch nicht entdeckt worden?

»Kommst du mal bitte, Elias?«, rief Passini laut.

Als Elias durch die Tür trat, schwenkte er in der rechten Hand einen braunen Umschlag. »Schau mal, Alberto, was ich gefunden habe!«

Irritiert betrachtete Passini den DIN-A4-Umschlag. »Das ist jetzt nicht so wichtig, Elias! An der Terrassentür habe ich eindeutige –«

Doch zum ersten Mal in ihrer noch kurzen Zusammenarbeit unterbrach ihn sein junger Kollege. »Ehrlich gesagt glaube ich, dass mein Fund sogar extrem wichtig ist, denn bislang sind wir doch davon ausgegangen, dass Wellingen wahrscheinlich verreist ist – aber diese Theorie können wir jetzt getrost beerdigen.«

»Wieso?« Plötzlich hatte Passini eine ungute Vorahnung. Er spürte instinktiv, dass Wellingen doch etwas Schlimmes zugestoßen sein musste.

»Weil ich gerade seinen Pass gefunden habe!« Elias griff in

den Briefumschlag und zog das entsprechende Dokument hervor. »Außerdem seine Geldbörse, seinen Führerausweis, die Hausschlüssel und –«

»Wo genau lag dieser Umschlag?«, unterbrach ihn Passini. Elias schien die eigentliche Bedeutung seines Fundes noch gar nicht bewusst zu sein. Ihm selbst leider schon.

»In einer der Küchenschubladen.«

Passini nahm Elias den Umschlag aus der Hand und schüttete den gesamten Inhalt auf dem Couchtisch aus. Tatsächlich: Alle persönlichen Gegenstände von Wellingen inklusive seines Handys kullerten heraus. Unwillkürlich entfuhr ihm ein leises: »Verdammt!«

Elias zeigte mit dem Finger auf den Tisch. »Ich glaube, da fehlt noch etwas.«

Als Passini den vermeintlich leeren Umschlag noch einmal kontrollierte, fand er etwas, das sich eng an die Innenseite geschmiegt hatte: einen handgeschriebenen Zettel, auf dem in großen, krakeligen Buchstaben das Wort »Schuldig« stand.

VIER

Marc verbrachte den Samstag nach der Vertragsauflösung mit Andrea. Schon mittags waren sie, von Zürich aus, nach Luzern gefahren, um sich die malerische alte Stadt anzuschauen. Es war das erste Mal, dass sie seit der Trennung einen längeren Ausflug unternahmen, und Andrea schien es zu genießen, obwohl sie sich mehrmals erkundigte, warum er »heute so ruhig« sei. Marc wich einer direkten Antwort aus, indem er sie stattdessen auf einige der Sehenswürdigkeiten aufmerksam machte. Auf diese Weise betrachteten sie die hölzerne überdachte Kapellbrücke, die laut eines Messingschilds bereits im Jahre 1365 gebaut worden war. Leider war das eindrucksvolle Bauwerk im August 1993 einem Feuer zum Opfer gefallen und fast vollständig zerstört worden. Doch nur acht Monate später hatte die Stadt die Brücke wiederaufgebaut und für den Fußgängerverkehr freigegeben. Durch eine Querverbindung konnte man von ihr aus auch das Wahrzeichen der Stadt erkunden: den im Fluss Reuss gelegenen achteckigen Wasserturm, der vormals als Kerker und zur Aufbewahrung des Luzerner Staatsschatzes gedient hatte.

Anschließend schlenderten sie – aus alter Gewohnheit Hand in Hand – durch die Altstadt und bewunderten die Häuser mit den bunten historischen Fresken. Als sie sich den Weinmarkt anschauten, den Ort, an dem die Luzerner 1332 den eidgenössischen Bund mit Uri, Schwyz und Unterwalden beschworen hatten, blickte Andrea Marc plötzlich forschend an.

»Sag mal, hast du eigentlich jemals Medikamente … oder Dopingmittel genommen, um auf der Piste schneller zu sein?«

»Wie kommst du denn auf diese verrückte Idee?«, fragte Marc überrascht. Bislang hatten sie sich hauptsächlich über unverfängliche Themen ausgetauscht. Emotional aufgeladene Inhalte, wie den aktuellen Stand ihrer Beziehung und seinen Rücktritt vom Spitzensport, hatten sie gemieden.

»Hast du, oder hast du nicht?«

Marc sah ihr fest in die Augen. »Selbstverständlich habe ich das nicht getan!«

»Niemals?«

»Nein, niemals«, erklärte er mit Nachdruck. »Mit so einem Dreck will ich nichts zu tun haben.«

Andrea sah erleichtert aus. »Gott sei Dank.«

»Hättest du mir wirklich zugetraut, dass ich meine Leistung auf so eine kriminelle Art und Weise steigere?« Er versuchte, seine Stimme möglichst neutral klingen zu lassen, doch innerlich verletzten ihn Andreas Zweifel. Kannte sie ihn tatsächlich so wenig?

»Nein ... aber wir haben diese Woche bei einer Verkehrskontrolle Dopingmittel sichergestellt, und ich war entsetzt, als mir die zuständige Ermittlerin erzählt hat, dass inzwischen selbst der Breitensport von dieser Seuche betroffen ist.«

Marc zuckte mit den Schultern. »Also mich wundert in dieser Hinsicht schon lange nichts mehr.«

»Wie meinst du das?«

»Es ist schon auffällig, wie viele Kilo Muskelmasse manche Sportler unmittelbar nach ihrer aktiven Karriere abbauen. Da fragt man sich, ob das alles mit rechten Dingen zugegangen ist.«

»Selbst im alpinen Skisport?«

Marc verzog das Gesicht. »Leider auch da.«

»Aber wozu gibt es Dopingtests, wenn die Leute trotzdem munter Pillen schlucken können? Oder sind die Kontrollsysteme zu lasch?«

Marc lächelte. »Also die sind eher das genaue Gegenteil von lasch.«

»Erzähl! Wie oft werdet ihr getestet?«

»Erinnerst du dich nicht? Ich bin doch schon ein paarmal in deinem Beisein von einem Kontrolleur abgeholt worden.«

»Ehrlich gesagt habe ich das während der Wettkämpfe gar nicht registriert. Da geht es doch die ganze Zeit ziemlich hektisch zu, und du bist andauernd von Betreuern, der Presse und sonst wem umringt. Aber mich würde schon interessieren, wie die Anti-Doping-Überwachung genau abläuft.«

»Okay …« Marc schaute auf seine Armbanduhr. »Es ist schon nach halb sieben. Ich sterbe fast vor Hunger. Lass uns etwas essen gehen, und ich sag dir alles, was ich darüber weiß. Einverstanden?«

Andrea nickte.

Wenig später saßen sie sich an einem Zweiertisch im schicken Restaurant »1871« gegenüber – zwischen Marmorsäulen, üppiger Blumendekoration und einem auffälligen schwarzweißen Schachbrettmusterboden. Sie bestellten beide dasselbe: Cremesuppe vom Heu mit St. Galler Kartoffeln und gebratenes Filet vom Bachsaibling. Marc war allein schon beim Lesen der Speisekarte das Wasser im Mund zusammengelaufen. Doch Andreas Wissensdurst schien offenbar über ihren Appetit zu siegen. Kaum war der Kellner mit ihrer Bestellung in der Küche verschwunden, fragte sie: »Also, wie ist das mit dem Doping? Wer bestimmt überhaupt, was verboten ist?«

Seufzend griff Marc nach einem Brötchen. »Die Welt-Anti-Doping-Agentur, die WADA, legt fest, welche Substanzen leistungssteigernd und damit nicht erlaubt sind. Sie veröffentlicht jedes Jahr eine aktualisierte Dopingliste, nach der sich alle Sportler zu richten haben.«

»Die WADA hat die Ermittlerin von der Kantonspolizei auch schon erwähnt. Ist die Agentur auch für alle Dopingkontrollen zuständig?«

Noch einen Bissen Brot kauend, antwortete Marc: »Nein, diese Arbeit delegiert sie an die zuständigen nationalen Anti-Doping-Agenturen, also in unserem Fall an die Stiftung Antidoping Schweiz.«

»Und wie läuft das da genau ab? Werdet ihr nur im Wettkampf oder auch im Training kontrolliert?«

Marc wartete mit seiner Antwort, bis der Kellner die bestellte Flasche Wein geöffnet und ihnen – nach einem exzellenten Probeschluck – beiden eingeschenkt hatte.

»Im Prinzip können wir jederzeit kontrolliert werden. Das ›Wie oft?‹ und das ›Wann?‹ legt Antidoping Schweiz fest. Doch der Ablauf ist jeweils der gleiche: Man bekommt von einem

Kontrolleur ein schriftliches Dokument als Aufforderung zum Test überreicht und muss sich sofort mit ihm zum Kontrollraum begeben. Dort wählt man einen Urinbecher aus und wird von dem Kontrolleur zur Toilette begleitet. Dann muss man vor seinen Augen in den Becher pinkeln und …«

Andrea verschluckte sich fast an ihrem Wein. »Dabei guckt dir einer zu?«

Marc lächelte. »Na klar. Ansonsten könnte ja theoretisch auch jemand anderes in den Becher schiffen.«

»Schon heftig«, meinte Andrea. »Ich bin mir nicht sicher, ob ich das könnte.«

»Man gewöhnt sich daran … Jedenfalls geht man direkt danach zurück in den Kontrollraum und wählt einen sogenannten Kit mit zwei Glasflaschen aus. Dann schüttet man selbst den Urin – es müssen mindestens neunzig Milliliter sein – zu zwei Dritteln in das A-Proben-Fläschchen und den Rest in die B-Probe. Dann verschließt man sie. Wenn man das entsprechende Formular unterzeichnet hat, werden die Proben versiegelt, und die Kontrolle ist beendet. Es sei denn, die Kontrolleure wollen noch eine Blutprobe. Die läuft nach dem gleichen Schema ab.«

»Wie lange dauert es, bis man das Ergebnis mitgeteilt bekommt?«, fragte Andrea und räumte ihre Serviette zur Seite, damit der Kellner die Vorspeise abstellen konnte.

»Ungefähr drei Wochen.« Aus alter Gewohnheit benutzte Marc den Salzstreuer, ohne seine Suppe vorher gekostet zu haben. Andrea warf ihm einen vorwurfsvollen Blick zu. Doch sie verkniff sich einen kritischen Kommentar.

»Was passiert, wenn der Test positiv ausfällt?«

»Glücklicherweise ist das bei mir noch nie vorgekommen. Aber ich weiß, dass ein Sportler bei einer positiven A-Probe das Recht auf eine Zweitanalyse hat. Er oder sie darf bei der Öffnung der B-Probe sogar selbst im Labor anwesend sein.« Vorsichtig führte Marc seinen randvollen Suppenlöffel in Richtung Mund.

»Und wenn die B-Probe ebenfalls positiv ist?«

»Dann eröffnet Antidoping Schweiz ein Verfahren und klagt den Sportler bei der Disziplinarkammer von Swiss Olympic an. Dort wird das Urteil gefällt und ein Strafmaß festlegt. Das können unterschiedlich lange Sperren, die Aberkennung von Resultaten und Geldbußen sein. Dieser Rechtsspruch kann dann nur noch vor dem höchsten Sportschiedsgericht, dem Tribunal Arbitral du Sport, in Lausanne angefochten werden.« Marc steckte den vor seinem Gesicht verharrenden Löffel endlich in den Mund. Nachdem er die Suppe probiert hatte, verdrehte er begeistert die Augen. »Köstlich, nicht wahr?«

»Ja ... schon«, erwiderte Andrea und rührte mit abwesender Miene in ihrem Teller.

»Hey, jetzt genießen wir erst einmal das Essen, okay? Es ist nämlich echt lecker.«

Doch Andrea ignorierte seinen Vorschlag. »Den Testablauf habe ich jetzt kapiert«, sagte sie nachdenklich, »aber woher wissen die Kontrolleure eigentlich, wo sie euch antreffen können? Du reist doch mit Hans beim Sommertraining durch die ganze Welt.«

Ihre Worte versetzten ihm einen Stich ins Herz. Am liebsten hätte er das Thema gewechselt. Doch er kannte Andrea zu gut. Sie würde keine Ruhe geben, bis sie eine Antwort auf ihre Frage erhalten hatte. Marc blickte ihr im Schein der zwischen ihnen flackernden Kerze in die Augen. »Okay. Diese eine Sache erkläre ich dir noch, aber danach ist bis zum Nachtisch Schluss mit Doping.«

»Deal.«

»Wir Sportler werden je nach Leistungsniveau in unterschiedliche Kontroll-Pools eingeteilt. Und mit dieser Einteilung sind verschieden strenge Melde- und andere Pflichten verbunden. Zum Beispiel müssen internationale Athleten wie ich laufend unseren aktuellen Aufenthaltsort samt Adresse in eine Datenbank einpflegen. Auch alle Reisen und andere regelmäßige Aktivitäten wie meine wöchentlichen Physiotherapie-Sitzungen sind dort einzutragen. In meinem Fall hat mir Hans glücklicherweise diese administrativen Aufgaben abgenommen. Aber nur, weil ich ihm hundertprozentig vertraue. Falsche Angaben oder das Nichteinhalten der Meldepflicht werden nämlich genau wie ein Dopingverstoß geahndet. Hier in der Schweiz heißt dieses System SIMON. Aber theoretisch könnten wir auch das internationale ADAMS-System nutzen.«

»Das ist nicht dein Ernst! Du musst über jeden einzelnen Tag Auskunft geben?« Andreas Stimme wurde lauter. »Ja, wie ist das denn mit dem Datenschutz vereinbar? Jeder Mensch hat doch ein Recht auf ein bisschen Privatsphäre!«

Ihre offensichtliche Entrüstung amüsierte Marc – trotz seines schweren Herzens. »Jetzt mach mal halblang. Wir Spitzensportler geben diese Rechte schließlich freiwillig auf. Anders kann man halt keinen sauberen Wettkampf mit sauberen Athleten gewährleisten. Und man selbst will schließlich auch nicht gegen gedopte Gegner antreten.«

Mitfühlend legte Andrea ihre Hand auf seine. »Ihr zahlt einen ganz schön hohen Preis für euren Sport.«

Gegen seinen Willen wurden seine Augen plötzlich feucht. Er hatte diesen Preis immer sehr gern gezahlt. Aber bald war Schluss damit.

»Was ist los, Marc?«, fragte Andrea alarmiert.

»Nichts!« Unwirsch fuhr er sich mit dem Handrücken über beide Augen.

»Sag mir sofort, was los ist! Hast du doch gegen irgendeine Auflage verstoßen?«

Marc biss sich auf die Unterlippe. »Nein, natürlich nicht. Ich bin nur ein bisschen emotional, weil ich nächsten Montag … ganz offiziell … meinen Rücktritt erklären werde!«

***

Ich sitze im Zug und behalte aus den Augenwinkeln meinen schwarzen Rollkoffer im Blick. Zugreisen scheinen mir immer noch das Sicherste zu sein. Denn wegen der allgemeinen Terrorgefahr wird das Handgepäck auf Flughäfen inzwischen auf Herz und Nieren geprüft. Und selbst die vormals unkontrol-

lierten Grenzen für den Autoverkehr sind nicht ganz ungefährlich. Ich bin auch schon zweimal rausgewinkt worden. Doch die Kontrolleure haben glücklicherweise nichts gefunden, in der Schweiz untersucht man die Kofferräume der Autos sowieso in erster Linie auf Hamsterkäufe. Das Preisniveau der umliegenden Länder ist so viel niedriger, dass es sich für viele Schweizer Haushalte lohnt, Fleisch, Haustiernahrung und selbst Grundnahrungsmittel im Ausland zu besorgen. Doch natürlich gibt es strikte Einfuhrbeschränkungen und Strafen, wenn man beim Hamstern erwischt wird.

Im Zug werden lediglich die Fahrscheine kontrolliert. Nur ab und an geht ein Grenzbeamter mit einem Drogenhund durchs Abteil. Doch die auf Kokain, Heroin und Marihuana geschulten Nasen der Hunde können mir und meinem schwarzen Rollkoffer nicht gefährlich werden – selbst wenn meine Schmuggelware, die hinter einem doppelten Boden ruht, in den falschen Händen sicherlich gefährlicher als normale Drogen sein kann. Tödlicher. Und mit dem verbundenen Know-how auch lukrativer.

Doch ich mache diesen Job nicht, um mich finanziell zu bereichern. Geld ist schließlich nicht alles im Leben. Besonders wenn die einzige Frau, der ich mein potenzielles Vermögen zu Füßen hätte legen wollen, tot ist. Trotzdem habe ich nur ihretwegen mit diesem kriminellen Nebenerwerb angefangen. Auch jetzt kann ich nicht damit aufhören. Schließlich bin ich einen Deal eingegangen, um meine offenen Rechnungen zu begleichen. Die gegnerische Seite verlässt sich in gewisser Weise auf mich. Doch spätestens nach dieser Saison ist Schluss. Auch wenn ich keine Ahnung habe, was ich danach machen soll. In gewisser Weise fürchte ich mich vor dem grauen Nebel dieser Zukunft. Es ist kein sonnenbeschienener Ponyhof, zu dem ich zurückkehren werde. Mehr ein Friedhof der Kuscheltiere. Buchstäblich. Ich weiß, dass lediglich die Fokussierung auf meine derzeitige Aufgabe die Dämonen der Vergangenheit auf Abstand hält. Sobald ich den Kopf erneut frei habe, werden sie sich dort wieder einnisten. Schon jetzt fühle ich ihre Gegenwart, spüre, wie sie sich aus ihren Gräbern erheben und immer näher an mich herankriechen. Bald schon werde ich wohl wieder von ihnen träu–

»Ihre Fahrkarte, bitte«, unterbricht der Schaffner meine dunklen Gedanken.

Ich reiche sie ihm wortlos.

»Um nach Sölden zu kommen, müssen Sie am Bahnhof Ötztal aussteigen und den Bus Nummer 4194 nehmen«, erklärt er hilfsbereit, während er meine Fahrkarte entwertet.

»Ich weiß. Danke«, erwidere ich knapp. Schließlich unternehme ich diese Reise nicht zum ersten Mal. Trotzdem bin ich ihm dankbar, dass er mich auf andere Ideen gebracht hat. Ich lehne mich in meinem Sitz zurück und denke an meine Vorladung. Ob der Beschuldigte sie schon in seinen Händen hält? Ich hätte zu gern gewusst, was ihm beim Lesen dieser Worte durch den Kopf geht.

***

Passini saß an seinem Schreibtisch und starrte auf den Bericht, den Elias nach seinen Anweisungen verfasst hatte. Seine Augen brannten. Der Fall bereitete ihm Kopfschmerzen. Irgendwie ergab das alles keinen Sinn.

Auch die Auswertung der letzten Telefonverbindungen, SMS und WhatsApp-Nachrichten von Reto Wellingens Handy und der Dateien auf seinem Computer hatte ihnen keine neuen Anhaltspunkte geliefert. Der Ex-Trainer war vor zwei Wochen in einen dunkelblauen Kleinwagen gestiegen und spurlos verschwunden. Sämtliche Anfragen in Krankenhäusern und Unfallstationen hatten nichts gebracht. Genauso wenig wie die Verbreitung seines Fotos. Man hatte auch keine anonyme Leiche gefunden. Der vermisste Mann war zudem ohne nennenswertes Gepäck aus dem Haus gegangen. Die Haushälterin war sich zwar nicht vollkommen sicher, aber mehr als zwei Freizeithosen, zwei Hemden und Unterwäsche schien nicht aus seinem Schrank zu fehlen. Lediglich eine von Wellingens vielen Sporttaschen war abgängig. Hatte er damals schon seine persönlichen Sachen in einem Umschlag in der Küchenschublade zurückgelassen?

Die Haushälterin erinnerte sich nicht. Angeblich hatte sie die betreffende Schublade seit Wellingens Verschwinden nicht mehr aufgemacht. Doch sie war sich sicher, dass der Eindringling, der möglicherweise durch die aufgebrochene Balkontür eingestiegen war, nichts Wertvolles gestohlen hatte. Alles war noch an Ort und Stelle und wirkte unberührt.

Da Wellingen tatsächlich weder seine Schlüssel, sein Handy, seinen Pass noch Geld mitgenommen hatte, durfte man auch eine Selbstmordabsicht nicht außer Acht lassen. Der handgeschriebene Zettel mit dem Wort »Schuldig« war zwar ungewöhnlich als Abschiedsbrief, konnte aber eventuell doch als solcher gewertet werden. Vielleicht gab es in Wellingens Vergangenheit eine Sache, mit der er von einem auf den anderen Tag nicht mehr leben wollte. Sie würden seine Vita in dieser Hinsicht noch einmal gründlich durchleuchten müssen.

Trotzdem sprach auch eine ganze Flut von Argumenten gegen einen geplanten Freitod: zuallererst der Charakter des Vermissten. Sowohl seine Tochter als auch alle anderen Menschen in seinem Umfeld hatten Wellingen als Frohnatur und keineswegs als depressiv beschrieben. Wellingen schien vor seinem Verschwinden eher ein energiegeladener Hansdampf in allen Gassen gewesen zu sein als ein Trauerkloß. Zweitens hätte er sich wohl kaum mit seiner einzigen Tochter verabredet, wenn er geplant hätte, sich zwei Tage später umzubringen. Warum hätte er in diesem Fall überhaupt Gepäck mitnehmen sollen? Außerdem: Wo steckte der Fahrer des blauen Kleinwagens? Falls er Wellingen zu einer Klippe, Bahntrasse oder zu einer Brücke gefahren hatte, warum meldete er sich jetzt nicht? Und wo zum Teufel steckte Wellingens Leiche? Oder war er entführt worden? Doch weshalb war er dann freiwillig zu dieser männlichen Person in den Wagen eingestiegen?

Passini blätterte noch einmal in der Akte. Da war sie, die Aufzeichnung des Gesprächs mit dem Nachbarn, Paul Hoffmann, dreiundfünfzig, Betreiber der ortsansässigen Metzgerei:

Es war schon dunkel, und ich saß allein in meiner Küche beim Nachtmahl, weil die Frau an dem Abend im Kirchenchor gesungen hat. Plötzlich hörte ich durch das geöffnete Fenster, wie ein Auto beim Reto seinem Haus vorfuhr und mit laufendem Motor vor der Eingangstür stehen blieb. Ehrlich gesagt war ich neugierig. Der Reto hat sich immer mit ganz schicken Weibern getroffen, und da wollte ich mir anschauen, was für eine es heute war. Doch diesmal war es leider keine junge Dame, sondern ein mir unbekannter Mann, der ihn abgeholt hat. Ich habe ihn auch nur von der Seite gesehen, im Auto eben. Aber es war ein Mordskerl. Mit dem Kopf ist der fast an der Wagendecke angestoßen. Wenn ich mich festlegen müsste, würde ich auf kurze dunkle Haare tippen. Aber das kann auch an dem Schatten im Auto gelegen haben. Zum Alter kann ich auch keine genauen Angaben machen, eher jugendlich als alt.

Zwei Sekunden später – der Reto muss auf den Typen gewartet haben – ist mein Nachbar in das Auto gestiegen, und sie sind zusammen weggefahren. Nein, ich habe leider nicht darauf geachtet, ob Reto eine Tasche dabeihatte. Aber falls ja, hat er sie im Fußraum des Beifahrersitzes verstaut, denn der Kofferraum ist nicht geöffnet worden.

Sie hatten alle Freunde von Wellingen angerufen, die seine Tochter gekannt hatte. Aber keiner von ihnen gab an, der beschriebene Fahrer gewesen zu sein. Doch weshalb sollte Wellingen auf einen Unbekannten warten und dann mit ihm wegfahren?

Schließlich waren noch ein paar völlig abwegige Theorien durch Passinis Kopf gegeistert: Konnte der »Dieb« seinen Einbruch dazu genutzt haben, um Wellingens private Sachen zurückzubringen? Oder war sogar Wellingen selbst in seine Wohnung eingebrochen, um einen Selbstmord vorzutäuschen? Hatte er eine Lebensversicherung zugunsten eines Freundes abgeschlossen und wollte sie auf diese Weise erschleichen?

Als Passini diese Möglichkeiten laut aussprach, hatten ihn seine Kollegen angeschaut, als ob er nicht mehr alle Tassen im Schrank hätte. Aber warum sonst sollte sich jemand die Mühe machen, eine Balkontür aufzubrechen, um dann doch nichts zu stehlen?

Elias vermutete eine Mutprobe unter Jugendlichen. Aber Passinis Bauchgefühl sprach dagegen.

In diesem Moment ging seine Bürotür auf, und Elias steckte seinen pausbäckigen Kopf herein. »Ich habe etwas Unglaubliches herausgefunden, Alberto!«

Passini winkte ihn ungeduldig ins Zimmer. »Ja?«

»Die ganzen Umstände von Wellingens Verschwinden kamen mir auf einmal so bekannt vor, und da habe ich zunächst in unserer Falldatenbank nachgeschaut und, als ich da nicht fündig geworden bin, nach ähnlichen Fällen gegoogelt. Und du wirst nicht glauben, was ich rausgefunden habe.«

»Es gibt einen ähnlich gelagerten Fall?«, erkundigte sich Passini, dem Elias' Quizmaster-Attitüde schon mehrfach gegen den Strich gegangen war. Warum sprach der Junge nicht einfach aus, was ihm auf der Zunge lag?

»Nicht einen, sondern sogar zwei«, antwortete Elias mit einem strahlenden Lächeln. »Einen in Deutschland und einen in Österreich.«

»Handelt es sich ebenfalls um Vermisstenfälle?«

Elias schüttelte den Kopf. »Nein, es sind zwei Selbstmorde, aber sie gleichen unserem Fall in allen anderen Aspekten. Beide Opfer sind sogar professionelle Wintersporttrainer. Beide Männer haben nicht depressiv gewirkt, und neben einem von ihnen wurde auch ein Blatt Papier gefunden, auf dem das Wort ›Schuldig‹ stand.«

»Zwei Wintersporttrainer? Wow.« Passini nickte beeindruckt. »Gute Arbeit. Aber jetzt erzähle mir bitte in chronologischer Reihenfolge, was da genau vorgefallen ist.«

»Okay. Also der erste Fall ist vor etwas über drei Monaten, am 8. August, in Garmisch-Partenkirchen passiert. Kurt Loisl, neunundfünfzig Jahre alt und ein ehemaliger Biathlontrainer – genau wie Wellingen –, hat sich an einem Lampenhaken in seinem Zimmer erhängt. Seine Frau, die für ein paar Tage verreist gewesen war, hat ihn gefunden.«

»Und der zweite Fall?«

»Vor ungefähr drei Wochen, am 30. Oktober, wurde in Saalfelden Leogang der aktuelle Nationaltrainer des österreichischen Langlaufteams, Thomas Haider, tot in seinem Auto geborgen, offenbar durch Abgase vergiftet. Er ist nur zweiundvierzig Jahre alt geworden. Und jetzt rate mal, was man auf seinem Beifahrersitz gefunden hat.«

Diesmal konnte Passini bei der Quizfrage punkten: »Einen handgeschriebenen Zettel, auf dem ›Schuldig‹ steht?«

Elias strahlte über beide Backen. »Ganz genau!«

FÜNF

Nach einer schlaflosen Nacht konnte Andrea immer noch nicht an etwas anderes denken: Marc wollte mit seinem geliebten Sport aufhören und schien darüber kreuzunglücklich zu sein, obwohl er es nicht zugab. Als er gestern Abend in dem Luzerner Restaurant das erste Mal seinen Rücktritt erwähnte, hatte sie es nicht glauben wollen und ihn so lange mit Fragen bombardiert, bis er ihr verboten hatte, das sensible Thema während des Essens erneut anzusprechen. Doch auf der Rückreise nach Zürich hatte sie ihn ausgiebig gelöchert. Leider war Marc verschlossen und einsilbig geblieben: Nein, er wisse noch nicht, was er stattdessen machen wolle. Ja, er hätte sich das gut überlegt. Nein, sie selbst trüge keine Schuld an seiner Entscheidung.

Und doch fühlte sie sich schuldig. Ohne die von ihr erwünschte Trennung hätte Marc den Sommer über normal trainiert und wäre jetzt bereits in Sölden, um sich auf den ersten Weltcup-Event der Saison vorzubereiten. Stattdessen saß er frustriert und traurig zu Hause.

Der bis dahin wunderschöne gemeinsame Tag hatte damit geendet, dass Marc sie mit einem kühlen Kuss auf die Wange vor ihrer Haustür abgesetzt hatte.

»Und falls du jetzt wieder anfängst, über unsere Beziehung zu grübeln: Mach dir keinen Kopf. Ich werde schon einen Job finden, der uns beide ernährt«, hatte er ihr durchs offene Autofenster zugerufen und war weitergebraust. Offenbar dachte er, dass sie sich lediglich Sorgen wegen der Finanzen machte. Doch das war absolut nicht der Fall. Sie verdiente selbst genug und wusste, dass Marc während seiner Karriere ein kleines Vermögen zusammengespart hatte. Nein, es war etwas viel Wichtigeres, das sie bewegte: sein innerer Frieden. Sie spürte, dass er nicht glücklich war.

Es war wie verhext: Eigentlich hatte sie sich immer gewünscht, dass Marc endlich mehr Zeit mit ihr verbringen konnte und nicht mehr das halbe Jahr von Wettkampf zu Wettkampf jettete. Aber jetzt, da sie mit dieser neuen Situation konfrontiert war, geisterte nur ein Gedanke durch ihren Kopf: Marc durfte morgen seinen Rücktritt nicht bekannt geben. Damit wäre das Kind endgültig in den Brunnen gefallen. Er brauchte einfach mehr Zeit, um die richtige Entscheidung zu treffen. Um eine gemeinsame Zukunft aufzubauen – wobei sie sich nach wie vor nicht über Marcs Gefühle und Absichten in dieser Hinsicht im Klaren war –, mussten sie einen Plan entwerfen, mit dem sie beide leben konnten. Sonst würde sie sich ein Leben lang fragen, ob sie Marc durch die Trennung zum Aufgeben erpresst hatte.

Doch wie wahrscheinlich war es, dass er in dieser Angelegenheit ausgerechnet auf sie hören würde? Sie brauchte einen Verbündeten. Aber an wen sollte sie sich wenden? Marcs Eltern? Seine Freunde? Die wussten wahrscheinlich selbst noch von nichts. Marc war berühmt dafür, alle seine Entscheidungen im Alleingang zu treffen.

Plötzlich hatte sie einen Geistesblitz. Hans! Sein Trainer musste in dieser Angelegenheit auf ihrer Seite stehen. Nach den vielen Jahren der Zusammenarbeit war er bestimmt auch nicht glücklich darüber, wenn Marc das Handtuch schmiss und er sich einen neuen Job suchen musste. Wahrscheinlich war er sowieso stinksauer über Marcs reduziertes Training. Andrea griff nach ihrem Telefon.

»Hans?«, fragte sie, als nach langem Klingeln endlich jemand antwortete.

»Bischoff hier. Wer spricht?«

»Ich bin's, Andrea. Hans, wir müssen uns sehen. Am besten sofort!« Sie wusste selbst, dass sie hochgradig hysterisch klang, aber es fiel ihr schwer, ihre überbordenden Emotionen zu kontrollieren.

»Andrea, ich bin gerade in der Stadt. Worum geht es?«

»Ich mag nicht am Telefon darüber reden, aber es ist wirklich wichtig!« Für einen endlos langen Moment herrsche Stille am anderen Ende der Leitung. Andreas Herz rutschte eine Etage tiefer. Hoffentlich würde Hans ihre Bitte ernst nehmen.

»Okay. Ich stehe gerade neben dem ›Café Schober‹. Wie schnell kannst du hier sein?«

»In zehn Minuten. Tausend Dank, Hans. Das ist wahnsinnig lieb von dir.«

Hans wartete bereits an einem Zweiertisch, als sie eintraf. Noch nie hatte sie sich so gefreut, den gradlinigen Trainer mit dem vollen grauen Haar zu sehen, der selbst in seiner Freizeit immer in Sponsorenklamotten gekleidet war. Nachdem beide einen Cappuccino bestellt hatten, schilderte Andrea ihr Problem.

Mit einem bestürzten Gesichtsausdruck lauschte Hans ihren Worten und schüttelte, als sie geendet hatte, traurig den Kopf.

»Mein Gott, Andrea. Ihr liebt euch doch. Warum müsst ihr es euch nur gegenseitig so schwer machen?«

Bei seinen Worten kamen ihr die Tränen. Hans gab offenbar auch ihr die Schuld an Marcs überstürztem Handeln.

Verlegen tätschelte der Trainer ihre Hand. »Bitte weine nicht. Solche Sachen lassen sich doch wieder ins Reine bringen.«

Mit dem Ärmel ihres T-Shirts tupfte sie sich die Tränen von der Wange. »Dann hilfst du mir, ihn davon abzuhalten?«

Hans seufzte. »Du weißt es wahrscheinlich noch nicht, aber wir haben einen Auflösungsvertrag unterzeichnet. Ich arbeite nicht mehr für Marc, sondern bin jetzt offiziell der neue Fitnesscoach des Schweizer Teams.«

Vor Schreck blieb ihr der Mund offen stehen. Marc hatte also schon Nägel mit Köpfen gemacht. Und das alles nur, weil sie nicht bei ihm einziehen wollte? Plötzlich kam ihr die ganze Debatte über die getrennten Wohnungen selbst kindisch vor. Was wollte sie sich eigentlich damit beweisen, wenn sie doch sowieso ihr eigenes Geld verdiente?

»Nein, das habe ich nicht gewusst … Aber du musst ihn trotzdem unbedingt davon abhalten, seinen Rücktritt zu verkünden.«

Hans pflückte ein winziges Stück des papiernen Untersetzers seiner Tasse ab und rollte es zusammen. »Ich kann dir nicht versprechen, dass er auf mich hören wird. Bislang hat er noch jedes Mal auf stur geschaltet, wenn ich versucht habe, ihn zu etwas zu überreden.«

»Aber du wirst mit ihm sprechen?«

Ihr Gegenüber nickte. »Ja, Andrea, ich werde ihn bitten, die Pressekonferenz erst einmal um eine Woche zu verschieben. Dann bleibt dir mehr Zeit, ihn zu überzeugen, von der ganzen Sache Abstand zu nehmen. Ich bin mir sicher, dass ich ihn auch neben meiner Arbeit als Fitnesscoach weiterhin betreuen könnte. Vielleicht nicht ganz so intensiv wie zuvor, aber das kriegen wir schon hin.«

»Danke!« Am liebsten wäre sie ihm um den Hals gefallen. »Sagst du mir bitte Bescheid, wie Marc reagiert hat?«

»Mache ich. Übrigens, wo ich gerade eine waschechte Polizistin vor mir habe ...«, er kramte aus seiner Jackentasche einen zerknitterten weißen Briefumschlag hervor, »... was hältst du davon?«

Neugierig las Andrea den maschinengeschriebenen Brief und die beigefügten Kopien von Zeitungsausschnitten. Es ging um einen Vermissten in Graubünden und zwei Selbstmordfälle. Sie blickte Hans fragend an.

»Ich verstehe nicht ... Wer hat dir das geschickt?«

Er zuckte mit den Schultern. »Keine Ahnung. Der Brief ist am Churer Hauptbahnhof aufgegeben worden. Aber er ist weder unterschrieben, noch trägt er einen Absender.«

Andrea zog die Stirn kraus. »Das ist merkwürdig. Offenbar soll es wie eine Vorladung wirken, aber die kommen selbstverständlich nur von einem richtigen Amtsgericht. Und der Bezug auf die Winterolympiade in Südkorea ist auch irgendwie verrückt.«

»Am besten ignoriere ich das Ganze, oder? Nur die Artikel sind merkwürdig. Einen der dort erwähnten Typen, den Vermissten, kenne ich sogar. Er ist ein früherer Kollege von mir.«

Nachdenklich rührte Andrea eine Prise Zucker in ihren bereits erkalteten Cappuccino. »Also an deiner Stelle würde ich das nicht auf die leichte Schulter nehmen. Wenn der Brief tatsächlich in Chur aufgegeben worden ist, würde ich ihn Alberto Passini zeigen, der arbeitet jetzt dort. Ihr kennt euch doch noch von dem Lara-Frey-Fall.«

»Passini? Von der Kantonspolizei Graubünden?«

Andrea nickte.

Nachdenklich blickte er sie an. »Meinst du wirklich?«

»Unbedingt. Und zwar am besten sofort. Ich gebe dir seine Privatnummer. Immerhin stammt der Vermisste aus Churwalden. Da kann es durchaus sein, dass Passini mit dem Fall vertraut ist und weiß, welcher Psychopath dir solch einen Brief schreibt.«

Hans lächelte. »Du machst mir fast ein wenig Angst.«

»Angst kann manchmal auch ein guter Ratgeber sein«, antwortete Andrea und schrieb ihm Passinis Nummer auf. Dann zahlte sie die Rechnung und verabschiedete sich mit den üblichen drei Wangenküssen von Marcs Trainer. »Vielen Dank! Es ist großartig, dass du mir in dieser verfahrenen Situation hilfst.«

»Das mache ich sehr gern. Ich sag dir Bescheid, sobald ich mit Marc geredet habe«, erwiderte Hans und winkte ihr ein letztes Mal zu.

Doch entgegen seinem Versprechen meldete er sich den ganzen restlichen Sonntag nicht bei ihr und reagierte auch nicht auf Andreas weitere Anrufe. Leider konnte das nichts Gutes bedeuten. Marc würde sie zwar ebenfalls über den Stand der Dinge aufklären können, aber sie traute sich nicht, ihn zu fragen.

***

Die Fitnessstudio-Umkleidekabinen der Männer riechen überall auf der Welt gleich: nach abgestandenem Schweiß und stinkigen Socken. Offenbar können selbst die stärksten Reinigungsmittel diesen Geruch nicht vollständig vertreiben. Aber ich muss glücklicherweise nicht allzu lange in diesem unangenehmen Umfeld ausharren. Wahrscheinlich keine fünf Minu-

ten. Ich wundere mich sowieso über diesen ungewöhnlichen Treffpunkt, der mir für unsere Zwecke alles andere als geeignet erscheint. Aber mein Partner hat mich beruhigt, als ich ihn im Vorfeld darauf angesprochen habe. Auf seine Weise, denn er ist kein Mann der vielen Worte.

»Kein Problem«, hat er lediglich geknurrt. »Studio gehört Freund.« Und so fand ich mich mit meinem schwarzen Rollkoffer zur verabredeten Zeit an Ort und Stelle ein. Mein muskelbepackter grobschlächtiger »Patient« wartete bereits auf mich.

»Hose runter«, befehle ich, während ich den Reißverschluss meines Koffers aufziehe, den doppelten Boden entferne und meine geheimen Schätze auf diese Weise zur Schau stelle. Zuallererst streife ich mir ein paar Einweghandschuhe über. Dann nehme ich eine der im Rollkoffer gelagerten Ampullen heraus und wärme sie vorsichtig zwischen meinen Fingern auf. Anabole Steroide müssen immer auf Körpertemperatur erwärmt werden, bevor man sie verwendet. Um eine möglichst schnelle Absorption der Wirkstoffe zu erreichen, muss man das Zeug außerdem intramuskulär spritzen. Nur dicke, gut durchblutete Muskelfasern und Faszien bieten eine ausreichend große Oberfläche, um die Anabolika effizient aufzunehmen.

Der beste Platz für eine Steroidinjektion ist der Gluteus medius, ein Muskel im Gesäß, der sich in der Regel circa siebeneinhalb Zentimeter unterhalb des Beckens befindet. Um ihn korrekt zu lokalisieren, gebe ich Anfängern den Tipp, sich ein großes Pluszeichen auf dem Hintern vorzustellen und die Spitze quasi in den oberen äußeren Quadranten des Hinterns zu befördern. An dieser Stelle ist die Gefahr am geringsten, den Ischiasnerv oder ein wichtiges Blutgefäß zu verletzen. Am besten jagt man die Steroide dort mit einer nicht zu breiten 23-Kaliber-Nadel und mit viel Kraft rein, damit sie tief genug in den Muskel eindringen. Allerdings darf man dieselbe Stelle nicht öfter als zweimal die Woche für eine Injektion benutzen, da sich ansonsten unschönes Narbengewebe bilden kann. Aber zur Not kann man die Spritzen auch in die Außenseiten der Oberschenkel verabreichen.

Desinteressiert sieht mein Patient dabei zu, wie ich die Ampulle auf der Holzbank unterhalb der verschließbaren Abteile abstelle und mir zwei einzeln abgepackte Alkoholtupfer aus dem Koffer hole. Mit dem einen säubere ich sorgfältig den Gummistopfen auf der Oberseite der Ampulle. Der andere ist für die Einstichstelle vorgesehen.

»Umdrehen«, sage ich, und der Bulle von einem Mann gehorcht aufs Wort. Großflächig lasse ich den Tupfer über die haarige Haut seines Hinterns gleiten und entsorge ihn anschließend in einem extra dafür mitgebrachten Plastikbeutel, den ich samt Inhalt später in einem Müllcontainer entsorgen werde. Dann ziehe ich die Spritze auf.

»Wie viel?«, erkundigt sich mein Partner.

»Wann genau ist das Rennen?«, frage ich zurück, obwohl ich die Antwort kenne. Auf diese Weise fühlen sich Patient und Partner als Teil meiner Arbeit.

»Sonntag um zehn Uhr.«

»Maximal ein cc, und die blauen Pillen müssen spätestens morgen Abend abgesetzt werden.«

Er nickt. »Geht klar.«

Mit gezückter Spritze brumme ich: »Vorbeugen.« Als ich die Nadel pfeilartig in seinen Hintern schieße, zeigt der Patient keine Reaktion. Reine Routine. Anschließend drücke ich einen Wattebausch auf die Injektionsstelle, um die Blutung zu stillen. Dann packe ich alles wieder ordnungsgemäß ein.

Ja, ich bin gut auf diesem Gebiet. Er wäre stolz auf mich. Seine unorthodoxen Erziehungsmethoden haben gefruchtet.

***

»Du bist so nachdenklich heute, Andrea. Stimmt irgendetwas nicht?«, fragte Nico, der sie nach einer morgendlichen Kontrollfahrt zurück zur Hauptwache kutschierte. »Dabei gibt es gute Nachrichten. Gabriela Bürgli, die Kollegin von der Kantonspolizei, hat mich gestern angerufen und gesagt, dass sie in der Wohnung des von uns geschnappten Typen genügend

Beweise gefunden haben, um Anklage wegen organisierter Verbreitung von Dopingmitteln zu erheben.«

»Das ist klasse. Und keine Sorge: Mir geht es gut«, antwortete sie ihrem Kollegen mechanisch. Aber nichts war gut. Hans hatte sich immer noch nicht bei ihr gemeldet. Weshalb sie mit bangem Herzen seit heute Morgen stündlich die Nachrichtensendungen von SRF 1 lauschte und auf die Hiobsbotschaft wartete, dass Marc vom Spitzensport zurückgetreten war. Doch bislang hatte der Sender nichts darüber gebracht.

Gerade als Andrea auf der Hauptwache ihr Großraumbüro betrat, klingelte das Telefon. Susann Gruber, eine blonde Kollegin, nahm ab und reichte den Hörer mit zugehaltener Muschel umgehend an sie weiter. »Für dich. Du bist heute heiß begehrt. Dieser Typ hat heute früh schon dreimal angerufen.«

Das musste Hans sein. Ob er ihre Privatnummer verlegt hatte? Hoffentlich waren es gute Nachrichten!

»Hallo?«, fragte sie und drückte den Telefonhörer mit klammen Händen gegen ihr Ohr.

Doch statt Hans' rauem Bass hörte sie die Stimme von Alberto Passini am anderen Ende der Leitung. »Andrea?«

Sie räusperte sich, um den Kloß in ihrem Hals zu entfernen. »Ja, Alberto. Was gibt's?«

»Hans Bischoff sitzt mir gegenüber und würde gern mit dir sprechen. Bitte leg danach aber nicht sofort auf. Ich muss dir auch noch etwas Dringendes mitteilen. Okay?«

Hans war bei der Kantonspolizei in Chur? Hatte das etwa mit dem anonymen Brief zu tun? Überrascht wartete Andrea auf eine Erklärung.

»Sorry, dass ich dich gestern nicht mehr angerufen habe«, begann Hans. »Aber nachdem Alberto von dem Brief gehört hat, bestand er darauf, dass ich sofort nach Chur fahre, und in der Eile habe ich leider mein Handy zu Hause liegen lassen.«

»Kein Problem«, schwindelte sie. »Was ist mit Marc?«

»Er verschiebt die Presseerklärung!«, sagte Hans. Die Erleichterung über diesen Etappensieg war ihm deutlich anzuhören, doch kurz darauf senkte er seine Stimme zu einem Flüstern.

»Erzähl Alberto bitte nichts von Marcs Rücktrittsabsichten. Er wird dir gleich einen Vorschlag machen, und vielleicht ist das die Lösung für all unsere Sorgen.«

»Wie bitte? Ich verstehe nicht, was du meinst. Was für einen Vorschlag?«

»Sag einfach Ja, okay? Da kommt Alberto gerade wieder durch die Tür. Ich reiche dich weiter.«

Unwillkürlich drückte Andrea die Muschel noch fester gegen ihr Ohr. Sie hatte keinen blassen Schimmer, was Alberto im Schilde führte. Aber wenigstens war Marc nicht zurückgetreten!

»Hans hat mir erzählt, dass er dir den Brief gezeigt hat. Danke, dass du ihm geraten hast, damit sofort zu mir zu kommen. Du hast einen guten Riecher bewiesen. Es scheint momentan eine regelrechte Selbstmordwelle unter den professionellen Wintersporttrainern zu geben«, setzte Alberto ohne neuerliche Begrüßung an.

Also ging es tatsächlich um die Kopien, die dem Brief beigefügt gewesen waren. »Ja, ich habe die Artikel gelesen«, antwortete Andrea. »Wobei die Presse beim letzten Fall von einem Vermissten spricht.«

»Das stimmt. Wir haben Reto Wellingens Leiche nicht … ähm … noch nicht gefunden«, fügte Albert düster hinzu. »Aber ich bin da wenig optimistisch. Die Umstände seines Verschwindens sind mehr als mysteriös.«

»Dann bist du für diesen Fall verantwortlich?«, erkundigte sich Andrea, obwohl das irgendwie auf der Hand lag.

»Leider«, brummte Alberto. »Und ehrlich gesagt mache ich mir große Sorgen um Hans Bischoff.«

»Nur wegen eines einzigen anonymen Briefs?«, meinte Andrea skeptisch. War das nicht ein wenig übertrieben? Der Briefschreiber hatte Hans doch gar nicht explizit bedroht. Und die anderen Trainer hatten sich laut der Presse selbst gerichtet beziehungsweise aus dem Staub gemacht.

»Nein, natürlich nicht nur deswegen. Obwohl ich es schon ziemlich außergewöhnlich finde, dass der Verfasser ausgerechnet die Zeitungsartikel über diese Fälle beigefügt hat, die sich darüber hinaus noch in unterschiedlichen Ländern zugetragen haben. Da muss schon jemand ganz gezielt recherchiert haben – oder eben über Insiderwissen verfügen, denn bislang hat die Presse nicht darüber berichtet, dass es Parallelen zwischen den Fällen gibt. Zum Beispiel sind alle drei Opfer – genau wie Hans Bischoff – professionelle Wintersporttrainer, und in zwei der Wohnungen hat man handgeschriebene Zettel gefunden, auf denen nur das Wort ›Schuldig‹ steht.«

»Die Zettel sind von derselben Person geschrieben worden?«, hakte Andrea nach.

»Nein, vom jeweiligen Opfer«, antwortete Alberto. »Außerdem kannten sich …«, er korrigierte sich, »… kennen sich Bischoff und Wellingen persönlich. Die beiden Männer haben sogar einmal zusammengearbeitet.«

»Aber das muss schon ziemlich lange her sein. Hans coacht Marc doch seit ewigen Zeiten.« Ganz instinktiv hielt sich Andrea an Hans' Bitte und erwähnte nicht, dass der Trainer und Marc sich vor Kurzem getrennt hatten.

»Offenbar gab es in der Zeit dieser Zusammenarbeit einige Lücken. Jedenfalls haben Wellingen und Bischoff vor knapp zehn Jahren gemeinsam die polnischen Biathletinnen trainiert. Ersterer als Nationaltrainer, Bischoff als Fitnesscoach.«

»Und wie lange waren sie dort tätig?«

»Zwei Jahre, dann sind sie gegangen und durch polnische Trainer ersetzt worden. Die beiden verstorbenen Trainer sind Bischoff nur namentlich bekannt, aber vielleicht gibt es auch dort eine Verbindung.«

»Und aufgrund dieser Umstände hältst du Hans für gefährdet?«

»Du etwa nicht?«

Andrea ließ sich das soeben Gehörte noch einmal durch den Kopf gehen. »Doch. Irgendwie ist das alles schon ziemlich verdächtig. Und was schlägst du jetzt vor?«

»Ich habe Herrn Bischoff nahegelegt, nicht zu den Olympischen Spielen zu fahren.«

Unwillkürlich musste Andrea schmunzeln. Genauso gut konnte man dem Papst das Beten verbieten. »Und? Was hat er daraufhin erwidert?«

»Dass man ihn schon fesseln und knebeln müsste, um ihn daran zu hindern, an dieser Olympiade teilzunehmen.«

»Das dachte ich mir.«

»Und genau hier liegt mein Problem«, erläuterte Passini. »Ich weiß nicht, wie ich ihn dort vor diesem Briefeschreiber schützen soll. Wir haben nicht die Mittel, um ihm aufgrund eines einzigen Drohschreibens jemanden in Südkorea zur Seite zu stellen. Und leider habe ich auch keine Ahnung, wie gut die Zusammenarbeit mit den südkoreanischen Kollegen klappen wird. Wahrscheinlich wird das schon aufgrund von Sprachproblemen nicht einfach.« Deutlich vernehmbar holte er Luft. »Deshalb habe ich an dich gedacht. Als ausgebildete Polizistin und Marcs Freundin hättest du die perfekte Tarnung für diesen Job. Mit deinem Arbeitgeber würde ich schon sprechen. Aber ich bin mir ziemlich sicher, dass die Stadtpolizei dich für diesen Zeitraum freistellen würde. Was meinst du?«

Plötzlich raste Andreas Herz. Das wäre *die* Chance, um sich in den Augen der Kantonspolizei zu rehabilitieren. Ein pragmatischer, aber auch durchaus eleganter Weg, um der ungeliebten Arbeit bei der Verkehrspolizei zu entkommen. Doch wie sollte sie Alberto erklären, dass Marc eigentlich heute zurücktreten wollte und höchstwahrscheinlich gar nicht nach Südkorea fahren würde? Und … dass Marc und sie seit letztem Frühjahr getrennt waren?

»Andrea?«

»Aber die Olympiade ist doch erst in drei Monaten. Vielleicht findet ihr diesen Wellingen bis dahin ja noch.«

»Diese Möglichkeit besteht natürlich. Das wäre sicherlich für alle Seiten das Beste. Auch wenn ich ehrlich gesagt nicht daran glaube.«

Andrea schluckte. »Und was ist mit den Fällen in Deutschland und in Österreich? Kannst du nicht über die Ermittlungen der dortigen Polizei den Briefeschreiber identifizieren?«

»Selbstverständlich werden wir mit den Kollegen dort sprechen. Doch du kannst dir vorstellen, wie komplex der Papierkram ist, der davor erledigt werden muss. Mir wäre einfach wohler, wenn wir deinen Einsatz – sozusagen als Plan B – schon einmal in die Wege leiteten. Denn leider wird selbst das nicht von heute auf morgen genehmigt werden.«

»Hm.« Ihr gingen die Argumente aus.

»Übrigens ...«, Albertos Stimme klang auf einmal amüsiert, und Andrea konnte förmlich spüren, wie ein Lächeln über sein Gesicht flog, »... muss ich mich ernsthaft über dich wundern! Ich war regelrecht schockiert, als Hans mir erzählte, dass du gar nicht vorgehabt hättest, Marc durch deine Anwesenheit bei der Olympiade zu unterstützen. Hast du schon vergessen, dass dir dieser Mann im letzten Frühjahr das Leben gerettet hat?«

Gespielt fröhlich – innerlich gequält – lachte Andrea auf. »Stimmt.«

»Siehst du! Also hast du gar keine andere Wahl.«

Glücklicherweise konnte Alberto den Zwiespalt ihrer wahren Gefühle nicht erahnen. Obwohl er natürlich recht hatte: Sie stand tief in Marcs Schuld. Aber irgendwie wäre es auch der blanke Wahnsinn, ihn zu überreden, die Olympiaqualifikation in Angriff zu nehmen. Vor zwei Tagen war er noch fest entschlossen, nicht nur eine Saison lang zu pausieren, sondern gleich ganz aufzuhören. Und nun sollte er sogar nach Südkorea fahren? Für Hans. Für sie. Und letztendlich auch für sich selbst. Ihr graute vor diesem Gespräch. So viel stand für alle Beteiligten auf dem Spiel: die Zukunft ihrer weiteren Beziehung. Ein ehrwürdiges Ende von Marcs Sportlerkarriere. Vielleicht sogar Hans' körperliche Unversehrtheit. Auf der anderen Seite: Wer nicht wagte, konnte weder Goldmedaillen gewinnen noch potenzielle Verbrecher fangen. Andrea gab sich einen Ruck.

»Okay. Ich mache es. Aber bevor ich dir endgültig zusage, müssen Hans und ich erst noch mit Marc sprechen.«

SECHS

Marc saß mit versteinertem Gesicht im Wohnzimmer seines Kilchberger Hauses und lauschte Hans' Worten. Er war dermaßen geladen, dass er sogar Andrea, die wie ein Häufchen Elend neben seinem Ex-Trainer auf dem Sofa hockte, keinerlei Beachtung schenkte. Die zwei schienen vollkommen verrückt geworden zu sein.

»... und deshalb wäre es nicht nur für dich, sondern auch für mich wichtig, dass du bei der Olympiade dabei bist«, beendete Hans seinen Vortrag.

»Und du meinst wirklich, dass ich wegen so eines hirnverbrannten Briefs, der vielleicht gar nichts zu bedeuten hat, riskiere, mir den Hals zu brechen?«, erkundigte sich Marc sarkastisch.

»Wie meinst du das?«

»Nun, einer von uns beiden – höchstwahrscheinlich ich – wird sich, deinem Plan zufolge, für die Olympiade in Pyeongchang qualifizieren müssen, indem er bei einem FIS-Weltcup-Rennen entweder zweimal unter die Top Sechzehn oder einmal unter die Top Acht fährt. Richtig?«

Hans nickte und entschied sich klugerweise, nicht auf Marcs ironischen Ton einzugehen.

»Gleichzeitig hast du mir erst vor ein paar Tagen gesagt, dass ausschließlich die Abfahrtsrennen für mich in Frage kommen. Also scheinst du tatsächlich zu erwarten, dass ich mich in den nächsten Wochen – wohlgemerkt untrainiert – die Rennstrecken von Lake Louise und Beaver Creek herunterstürze. Das kann ja nur übel enden.«

Hans, der bei diesen Sätzen ziemlich blass geworden war, schüttelte energisch den Kopf. »Nein, selbstverständlich kannst du weder in Kanada noch in Amerika starten. Das wäre tödlich. Stattdessen habe ich dir einen Plan ausgearbeitet und wollte vorschlagen, dass du die nächsten zwei Monate ausschließlich unter meinen Anweisungen trainierst.«

Marc warf ihm einen ungläubigen Blick zu. »Bis Ende Dezember soll ich lediglich *trainieren*? Aber dann bleiben nur noch vier Rennen bis zu den Winterspielen!«

»Drei. Adelboden würde ich ebenfalls sausen lassen. Dort hast du noch nie gut abgeschnitten. Aber in Wengen, Kitzbühel und Garmisch hast du die besten Chancen, dich zu qualifizieren. Alle diese Strecken kennst du wie deine Hosentasche, und außerdem wirst du zu diesem Zeitpunkt wieder topfit sein. Das verspreche ich dir!«

Marc schnaubte durch die Nase. »In nur drei Wettkämpfen? Lächerlich! Außerdem, wann genau willst du mich trainieren? Bei deinem neuen Job musst du mit deinem Team reisen. Da werden wir uns kaum sehen.«

»Daher habe ich den Trainingsplan entworfen. Falls du Fragen hast, kannst du mich jederzeit über Skype erreichen. Und wenn ich in der Schweiz bin, trainieren wir auf Schnee.«

»Du willst, dass ich mich *allein* schinde? Im Studio?«, fragte Marc sprachlos.

Andrea rutschte unruhig auf ihrem Sitzplatz herum. »An den Wochenenden kann ich dir behilflich sein.«

»Zu liebenswürdig«, bellte Marc sie an. »Du bist ja auch eine richtige Expertin.«

Trotz seiner verbalen kalten Dusche ließ sich Andrea nicht den Schneid abkaufen. Mit fester Stimme sagte sie: »Außerdem hat uns kein Geringerer als Alberto Passini um Hilfe gebeten, und ihm schuldest du noch etwas. Er hätte letztes Frühjahr durchaus Anzeige erstatten können. Schließlich hast du ihm nicht nur die Dienstpistole entwendet, sondern damit einen Menschen getötet. In Notwehr, klar, um mich zu retten. Aber trotzdem. Wenn sich Alberto nicht für dich starkgemacht hätte, hätte diese überehrgeizige Staatsanwältin garantiert auf einem Prozess bestanden.«

Das stimmte allerdings. Plötzlich verspürte Marc erneut den Terror jener dramatischen Stunden, der ihn manchmal noch in seinen Alpträumen heimsuchte. Er konnte sich froh und glücklich schätzen, dass Andrea noch lebte. Um ein Haar wäre es zu spät gewesen. Dagegen verblasste alles andere.

»Selbst wenn wir den Brief außen vor lassen, meinen Andrea und ich es doch nur gut mit dir«, ergänzte Hans. »Denn spätestens wenn die Olympiade im Fernsehen übertragen wird, würdest du dich in den Hintern beißen, dass du dir das entgehen lässt. Es ist deine letzte Chance auf Winterspiel-Gold … In vier Jahren bist du definitiv zu alt.«

»Bin ich das nicht jetzt schon?«

Hans schüttelte den Kopf. »Schau dir den Trainingsplan doch wenigstens einmal an.«

Marc seufzte. »Okay. Von mir aus.«

Während Hans sich bückte, um aus seiner Aktentasche mehrere Heftordner hervorzuziehen, begegneten sich Andreas und Marcs Blick über dem Couchtisch. Es traf ihn mitten ins Herz, wie verletzlich und besorgt sie aussah. Ihr Mund formte lautlos das Wort »Danke«. Und plötzlich fühlte er sich wie ein Idiot. Sicher, es hatte ihn schwer getroffen, dass sie sich von ihm getrennt hatte. Irgendwie kratzte es auch an seinem Selbstbewusstsein, dass Andrea – obwohl sie sich wieder gut verstanden – nicht in seine Wohnung einziehen wollte. Aber wahrscheinlich hätte er damals auch mehr Verständnis für ihre Situation und ihre Ängste aufbringen müssen, die vielleicht auch in ihrer Vergangenheit begründet waren.

Am liebsten hätte er sie in diesem Moment tröstend in die Arme genommen und ihr versichert, dass alles wieder gut werde. Doch es war nicht nur Mitgefühl, das er verspürte, wenn er ihre schmale Gestalt, die honigblonden Haare und das fein geschnittene Gesicht betrachtete … Wären sie in diesem Augenblick allein im Zimmer gewesen, hätte er sie geküsst. Oder sie wären gleich in seinem Doppelbett gelandet. Nackt, verschwitzt und ineinander verknotet. Es kostete ihn sowieso seit Monaten fast übermenschliche Beherrschung, ihren Wunsch nach körperlicher Distanz zu respektieren. Oder weshalb sonst sollte sie nach wie vor auf einer eigenen Wohnung bestehen? Wahrscheinlich war er deshalb manchmal ruppiger zu ihr, als er eigentlich sein wollte. Aber er war eben auch nur ein Mann.

Hans richtete sich auf und reichte ihm den ersten Ordner,

der mit dem Wort »Kraft« beschriftet war. »Das Erste, was du brauchst, ist maximale Muskelkraft. Die moderne Carvingtechnik hat das sportmotorische Anforderungsprofil der Abfahrtsläufer in den letzten Jahren stark beeinflusst. Einfach gesagt: Es geht darum, die Belastungsverteilung entlang der Ski-Längsachse während eines Rennens so zu beherrschen, dass der Ski immer exakt auf der Kante geführt wird. Je nach Fahrtempo lasten dabei enorme Kräfte auf dem Körper des Athleten, die in der Bein- wie auch in der Rumpfmuskulatur kompensiert werden müssen. In diesem Ordner findest du den Plan für die nächsten drei Wochen, um deine Kraft entsprechend zu trainieren.«

Marc nahm auch die restlichen Hefter entgegen, die mit »Schnelligkeit«, »Ausdauer« und »Beweglichkeit« beschriftet waren. Interessiert schlug er den obersten auf und blätterte darin. Alles war in Hans' kleiner und methodischer Schrift verfasst. Auf der ersten Seite erläuterte der Trainer einige der grundlegenden Begriffe. Mehr für sich selbst las Marc leise murmelnd: »Belastungsintensität, in Klammern BI: die Stärke des einzelnen Belastungsreizes in Prozent der Maximalkraft.« Außerdem wurden noch die Ausdrücke Belastungsdauer, Belastungsdichte, Belastungsumfang und Trainingshäufigkeit erläutert. Natürlich war er mit diesen Definitionen vertraut. Es war Hans' typischer Gründlichkeit geschuldet, dass er sie trotzdem erklärte.

Nachdenklich blätterte er weiter. Bislang hatte er sich relativ wenig mit der Theorie des Trainings befassen müssen, sondern einfach das gemacht, was Hans ihm vorgegeben hatte. Vielleicht sollte er sich zukünftig etwas mehr Know-how in dieser Richtung aneignen. Das konnte zumindest nicht schaden.

***

Mit einiger Sorge betrachte ich die Anzeigentafel im Zieleinlauf in Sölden. Mein Patient ist unvorsichtig. Er brettert einfach zu schnell den Riesenslalom-Parcours herunter. Nach dem ersten

Durchlauf liegt er als international relativ unbeschriebenes Blatt in Führung. Eine vermeintliche Sensation. Dabei haben wir darüber gesprochen, dass es besser wäre, das Rennen langsam anzugehen und erst einmal zu versuchen, unter die ersten fünfzehn zu fahren. Die Saison ist lang. Und das Publikum will unterhalten werden. Die Leute lieben hollywoodmäßige »Außenseiter nimmt jede Hürde«-Storys. Aber das funktioniert nur, wenn – wie bei »Rocky« – der Außenseiter erst einmal als solcher etabliert wird und dabei ordentlich was auf die Mütze bekommt. Wenn Rocky von Anfang an gewonnen hätte, wäre der Film zum Gähnen langweilig gewesen. Außerdem kann dieser Leistungssprung von einer Saison auf die andere mehr als verdächtig wirken. Selbst wenn wir uns in Bezug auf die Dopingkontrolleure keine Sorgen zu machen brauchen.

Die von der WADA beauftragten Anti-Doping-Labore haben ein schier unmögliches Aufgabenspektrum zu bewältigen: Sie müssen sich nicht nur tagtäglich auf die Suche nach immer neuen Dopingmitteln und Methoden machen, sondern auch sämtliche alte, vermutlich bereits ausrangierte Medikamente im Auge behalten. Obendrein würden sie Nachweismethoden für die von mir verwendeten Mikrodosierungen der aktuell verbotenen Mittel entwickeln müssen. Die meisten Sportler dopen nämlich mit zu brachialen Wirkstoffmengen. Frei nach dem Motto: Viel hilft viel. Das stimmt aber nicht. Kleine, gut getimte Dosen fördern die Leistungen fast noch besser und sind – zumindest bislang – kaum nachweisbar.

Im Übrigen kommt es sowieso darauf an, was man mit dem Doping erreichen will: Geht es rein um die Leistungssteigerung im Kraft- oder Ausdauerbereich? Darum, Müdigkeit auszuschalten? Schmerz zu unterdrücken? Die Wettkampfnervosität zu besiegen und dem Kopf unerschütterliches Selbstvertrauen vorzugaukeln? Für alles gibt es die richtige Pille. Doch nur Sportler werden für deren Einnahme bestraft. Wir Normalsterblichen finden nichts dabei, wenn wir unseren Alltag mit Hilfe von Kaffee, Beruhigungspillen, Energydrinks, Zigaretten und Alkohol bewältigen. Kinder und Jugendliche werden ebenfalls mit Ritalin und anderem Mist zugedröhnt, damit sie in der Schule »funktionieren«.

Wo fängt Doping eigentlich an, und wo hört es auf? In den siebziger Jahren haben Wettkampfschwimmer durch das Aufblasen ihrer Därme versucht, eine effizientere Wasserlage zu erreichen. Offiziell verstieß das zwar nicht gegen die damals geltenden Regeln, aber welcher geistig gesunde Mensch pumpt sich schon freiwillig Luft in den Hintern?

Was erwarten das Publikum und die Funktionäre? Dass man nur mit Vitaminsaft und Training die grausamen Strapazen der Tour de France bewältigen kann? Dreitausendfünfhundertvierzig Kilometer, verteilt auf einundzwanzig Etappen? Über unzählige Berge mit einer Durchschnittsgeschwindigkeit von fast einundvierzig Stundenkilometern? Das ist doch lächerlich. Genau wie die Erwartung, dass alle Jahre wieder – völlig ohne Hilfsmittel – immer neue Rekorde gebrochen werden können. Die Sportler sind schließlich auch nur Menschen. Und keine kontinuierlich optimierbaren Maschinen. Die menschliche Leistungsfähigkeit ist ausgereizt, stößt ohne Doping an ihre gottgegebenen Grenzen.

Aber es geht im Spitzensport eben nicht um Menschen. Oder um Spaß an der Bewegung. Um Gesundheit oder gar Fairness. Es geht um Kohle. Im Großen wie im Kleinen. Denn nur Länder mit erfolgreichen Athleten richten profitable Wettbewerbe aus. Sportverbände erhalten nur Förderung, wenn die vorgegebenen Medaillenziele stimmen. Und nur derjenige, der auf dem Podest ganz oben steht, bekommt Geld, Ruhm und lukrative Sponsorenverträge. So einfach ist das.

Auch meinen Patienten treibt lediglich der schnöde Mammon um. Doch er darf diesen Riesenslalom in Sölden trotzdem nicht gewinnen. Es ist zu früh. Wir würden damit nur sehr kurzfristig mediale Aufmerksamkeit erregen. Es wäre wesentlich vorteilhafter, bei den Olympischen Spielen einige Goldmedaillen abzustauben. Diese Gewinner bekommen weltweit die meiste Publicity, sind die wahren Medien- und Zuschauerlieblinge.

Nein, es führt kein Weg daran vorbei: Ich muss meinem Pa-

tienten vor dem zweiten Durchgang ins Gewissen reden. Sonst setzt er mit seinem anabolikageschädigten Hirn alle unsere sorgfältig geschmiedeten Pläne in den Sand. Energisch bahne ich mir einen Weg durch die Menge. Hoffentlich komme ich nicht zu spät.

***

Passini schloss das Schreibprogramm seines Computers. So weit war alles in die Wege geleitet. Andrea hatte bestätigt, dass Marc gewillt war, sich für die Olympiade zu qualifizieren. Und dass sie selbst für einen Einsatz in Südkorea zur Verfügung stand. Auch das Freistellungsgesuch an die Zürcher Stadtpolizei war formuliert und abgesandt worden. Hoffentlich würden die Kollegen nicht allzu lange darüber brüten. Die Akten von den anderen Fällen waren mit einer Bitte um Zusammenarbeit angefordert. Doch bis diese auf seinem Schreibtisch liegen würden, konnten Wochen vergehen. Anders als bei Kapitalverbrechen oder organisierter Kriminalität, für die es die eingespielte Zusammenarbeit mit Interpol oder Europol gab, war es ziemlich schwer, an die Akten von abgeschlossenen ausländischen Selbstmordfällen heranzukommen. Passini würde die Wartezeit dazu nutzen, möglichst viel über das Leben von Reto Wellingen und Hans Bischoff in Erfahrung zu bringen. Bischoff war leider zurzeit auf Reisen. Doch er hatte Wellingens Ex-Frau Dorota gebeten, heute nach Chur zu kommen.

Passini schichtete gerade noch die restlichen Papiere seines Schreibtischs ordentlich aufeinander, als es bereits an seiner Tür klopfte.

»Herein.«

Polternd trat Elias ins Zimmer. »Die beiden Damen sind da.«

Passini erhob sich. »Wo wollen wir mit ihnen sprechen?«

»Am besten hier, dann ist es nicht ganz so förmlich.«

»Wie du meinst. Organisierst du die Getränke?«

»Da besteht kein Bedarf. Beide Damen haben schon abgelehnt. Meinem Gefühl nach wollen sie das Gespräch so schnell wie möglich hinter sich bringen.«

Passini nickte. »Gut. Dann immer hinein in die gute Stube.«

Wenig später betrat eine grazile dunkelhaarige Frau sein Büro, bei der es sich um Wellingens Ex-Frau handeln musste. Sie machte einen selbstsicheren und energischen Eindruck. In ihrem Windschatten folgte ihre und Wellingens hellblonde Tochter Daria. Das Schlusslicht bildete Elias.

»Dorota Wellingen.« Sie reichte Passini eine schmale Hand. Im Gegensatz zur Tochter war ihr Gesicht nicht mit Make-up zugekleistert. Doch auch die Mutter sah überaus gepflegt aus.

»Angenehm. Oberst Passini. Bitte setzen Sie sich doch.« Er zeigte auf das Sofa und die zwei Sessel, die in seinem Büro standen.

»Wir kennen uns ja schon.« Daria setzte sich ohne eine explizite Begrüßung in einen der Besuchersessel.

»Allerdings.« Er lächelte und nahm ebenfalls Platz. Elias zog es vor, an die Wand gelehnt stehen zu bleiben. »Vielen Dank, dass Sie sich heute hierherbemüht haben. Da wir immer noch keine Spur von Ihrem Vater beziehungsweise Ihrem Ex-Mann haben, würden wir Sie gern zu einigen Themen befragen.«

»Einverstanden«, meinte Dorota Wellingen und blickte demonstrativ auf ihre Uhr. »Aber wir müssen spätestens in einer Stunde zurück nach Kitzbühel fahren. Ich betreibe dort einen Beautysalon und muss heute Abend den Tagesabschluss machen. Meine Mitarbeiterin ist dazu allein nicht in der Lage.«

»Wir versuchen, uns zu beeilen.« Passini nahm sich die Wellingen-Akte vom Schreibtisch und schlug sie auf. »Ihre persönlichen Daten haben wir ja bereits. Sie sind achtunddreißig Jahre alt und wohnen in Kitzbühel. Von dem Vermissten sind Sie schon seit über zwölf Jahre geschieden.«

Dorota nickte. »Ja, wir waren nur kurz verheiratet.«

»Wie haben Sie sich kennengelernt?«

»Ich war damals Eiskunstläuferin und Reto mit meinem Trainer befreundet.«

»Ihr Ex-Mann ist deutlich älter als Sie.« Passini hatte die Frage absichtlich im Präsens formuliert. Aufmerksam beobachtete er sein attraktives Gegenüber.

Wellingens Ex-Frau zeigte keine Reaktion und antwortete gleichmütig. »Ja, zwanzig Jahre.«

Er versuchte, sie mit einer kleinen Provokation aus der Ruhe zu locken. »Wenn ich richtig gerechnet habe, sind Sie bereits mit achtzehn Jahren schwanger geworden?«

Ihre Gesichtszüge wurden eine Spur härter. »Was wollen Sie damit sagen?«

Passini hob, wie um Entschuldigung heischend, beide Hände. »Gar nichts. Für Schweizer Verhältnisse ist das nur ungewöhnlich früh. Ich habe mich gefragt, ob Ihre Eltern mit dieser Ehe einverstanden waren.«

»Meine Eltern waren froh, dass Reto mich aus Polen rausgeholt hat. Ich war nicht gut genug, um es als Sportlerin in die erste Riege zu schaffen. Und die wirtschaftlichen Verhältnisse waren damals immer noch schwierig.«

»Sie sind also mit Ihrem Mann in die Schweiz gezogen.«

Dorota nickte.

»Hat es Ihnen hier gefallen?«

»Ja«, antwortete sie einsilbig.

»Und doch sind Sie nach Ihrer Scheidung von hier weggegangen?«

»Reto hat mich finanziell im Regen stehen lassen. Mir war die Schweiz schlichtweg zu teuer.«

Insgeheim fragte sich Passini, ob Kitzbühel tatsächlich so viel günstiger war. Doch er sprach diese Überlegung nicht aus. »Stehen Sie in regelmäßigem Kontakt mit ihrem Ex-Mann?«

»Wir haben ab und zu wegen Daria telefoniert. Obwohl er sich nie besonders für ihre Entwicklung interessiert hat.«

Prüfend ließ Passini seinen Blick über Darias Züge schweifen. Oberflächlich schien sie sich nichts aus der traurigen Feststellung ihrer Mutter zu machen. Doch niemand wusste, was sich hinter ihrer jugendlich glatten Stirn abspielte. Generell wirkte sie wesentlich weniger besorgt über den Verbleib ihres

Vaters als noch bei ihrem ersten Zusammentreffen. Nachdenklich fügte er hinzu: »Und doch hat Herr Wellingen Daria eingeladen, sich seine neue Pension anzuschauen.«

»Na, wir sehen ja gerade, wie phantastisch diese Einladung geklappt hat«, antwortete Dorota mit einer ordentlichen Portion Sarkasmus in der Stimme.

Passini ging nicht auf ihre spitze Bemerkung ein. »Hatten Sie in der letzten Zeit das Gefühl, dass Herr Wellingen in irgendeiner Weise verändert oder depressiv war?«

»Nein, absolut nicht. Soweit ich weiß, hat er sich auf sein neues Leben als Pensionsbesitzer gefreut«, antwortete Daria. Ihre Mutter nickte zustimmend.

Darias Worte schienen Elias zu beflügeln, sich ebenfalls in das Gespräch einzumischen. »Hatte Ihr Ex eine neue Partnerin?«

Frau Wellingen schüttelte den Kopf. »Reto war kein Mann für feste Bindungen. Er hat mich nur geheiratet, weil ich schwanger war und er kein Aufsehen erregen wollte.«

Passini fiel sofort auf, dass Wellingens Ex-Frau im Gegensatz zu ihm die Vergangenheitsform benutzte. »Demnach hat er ausschließlich Kurzzeitbeziehungen geführt?«

»Reto stand auf blutjunge, schlanke, dunkelhaarige Frauen. Der Rest war ihm egal. Wenn ihm eine zu anstrengend wurde, hat er sie durch die Nächste ersetzt. Ich kann Ihnen nicht sagen, mit wie vielen Frauen er mich während unserer Ehe betrogen hat. Hunderte wahrscheinlich.«

»Meinen Sie wirklich?«, fragte Passini ungläubig.

»Zweifeln Sie etwa an meinen Worten?« Die Stimmung in Passinis Büro war schlagartig gekippt. Mutter wie Tochter wirkten aufgebracht.

Elias sprang ihm zur Seite. »Etwas ganz anderes: Kennen Sie vielleicht einen überdurchschnittlich großen Mann, der einen blauen Kleinwagen fährt und mit Herrn Wellingen befreundet war?«

»Nein«, antworteten Dorota und Daria wie aus einem Mund.

Sein junger Kollege ließ sich nicht entmutigen. »Oder haben Sie den Namen Hans Bischoff schon einmal gehört?«

Beide verneinten.

»Kurt Loisl oder Thomas Haider?«

»Thomas Haider war doch der österreichische Trainer, der sich mit Abgasen umgebracht hat, richtig? Das meine ich in der Zeitung gelesen zu haben«, antwortete Dorota zögerlich, während Daria mit den Schultern zuckte. »Nie gehört.«

Passini hakte nach: »Ja, das stimmt, Frau Wellingen. Kannten Sie Herrn Haider? Wissen Sie, ob Ihr Mann ihn gekannt hat?«

Frau Wellingen tastete nach ihrer Handtasche und zog sie ungeduldig auf ihren Schoß, ganz so, als ob sie bereits auf dem Sprung nach Hause wäre. »Nein. Weder noch. Ich habe nur von Haiders Tod in der Zeitung gelesen. Er war erst vor Kurzem der Langlauf-Nationaltrainer geworden, und sie hatten Probleme, auf die Schnelle Ersatz zu finden. Das war alles.«

Elias und Passini wechselten einen Blick. Bislang hatten sie keine bahnbrechenden neuen Erkenntnisse gewonnen.

Um die plötzlich einsetzende Stille mit Worten zu füllen, fragte Passini: »Ihr Mann war früher der Trainer des polnischen Biathlon-Damenteams. Ist er in Ihrem Geburtsland beliebt gewesen?«

»Er war erfolgreich. Aber nicht unbedingt beliebt.«

»Wie meinen Sie das?«

»Reto war unerbittlich mit seinen Trainingsmethoden. Einige der Sportlerinnen kamen wohl nicht damit klar und sind aus dem Team ausgetreten. Gleichzeitig hat die Damenmannschaft niemals zuvor so viele Erfolge gefeiert. Es war wie Magie. Keiner hat verstanden, warum Reto nach nur zwei Jahren ersetzt wurde. Aber wahrscheinlich gab es Reibereien mit den Funktionären. Reto war politisch nicht gewieft genug. Er war kein Diplomat und sprach immer das aus, was er meinte.«

»Ist er öfter in seinem Leben mit seiner Offenheit angeeckt?«, erkundigte sich Passini.

»Ja.«

Elias räusperte sich. »Hat ihm der Rauswurf etwas ausgemacht?«

»Keine Ahnung. Wir waren damals schon geschieden.«

Es war offensichtlich, dass sie am Ende dieser Befragung angelangt waren. Weder Elias noch ihm selbst fielen zusätzliche Ansatzpunkte ein. Frau Wellingen war bis zur Sofakante vorgerückt und im Begriff, das Weite zu suchen. Viel Aufschlussreiches hatten sie nicht gehört. Aber die Gespräche mit den Freunden und Nachbarn des vermissten Trainers waren ähnlich unergiebig verlaufen. Keiner hatte etwas gesehen, keiner etwas bemerkt.

»Hat Ihr Ex-Mann außer Ihnen noch Angehörige?«, erkundigte sich Elias. Tapfer ignorierte er den genervten Gesichtsausdruck seines Gegenübers.

»Nicht, dass ich wüsste. Seine Eltern sind schon länger tot. Und Geschwister hat er auch nicht. Aber bei seiner unmoralischen Lebensweise kann ich nicht die Hand dafür ins Feuer legen, dass er nicht irgendwo noch weitere Kinder hat. Solch glückliche Ereignisse hätte er mir vorenthalten.«

Passini stand von seinem Sitzplatz auf und reichte Frau Wellingen die Hand, um ihr hochzuhelfen. »Wenn Sie mir die Frage verzeihen … aber haben Sie eigentlich einen neuen Lebenspartner?«

Sie stand jetzt unmittelbar vor ihm und blickte ihm direkt in die Augen. »Ich brauche keinen neuen Mann, Herr Oberst. Nach meinen Erfahrungen mit Reto würde mir ein anderer Kerl nur mit Waffengewalt ins Haus kommen.« Sie hob eine Hand zum Abschied. »Auf Wiedersehen, die Herren.«

Ihre aggressiven Worte ließen Elias und Passini sprachlos zurück. Selbst der Ton, in dem sie ihnen diese Aussage entgegengeschleudert hatte, war seltsam hitzig gewesen. Beunruhigt sahen sie den beiden Damen hinterher.

SIEBEN

Das Haus liegt am Ende einer langen Auffahrt aus weißem Kies. Links und rechts davon stehen dichte dunkle Büsche und meterhohe Bäume, deren Wipfel sich über mir berühren und einen Hohlweg formen. Ich weiß, dass außerhalb dieses natürlichen Tunnels die Sonne scheint. Doch es dringt kaum Licht zu mir durch. Ich fröstele. Am liebsten wäre ich umgekehrt, aber daran ist nicht zu denken. Es gibt kein Entrinnen vor seinen Wünschen. Widerstand ist zwecklos. Wie ein Roboter setze ich einen Fuß vor den anderen und versuche, dabei geradeaus zu blicken. Das Dickicht um mich herum ist unheimlich. Man kann nicht sehen, wer oder was sich dahinter verbirgt. Ich habe die Schultern hochgezogen, um mich vor einem plötzlichen Angriff zu schützen. Es knackt und knirscht im Unterholz neben mir. Sind das Vögel, Mäuse oder etwas Schlimmeres?

Je näher ich der hellen Öffnung am Ende des Hohlwegs komme, desto klarer werden die Konturen des Hauses. Eine imposante efeubewachsene Villa. Mit vielen Fenstern. Doch sämtliche Läden sind verriegelt. Nirgends kann man rein- oder rausschauen. Das verleiht dem Gebäude eine unfreundliche Ausstrahlung – wie ein Gesicht ohne Augen. Man sieht der Villa nicht an, was sich hinter ihren dicken Mauern abspielt. Das weiß man nur, wenn man – so wie ich und meine »Geschwister« – darin wohnt.

Endlich trete ich in den Sonnenschein des Vorplatzes und halte an. Von hier aus kann man den verwaisten Gemüsegarten sehen, der links neben dem Villeneingang liegt. Und die kleine Kapelle auf der rechten Seite. Verwirrt blicke ich zur Eingangstür. Dort steht niemand, um mich in Empfang zu nehmen. Was nun?

»Geh die Post holen und kehre umgehend zum Haus zurück!«, haben seine Anweisungen gelautet. Doch was soll ich jetzt mit dem einzelnen Brief machen, den ich in meinen

schwitzigen Fingern halte? Er hat nicht genau ausgeführt, ob ich das Recht habe, das Haus allein zu betreten. Doch er hat mir ebenfalls nicht die Erlaubnis gegeben, vor dem Eingang herumzulungern. Was soll ich also tun? Mit jeder Sekunde, die verstreicht, werde ich nervöser. Stocksteif verharre ich in der Sonne und traue mich kaum zu atmen.

Eine gefühlte Ewigkeit später ist er immer noch nicht da, und ich stehe wie angewachsen vor dem Haus. Mein Mund ist trocken. Ein einzelner Schweißtropfen löst sich aus meiner rechten Augenbraue, rinnt am Auge vorbei und über meine Wange, aber ich traue mich nicht, ihn abzuwischen. Stattdessen blinzele ich nach unten. Was ich dort sehe, verschlägt mir den Atem: Ich bemerke, dass es mein schmaler Schatten ist und nicht seiner. Mein Schatten, der in keiner Weise die Umrisse seiner grobschlächtigen Gestalt widerspiegelt. Das verwirrt mich.

Denn er hat so unendlich viel Macht über mich. Mein Körper scheint nur das ausführen zu können, was er mir befiehlt. Und trotzdem ist mein Schatten mein eigener. Erstaunlich. Vorsichtig wackele ich mit den Fingern der freien Hand. Der Schatten tut es mir nach. Er gehört tatsächlich mir, ganz allein mir. Plötzlich werde ich von einem unglaublichen Glücksgefühl durchflutet. Mein Herz klopft wie wild und …

Die Eingangstür öffnet sich. Seine massige Figur füllt den Türrahmen fast zur Gänze aus, und der ernste Gesichtsausdruck verheißt nichts Gutes. Das jähe Glücksgefühl erlischt.

»Warum hältst du hier Maulaffen feil und kommst nicht rein? Es wartet Arbeit auf dich«, sagt er leise. Leise ist gefährlicher als laut, so viel ist sicher.

»Weil …«, stammele ich verzweifelt. Er würde keinen meiner Einwände gelten lassen. »Ich war mir nicht sicher … was … was du von mir erwartest.«

Er holt Luft und zitiert: »›Nicht mit Dienst allein vor Augen, als den Menschen zu gefallen, sondern als Knechte Christi, die den Willen Gottes von Herzen tun‹, sagt die Bibel in Epheser 6, 6–7.« Forschend blickt er mir ins Gesicht. »Spürst du denn nicht, was der Herr von dir erwartet?«

Ich ahne bereits, was mir droht, als ich den Kopf schüttele.

»Dann wirst du es lernen müssen. Die heutige Nacht musst du im Keller verbringen und …«

Schwer atmend wache ich auf. Mein Herz klopft wie verrückt. In meinem Traum bin ich in meine Kindheit zurückversetzt worden, die schon viele Jahre zurückliegt. Doch es hat sich genauso beklemmend wie damals angefühlt.

Mit geschlossenen Augen warte ich, bis sich mein Herzschlag wieder beruhigt. Dann versuche ich mit aller Ruhe, zu der ich fähig bin, zu analysieren, warum ich ausgerechnet heute wieder angefangen habe, von ihm zu träumen. Liegt es daran, dass mein Patient in Sölden den vierten Platz gemacht und damit immer noch viel zu gut abgeschnitten hat? Oder liegt es an dem Päckchen, das ich dem Beschuldigten heimlich vor seine Hotelzimmertür gelegt habe, um meiner Vorladung Nachdruck zu verleihen? Ich weiß es nicht. Aber ich befürchte, dass diese Träume und Erinnerungen von nun an meine ständigen Begleiter werden.

***

Andreas Arbeitswoche war schleppend vergangen. Der Chef der Verkehrspolizei hatte ihr immer noch kein grünes Licht für die Südkorea-Freistellung gegeben. Keine Ahnung, woran das klemmte, aber wenigstens war jetzt das Wochenende angebrochen, und sie hatte sich, wie versprochen, aufgemacht, um Marc bei seinem Training zu unterstützen. Per WhatsApp hatte er sie darüber informiert, dass er sich in einem eigens angemieteten Raum einer Turnhalle am Zürcher Stadtrand durch Hans' Trainingsprogramm quälte und ihre Hilfe gut gebrauchen konnte.

Marcs Arbeitstag schien auch an Samstagen recht früh zu beginnen. Es war erst acht Uhr morgens, als Andrea ihren Wagen vor der Turnhalle abstellte. Nachdem sie das Gebäude betreten hatte, konnte sie sich an der Musik orientieren. »Sweet Child O' Mine« von Guns N' Roses röhrte in voller Lautstärke aus einem der hinteren Räume.

»Hallo, Langschläferin«, begrüßte Marc sie mit einem Lächeln und gab ihr einen Begrüßungskuss auf die Wange. Er sah gut aus in Shorts und T-Shirt und wirkte hellwach.

»Wieso? Wann hast du denn hier angefangen?«, erkundigte sie sich.

»Um sechs. Je eine Einheit Kraft- und Konditionstraining habe ich schon hinter mir. Jetzt steht ein Gleichgewichtsparcours an. Aber den müssen wir erst noch aufbauen.«

»Kein Problem. Sag mir, wie ich helfen kann«, antwortete Andrea und schob demonstrativ die langen Ärmel ihres Poloshirts bis zu den Ellbogen hoch.

Nach Marcs Anweisung legten sie zunächst zwei zwanzig Zentimeter dicke Turnmatten übereinander und einen Pezziball obenauf. Davor stellten sie ein Minitrampolin.

»Du willst nur mit einem Trampolinsprung über dieses Hindernis gelangen?«, fragte Andrea skeptisch.

»Nein, nicht darüber, sondern darauf.«

»Du meinst … vom Trampolin abspringen und auf dem Gymnastikball landen?«, erkundigte sie sich ungläubig.

Marc nickte. »Genau.«

»Aber was passiert, wenn du nicht richtig darauf zu stehen kommst, abrutschst und hinfällst? Ist diese Übung das Verletzungsrisiko wert?«

»No risk, no fun.« Er grinste frech. »Nein, Quatsch, ich mach das schließlich nicht zum ersten Mal, Andrea. Außerdem ist das ein dynamischer Parcours, was bedeutet, dass ich nicht minutenlang auf dem Pezziball balancieren muss, sondern diese Landung lediglich als Zwischenstopp für den nächsten Sprung dient. Verstehst du? Ich springe immer weiter.« Er klatschte rhythmisch in die Hand. »Zack, zack und zack.«

»Okay.« Doch so ganz konnte sie es sich immer noch nicht vorstellen. Besonders nicht, da sie als Nächstes einen Barren, dessen Holme auf unterschiedliche Höhen eingestellt waren, hinter den Turnmatten aufbauten. Dazwischen kam noch ein federndes Sprungbrett.

»Siehst du, nach dem Pezziball lande ich auf dem Brett und

dann erst auf dem unteren und anschließend auf dem höheren Holm«, erklärte Marc, während er einen Kasten aus mehreren übereinandergestapelten Holzelementen hinter den Barren schob. »Und daran befestigen wir jetzt eine Slackline.«

Andrea, die nicht glauben konnte, dass ein ausgebildeter Zirkusartist – geschweige denn Marc – diesen verrückten Parcours bewältigen konnte, behielt ihre Zweifel für sich. »Hast du schon immer auf diese Weise dein Gleichgewicht trainiert?«

»Nein, als Junge bin ich auf Eisenbahnschienen gejoggt. Aber seit ich Profi bin, schon.«

Der Parcours wurde immer länger und bestand aus weiteren Kästen, auf die Marc merkwürdige Rollen aus Holz platzierte, Barren und Minitrampolins. Den Abschluss bildete eine Reihe Hürden aus Stangen, zwischen die Marc sogenannte Balanceboards gelegt hatte, die auf der Oberseite flach und von unten rund waren. Zum Spaß stellte sich Andrea auf eins von ihnen und hatte – selbst ohne den Sprung über das sechzig Zentimeter hohe Hindernis – Mühe, darauf zu balancieren. Dabei war sie alles andere als unsportlich.

Als fast der ganze Raum mit Turngeräten zugestellt war, klatschte Marc in beide Hände. »Okay, los geht's.«

»Was kann ich tun?«, fragte Andrea.

»Wie wäre es mit beten?«, witzelte Marc und ging zu dem ersten Minitrampolin. »Ich übe diese Runde ein paarmal, und danach könntest du mich mit dem Handy filmen. Hans freut sich über jede Bestätigung, dass ich mache, was er von mir verlangt.«

»Geht klar«, antwortete Andrea und beobachtete, wie Marc den Pezziball auf den Turnmatten anvisierte. Von einer Sekunde auf die nächste wirkte er voll konzentriert. Er nahm Anlauf, rannte auf das Trampolin zu und sprang dynamisch ab. Mit angewinkelten Knien und ausgebreiteten Armen landete er tatsächlich mit beiden Füßen auf dem Gymnastikball, bevor er kontrolliert weitersprang und erst auf dem Absprungbrett und von dort aus nacheinander auf den beiden Holmen des Barrens aufkam. Jede seiner Bewegungen wirkte flüssig und rund.

Andrea konnte keine Unsicherheit bemerken. Es folgte eine sichere Landung auf dem Holzkasten. Nur mit der Slackline, über die Marc praktisch rannte, hatte er Probleme und musste kurz vor Erreichen des zweiten Holzkastens auf den Boden ausweichen.

»Verdammt«, fluchte er und kehrte zum Anfang des Parcours zurück.

Andrea hielt vor Anspannung die Luft an. Doch diesmal klappte alles. Und als Marc die letzte Hürde überwunden hatte, klatschte sie spontan Beifall.

»Wahnsinn«, lobte sie. »Unglaublich, was du für ein Gleichgewichtsgefühl hast.«

»Danke.« Statt sich auf seinen Lorbeeren auszuruhen, kämpfte sich Marc ein ums andere Mal erneut durch den Parcours. Jedes Mal, wenn er einen Fehler machte, fing er von vorn an. Nachdem er die gesamte Runde zum zweiten Mal völlig fehlerfrei absolviert hatte, filmte Andrea den nächsten Durchgang.

»Es ist schon fast elf Uhr«, meinte sie, als sie die Datei an Hans' E-Mail-Adresse geschickt hatte. »Gönnst du dir jetzt eine Pause?«

»Gleich. Erst kommen noch ein paar andere Übungen dran.« Diesmal kletterte Marc erneut auf die Slackline und ging in die Rennhocke. Anfangs wackelte das Band ein wenig, doch dann schien seine Position bombensicher zu sein. »Wirf mir jetzt einen der Pezzibälle zu«, bat er Andrea. Sie tat es, und er fing ihn ohne irgendwelche Probleme. Danach folgten eine Reihe anderer kniffliger Aufgaben. Erst gegen ein Uhr machten sie sich auf, um etwas zu essen.

»Wann kehrt Hans eigentlich zurück?«, fragte Andrea, während sie auf die bestellten Steaks warteten.

»Morgen. Dann werde ich mit ihm und dem Team zum ersten Mal wieder auf Schnee trainieren.«

»Freust du dich drauf?«, erkundigte sie sich interessiert.

Marc zuckte halbherzig mit den Schultern. »Freuen nicht

gerade. Aber ich bin gespannt, wie meine Leistung im Vergleich zum restlichen Team sein wird. Hast du übrigens von Alberto gehört, dass Hans erneut Post bekommen hat?«

»Nein! Was steht diesmal drin?«

»Diesmal war es eine persönlich überbrachte Nachricht ohne Worte.« Er nahm einen Schluck Mineralwasser.

»Wie ... ohne Worte?«

»Man hat ihm ein Kuvert mit einer gravierten Pistolenkugel vors Hotelzimmer gelegt.«

Andreas Augen weiteten sich vor Überraschung. »Jemand hat sich die Mühe gemacht, Hans' Namen in eine Kugel zu ritzen?«

»Nein, nicht seinen Namen, sondern den Buchstaben ›J‹ und ein Datum – den 15.2.2017.«

»Aber was soll das bedeuten? Dieses Datum ist doch bereits verstrichen.«

»Darüber haben sich Alberto und Hans auch schon gewundert.«

»Kennt Hans jemanden, dessen Name mit ›J‹ anfängt?«

»Natürlich. Er kennt gleich mehrere Personen, deren Vor- beziehungsweise Nachname mit ›J‹ beginnt. Aber leider ist niemand darunter, den er mit diesem 15. Februar in Verbindung bringt.«

»Wie merkwürdig. Und wie geht es jetzt weiter?«

»Alberto hat die Kugel, übrigens eine Neun-Millimeter-Parabellum, auf Fingerabdrücke untersuchen lassen, aber natürlich sind keine darauf gefunden worden. Und ansonsten bleibt uns allen wohl nichts anderes übrig, als abzuwarten, bis der Briefeschreiber einen neuen Schachzug macht. Bis Südkorea dauert es ja schließlich noch etwas!«

***

Seine Frau hatte zum Mittagsmahl Zürcher Geschnetzeltes gekocht, und Passini verspeiste seine Portion mit gesundem Appetit. Es war eine gute Idee gewesen, von Chur und seinem aktuellen Fall wegzukommen und spontan zu seiner Familie in die Berge zu fahren. Selbst Tiziana schien sich zu freuen, ihn zu sehen. Während des Essens plauderten sie entspannt über ihre Arbeit in der Boutique und die Neuigkeiten in ihrem Bekanntenkreis: Max, Jonas' Patenonkel und einer seiner ältesten Freunde, hatte sich entschieden, sein Restaurant aufzugeben und auf Weltreise zu gehen.

»Und wie klappt es in der Schule, Jonas?«, fragte Passini seinen Teenagersohn, der leider selbst bei Tisch in einem Sachbuch schmökerte.

»Wie immer«, erwiderte er knapp.

»Das ist schön«, meinte Passini trotz der einsilbigen Antwort. Er freute sich über jedes Wort, das Jonas an ihn richtete. Außerdem war es sowieso eine reine Verlegenheitsfrage gewesen, denn sein hochbegabter Sohn hatte noch nie eine schlechte Note nach Hause gebracht. Er litt an einer milden Form des Asperger-Syndroms und lebte für seine Umweltschutz-Aktivitäten. Es war nicht leicht, sich mit dem Jungen zu unterhalten.

»Kommst du mit dem neuen Fall voran?«, erkundigte sich Tiziana. »Habt ihr den Vermissten endlich gefunden?« Sie hatte ihm schon bei seiner Ankunft erzählt, dass sie die Artikel über Wellingens Verschwinden gelesen hatte.

»Leider nein.«

»Darfst du darüber sprechen?«

Passini schüttelte den Kopf. »Nein. Aber selbst, wenn ich wollte, gibt es nicht viel Neues zu erzählen.« Er machte eine bedeutungsvolle Pause. »Außer, dass der Fall eventuell ganz entfernt mit der Olympiade in Südkorea zu tun hat.«

Jonas blickte von seinem Buch auf. »Mit den Olympischen Spielen in Pyeongchang?« Es war Passini ein Rätsel, wie man gleichzeitig lesen und eine Unterhaltung verfolgen konnte. Doch Jonas hatte seinen Köder geschluckt. Passini hatte die Olympiade nur erwähnt, um ein Gesprächsthema anzuschneiden, von dem er wusste, dass es seinen Sohn interessierte. Vor viereinhalb Jahren hatte es eine Initiative gegeben, die Winterspiele 2022 in Davos und Sankt Moritz stattfinden zu lassen.

Jonas war entschieden dagegen gewesen, obwohl die beiden Ortschaften dafür gestimmt hatten. Doch letztendlich war die Bewerbung am kantonalen Volksentscheid gescheitert.

Passini nickte.

»Musst du etwa nach Seoul fliegen, um deine Verbrecher zu fangen?«, fragte Jonas. Seine Worte klangen vorwurfsvoll.

»Nein, vor Ort ist selbstverständlich die koreanische Polizei zuständig.«

Sein Sohn wirkte erleichtert. »Wenigstens unterstützt du diese Veranstaltung nicht mit deinem Eintrittsgeld.«

»Wie meinst du das?«, fragte Tiziana.

»Ich habe neulich mit einem koreanischen Umweltschützer von der Organisation KFEM gechattet, und er hat berichtet, dass in dem Wintersportort Jeongseon am Berg Gariwang schon eine breite Schneise in den Laubwald geschlagen worden ist. Insgesamt mussten über sechzigtausend Bäume gefällt werden, die teils Hunderte von Jahren alt waren. Neue Seilbahnen und Hotels wurden gebaut – und sechs hypermoderne Sportstätten! Und das alles für einen Landkreis, in dem lediglich vierundvierzigtausend Menschen leben. Eine katastrophale Entwicklung ... für zwei Wochen Sport!«

»Jonas, man kann den Fortschritt eines Landes nicht aufhalten. Wir wollen doch alle nicht mehr wie in der Steinzeit leben. Außerdem finden nach der Olympiade auch noch die Paralympischen Spiele statt«, sagte Tiziana leise. Sie wusste, dass ihre Worte Jonas verärgern würden.

»Und der olympische Gedanke der Völkerverständigung und des friedlichen Wettbewerbs der Nationen muss doch selbst dir gefallen«, versuchte Passini, seine Frau zu unterstützen. »Gerade in der heutigen Zeit, in der viele Länder wieder nationaler und protektionistischer handeln, kommt den Spielen eine besondere Bedeutung zu. Zumal Korea immer noch ein geteiltes Land ist.«

Jonas schnaubte durch die Nase. »Du tust ja gerade so, als ob die Spiele ein Friedensgarant wären. Dabei hat der olympische Gedanke weder den Ersten noch den Zweiten Weltkrieg verhindert. Außerdem gab es immer wieder brutale Zwischenfälle. Denk doch nur an das Massaker in München 1972 oder an Atlanta 1996, als im olympischen Park eine Bombe explodiert ist.«

»Warum bist du nur immer so negativ, Jonas?«, erkundigte sich Passini und biss sich im gleichen Atemzug auf die Lippen. Er hatte der Psychologin seines Sohnes versprochen, ihn nicht mehr wegen jeder Kleinigkeit zu kritisieren. Verunsichert bemühte er sich um einen betont leichten Ton. »Es gibt auch so viele schöne Geschichten rund um Olympia, zum Beispiel, wie sich in Peking eine russische und eine georgische Sportlerin auf dem Siegerpodest umarmt haben, obwohl gerade der Kaukasuskrieg zwischen ihren Heimatländern tobte. Außerdem muss es für die teilnehmenden Sportler ein wundervolles Gefühl sein, um olympische Medaillen zu kämpfen, wenn Millionen von Menschen begeistert am Fernseher mitfiebern.«

Jonas schwieg. Man sah ihm seine Gefühle nicht an. Vielleicht wägte er ab, ob der Streit es wert war, fortgeführt zu werden.

Tiziana nutzte den Moment, um die Teller abzuräumen. Passini fühlte sich unwohl, weil er nicht bei der Hausarbeit behilflich war. Aber gleichzeitig wollte er Jonas auch nicht allein am Tisch zurücklassen. Eine moralische Zwickmühle.

»Heute Abend gehe ich übrigens mit einer Kollegin aus. Im ›Hotel Laudinella‹ findet eine Lesung statt«, erklärte seine Frau, als sie mit den Nachtischschalen – es gab selbst gemachtes Zimteis mit Zwetschgenmus – aus der Küche zurückkehrte.

»Ah, okay«, meinte Passini enttäuscht.

»Tut mir leid, aber ich wusste nicht, dass du uns heute mit deiner Anwesenheit beehrst«, verteidigte sich Tiziana. »Eigentlich wolltest du doch erst nächstes Wochenende kommen.«

Er nickte und lächelte tapfer seinen Sohn an. »Was meinst du, Jonas, gehen wir zwei Männer heute Abend zusammen einen trinken?«

Jonas musterte ihn befremdet. »Vater, ich trinke nicht. Außerdem muss ich heute Abend noch etwas für meine Alpenrebell-Organisation machen.«

»Kein Problem. Dann gehen wir eben ein anderes Mal ins Kino.« Passini steckte sich einen extragroßen Löffel Zimteis in den Mund. Er hatte sich auf einen gemütlichen Abend im Schoße seiner Familie gefreut, aber daraus schien nichts zu werden.

»Wann musst du wieder im Büro sein?«, erkundigte sich Tiziana.

»Morgen. Eigentlich wollte ich die Nacht hier verbringen und ganz früh morgen losfahren. Aber wenn ihr beide beschäftigt seid, dann haue ich schon heute Abend wieder ab. Das ist entspannter.«

Keiner widersprach ihm. Und so kam es, dass Passini sich nach einer Joggingrunde und einer ausgiebigen Dusche ins Auto setzte und in Richtung Chur fuhr. In gewisser Weise war er erleichtert, dass dort der Wellingen-Fall auf ihn wartete und ihm keine Zeit lassen würde, sich mit seinen eher unerquicklichen privaten Gedanken rumschlagen zu müssen.

ACHT

Marc wuchtete den schweren Skisack und sein anderes Gepäck in einen der roten Eisenbahnwaggons, die ihn, Hans und das restliche Team vom Bahnhof in Täsch ins autofreie Zermatt befördern würden. Morgen würde er dort zum ersten Mal wieder auf Skiern stehen. Ein merkwürdiges Gefühl nach der langen Zeit ohne Training im Schnee.

»Hast du die beiden Muskelmänner gesehen?«, fragte ihn Luca Zogg, der laut Hans das größte neue Talent im Team war.

Marc schaute sich um. »Nein, wieso?«

»Sie sind glücklicherweise in ein anderes Abteil eingestiegen«, erklärte Luca. »Aber das waren diese Ukrainer. Oleksiy Bely Ruban und sein Bruder Bohdan, der ihn trainiert.«

Hans, der ihre Unterhaltung belauscht hatte, gesellte sich zu ihnen. »Ruban ist heuer wirklich in Topform. Er hat in Sölden den vierten Platz gemacht. Und in Levi war er auch unter den Top Ten.«

Luca verzog spöttisch den Mund. »Kein Wunder.«

Hans nickte. »Ich weiß, was du meinst. Seine … sagen wir mal … körperliche Entwicklung im letzten Jahr ist erstaunlich. Er hat bestimmt fünfzehn Kilo an Muskelmasse zugelegt. Das ist durch Training allein in dieser kurzen Zeitspanne wohl kaum zu erreichen. Aber solange man ihn nicht des Dopings überführt, gilt die Unschuldsvermutung.«

»Ich habe gehört, dass Ruban in Lake Louise und Beaver Creek nicht antreten wird. Angeblich, weil der ukrainische Skiverband nicht genug Kohle rausrückt«, erzählte Luca mit konspirativ gesenkter Stimme. »Aber wenn du mich fragst, hast er Angst, zwei Wochen ohne Dopingnachschub zu sein.«

»Ich wäre mit solchen Behauptungen vorsichtig«, sagte Marc mit einem schiefen Lächeln. »Besonders wenn ich, wie du, selbst so eine Kante von einem Kerl wäre. Du passt ja kaum durch die Tür, Luca.«

Der Jungspund ging hoch wie eine Rakete und trat drohend einen Schritt näher. »Was willst du mir damit sagen, alter Mann?«

Hans packte ihn energisch am Arm. »Mensch, Luca. Jetzt reiß dich am Riemen. Marc wollte gar nichts damit sagen – außer, dass man sich mit seinem Urteil über andere Menschen Zeit lassen sollte.«

Luca war vor Wut ganz rot im Gesicht. »Vielleicht sollte jemand, der mir körperlich unterlegen ist, lieber kleinere Brötchen backen.«

»Luca! Vielleicht wäre einem fünfmaligen Weltcup-Sieger gegenüber auch ein wenig mehr Respekt angebracht«, rief Hans und wollte gerade zu einer ausführlichen Standpauke ansetzen, als Marc ihm kaum merklich ein Zeichen gab.

»Wir sollten uns unsere Energie lieber für die Piste aufheben, Luca«, meinte er ruhig. »Außerdem ist es gut, dass die Konkurrenz auch hier ist. Dann wissen wir gleich, woran wir sind.«

»Ich habe genug Energie – für alles, was ansteht«, knurrte Luca und drehte ihnen demonstrativ den Rücken zu.

Hans schüttelte ungehalten den Kopf. »Diese Jugend von heute«, fluchte er leise. »Völlig außer Rand und Band. Aber vielleicht haben sie dem armen Kerl in seinem Heim auch einfach keine Manieren beigebracht.«

Marc grinste. »Komm schon, Hans. Lass ihn. Dem brodelt das Testosteron aus den Ohren raus. Wir waren doch alle mal so.«

Bald darauf erreichten sie den Bahnhof von Zermatt und gingen die wenigen Meter zu ihrem Hotel zu Fuß. Alle Athleten des Teams teilten sich jeweils Doppelzimmer, nur Marc, Hans und der Cheftrainer hatten je ein Einzelzimmer verlangt. Leider dauerte es eine ganze Weile, bis das Team eingecheckt war. Doch Marc wurde die Wartezeit in der kleinen Lobby nicht lang: Er beobachtete eine zierliche dunkelhaarige Frau, circa Mitte dreißig, die sich angeregt mit zwei Kontrolleuren von Antidoping Schweiz unterhielt. Die hohen Wangenknochen und ihre anmutigen Bewegungen erinnerten ihn an eine französische Schauspielerin, auch wenn ihm der Name gerade nicht einfiel. Schon rein äußerlich war sie voll sein Typ, aber darüber hinaus fesselte ihn auch irgendetwas an ihrer eher spröden Ausstrahlung.

»Weißt du, wer das ist?«, fragte er Hans und nickte verschwörerisch in ihre Richtung.

»Du meinst die Gazelle?«

Marc grinste. »Genau.« Plötzlich wurde ihm bewusst, dass er sich trotz der offiziellen Trennung immer noch an Andrea gebunden fühlte. Sonst hätte er diese Frau zweifelsohne angesprochen und sich mit ihr auf einen Drink verabredet. Stattdessen lebte er seit sechs Monaten wie ein Mönch. Andreas Shampoo stand immer noch in seiner Dusche. Ihre Zahnbürste leistete seiner Gesellschaft. Aber wie lange konnte er diesen Selbstbetrug noch durchziehen? Auf der einen Seite wollte er Andrea all die Zeit geben, die sie brauchte. Doch andererseits … Allmählich musste sie sich entscheiden. Für oder gegen ihn. Irgendwann mussten ihre beiden Leben – getrennt oder zusammen – weitergehen und nicht in dieser luftleeren Blase verharren.

»Die ist echt hübsch.«

Für Marcs Geschmack musterte Hans die dunkelhaarige Frau eine Spur zu auffällig. Er gab ihm einen Stoß in die Seite. »Und? Kennst du sie?«

»Nein. Keine Ahnung, ob sie ebenfalls für Antidoping arbeitet. Vielleicht als optische Bereicherung der Kontrolleur-Truppe?«

Marc bezweifelte das. Da er in diesem Moment seinen Zimmerschlüssel in Empfang nahm, enthielt er sich einer Antwort und brummte in die Runde: »Um wie viel Uhr treffen wir uns morgen zum Frühstück?«

»Um Punkt sieben«, antwortete Max Eberhard, der Cheftrainer. »Jeder, der zu spät kommt, macht vor versammelter Mannschaft zwanzig Liegestütze. Einarmig.«

Als Marc nach dem Abendessen die Lobby durchquerte, sah er die hübsche »Gazelle« erneut. Diesmal war sie in der Begleitung von Axel Schuhmacher, einem freien Sportjournalisten, den er schon seit ewigen Zeiten kannte, und dessen Sohn Dirk, einem Fotografen. Während Marc noch überlegte, ob er kurz Hallo sagen sollte, bemerkte Schuhmacher ihn ebenfalls und winkte ihm zu.

»Hey, Marc, schön, dich hier zu treffen. Wir haben dich in Sölden und Levi schon schmerzlich vermisst.«

»Ja, ich lasse diesmal die Saison eher ruhig anlaufen«, erklärte Marc, als er an den Tisch trat. Er nickte der unbekannten Schönen zu. »Guten Abend.«

»Kennt ihr euch?«, erkundigte sich Schuhmacher.

Die Gazelle schüttelte den Kopf. »Nicht persönlich. Aber ich habe Ihre Erfolge natürlich im Fernsehen bewundert. Marc Gassmann, richtig?«

»Richtig. Und Sie sind?«

»Valentine Louvard.« Der Blick aus ihren dunklen Augen fesselte ihn. Er hatte sich nicht getäuscht. Sie war irgendwie besonders.

»Sie kommen aus Frankreich?« Offenbar hatte er mit seiner ursprünglichen Vermutung gar nicht so falschgelegen.

»Aus dem Elsass.«

»Verstehe. Deshalb sprechen Sie so akzentfrei Deutsch.«

Sie verzog ihre vollen Lippen zu einem Lächeln. »Danke.«

»Arbeiten Sie ebenfalls für ein Sportmagazin?«

Schuhmacher räusperte sich. »Valentine arbeitet gerade an einem Enthüllungsbuch. Über Doping. Sie war früher für die WADA tätig.«

Marc nickte beeindruckt. »Das klingt interessant. Und was treibt euch beide nach Zermatt?«

»Wir schreiben an einer Reportage über den Erfolg der Ruban-Familie. Es kommt ja im alpinen Sport nicht alle Tage vor, dass sich zwei Brüder aus Kiew bis an die Weltspitze vorarbeiten. Und ihre Schwester war übrigens nicht minder erfolgreich bei den Damen.«

»Das mit der Schwester wusste ich gar nicht. Aber der Rest stimmt. In Kiew gibt es wahrscheinlich nicht allzu hohe Berge.« Aus den Augenwinkeln warf Marc der schönen Französin erneut einen Blick zu. Doch diesmal schenkte sie ihm keine Beachtung. Ihr Desinteresse reizte ihn.

»Das kannst du laut sagen. Und in den ersten Jahren im Skizirkus mussten die beiden sogar im Auto pennen, um Geld zu sparen.«

»Das ist hart. Umso schöner, dass es momentan gut für Oleksiy zu laufen scheint.«

»Wir machen morgen ein paar Fotos für die Reportage«, mischte sich Dirk in die Unterhaltung ein. »Bist du beim Teamtraining dabei? In Levi ging das Gerücht um, dass du verletzt wärst.«

»Ach, die Gerüchteküche liegt öfter mal daneben. Ich bin putzmunter, und natürlich trainiere ich morgen.«

»Dann sehen wir uns«, sagte Schuhmacher. »Vielleicht sollten wir diesen Gerüchten mit einem kleinen Artikel den Garaus machen?«

»Wie du meinst. Ich muss jetzt jedenfalls in die Falle. Euch noch einen schönen Abend!«

»Gute Nacht«, wünschten Vater und Sohn unisono, während Valentine Louvard ihn zum Abschied doch noch einmal anlächelte. »Viel Glück für morgen.«

Das Training fand bei eisiger Kälte und guten Sichtverhältnissen auf dem Theodulgletscher statt, auf einer eigens angemieteten Abfahrtsstrecke. Nachdem sich das Team in kleinen Gruppen auf den umliegenden Pisten eingefahren hatte, trafen sich alle um neun Uhr zwanzig an der oberen Absperrung. Doch zu ihrer Überraschung wurde die Strecke bereits genutzt. Ein bärtiger Koloss in orangen Skiklamotten stand am Start und filmte die ersten Meter der Abfahrt seines Kollegen.

»Entschuldigung, aber Sie haben kein Recht, hier zu sein«, sagte Eberhard ungehalten. »Diese Abfahrt ist für das Schweizer Team reserviert.«

Der Koloss stellte die Filmarbeiten ein und blickte auf seine Armbanduhr. »Sie haben die Piste in genau zehn Minuten. So lange gehört sie uns, dem ukrainischen Team.«

Eberhard schäumte. Aber er unternahm nichts. Interessiert musterte Marc den Riesen. Das war also Bohdan Bely Ruban, der Trainer des Skiläufers, den Luca des Dopings verdächtigte. Schade, er hätte zu gern eine Abfahrt von dem anscheinend rundum erneuerten Oleksiy gesehen. Bislang erinnerte er sich nur vage an jemanden, der zwar technisch gut lief, aber in den vergangenen Jahren vorwiegend die mittleren Plätze bevölkert hatte. Und die bisherigen Rennen hatte Marc lediglich am Fernseher verfolgt, wo man die wahre Geschwindigkeit eines Läufers nicht immer genau einschätzen konnte.

Marc hatte den Gedanken kaum zu Ende gedacht, als er das Geräusch eines Ski-Doos hörte. Wenig später kam der Motorschlitten in Sicht – mit Oleksiy, der hinter dem Fahrer saß. Selbst mit bloßem Auge konnte man die Veränderung seiner Gestalt bemerken – von vormals athletisch zu bullig. Enorme Muskeln zeichneten sich durch den dünnen Rennanzug ab, als er sich – ohne ein Wort – einen Weg durch das Schweizer Team bahnte und erneut in seine Bindungen stieg. Sein Bruder gab das Signal zum Start. Und dann war das Kraftpaket unterwegs. In einem enormen Tempo. Ohne erkennbare Fehler. Marc schluckte. Doping hin oder her, Ruban würde schwer zu schlagen sein.

Genau um neun Uhr dreißig räumte der ukrainische Trainer das Feld, und das Training begann. Marc sollte als Dritter die Strecke abfahren. Vor ihm waren noch Luca und ein weiterer Läufer namens Matteo dran. Beide waren in großartiger Form. Plötzlich beschlichen ihn Zweifel. War er wirklich fit genug? Mit einem mulmigen Gefühl nahm er die Startposition ein. Einer von Eberhards Assistenten zeigte den Start an, und … dann ging es los.

Im oberen Streckenabschnitt nahm er die Ideallinie und fühlte, dass er mit gutem Tempo unterwegs war. Auch den kleinen Sprung erwischte er perfekt. Doch dann patzte er in der nächsten Kurve und musste sich kurz quer stellen, um nicht aus der Piste katapultiert zu werden. Verdammt, das würde ihn wertvolle Sekunden kosten.

Er sollte sich nicht täuschen: Obwohl er die Ski nach dem Fehler gut laufen ließ, konnte er nicht genügend Speed in den Zielhang mitnehmen. Enttäuscht bremste er vor Eberhard und Hans ab.

»Tja, das war wohl ein Satz mit x«, fasste der Cheftrainer seinen Lauf zusammen. »So wird das jedenfalls nichts mit dem olympischen Gold.« Abrupt wandte Eberhard seine Aufmerksamkeit dem nächsten Fahrer zu. Doch Hans klopfte ihm aufmunternd auf die Schulter. »Für den Auftakt gar nicht schlecht. Bis Wengen hast du noch zwei Monate. Da wirst du deinen Rückstand locker aufholen.«

***

Andrea saß in Albertos Büro und hielt die gravierte Neun-Millimeter-Kugel gegen das Licht seiner Schreibtischlampe.

Plötzlich war alles ganz schnell gegangen. Der oberste Boss der Verkehrspolizei hatte bei ihr angerufen und sie umgehend für die Mitarbeit im Wellingen-Fall freigestellt. »Es macht schließlich keinen Sinn, die Graubündner Kollegen in Korea zu unterstützen, wenn Sie gar nicht wissen, worum es bei dem Fall geht«, hatte er gesagt. »Sie sollten rechtzeitig eingearbeitet werden.«

Alberto hatte Andrea einen Tag später mit offenen Armen empfangen und ihr ein möbliertes Studio in Chur organisiert. Seit heute früh besaß sie sogar einen eigenen Telefonanschluss und einen Schreibtisch in einem Büro, das sie sich mit Albertos Kollegen Elias teilte.

Andrea drehte die Kugel in ihren Händen. Die Buchstaben und Zahlen waren nicht besonders kunstvoll in die Kugel eingeritzt worden. Es war krakelige Handarbeit. Aber man konnte sie trotzdem deutlich erkennen. Zuerst kam das »J«. Und dann die Zahlen: »15.2.2017«. Das war definitiv ein Datum. Oder nicht? Konnte es nicht genauso gut ein geheimer Code sein? Vielleicht standen die Zahlen für die Rangfolge der Buchstaben im Alphabet. Andrea griff nach einem Zettel und schrieb von oben nach unten das Abc darauf. Dann nummerierte sie die Buchstaben durch, sodass neben dem A eine Eins und neben dem B eine Zwei stand. Anschließend ersetzte sie die einzelnen Zahlen des vermeintlichen Codes durch Buchstaben, wobei sie die Null einfach unter den Tisch fallen ließ: AEBBAG oder mit »0« AEBB0AG. Nein, das ergab keine Bedeutung. Und wenn man die Fünfzehn, Zwanzig und Siebzehn als Paare wertete? Das lautete dann »OBTQ«.

Alles unlogischer Buchstabensalat. Es musste sich doch um ein Datum handeln. Aber warum eins, das bereits vergangen war? Wenn die Kugel tatsächlich für Hans bestimmt war, dann konnte ihn der Briefeschreiber doch nicht in der Vergangenheit erschießen wollen? Und wofür stand das »J«? Für einen Namen oder für ein Wort? Nachdenklich tippte sie »Was passierte am 15. Februar 2017?« in die Google-Suchfunktion ihres Computers. Als oberster Eintrag von hundertsechsundzwanzig Millionen wurde die monatliche Zusammenfassung des Jahres 2017 von Wikipedia angezeigt, und Andrea scrollte ungeduldig zum 15. Februar, einem Mittwoch. Aber leider passte weder der Vermerk über die an diesem Tag beschlossene Annahme eines Handelsabkommens mit Kanada durch das Europäische Parlament zu ihrem Problem noch die Aussage des amerikanischen Präsidenten, dass Russland die Krim zurückgeben müsse. Dieser Gedankengang führte in eine Sackgasse. Ob an diesem Tag etwas geschehen war, das nicht für die Öffentlichkeit, sondern nur für den Briefeschreiber eine besondere Bedeutung hatte?

In diesem Moment kehrte Alberto mit zwei Tassen Kaffee in sein Büro zurück.

»Und? Hast du etwas herausgefunden, das ich übersehen habe?« Er reichte Andrea eine der Kaffeetassen.

»Nein. Ich habe nur überlegt, ob es sich bei den Zahlen wirklich um ein Datum handelt.«

Alberto pustete in seinen pechschwarzen Filterkaffee. »Wir haben auch schon mal darüber nachgedacht, ob es der Öffnungscode eines Schließfachs sein könnte. Aber dafür ist die Zahlenreihe zu lang. Am Bahnhof, am Geldautomat und sogar auf der Post benutzt man – zumindest bei uns in Chur – maximal vierstellige PIN-Nummern.«

»Hm. Und ein Safe, den man in der Bank mietet?«

»Soweit ich weiß, werden da sogar noch altmodische Schlüssel verwendet.«

»Schade.« Andrea nippte an ihrem dampfenden Getränk und verbrannte sich prompt die Oberlippe.

»Du sagst es. Aber jetzt, wo ich dich hierhabe, kannst du mir wenigstens etwas über Hans Bischoff erzählen. Hast du eine Idee, warum ihn jemand in Verdacht haben könnte, eine Person umgebracht zu haben?«

»Ich habe darüber auch schon stundenlang mit Marc diskutiert. Im Grunde sollte das völlig ausgeschlossen sein. Hans ist eine Seele von Mensch. Humorvoll. Immer hilfsbereit. Man kann sich vollkommen auf ihn verlassen. Marc und ich haben ihn wirklich ins Herz geschlossen. Er ist mehr ein Freund als ein Geschäftspartner.«

»Und trotzdem schickt ihm jemand gravierte Kugeln und Drohbriefe.«

»Leider.«

»Fangen wir noch einmal ganz von vorn an. Wann und wo ist Hans Bischoff geboren?«

Bei seinen Worten wurde Andrea sentimental. Vor nicht allzu langer Zeit hatte sie Hans selbst einmal diese Frage gestellt, doch es schien eine halbe Ewigkeiten her zu sein. Damals war sie noch mit Daniel verheiratet gewesen. Und inzwischen hatte sie schon fast ihre Beziehung mit Marc in den Sand gesetzt. Sie war eine unverbesserliche Chaotin.

»Andrea?«

Sie riss sich zusammen. »Entschuldige. Hans ist am 25. April 1961 in Grindelwald geboren worden. Sein Vater war auch schon ein berühmter Trainer.«

»Ist er verheiratet?«

»Nein, und er war es auch noch nie. Marc sagt, dass Hans früher eine langjährige Freundin hatte, die ihn vor fünf Jahren wegen eines anderen verlassen hat, der öfter zu Hause ist als er. Seitdem ist er Single. Aber er hat eine Schwester, der er sehr nahesteht. Mit ihr und ihrer Familie feiert er zum Beispiel Weihnachten und seinen Geburtstag. Sie heißt Bärbel Neumann und lebt mit ihrem Mann und drei Kindern in Bern.«

Alberto machte sich eine Notiz. »Und er selbst war niemals selbst als Sportler aktiv?«

»Nein, er war von Anfang an nur an der Trainerlaufbahn interessiert. Er hat vor allem als Fitnesscoach gearbeitet.«

»Im In- und Ausland.«

Andrea nickte. »Ja, wobei ich glaube, dass er nach seinem Aufenthalt in Polen nur noch für Schweizer Teams beziehungsweise für Marc gearbeitet hat.«

»Hat er öfter Frauenmannschaften wie die polnischen Biathletinnen betreut?«

Andrea schüttelte den Kopf. »Ich bin mir nicht hundertprozentig sicher, aber ich glaube, dass auch dieses Engagement eine Ausnahme war. Offenbar hatte ihn Wellingen dazu überredet. Ich würde Hans generell so einschätzen, dass er sich unter Männern wohler fühlt.«

Alberto warf ihr einen fragenden Blick zu. »Du hältst ihn für homosexuell?«

Andrea errötete. »Nein, natürlich nicht. Er ist einfach so ein Kumpeltyp, der sich wahrscheinlich nicht mit der komplizierteren Gefühlswelt von Frauen auseinandersetzen möchte.«

»Der komplizierteren Gefühlswelt?«, wiederholte Alberto gedehnt. »Lass das besser nicht unsere Frauenbeauftragte hören.«

»Du verstehst aber, was ich meine.«

»Nein, natürlich nicht«, erwiderte er ernst. Doch im selben Atemzug zwinkerte er ihr zu. »Hans ist also einer vom alten Schlag.«

»Ja, genau«, bestätigte sie erleichtert.

»Und ihr könnt euch keinen Reim darauf machen, warum er bedroht wird?«

Andrea überlegte. »Natürlich kommt es bei diesem Sport immer wieder zu Unfällen. Manchmal sogar zu Todesfällen. Gerade eben erst ist ein französischer Abfahrtsläufer bei einem Training in Kanada tödlich verunglückt.«

»Aber im letzten Jahr hat Bischoff Marc trainiert, und der ist glücklicherweise heil geblieben.«

Sie nickte. »Ja, und am 15. Februar ist garantiert auch kein Unglück geschehen.«

Es klopfte an der Tür.

»Herein!«

»Überraschung!«, rief Elias und schwenkte eine enorm dicke Mappe in seiner Hand.

»Ist endlich eine der Akten angekommen? Und? Ist es die vom deutschen oder vom österreichischen Fall?« An Andrea gewandt sagte Alberto: »Elias und ich haben gewettet, wessen Bürokratie schneller arbeitet. Ich habe auf Deutschland getippt und Elias auf Österreich. Jetzt schlägt die Stunde der Wahrheit!«

Elias strahlte über beide Backen. »Du schuldest mir eine Flasche Rotwein. Es ist die Akte über den Selbstmord von Thomas Haider!«

***

»Nur die Schwerkraft hält uns auf der Erde. Im Grunde genommen sind wir alle Engel, die dazu bestimmt sind, in den Himmel zu fliegen«, hat er uns immer wieder in den Gebetsstunden versichert. »Ihr müsst gegen diese dunkle Macht ankämpfen, die euch am Boden hält, und ins Licht gehen. Je früher ihr in den Himmel kommt, desto lieber hat euch Gott.« Demzufolge müsste die Frau meines Lebens von Gott geliebt worden sein. Sie war erst neunundzwanzig, als sie starb. Am 15. Februar 2017. In meinen Armen. Doch leider scheint mir Gott inzwischen ferner denn je zu sein, und ich finde in solchen Worten keinen Trost.

Linderung gibt mir lediglich der Gedanke an den Tod des Beschuldigten. Jedes Mal, wenn ich ihn sehe, fällt es mir schwerer, mich zu gedulden. So viele Todesarten kommen mir gleichzeitig in den Sinn, dass mir schwindelig wird. Dann streiche ich mir über die Innenfläche meiner linken Hand und fühle die harte, vernarbte Haut, die mich immer daran erinnern wird, wie er mir damals beigebracht hat, meine Gedanken unter Kontrolle zu halten.

Er war schon immer strenger zu mir gewesen als zu den anderen Kindern, die mit uns im Heim »Kinder des Lichts« wohnten. Das lag daran, dass ich sein einziges biologisches Kind war. Die anderen waren ihm von Eltern anvertraut worden, die derselben fundamentalistischen Sekte angehörten. Selbst der Staat fand nichts Verwerfliches dabei, dass wir nicht in die öffentliche Schule gingen. Schließlich hatte er Lehramt studiert. Er war ein Intellektueller, ein Mann des Wortes. Bis heute frage ich mich, ob sie wussten, mit welchen Methoden wir in der alten Villa am Dorfrand erzogen wurden. Dass es uns verboten war, mit jemand anderem außer Gott oder ihm zu kommunizieren. Dass uns jeglicher physischer Kontakt, ja selbst ein Handschlag, nicht erlaubt war. Ich kann mich auch nicht daran erinnern, dass jemals eins dieser Kinder wieder abgeholt wurde. Noch nicht einmal ihre sterblichen Überreste. Die vergruben wir auf dem Friedhof neben der Kapelle. Diejenigen, die bis zu ihrer Volljährigkeit bei uns lebten, wurden an ihrem achtzehnten Geburtstag aus dem Heim in die Welt »entlassen«, um sich zu »bewähren«. Ich habe es am eigenen Leib gespürt, wie verloren man sich fühlt, wenn man sich ohne den normalen Erfahrungsschatz eines menschlichen Wesens der harten Realität stellen muss.

Am Tag dieser speziellen Lektion muss ich noch ziemlich jung gewesen sein. Vielleicht zehn Jahre alt. Er erteilte sie mir, weil ich mich geweigert hatte, eins unserer Hühner zu schlachten. Ich liebte dieses zutrauliche Tier, das sich von mir streicheln ließ und mir auf Schritt und Tritt folgte, wenn ich den Hühnerstall reinigte. Es war bis zu jenem Tag die einzige Form der Zuneigung, die ich kannte.

Als ich unverrichteter Dinge zu ihm zurückkam, fragte er mich: »Warum willst du es nicht töten? Deine Geschwister haben Hunger.«

Ganz instinktiv versuchte ich, mit der Bibel zu argumentieren. »Im Paradies haben Adam und Eva doch auch nur Früchte und Pflanzen gegessen.«

Sein Gesicht zeigte keine Reaktion. »Was steht im ersten Buch Mose Kapitel neun zu diesem Thema?«

Ich wusste, dass es in den Kapiteln sechs bis neun um Noah und die Sintflut ging, aber ich hatte keine Ahnung, ob in Kapitel neun etwas über das Schlachten von Tieren stand.

»Und?«

»Ich weiß es nicht.«

Er zitierte: »›Dann segnete Gott Noah und seine Söhne und sprach zu ihnen: Furcht und Schrecken vor euch soll sich auf alle Tiere der Erde legen, auf alle Vögel des Himmels, auf alles, was sich auf der Erde regt, und auf alle Fische des Meeres, euch sind sie übergeben. Alles Lebendige, das sich regt, soll euch zur Nahrung dienen.‹« Dann blickte er mir in die Augen. »Willst du dich Gottes Wort widersetzen?«

Ich schüttelte den Kopf.

»Dann wirst du das Huhn schlachten.«

Ich schüttelte noch energischer den Kopf.

»Das ist ein Widerspruch, weißt du? Gott hat dir einen klaren Verstand gegeben. Du solltest ihm seine Großzügigkeit nicht mit solch wirren Ansichten danken.«

Kein Wort kam über meine Lippen.

Wortlos zerrte er mich an meinem Arm in die Küche und ließ mich in der Mitte des Raumes stehen. Er wusste, dass ich niemals davonlaufen würde. Vom obersten Regal nahm er einen Topf herunter und stellte ihn auf die Herdplatte. Er goss einen Esslöffel Öl in den Topf, warf eine Handvoll getrockneten Mais, den wir normalerweise in Wasser einweichten und zu einem Auflauf verarbeiteten, hinein und erhitzte die Körner im Öl.

»Schau nur«, sagte er, als die Maiskörner wild durcheinan-

dersprangen und zu weißem Popcorn explodierten. »So sieht es in deinem Kopf aus.«

Ich hatte noch niemals dabei zugesehen, wie Popcorn gemacht wurde. Und es selbstverständlich noch nie gekostet. Die Vorstellung, dass meine Gedanken tatsächlich so konfus und brutal in meinem Kopf wüteten, ängstigte mich.

»Wenn du nichts dagegen unternimmst, wird es jeden Tag schlimmer werden, und irgendwann wirst du geistig verwirrt sein. Willst du das?«

Ich schüttelte erneut den Kopf. Mein Mund war zu ausgetrocknet, um ihm zu antworten.

»Dann werde ich dir helfen, deine Gedanken zu kontrollieren.« Seine Stimme war ruhig, aber die dunklen Augen glitzerten. Er nahm den Topf von der Herdplatte und stellte ihn in die Spüle. Panisch starrte ich auf die kochend heiße Herdplatte.

»Keine Angst. Mit Gottes Hilfe wird dir nichts wehtun. Aber du brauchst einen starken Willen, um deine Gedanken zu kontrollieren. Hast du diese innere Kraft?«

Ich nickte, obwohl der Kloß in meinem Hals mich kaum atmen ließ.

Er nahm einen neuen Topf aus dem Regal und wiederholte das Prozedere von eben: Er gab Öl und Maiskörner hinein. Doch er stellte den Topf nicht auf die Herdplatte. Sondern zog stattdessen einen Hocker vor den Herd.

»Welche Hand kommt von Herzen?«, fragte er leise.

»Die linke«, antwortete ich.

»Genau. Dann klettere jetzt auf den Hocker, nimm den Topf und stelle ihn auf die Herdplatte. Anschließend wirst du mit deiner linken Hand die Körner daran hindern, wirr durcheinanderzuspringen.«

Ich blickte ihn fassungslos an. Hatte er nicht gerade gesagt, dass es gar nicht wehtun würde?

Wie immer konnte er meine Gedanken lesen. »Mit Gottes Hilfe wird dir das keine Schmerzen bereiten. Aber Gott hat uns auch den freien Willen geschenkt, und es bleibt deine Entscheidung, ob du lernen möchtest, deine Gedanken zu beherrschen.«

Er runzelte seine Stirn. »Denn natürlich werde ich mich bis zu deinem Tod um dich kümmern, wenn dein Kopf randvoll mit weißen, hässlich aufgeplatzten Hirngespinsten ist.«

Ich starrte auf den Topf und rührte mich nicht vom Fleck.

»Wenn du deine Gedanken kontrollieren kannst, überlege ich mir, dein Huhn am Leben zu lassen.«

Mein Herz machte einen Sprung. Eventuell würde ich das Huhn retten können! Diese Möglichkeit hatte ich nicht in meinen kühnsten Träumen in Betracht gezogen. Es war mir nur darum gegangen, nicht selbst der Henker des einzigen Wesens zu sein, das mich mochte. Mit schlotternden Knien stieg ich auf den Hocker.

NEUN

Um wertvolle Zeit zu sparen, hatte Passini sich entschieden, die Ermittlungsakte gleich gemeinsam mit Elias und Andrea anzuschauen. Damit sie zu dritt komfortabel nebeneinandersitzen konnten, waren sie in eins der Besprechungszimmer umgezogen.

»Wenigstens ist das Teil ordentlich geführt«, bemerkte Elias zufrieden, als Passini den kartonartigen Einband aufschlug. Der eigentlichen Akte war ein Blatt vorgeheftet, auf dem der Inhalt fein säuberlich notiert war. Dann folgte ein Ausdruck des zweiseitigen Auffindeberichts mit den entsprechenden Tatortfotos.

Passini begann gleichzeitig mit seinen Kollegen zu lesen, und ihm wurde schnell klar, dass die österreichische Polizei nur einen Bruchteil der wahren Informationen an die Presse gegeben hatte: Der Nationaltrainer des österreichischen Langlaufteams, Thomas Haider, zweiundvierzig, war am 30. Oktober 2017, einem Montag, tot in seinem Auto, einem schwarzen Toyota Land Cruiser, geborgen worden, nachdem er von seiner Mutter, die in Wien lebte, als vermisst gemeldet worden war. Der Wagen hatte in der Garage seines einsam gelegenen Landhauses in Leogang geparkt. Unter einem der Scheibenwischer hatte eine Warnung geklemmt: »Achtung, Kohlenmonoxid«. Daraufhin hatten die Beamten gewartet, bis die Feuerwehr mit entsprechenden Schutzmasken anrückte.

»Sehr rücksichtsvoll«, meinte Andrea trocken.

»Allerdings«, bestätigte Passini und las weiter. Der Trainer hatte wie schlafend auf dem Fahrersitz gelegen, der nach hinten geklappt war. Auf dem Beifahrersitz fand man ein DIN-A4-Blatt, auf dem das handgeschriebene Wort »Schuldig« stand. Vor dem Beifahrersitz lag eine Petrischale mit einem Rest Flüssigkeit. Auf der Rückbank stellte die Polizei zwei Plastikflaschen sicher, von denen die eine konzentrierte Schwefelsäure enthielt und die andere Ameisensäure.

»Jetzt ist alles klar«, murmelte Elias.

»Was meinst du?«, erkundigte sich Andrea neugierig.

»Habt ihr damals im Chemieunterricht nicht auch Ameisensäure mit Hilfe von Schwefelsäure dehydriert? Ich erinnere mich noch gut an die blaue Flamme, als wir das entstehende Kohlenmonoxid abgefackelt haben.«

»Du meinst, er hat sich auf diese Weise das Leben genommen?« Passini rieb sich mit einem kratzenden Geräusch über die Bartstoppeln an seinem Kinn. »Warum hat er nicht einfach die Autoabgase benutzt?«

»Ich bin mir gar nicht sicher, ob das mit modernen Autos, die alle mit Katalysatoren ausgerüstet sind, überhaupt noch funktioniert.«

»Oha, da könntest du recht haben. Aber woher weiß denn ausgerechnet ein Langlauftrainer so etwas?«

Elias grinste. »Vielleicht hat er im Chemieunterricht aufgepasst.«

Andrea blätterte sich bereits durch die Fotos. »Dieser Haider war ein ziemlich gut aussehender Kerl.«

Passini betrachtete den blonden Mann mit dem gepflegt gestutzten Vollbart auf den Fotos eingehend. Er konnte zwar keinerlei Adonis-Eigenschaften an ihm erkennen, aber wahrscheinlich war er auch kein Experte auf diesem Gebiet.

»Und er hat sehr schön gewohnt«, ergänzte Elias und betrachtete die Fotos, die nach denen der Leiche eingeheftet waren. Die Polizei hatte ganze Arbeit geleistet und gleich das skandinavisch anmutende Wohnhaus mit abgelichtet.

»Habt ihr euch alles angesehen? Dann geht es weiter.« Passini blätterte zur nächsten farbigen Markierung. Der Bericht der Spurensicherung war relativ überschaubar: An beiden Plastikflaschen und an den Nachrichten waren lediglich die Fingerabdrücke des Verstorbenen sichergestellt worden. Genauso wie am Lenkrad und am Autoschlüssel. Im Wagen selbst hatte man die übliche Mixtur aus Krümeln, Straßendreck und Haaren gefunden. Das einzig Besondere war, dass man auch getrocknete Spermaspuren des Verstorbenen entdeckt hatte.

»Warum treibt es jemand in seinem Auto, wenn er doch ein schönes Haus mit mehreren Schlafzimmern zur Verfügung hat?«, fragte sich Elias skeptisch.

Andrea grinste. »Vielleicht fanden er und seine Partnerin das prickelnder. War Haider eigentlich verheiratet?«

»Keine Ahnung. Aber bevor wir in die Zeugenvernehmungen und damit in die Lebensumstände des Toten einsteigen, sollten wir noch schnell den Bericht des Gerichtsmediziners durchackern. Einverstanden?«

Andrea und Elias nickten.

Der Gerichtsmediziner hatte seinen ellenlangen Obduktionsbericht wie üblich in eine äußere und eine innere Besichtigung gegliedert. Passini sparte sich die Details und blätterte gleich zur Zusammenfassung vor. Dort stand schwarz auf weiß, dass Haider, der ansonsten in einer hervorragenden körperlichen Verfassung zu sein schien, an einer Kohlenmonoxidvergiftung gestorben war. Technisch gesehen war er erstickt, denn die Atome des geruchslosen und geschmacklosen Gases hatten sich mit dem Hämoglobin im Blut verbunden und auf diese Weise die Aufnahme von Sauerstoff behindert. Außer einem Alkohol-Promillewert von eins Komma zwei waren im Körper des Toten keine Drogen gefunden worden. Der Tod musste durch die hohe Kohlenmonoxidkonzentration relativ schnell eingetreten sein. Der Gerichtsmediziner schätzte, etwa sieben bis zehn Minuten, nachdem der Trainer die Flüssigkeiten in die Schale gegossen hatte. Bis auf die Spuren der durch die Atemnot verursachten Krämpfe wies die Leiche keinerlei Verletzungen auf. Ein Fremdverschulden schien absolut ausgeschlossen.

»Warum bringt sich ein kerngesunder und erfolgreicher Mensch um?« Elias streckte seine Beine unter dem Konferenztisch aus.

»Depressionen sieht man jemandem nicht an«, erklärte Andrea ernst. »Vielleicht hatte er gerade eine traumatische Trennung hinter sich. Oder einen Burn-out.«

»Das stimmt natürlich«, sagte Passini. »Ich möchte festhalten: Haider hat seinem Leben ganz offensichtlich selbst ein Ende gesetzt. Er ist nicht ermordet worden. Letztendlich geht es für uns ja nicht darum, das Rätsel um Haiders Selbstmord zu lösen, sondern darum, Parallelen zum Verschwinden von Reto Wellingen beziehungsweise zur Bedrohung von Hans Bischoff zu finden. Und bislang sehe ich außer dem Beruf des Verstorbenen nichts, was irgendwie auffällig wäre. Seid ihr derselben Meinung?«

Elias nickte.

Doch Andrea wandte ein: »Und was, wenn er durch anonyme Briefe in den Tod getrieben wurde? Vielleicht wurde er erpresst?«

Passini wägte ihre Argumente ab. »Du hast recht«, gab er schließlich zu und seufzte. »Dann müssen wir wohl oder übel auch noch den Rest der Akte durchgehen.«

Bevor die Zeugenaussagen eingeordnet waren, hatten die österreichischen Kollegen einen tabellarischen Lebenslauf in die Akte geheftet, aus dem hervorging, dass Haider am 16. April 1975 in Innsbruck geboren war. Nach der mittleren Reife war er Langlaufprofi geworden und hatte einige nationale und internationale Erfolge errungen. Vor gut einem Jahrzehnt hatte er als Profi aufgehört und sich über die Jahre zum Cheftrainer der Herren-Nationalmannschaft hochgedient. Zwischendurch hatte er auch die Junioren und die Damenmannschaft in dieser Funktion betreut. Haider war ledig, nicht liiert und kinderlos.

»Merkwürdig, dass ein derart gut aussehender Mann in seinem Alter keine Frau hat«, meinte Andrea nachdenklich.

»Da ist er in diesem Beruf doch kein Einzelfall. Wellingen und Bischoff sind momentan auch solo, oder?«

Andrea zuckte mit den Schultern.

Die erste Zeugenaussage stammte von Haiders Mutter, die ihren Sohn als einen Einzelgänger beschrieb, der manchmal unter depressiven Verstimmungen gelitten habe. Deshalb hatte sie auch sofort die Polizei verständigt, als ihr Sohn sie nicht wie üblich am Sonntagmittag angerufen hatte.

»Offenbar kam der Selbstmord für sie nicht wirklich überraschend«, meinte Elias. »Das ist schon mal ein Unterschied zum Fall Wellingen. Und sie erwähnt auch keine anonymen Briefe.«

Passini nickte. »Vielleicht ist es der Schreibstil des Beamten, aber findet ihr nicht auch, dass die Mutter seltsam gefasst wirkt? Schließlich ist es ihr einziger Sohn, der sich da das Leben genommen hat.«

»Ich finde es immer schwierig, so etwas aus den Akten herauszulesen. Mal schauen, was seine Kollegen über ihn sagen.«

Die Zeugenaussagen seiner Assistenztrainer und zwei der Athleten besagten übereinstimmend, dass Haider extrem professionell gearbeitet habe, aber nicht der Typ Trainer gewesen sei, der sich auch nach Feierabend mit seinem Team getroffen habe. Einer der Sportler bezeichnete ihn sogar als »einsamen Wolf«, der zwar zu allen freundlich gewesen sei, aber bei dem man nicht das Gefühl gehabt habe, »ihn jemals richtig zu kennen«. Haider sei in der Zeit vor seinem Selbstmord genau wie immer gewesen: korrekt und unnahbar. Sein Tod komme daher schon überraschend – aber irgendwie auch nicht.

»Verdammt, es gibt keinen einzigen Anhaltspunkt, dass dieser Fall mit unseren zusammenhängt«, stöhnte Elias.

»Ja, schade«, bekräftigte Andrea.

»Hm«, machte Passini, »und trotzdem werde ich demnächst einmal nach Österreich fahren.«

Überrascht blickten ihn seine Kollegen an. »Warum?«

»Weil mir die Vorliebe Reto Wellingens für blutjunge Mädchen nicht aus dem Kopf geht. Vielleicht müssen wir bei Haider in dieser Hinsicht doch noch ein wenig tiefer graben. Und zwar bei den Sportlerinnen, die er trainiert hat.«

»Du meinst … Missbrauch? Wegen der Spermaspuren?«

Passini nickte grimmig. »Aber nicht nur. Die letzten drei Täter, mit denen ich in dieser Hinsicht zu tun hatte, wurden auch alle als ›einsame Wölfe‹ beschrieben. Und dann der ›Schuldig‹-Zettel. Findet ihr nicht auch, dass dieser Selbstmord ziemlich genau in die Anfänge der ›#MeToo‹-Kampagne fällt?«

***

»Bitte, Hans, lass es mich versuchen. Ich bin so weit«, sagte Marc entschlossen. Er hatte die letzten Wochen wie ein Verrückter trainiert und wollte endlich wieder die adrenalingetränkte Atmosphäre eines Renntages spüren. Er brauchte den direkten Kampf mit seinen Rivalen, um sich auch weiterhin für diese harten, einsamen Stunden im Kraftraum zu motivieren.

Sein Trainer, der zwischen dem Riesenslalom in Val d'Isère und den Wettkämpfen in Gröden extra nach Zürich gekommen war, um nach ihm zu sehen, schüttelte den Kopf. »Marc, nimm dir noch etwas Zeit. Es bringt nichts, auf Biegen und Brechen ein Rennen zu bestreiten. Wenn es dann nicht so läuft wie erhofft, wird dich das mental um Lichtjahre zurückwerfen.«

»Aber wenn ich keine Ahnung habe, wo ich im Vergleich zu meinen internationalen Konkurrenten stehe, hilft mir das auch nicht weiter«, erwiderte Marc. »Und im letzten Training auf Schnee war ich doch gar nicht so schlecht.«

Hans blickte ihm prüfend ins Gesicht. »Du willst also unbedingt starten?«

»Ja.«

»Okay. Dann sage ich Eberhard Bescheid. Vielleicht ist es keine schlechte Idee, wenn du das neue Skimaterial vor Wengen noch einmal unter realen Bedingungen ausprobierst.«

Unmittelbar nach diesem Gespräch hatte Marc gepackt und war mit Hans nach Südtirol gefahren. Schon am nächsten Morgen stand er im Startareal oberhalb der berühmten Saslong und wartete darauf, seinen ersten Trainingslauf zu absolvieren. Die technisch anspruchsvolle Piste war in der Vergangenheit für die zahlreichen guten Platzierungen von Außenseitern mit hohen Startnummern bekannt, beispielsweise für den sensationellen Sieg des Liechtensteiners Markus Foser 1993. Foser hatte davon profitiert, dass im Laufe des Rennens die Sonne hinter dem Langkofel hervorkam und der obere Streckenteil durch die Einstrahlung rasant schneller wurde. Hoffentlich würde die dreieinhalb Kilometer lange Piste auch ihm ein wenig Glück bringen.

Marc zuckte zusammen, als ihm plötzlich jemand hart auf die Schulter klopfte. Als er sich umdrehte, erblickte er Peter Winkler, seinen ewigen Rivalen, der auch in dieser Saison bereits viele Weltcup-Punkte gesammelt hatte.

»Hey, was machst du denn hier?«, fragte Winkler mit ehrlichem Erstaunen in der Stimme.

Marcs Gesicht verzog sich zu einem ironischen Grinsen. »Man nennt das Ski fahren, solltest du auch mal ausprobieren.«

Doch der Österreicher ließ sich von seinem dummen Spruch nicht beeindrucken und sagte mit unverändert erstaunter Miene: »Ich bin echt davon ausgegangen, dass du diese Saison sausen lässt, um dein Saubermann-Image nicht zu gefährden.«

»Wie meinst du das?« Marc, der seine Skibrille noch nicht aufgesetzt hatte, blinzelte irritiert gegen den Sonnenschein an.

»Weil du bisher alle Rennen verpasst hast und ich von keiner Verletzung gehört habe, dachte ich, dass du eine ... sagen wir mal ... *künstlerische Pause* einlegst.« Er zwinkerte ihm zu.

»Was?« Marc verstand kein Wort. Worauf spielte Winkler an? Auf seinen geplanten Rücktritt? Davon wusste doch niemand außer Hans, Andrea und ihm selbst.

Sein Gegenüber senkte die Stimme: »Ehrlich gesagt habe ich auch schon darüber nachgedacht.«

»Worüber hast du nachgedacht?«, erkundigte sich Marc perplex.

»Eine Pause einzulegen.«

»Weshalb?«

Winkler warf ihm einen bedeutungsvollen Blick zu. »Komm schon ... mir brauchst du nicht den Naiven vorzuspielen. Wir sitzen doch im selben Boot.«

Allmählich ging Marc die Geduld aus. »Peter, ich habe keine Ahnung, wovon du sprichst. Spuck aus, was du mir sagen willst, oder zieh Leine. Ich habe jetzt keine Zeit für solche Spielchen.«

Winkler lächelte vielsagend. »Geschenkt. Dann eben nicht. Möge der bessere Mann Trainingsschnellster werden.« Er stieß sich mit seinen Stöcken ab und glitt zum Start.

Wenige Minuten später war Marc an der Reihe. Mit zusammengebissenen Zähnen stand er vor der Schranke, die die Uhr starten würde, wenn er sie passierte. Er versuchte, sich auf die vor ihm liegende Abfahrt zu konzentrieren.

»Drei, zwei, eins – und los!«

Mit voller Wucht stieß Marc sich ab und versuchte, etwas Speed in den leider ziemlich flachen Starthang zu bringen. Das Gelände neigte sich an dieser Stelle ein wenig nach links, weshalb man die Kurven mit viel Gefühl angehen musste. Unmittelbar danach kam auch schon der erste Sprung. Gut erwischt.

Runter in die Kompression. Es folgte eine Rechtskurve, dann ging es erneut nach links, direkt in die Anfahrt zu einem weiteren Sprung. Sein Herz hämmerte wie ein Vorschlaghammer ... Ein riesiger Satz. Geschafft. Erneuter Sprung. Mitten ins Flache. Mist! Sein linkes Knie hatte einen harten Schlag abbekommen. Der Schmerz fuhr ihm das ganze Bein hinauf!

Die nächsten Meter bekam er nur wie in Trance mit. Verzweifelt versuchte er, trotz der heftigen Schmerzen und vieler Bodenwellen, die Ski möglichst flach laufen zu lassen. Inzwischen ging es mit tränenden Augen vorbei an der Mittelstation, und dann folgte auch schon die Einfahrt in die kleine Mauer, das steilste Stück der Strecke. Auf der Anfahrt zum Mauersprung wurde er brutal schnell. Der Fahrtwind nahm ihm regelrecht die Luft zum Atmen. Im nächsten Moment flog Marc – windschnittig geduckt – durch die Luft, doch die Landung war hammerhart.

Würde sein Knie den restlichen Lauf überhaupt überstehen? Er war sich da nicht sicher. Und ausgerechnet jetzt fuhr er unaufhaltsam auf die berüchtigten Kamelbuckel zu, eine Kombination aus drei Bodenwellen, die unmittelbar aufeinanderfolgten. Mit angespannten Muskeln hielt Marc die Ideallinie. Er musste ein unerhörtes Tempo draufhaben: Den Wald, der auf beiden Seite an die Piste grenzte, nahm er nur als vorbeirasenden dunklen Schleier wahr.

Seine Oberschenkel brannten inzwischen wie Feuer. Dennoch gab er alles, was er trotz der höllischen Schmerzen an Kraft in die Waagschale werfen konnte. In tiefer Hocke ging es die Einfahrt in die Chiaslat hinunter: Vier Kurven und zahlreiche Bodenwellen folgten, die ihn derart durchrüttelten, dass er Schwierigkeiten hatte, das Gleichgewicht zu halten. Bloß keinen Sturz riskieren! Um sich wieder zu fangen, musste er seine kompakte Haltung leider kurzzeitig aufgeben. Das würde Zeit kosten!

Er fühlte, wie seine Kräfte schwanden und die Schmerzen stärker wurden. Verdammt! Hoffentlich verfügte er noch über genügend Ausdauer, um das Ziel zu erreichen.

Nach der schier endlosen Folge von Sprüngen bretterte Marc den Zielhang runter. Noch ein letzter Satz ... und er war im Ziel.

Schwer atmend hielt er inne. Es kam ihm vor, als hätte ein Preisboxer ihn in die Mangel genommen. So zerschunden und kaputt hatte er sich selten nach einem Lauf gefühlt. Und das hier war lediglich einer von mehreren Trainingsläufen. Hoffentlich war wenigstens seine Zeit okay. Müde hob er den Kopf zur Anzeigetafel und bekam direkt den nächsten Schlag unter die Gürtellinie: zwei Sekunden. Er war zwei volle Sekunden langsamer gefahren als Winkler. Das konnte ... das durfte einfach nicht wahr sein! Wütend hieb er mit seinem Stock in den Schnee.

»Wie geht es deinem Knie?«, fragte Hans, der immer genau zu wissen schien, was mit ihm gerade nicht stimmte.

»Keine Ahnung«, knurrte Marc. »Es tut verdammt weh.«

»Komm. Ich fahr dich zum Arzt.« Hans nahm ihm die Stöcke ab und ließ Marc aus den Bindungen aussteigen.

»Bitte sag jetzt nicht, dass du mich gewarnt hättest!«

»Als ob ich dir jemals so in den Rücken fallen würde!«, sagte Hans entrüstet und hob Marcs Ski auf seine Schultern. Immer noch fuchsteufelswild über seine schwache Leistung folgte Marc ihm humpelnd zum Teamwagen.

Drei Stunden und diverse medizinische Untersuchungen später wussten sie Bescheid: Glücklicherweise waren die Bänder in Marcs Knie nicht gerissen, sondern bei der harten Landung nur überdehnt worden. Mit ein bisschen Glück würde er sich sogar bis zum Samstag, dem eigentlichen Wettkampftag, wieder erholen.

»Ich würde dir aber trotzdem von einem Start abraten«, meinte Hans, nachdem er Marc auf sein Hotelzimmer gebracht hatte.

Marc öffnete den Reißverschluss seiner Sportjacke und ließ sich unzeremoniell auf das Bett plumpsen, wobei er das linke Knie schonend angewinkelt hielt. »Ach komm! Jetzt lass es mich doch versuchen. Ich brauche diese Pistenerfahrung. Ich bin einfach aus der Übung.«

Hans schüttelte den Kopf. »Nein, das ist es nicht, was dir fehlt.«

»Sondern?«, rief Marc aufgebracht. »Mehr, als ich bislang trainiert habe, geht einfach nicht.«

»Das stimmt wohl.« Sein Trainer klang nachdenklich.

»Also? Was fehlt mir dann?«

»Spaß.« Hans seufzte. »Dir fehlt die Lockerheit. Diese fröhliche Leichtigkeit, die deinen Stil früher immer ausgezeichnet hat – trotz des Drucks, der durch den Weltcup auf dir lastete. Du fährst inzwischen einfach zu verbissen.«

»So ein Blö…«, setzte Marc an. Doch dann hielt er unvermittelt inne und überlegte. Konnte Hans recht haben? Plötzlich zogen längst vergessene Kindheitserinnerungen vor seinem inneren Auge auf: Als kleiner Bub hatte er in den Ferien gar nicht früh genug auf der Piste sein können. Sehnsüchtig hatte er im Morgengrauen vor dem noch geschlossen Lift auf die erste Gondel gewartet. Bei jedem Wetter. Am Nachmittag war er immer der Letzte gewesen, der vom Skifahren nach Hause gekommen war. An Tagen mit Neuschnee hatte er die Schule geschwänzt und sich mit wildem Gebrüll die steilsten Hänge abseits der regulären Pisten hinabgestürzt. Er hatte sich an der Geschwindigkeit und dem Freiheitsgefühl, das ihn dabei befiel, berauscht. Doch jetzt war das Skifahren Arbeit für ihn. Harte Arbeit.

»Du weißt selbst, dass ich recht habe. Oder?« Hans setzte sich neben ihn.

»Kann sein«, murmelte Marc leise. »Aber wenn es wirklich so wäre … Was mache ich dann?«

Hans lächelte. »Tja, Spaß haben kann man leider nicht trainieren.«

»Sondern?«

»Du musst deine Freude am Skifahren wiederentdecken. Wie genau, musst du selbst rausfinden. Aber ich rate dir auf jeden Fall, am Samstag nicht zu starten. Trainiere hart an fünf Tagen in der Woche und versuche, in der restlichen Zeit so viel Spaß wie möglich auf der Piste zu haben.«

***

Mein Patient hat auch in Gröden gut abgeschnitten. Er ist Siebter geworden. Ich selbst bin nicht zu diesem Rennen gefahren, weil ich nicht zu oft im Skizirkus in Erscheinung treten will. Das würde zu sehr auffallen. Außerdem muss ich langsam anfangen, die Olympischen Winterspiele für uns zu organisieren. Denn meinen Rollkoffer mit seinen geheimen Schätzen werde ich diesmal leider zu Hause lassen müssen. Aber wenn man sich gut vorbereitet, stellt auch eine Flugreise in ein anderes Land keine unüberwindliche Schwierigkeit dar. Vorausgesetzt, dass man eine Hoteladresse in der Millionenstadt Seoul und eine Kreditkarte hat. Beides wenn möglich nicht auf den eigenen Namen ausgestellt, aber zur Not geht auch das. Es erhöht das Risiko, geschnappt zu werden, nur geringfügig.

Die meisten rechtschaffenen Leute wären verblüfft, wenn sie wüssten, was man sich alles im Internet bestellen kann. Alles, was das Herz begehrt. Jedes bekannte und unbekannte Dopingmittel. Aus China, Indien und Russland. Anabolika und menschliche Wachstumshormone sind im Netz geradezu Verkaufsschlager. Zwar werden die meisten Webseiten irgendwann einmal dichtgemacht. Aber gleichzeitig poppen jeden Tag drei neue auf, wenn man die entsprechende Recherche auf Google anstellt. Die Betreiber dieser Shops werben mit »absolut dezenter Verpackung« und »95-prozentiger Liefergarantie«. Manche bieten sogar Ersatz an, wenn ein Päckchen nachweislich nicht seinen Bestimmungsort erreicht.

Ich würde aber keinerlei Ausfallrisiko eingehen. Die nächsten Stunden verbringe ich damit, in einem Zürcher Internetcafé vier verschiedene Hotelzimmer in der Hauptstadt von Südkorea zu buchen. Dann bestelle ich viermal den gleichen Warenkorb bei drei unterschiedlichen Webseiten und schicke die »dezent verpackten« Pakete an die verschiedenen Adressen. Eins davon wird schon ankommen. Da bin ich mir sicher. Sogar die koreanischen Zöllner können nicht den Inhalt jedes Päckchens überprüfen. Danach checke ich meine anderen bereits getätigten Buchungen: Meinen Flug und meine Unterkunft in Pyeongchang habe ich schon vor Monaten klargemacht.

Nachdem ich mich versichert habe, dass alle Transaktionen ordnungsgemäß und wie geplant erledigt sind, starre ich eine ganze Weile auf die leere Google-Search-Zeile. Das Einzige, was ich mir wünsche, kann man leider nicht im Internet ordern. Das liegt jenseits der Reichweite von Google und Co. Sicherlich keine neue Erkenntnis, doch plötzlich fühle ich mich – obwohl meine Rachepläne eigentlich wie am Schnürchen klappen – unendlich einsam.

»Wollen Sie noch einen Cappuccino?«, fragt mich plötzlich jemand von hinten.

Ich bin so tief in meinen Überlegungen versunken gewesen, dass mein Herz einen Sprung macht.

»Entschuldigen Sie bitte, ich wollte Sie nicht erschrecken«, sagt die Kellnerin.

»Kein Problem«, lächele ich. Die junge dunkelhaarige Frau ist in ihrer burschikosen Art – sie trägt ein Holzfällerhemd über ihrem Ledermini – sehr hübsch und erinnert mich fast ein wenig an … Nein! Ich will nicht ausgerechnet jetzt an sie denken.

»Möchten Sie nun noch einen Cappuccino?«

Ich schaue in ihr Gesicht. Leider wird mir sofort klar, dass ich mir die Ähnlichkeit nur eingebildet habe. Ihre Augen sind ganz anders. Die Nase auch. Es ist lediglich die Art, wie sie sich kleidet.

»Ähm … soll ich später noch einmal wiederkommen?«

Ich muss sie durch meinen intensiven Blick in Verlegenheit gebracht haben. Das tut mir leid. Es ist schließlich kein Verbrechen, ein schwarz-rotes Holzfällerhemd anzuziehen. Betont herzlich sage ich: »Nein, ist schon gut. Ich hätte tatsächlich gern noch einen Cappuccino. Und die Rechnung bitte.«

»Kommt sofort.« Erleichtert zieht sie ab.

Und ich bin wieder allein mit meiner Google-Zeile. Auf einmal kommt mir eine Idee. Ja, das würde gut zu meiner Vorladung und der gravierten Kugel passen. Behutsam tippe ich das Wort »Swiss International Airlines« in die ausgeleierte Tastatur.

ZEHN

Andrea begleitete Alberto auf seine Dienstreise nach Österreich. Es war keine besonders weite Fahrt, nur knapp drei Stunden, denn die österreichischen Kollegen hatten zwei der vormals von Haider betreuten Sportlerinnen in Innsbruck ausgemacht. Zusammen mit einem Vertreter der Polizei vor Ort trafen sie die beiden nun siebzehnjährigen Mädchen mit ihren jeweiligen Müttern in einem Besprechungszimmer.

»Vielen Dank, dass Sie heute hierhergekommen sind, um uns zu helfen«, eröffnete Alberto das Gespräch, nachdem man sich bekannt gemacht hatte.

»Das tun unsere Mädchen doch gern«, versicherte eine der Mütter, die sich als Verena Kurtz vorgestellt hatte. Ihre hübsche Tochter Luzia hatte die rötlich braunen Locken, die sportliche Figur und das sympathische Lächeln von ihr geerbt. »Auch wenn wir den Zusammenhang zwischen dem fürchterlichen Tod von Herrn Haider und Ihrem Fall nicht ganz verstehen.«

»Es gibt da einige Parallelen, die wir aus ermittlungstaktischen Erwägungen leider nicht offenlegen können«, erklärte Alberto. »Aber im Grunde genommen geht es nur um die Zusammenarbeit zwischen ihren Töchtern und Thomas Haider.«

Susanne Gerber, die andere Mutter, verzog das Gesicht. »Was soll das denn heißen? Die Zusammenarbeit zwischen Amelie und Thomas war hervorragend. Er war sehr engagiert, und sie war eins seiner größten Talente.«

»Kein Wunder, dass er nach dem Erfolg mit unserer Mannschaft zum Nationalcoach berufen wurde.« Amelie, die von einer starken Akne geplagt wurde, lächelte arrogant und schlug die Beine übereinander. Sie war, genau wie ihre Mutter, extrem schlank, geradezu mager.

Alberto warf Andrea einen Blick zu, und sie verstand sofort. In dieser Atmosphäre würden sie niemals mit den Mädchen über so ein delikates Thema wie Missbrauch sprechen können.

Andrea lehnte sich vertraulich vor. »Dürfte ich vielleicht kurz mit dir allein sprechen, Amelie?«

Das Mädchen warf seiner Mutter einen fragenden Blick zu.

»Wenn es denn sein muss«, erwiderte Frau Gerber schnippisch.

»Es wäre hilfreich. Danke«, sagte Andrea. Dann wandte sie sich an den österreichischen Polizeibeamten. »Können wir das Nebenzimmer benutzen?«

»Sicher. Gehen Sie einfach rein, die Tür steht offen.«

Kurz darauf saßen Andrea und Amelie nebeneinander an einem langen Konferenztisch. Das Mädchen, das eben noch angeberisch und selbstbewusst gewirkt hatte, machte nun einen eher zurückhaltenden Eindruck.

»Erzähl doch einfach mal«, forderte Andrea sie auf. »Wie war das Training mit Herrn Haider?«

»Gut.«

Andrea lächelte. »Das ist schön. Aber vielleicht fällt dir zu diesem Thema noch mehr ein. War Thomas Haider zum Beispiel ein sehr strenger oder eher kumpelhafter Trainer? Habt ihr auch außerhalb des Trainings mal was zusammen unternommen? Wie war die Stimmung im Team?«

Amelie überlegte. »Wir durften Herrn Haider duzen. Aber generell war er schon recht streng. Nur dass wir das harte Training alle freiwillig für ihn durchgezogen haben. Er hatte so eine Art, uns ohne viele Worte zu motivieren. Trotzdem haben wir uns alle ein Bein für ihn ausgerissen, wollten es ihm unbedingt immer recht machen.«

»Er hat euch also zu nichts gezwungen?«, fragte Andrea leise.

Amelie schüttelte den Kopf. »Nein. Im Gegenteil. Er wirkte immer total enttäuscht, wenn wir bei einem Wettkampf schlecht abschnitten. Das war viel schlimmer, als wenn er uns ausgeschimpft hätte.«

Eine typisch passiv-aggressive Verhaltensweise, dachte Andrea. Ihre Mutter hatte vor ihrem frühen Tod auch zu solch schwer verdaulichen Methoden gegriffen. Sie hörte noch immer ihre leidende Stimme, mit der sie »Ich bin ja so traurig, dass du dein Zimmer nicht aufgeräumt hast« geflüstert hatte. Sie räusperte sich. »Wart ihr vielleicht alle ein wenig verliebt in Thomas Haider? Er sah ja ziemlich fesch aus.«

Amelie lächelte breit. »Also ich nicht. Ich hatte in der Zeit schon einen Freund. Aber ein paar von uns haben schon versucht, ihn anzumachen.«

»Und wie hat er darauf reagiert?«

Sie zuckte mit den spitzen Schultern. »Ich glaube nicht, dass er darauf eingegangen ist. Aber ich war auch nicht überall dabei. Luzia, die ganz besonders heftig auf ihn abgefahren ist, wurde öfter von ihm nach Hause gebracht. Vielleicht fragen Sie die mal!«

»Werde ich machen«, bestätigte Andrea im Ton einer guten Freundin. »Aber er hat dich zum Beispiel nie irgendwie gegen deinen Willen angefasst?«

Amelie starrte sie für eine Sekunde verständnislos an. Dann dämmerte ihr wohl, worauf Andrea anspielte. »Sie fragen, ob er an mir rumgefummelt hat?«

Andrea nickte.

»Nein, natürlich nicht. Dann hätte er sich auch eine fette Klatsche abgeholt.«

»Meinst du? Hättest du nicht zum Beispiel Angst gehabt, dass er dich aus dem Team wirft?«

»So ein Quatsch. Mein Vater ist einer der Hauptsponsoren. Er zahlt alle unsere Reisen. Wenn ich ihm das gesteckt hätte, dann wäre Thomas geflogen und nicht ich.«

»Ich verstehe. Und ansonsten fällt dir nichts Merkwürdiges über die Zeit mit Herrn Haider ein?«

»Nö. Er war ein cooler Trainer. Der Neue, also der Typ, der nach ihm kam, ist nicht halb so gut.«

»Danke, Amelie. Das war sehr hilfreich. Ich bringe dich jetzt zurück in das andere Zimmer und unterhalte mich danach noch etwas mit Luzia.«

Aus der Nähe sah Luzia Kurtz noch hübscher aus. Ihr heller Porzellanteint passte farblich perfekt zu den wilden rotbraunen Locken, die ihr bis über die Schultern fielen.

»Vermisst du Thomas Haider als Trainer?«, fragte Andrea mitfühlend. »Amelie hat mir erzählt, dass ihr zwei euch sehr gut verstanden habt.«

Luzia presste ihre vollen Lippen aufeinander und nickte. »Er war ein erstklassiger Trainer, und ich bin sehr traurig, dass er so früh sterben musste. Wissen Sie, warum er sich umgebracht hat?«

»Leider nein. Kannst du dir einen Grund vorstellen?«

Lucia starrte einen Moment lang ins Leere. Dann schüttelte sie den Kopf. »Nein.«

»Wirklich nicht?«, hakte Andrea nach. »Deine Freundin hat mir erzählt, dass er dich manchmal nach Hause gefahren hat. Da erzählt man sich doch schon mal was Privates.«

»Amelie ist nicht meine Freundin.«

Der harte Ton des Mädchens überraschte Andrea. »Nein? Aber ihr seid doch im gleichen Team.«

Luzia rümpfte die Nase. »Eben.«

So viel zum berühmten Teamgeist. Offenbar wurde selbst im Juniorensport mit harten Bandagen gekämpft. Andrea entschied sich, aufs Ganze zu gehen. »Warst du in ihn verliebt?«

»Nein! Natürlich nicht!« Luzias Wangen färbten sich feuerrot.

»Aber eigentlich wäre das doch das Natürlichste der Welt«, schwindelte Andrea. »Man sieht sich jeden Tag, arbeitet zusammen, fährt gemeinsam nach Hause … Da kann es doch schon mal zu einem Flirt kommen. Zu einem Kuss oder auch … mehr.«

Luzia sprang wie von der Tarantel gestochen auf. Ihre Hände zitterten. Vor Wut? »Sie … Sie … Das ist doch … Wie können Sie nur so etwas Schlimmes sagen!«

»Entschuldige. Ich wollte dich nicht verletzen.«

»Das haben Sie auch nicht! Ich finde Ihre Behauptungen nur einfach lächerlich.«

»Bitte setz dich wieder«, sagte Andrea sanft. Das Mädchen gehorchte. »Schau, wir haben einen sehr unschönen Verdacht. Nicht in Bezug auf Thomas Haider, aber in Bezug auf den Fall, in dem wir gerade ermitteln. Kann ich mit dir im Vertrauen reden?«

Luzia nickte. Ihre Wangen waren inzwischen nur noch rosafarben. Dafür glänzten ihre blassgrünen Augen ziemlich feucht.

Andrea suchte einen Moment lang nach den richtigen Worten. Schließlich wollte sie den Toten nicht fälschlicherweise einer Straftat bezichtigen. »Wir wüssten gern von dir, ob sich Herr Haider zu irgendeinem Zeitpunkt dir oder deinen Teamkolleginnen gegenüber nicht ganz korrekt verhalten hat.«

»Ich verstehe die Frage nicht«, fragte Luzia. »Wie, nicht ganz korrekt?«

Innerlich rollte Andrea mit den Augen. Aber da musste sie jetzt durch. »Hat er euch unsittlich berührt?«

Luzias schöne Augen weiteten sich. »Nein. Niemals. So etwas hätte Thomas niemals getan. Er war ein … ganz wunderbarer Mensch.« Plötzlich fing sie an zu weinen.

Andrea legte ihr die Hand auf den Arm. »Er fehlt dir. Richtig?«

Unter Tränen nickte sie. »Ja, und er hat das alles nicht verdient.« Mit diesen Worten stand sie auf. »Kann ich jetzt gehen?«

Eine halbe Stunde später waren Alberto und sie auf der Rückreise. »Und wie schätzt du die Lage nach unseren Gesprächen ein?«, fragte Alberto, während er in einen höheren Gang schaltete.

»Ehrlich gesagt glaube ich nicht, dass Haider den Mädchen gegen ihren Willen Gewalt angetan hat. Aber Missbrauch kann in den verschiedensten Formen auftreten. Manche Täter gaukeln ihren minderjährigen Opfern eine leidenschaftliche Liebesbeziehung vor, um sich an sie ranmachen zu können. Und Luzia hatte ganz offensichtlich schon verdammt starke Gefühle für ihren Trainer.«

»Schuldgefühle? Oder Liebesgefühle?«

»Das kann ich schwer einordnen. Was haben die Mütter denn noch erzählt?«

»Frau Kurtz so gut wie gar nichts. Besonders, als ich das Thema Missbrauch angeschnitten habe, hat sie alle Schotten dicht gemacht. Dagegen hat uns Frau Gerber einen Vortrag gehalten, dass man – wenn man als Mutter und Ehefrau seinen Job richtig macht – sein Kind solchen Gefahren erst gar nicht aussetzen würde.«

»Was für ein Schwachsinn. Sie kann doch ihre Tochter nicht vierundzwanzig Stunden am Tag überwachen!«

»Das habe ich auch gesagt und dafür einen verachtenden Blick geerntet.«

»Um noch mal auf deine Ausgangsfrage zurückzukommen: Ich würde diesen Fall nicht abschließend bewerten wollen. Wir müssen auch weiterhin die Möglichkeit in Betracht ziehen, dass Haider mit einem dieser Mädchen etwas hatte und sich entweder aus Schuldgefühlen oder weil er erpresst wurde selbst gerichtet hat.«

Alberto nickte. »Ja, das sehe ich genauso. Außerdem müssen wir noch den deutschen Fall abwarten. Die Kollegen aus Garmisch haben gestern angerufen, um sich zu entschuldigen, dass es so lange dauert. Aber die Witwe von Kurt Loisl glaubt offenbar nicht an einen Selbstmord. Sie geht davon aus, dass die Polizei den Mord an ihrem Mann vertuschen will. Das macht den Kollegen wohl ziemlich Druck. Sie hoffen, dass sie uns alle Unterlagen nach Weihnachten schicken können.«

»Oje. Dann bleibt uns aber nicht mehr viel Zeit vor der Olympiade.«

»Stimmt. Auf der anderen Seite wird uns die Akte so wenigstens nicht das Weihnachtsfest verderben. Feierst du mit Marc in Wengen?«

»Ja, höchstwahrscheinlich … wenn es sich vom Training her ausgeht«, log Andrea mit einem halbwegs schlechten Gewissen. In Wahrheit hatten sie noch nicht darüber gesprochen. In der letzten Zeit hatten sie sich so gut wie nicht gesehen. Irgendwie schien ihre Beziehung mehr und mehr auf Eis zu liegen. Extrem traurig – nach der ganzen Leidenschaft von früher. Dabei hegte sie immer noch dieselben Gefühle für Marc. Doch ihm schien das die meiste Zeit herzlich egal zu sein. Nur ganz selten sah er sie so an, als ob da vielleicht noch ein Funken Liebe wäre. Oder bildete sie sich das nur ein? Keine Ahnung. Jedenfalls ging das alles Alberto nichts an.

***

Sie liegt neben mir auf dem zerwühlten Hotelbett und schläft. Eine dunkle Strähne ist ihr im Schlaf ins Gesicht gefallen und gibt ihr ein fast kindliches, unschuldiges Aussehen. Angeblich ist sie genauso alt wie ich. Das hat sie mir jedenfalls glaubhaft versichert, nachdem ich sie heute am frühen Abend in einem Club aufgegabelt habe. Sie ist mit einer Gruppe von Freundinnen dort gewesen, die alle mit einem drollig breiten amerikanischen Akzent gesprochen haben. Mir ist von vornherein klar gewesen, dass sie nach derselben Sache Ausschau hält wie ich: Auch sie will Fast-Food-Sex. Körperliche Liebe, die schnell, hohl und bedeutungslos ist. Ich habe nicht verstanden, weshalb auch sie ausgerechnet den Heiligen Abend mit jemand Fremdem verbringen will. Aber da ich keine Lust habe, nach meiner Geschichte gefragt zu werden, habe ich auch ihre Privatsphäre respektiert. Ja, ich kenne noch nicht einmal ihren Namen.

Unsere Augen haben sich über die noch leere Tanzfläche hinweg getroffen. Der Rest ist schnell geregelt gewesen. Ich bin zu ihr rübergegangen und habe sie angesprochen. Vielleicht hat sie mir den übermäßigen Alkoholkonsum nicht angemerkt. Oder auch das ist ihr egal gewesen. Vielleicht hat ihr einfach mein Aussehen gefallen. Oder mein Geruch. Jedenfalls ist sie sofort bereit gewesen, den Club mit mir zu verlassen.

Bereits im Taxi auf dem Weg zum Hotel haben wir wild rumgeknutscht. Bloß nicht reden. Nicht darüber nachdenken, was in wenigen Minuten zwischen uns geschehen würde. Ob wir lediglich uns selbst oder noch jemand anderen betrügen.

Der Sex ist gut gewesen, aber nicht weltbewegend. Doch er

hat uns beiden die atemlose Befriedigung verschafft, nach der wir gesucht haben. Sie hat Erfahrung, weiß, wie man sich selbst und anderen Lust verschafft. Mir geht es ähnlich. Auch wenn ich mich egoistischer als sie verhalte. Für mich ist sie letztlich nur ein Mittel zum Zweck. Als Person ist sie mir egal. Ich weiß, dass ich sie niemals wiedersehen würde.

Jetzt ist es vier Uhr morgens. Ich bin vertraut mit den Qualen, die mir nun bevorstehen. Allmählich wird es Zeit, den Preis für diese Nacht voll geheuchelter Leidenschaft zu zahlen. Ich fühle mich beschissen. Schuldig. Wertlos. Verzweifelt greife ich nach meinen Klamotten und ziehe mich an. Ich hole meine Geldbörse hervor und blättere dreihundert Franken auf den Nachttisch neben ihrer schlafenden Gestalt. Das beruhigt mein schlechtes Gewissen. Zumindest ihr gegenüber. Das Hotelzimmer habe ich schon beim Einchecken bezahlt. Leise, um sie nicht zu wecken, schließe ich die Tür hinter mir und schaffe es gerade noch bis zum Abfalleimer neben dem Aufzug. Dann übergebe ich mich.

***

Marc erlaubte sich lediglich eine zweitägige Trainingspause über die Festtage. Aber die wollte er so intensiv wie möglich in seinem Heimatort Wengen erleben. Mit Andrea. Entgegen seinen Erwartungen hatte sie zugesagt, als er sie gefragt hatte, ob sie ihn zu den Feierlichkeiten begleiten wolle.

Heute am Heiligen Abend waren sie zuerst gemeinsam mit seiner Familie in die Kirche gegangen. Danach hatten sie in großer Runde Fondue Chinoise genossen. Das Gericht, bei dem hauchdünn geschnittenes Fleisch zunächst mit einer Fonduegabel in würzige Brühe getunkt und dann mit allerhand Soßen und Beilagen verspeist wurde, war köstlich gewesen. Zum Nachtisch hatte Andrea eine Eistorte mitgebracht.

Als sie Marc, wie jedem am Tisch, ein Stück auf den Teller bugsiert hatte, hatten sich ihre Finger wie zufällig berührt. Der Blick, den sie ihm daraufhin zugeworfen hatte, ließ ihn hoffen, dass zwischen ihnen doch noch alles gut werden könnte.

Direkt nach dem Dessert waren sie gegangen. Gemeinsam. Wie gewohnt Hand in Hand hatten sie den Weg zu Andreas Chalet eingeschlagen, das sie normalerweise in der Hochsaison an Touristen vermietete. Er war dankbar, dass sie das kleine Haus diesmal über die Feiertage frei gehalten hatte, um ihnen beiden eine Unterkunft zu bieten. Im Haus seiner Eltern ging es momentan chaotisch zu, alle Räume waren vollständig von seinen Geschwistern und deren Kindern in Beschlag genommen.

In Andreas Wohnzimmer gab es keinen geschmückten Baum. Schließlich war auch sie erst gestern Abend von Chur hergefahren. Aber mit dem neben dem Kamin gelagerten Holz entzündete er ein gemütlich prasselndes Feuer, während sie in der Küche eine Flasche Rotwein öffnete. Als Andrea mit zwei gefüllten Gläsern zurückkehrte und sich zu ihm auf das braune Ledersofa setzte, schimmerten ihre Haare im warmen Schein des Kaminfeuers fast golden. Es fiel ihm schwer, sich von diesem Anblick loszureißen.

»Wie geht es Hans?«, fragte sie und reichte ihm eins der Gläser.

Er stieß mit ihr an und trank einen Schluck, bevor er antwortete. »Eigentlich ganz gut, aber leider ist er momentan etwas gestresst.«

»Wegen dieses One-Way-Flugtickets nach Seoul, das ihm der anonyme Briefeschreiber zugeschickt hat?«

»Auch. Aber er hat zusätzlich Ärger mit einem meiner Teamkollegen. Luca Zogg.«

»Ja? Warum? Was für Ärger?«

»Angeblich hat Luca vor einer Woche einen schweren Asthmaanfall erlitten und ein Spray benutzt, das auf der Dopingliste steht.« Im Grunde war es Marc gar nicht recht, ausgerechnet in dieser intimen Atmosphäre über dieses leidige Thema zu sprechen. Irgendwie musste er die Kurve kriegen und das Gespräch wieder auf ihre Beziehung lenken.

»Oh! Und was bedeutet das jetzt? Kann er überhaupt noch an den Rennen der restlichen Saison teilnehmen?«

Marc nickte. »Grundsätzlich ist es möglich, eine Ausnahmebewilligung – eine sogenannte Therapeutic Use Exemption oder TUE – für verbotene Substanzen zu bekommen, wenn sie therapeutischen Zwecken dienen. Doch normalerweise ist die Voraussetzung dafür, dass der Sportler *vorab* gründlich medizinisch untersucht wird und der Arzt bestätigt, dass es keine anderen Therapiemöglichkeiten gibt.«

Andrea runzelte die Stirn. »Was passiert, wenn es ein Notfall ist?«

»Ja, natürlich kommt so etwas vor. Hans versucht auch gerade, eine nachträgliche Ausnahmebewilligung zu bekommen. Aber du kannst dir vorstellen, dass das über Weihnachten nicht gerade leicht ist.«

Nachdenklich nippte sie an ihrem Glas. »Meinst du, dass Luca das absichtlich gemacht hat, weil er in Gröden so schlecht abgeschnitten hat?«

»Ich hoffe nicht, aber ...«, Marc atmete tief ein und aus, »... ehrlich gesagt weiß ich es nicht. Luca ist schon verdammt ehrgeizig. Angeblich dachte er, dass ein früheres medizinisches Attest aus seiner Juniorenzeit reichen würde. Doch eigentlich sollte er, genau wie ich, über die Risiken bei der unerlaubten Einnahme von Medikamenten Bescheid wissen.«

»Ist es denn möglich, dass er sich durch das Asthmaspray einen Vorteil verschafft?«

Marco seufzte. Irgendwie entwickelte sich das Gespräch in die falsche Richtung, aber ihm fiel leider keine Ausrede ein, um es vorzeitig zu beenden. »Natürlich. Es kommt ja nicht von ungefähr, dass es im Radsport auffallend viele Asthmatiker mit einer TUE gibt. Ein befreundeter Arzt hat mir mal gesagt, dass es eigentlich zwei Tours de France geben müsste: eine für Asthmatiker und eine für Gesunde, denn die Medikamente erweitern die Atemwege und verbessern die Sauerstoffaufnahme. Das hilft natürlich gerade bei Ausdauersportarten ungemein. Wie viel das Medikament allerdings in unserer Sportart bringt, kann ich schwer abschätzen.«

»Das ist trotzdem völlig ungerecht«, echauffierte sich Andrea. »Gibt es viele solche Ausnahmebewilligungen im Spitzensport?«

»Mehr, als man denkt. Letztes Jahr hat die Hackergruppe Fancy Bears die Festplatte der WADA gehackt, und die von ihnen veröffentlichten Daten haben ganz Erstaunliches zutage gebracht: prominente US-Gymnasten, die Ritalin gegen das Zappelphilipp-Syndrom ADHS verabreicht bekommen, das ihnen zu mehr Konzentration und weniger Angst auf dem Schwebebalken verhilft. Weltberühmte Tennisspieler und Radfahrer, die TUEs für entzündungshemmende Kortisonpräparate und Schmerzmittel haben. Doch ich habe auch von Sportlern gehört, die sich grundlos als Diabetiker behandeln lassen, um durch das zusätzlich gespritzte Insulin einen größeren Muskelzuwachs zu erzielen. Man könnte fast glauben, dass es im Spitzensport nur Todkranke gibt.«

»Traurig.« Andrea blickte geistesabwesend ins prasselnde Feuer.

Schweigend betrachtete Marc ihr sanft erleuchtetes Profil. Die gerade, schmale Nase. Ihre ozeanblauen Augen. Das energische Kinn. Alles an Andrea war ihm so wahnsinnig vertraut. Sie anzuschauen war irgendwie wie nach Hause kommen. Er liebte das. Und er liebte sie. Nicht nur ihr Aussehen, sondern ihre ganze Art. Ihre Fürsorglichkeit. Die Tatsache, dass sie das Leben immer ernster nahm als er selbst. Dass sie sich über so viele Sachen Gedanken machte, die eigentlich gar nichts mit ihrem Alltag zu tun hatten.

Mit einem Mal wurde ihm schmerzlich bewusst, dass diese Liebe zu Andrea wahrscheinlich die einzige Konstante in seinem Leben war. Das Einzige, das sich lohnte festzuhalten. Plötzlich ging ein Ruck durch seinen Körper. Nein, es ging nicht anders. Er musste sie zurückerobern. Mit allen Mitteln. Marc hatte zwar noch keine Ahnung, wie, aber er musste sie unbedingt davon überzeugen, dass sie zusammengehörten. In jeder Hinsicht.

»Woran denkst du?«, fragte Andrea, als sie seinen Blick bemerkte.

»An dich.« Selbst in diesem schummerigen Licht konnte man sehen, dass sie errötete. Er nahm ihre Hand. »Ich liebe dich, Andrea. Lass uns doch nicht das Wichtigste zwischen all diesen Kleinigkeiten vergessen, die deiner Meinung nach zwischen uns stehen.«

»Marc …«, stammelte sie und sah immer noch den tanzenden Flammen zu. »Ich weiß einfach nicht, ob …«

»Was?« Liebevoll streichelte er ihre Hand.

»… ob ich … richtig für dich bin.«

Manchmal quatschte sie auch einen unglaublichen Blödsinn. »Wie … richtig? Was meinst du damit? Natürlich bist du richtig für mich. Du bist sogar die einzig Richtige«, beteuerte er ernst.

Endlich schaute sie ihn an. Marc sah Kummer in ihrem Blick. »Aber das stimmt nicht. Ich habe dich doch erst in diese schwierige Situation gebracht … Wenn ich nicht die ganze Zeit gemeckert hätte, dass du aufhören sollst, hättest du den Sommer über normal trainiert.«

»Das ist doch dummes Zeug. Früher oder später muss ich so oder so mit dem Profisport aufhören.«

»Ja, aber nicht, weil ich dich manipuliert habe!«

»Andrea!« Er umschlang ihre Hand noch ein wenig fester. »Natürlich wird mir der Übergang ins Otto-Normalleben nach all diesen Jahren nicht leichtfallen. Das ist klar. Aber ohne dich werde ich das erst recht nicht schaffen. Ich brauche dich!«

Sie blieb stumm. Ihre Lippen waren fest aufeinandergepresst.

Auf irgendeine Weise musste es ihm gelingen, ihr seine Liebe begreiflich zu machen. Seine Worte schienen nicht zu ihr durchzudringen. Abrupt stand Marc auf und zog auch Andrea an der Hand hoch. »Warum überlässt du nicht mir die Entscheidung, wer oder was richtig für mein Leben ist?«, flüsterte er leise in ihr Ohr. Dann griff er nach ihren Schultern und schob sie sachte aus dem Wohnzimmer und energisch die Treppe hinauf – in Richtung Schlafzimmer.

ELF

Da die Akte über den deutschen Fall bis zum 12. Januar immer noch nicht eingetroffen war, ließ Andrea es sich nicht nehmen, bei Marcs erstem Abfahrtsrennen in Wengen mit dabei zu sein. Sie war gespannt auf sein Abschneiden, denn endlich schien es auf der Piste wieder rund für ihn zu laufen. Das Training hatte hervorragend geklappt. Und selbst beziehungstechnisch lief es so, wie sie es sich heimlich gewünscht hatte. Zwar hatten weder Marc noch sie darüber gesprochen, wie es zukünftig mit ihnen weitergehen sollte, aber sie schliefen wieder in einem Bett, und Marc verhielt sich ihr gegenüber genauso liebevoll wie früher. Nach Weihnachten hatte er wie selbstverständlich den Schlüssel zu ihrem Chalet behalten, und auch momentan wohnten sie gemeinsam dort. Alles, vor allem ihre Kommunikation, war wieder normaler und nicht mehr so steif wie zuvor. Doch ob das bedeutete, dass sie auch in Marcs Augen wieder offiziell zusammen waren, hätte sie nicht sagen können.

Ein lautes Geräusch ließ sie zum Himmel schauen. Gerade flog wieder eine Formation der Patrouille Suisse heran. Die fünf Jets rasten atemberaubend schnell über die Köpfe der Zuschauer hinweg, flogen ein spektakuläres Manöver und hinterließen ein exakt paralleles Streifenmuster aus blauem Rauch im wolkenlosen Himmel.

»Phantastisch, nicht wahr?«, sagte Axel Schuhmacher, ein Sportjournalist, den Andrea schon von anderen Rennen kannte. Er hatte nach Gröden einen netten Artikel über Marc gebracht, der die Überschrift »Der Gewinner lacht zuletzt« trug. Darin warnte er die Leser, den Champion Marc Gassmann, der sich diese Saison für Olympia »schone«, zu früh abzuschreiben.

»Und ganz schön gefährlich«, ergänzte sein Sohn Dirk, der neben einer sehr hübschen Brünetten stand. Marc hatte sie Andrea vorhin als Valentine Louvard vorgestellt. Sie hatte sich sehr zusammennehmen müssen, um nicht wieder in eins ihrer alten Verhaltensmuster zu fallen und grundlos eifersüchtig zu sein. Weshalb sie Frau Louvard besonders freundlich begrüßt hatte.

»Wann geht denn das Rennen los?«, fragte die Französin in diesem Moment.

»Und zwölf Uhr dreißig, Frau Louvard. Also in zehn Minuten«, antwortete Andrea, die das Programm seit ihren Kindertagen auswendig kannte.

»Ach bitte, sagen Sie doch Valentine zu mir. Wir müssen ja ungefähr im gleichen Alter sein.«

»Gern«, erwiderte Andrea mit einem Lächeln. »Sind Sie auch in Begleitung eines Sportlers hier?«

Valentine kräuselte ihre schmale Nase. »Nein. Ich recherchiere für ein Buch.«

»Oh«, sagte Andrea. »Worüber, wenn ich fragen darf?« Die Französin schien nicht nur ausnehmend hübsch zu sein, sondern leider auch noch intelligent.

»Über Doping.«

Gegen ihren Willen war Andrea beeindruckt. »Wie interessant. Wie kommen Sie ausgerechnet auf dieses Thema?«

»Ich bin Chemikerin und habe bei der WADA gearbeitet. Das hat mich aber eher desillusioniert als begeistert. Mitte letzten Jahres habe ich gekündigt, und jetzt versuche ich, genügend Material für mein Buch zu finden.«

»Sie recherchieren ausgerechnet im Skisport?«

»Nein, nicht nur dort. Ich konzentriere mich nur momentan auf die Wintersportarten, weil ich am 6. Februar zu den Olympischen Spielen reisen werde.« Valentine warf Andrea einen amüsierten Blick zu. Wahrscheinlich ahnte sie, dass Andrea insgeheim Angst hatte, ihr zukünftiges Buch könne auch Marc und das restliche Team in einem unschönen Licht darstellen. Selbst wenn sie nichts Negatives entdeckte: Oftmals reichte schon ein Verdacht, um Karrieren zu zerstören. Die meisten Leser waren weniger an Beweisen als an reißerischen Schlagzeilen interessiert.

»Welche Erfahrungen haben Sie denn bei der WADA gemacht?«, erkundigte sich Andrea, um vom Thema Wintersport wegzukommen.

»Ich habe erlebt, dass der Kampf gegen das Doping stellenweise nicht mit letzter Konsequenz geführt wird. Dass die derzeitigen Spielregeln es den Sportlern zu einfach machen.«

»Was meinen Sie damit? Die Ausnahmebewilligungen für therapeutische Zwecke?«

Valentine lächelte, doch es lag ein bitterer Zug um ihren Mund. »Ja, die fallen auch darunter. Normalerweise sollte man denken, dass Asthmatiker oder ähnlich kranke Menschen nichts im Topsport zu suchen haben. Aber ich beziehe mich noch auf etwas ganz anderes: nämlich, dass die internationalen Dopingkontrollen nicht von der WADA, sondern von den lokalen Anti-Doping-Agenturen durchgeführt werden. Doch die haben selbstverständlich ein Interesse daran, ihre eigenen Sportler möglichst gut aussehen zu lassen.«

»Sie sprechen von Russland«, warf Axel Schuhmacher ein, der ihrem Gespräch gelauscht hatte.

»Natürlich spreche ich auch von Russland, schließlich dürfte es kaum jemandem entgangen sein, dass das Olympische Komitee Anfang Dezember Russland von den diesjährigen Olympischen Spielen ausgeschlossen hat. Aber –«

»Die sauberen russischen Athleten dürfen trotzdem unter neutraler Flagge antreten«, mischte sich sein Sohn ein. »Finden Sie das richtig?«

»Deutsche Medien sprechen ja bereits von einem ›dirty deal‹ zwischen dem IOC und den Russen«, ergänzte Axel Schuhmacher.

Valentine seufzte. »Letztendlich wird doch alles auf dem Rücken der Sportler ausgetragen. Jeder hat ein Interesse, dass möglichst viele Medaillen vom eigenen Land gewonnen werden: die Politik, die Medien, die Zuschauer – alle wollen den Kick erleben, ihre eigene Fahne im Wind flattern zu sehen. Es werden wahnsinnige Summen durch hohe Einschaltquoten, Werbeverträge, Fanartikel und Eintrittskarten eingenommen. Dagegen verdienen die Sportler kaum etwas. Die meisten, wenn sie nicht gerade Fußballer oder Tennisspieler sind, kommen gerade so zurecht. Sie sind angewiesen auf staatliche Zuschüsse oder private Sponsoren. Aber solche Gelder gibt es eben auch nur bei guter Leistung. Muss man dann gegen gedopte Kollegen antreten, bleibt vielen Sportlern – wenn sie weiterhin konkurrenzfähig sein wollen – gar keine andere Wahl, als zu dopen. Wenn unter solchen Voraussetzungen jemand sauber bleibt, finde ich nicht, dass man ihn von den Olympischen Spielen ausschließen sollte.«

Axel Schuhmacher schienen bei ihren Worten fast die Augen aus dem Kopf zu fallen. »Sie finden es also richtig, dass man staatlich angeordnetes Doping auch noch auf diese Weise sanktioniert?«

Andrea hob ihre Hand. »Das verstehe ich nicht. Warum denn staatlich angeordnetes Doping?«

»Haben Sie denn den McLaren-Report nicht gelesen?« Axel Schuhmachers grimmiger Ton machte klar, dass er ihre Unwissenheit für eine Todsünde hielt.

Sie schüttelte den Kopf. »Leider nicht. Was steht da drin?«

»Erklär du es ihr«, sagte Schuhmacher zu seinem Sohn. Es war offensichtlich, dass ihm das Thema zu naheging.

»Okay.« Dirk Schuhmacher lächelte ihr zu. »Also erst mal ganz kurz zum Hintergrund: Russland hat als Gastgeber die Olympischen Winterspiele 2014 in Sotschi ausgerichtet und dort so viele Medaillen wie nie zuvor gewonnen. Einige Monate später strahlte das Erste Deutsche Fernsehen eine Dokumentation mit dem Namen ›Geheimsache Doping – Wie Russland seine Sieger macht‹ aus. Darin erklärte eine sogenannte Whistleblowerin, die russische Mittelstreckenläuferin Julija Stepanowa, dass in Russland systematisch und von oberster Stelle verordnet gedopt wird. Das es sogar eine Zusammenarbeit zwischen Sportministerium, Trainern, gedopten Sportlern und der russischen Anti-Doping-Behörde RUSADA gäbe. Daraufhin hat die WADA einen Untersuchungsbericht über das Dopingsystem in Russland in Auftrag gegeben. Er trägt den Namen des Chefermittlers Richard McLaren. Ein erster

Bericht wurde im Juli 2016 veröffentlicht und ein zweiter im Dezember 2016.«

»Und? Wurden die Ergebnisse der Reportage bestätigt?«

»Kurz gesagt, ja. Der Bericht kam zu der Erkenntnis, dass im Moskauer Anti-Doping-Labor unter der Einflussnahme staatlicher Stellen Dopingproben manipuliert wurden, damit aussichtsreiche Sportler mit Medaillenhoffnungen nicht positiv getestet wurden und nur unbedeutende Sportler ins Netz der Anti-Doping-Hüter gingen. Selbst während der Sotschi-Spiele wurden offenbar Proben ausgetauscht. Die Auswertung von Interviews, E-Mails und Datensätzen hat dabei ergeben, dass mehr als tausend Athleten von diesem System profitiert haben.«

»Und was sagt Russland dazu?«

Dirk Schuhmacher grinste. »Russland hat die Vorwürfe natürlich zunächst als politisch motiviert zurückgewiesen.«

Nachdenklich nickte Andrea. »Deshalb also staatliches Doping.«

»Man muss dabei aber auch bedenken, dass alle diese Whistleblower unmittelbar nach ihren Aussagen in den Westen gegangen sind«, mischte Valentine sich ein.

»Was wollen Sie damit sagen?«, herrschte Axel Schuhmacher sie an. »Sie mussten vor Verfolgung geschützt werden?«

»Es gibt doch diesen Spruch: Wes Brot ich ess, des Lied ich sing.«

»Sie meinen also, dass alle diese mutigen Sportler, die sich gegen das System aufgelehnt haben, Lügner sind?«

»Nein. Aber natürlich haben sie ein Interesse daran, möglichst wertvoll für ihre neuen Landsleute zu sein. Und die Medien sind an explosiven Skandalen interessiert, um damit Auflage zu machen. Es ist eine schwierige Situation.« Schuhmacher wollte etwas darauf erwidern, doch die hübsche Französin winkte ab. »Ich kann diesen Begriff ›staatliches Doping‹ ehrlich gesagt nicht mehr hören. In jedem Land wird gedopt. Punkt. In eher autoritär geführten Ländern, in denen der Sport stark vom Staat gelenkt wird, wird ›staatlich gedopt‹. Und in Ländern, die demokratisch und eher privatwirtschaftlich organisiert sind, wird eben privat gedopt. Oder haben Sie die Artikel über die skandalösen Vorgänge im ›Nike Oregon Project‹ in Amerika nicht gelesen? Warum sollte man also russische Sportler pauschal verurteilen, wenn man das nicht bei amerikanischen oder europäischen tut? Die Dunkelziffer ist dort ebenfalls sehr hoch. Geschätzte vierzig Prozent.«

Axel Schuhmacher lief rot an. »Das kann man doch überhaupt nicht vergleichen. Das sind Äpfel und Birnen. Sie beschmutzen die Arbeit der vielen investigativen Journalisten, die solche Skandale aufdecken.«

»Aber die leben doch auch gut von ihrer Arbeit«, antwortete Valentine ungerührt. »Saubere Sportler dagegen nicht.«

»Sie meinen also, dass man das ganze System verändern müsste, um den Sport als Ganzes dopingfrei zu machen?«, fragte Andrea, um von dem Disput der beiden abzulenken.

»Ja, meines Erachtens ist das die einzige Möglichkeit. Oder man akzeptiert, dass heutzutage jeder halbwegs intelligente Athlet seine Leistungen durch verbotene Substanzen steigern kann, ohne bei den enorm teuren und aufwendigen Anti-Doping-Kontrollen ›positiv‹ aufzufallen. Vielleicht sollte man auch gleich den behandelnden Ärzten und Trainer die Goldmedaillen verleihen.«

»Ihr Standpunkt ist doch völlig unhaltbar!«, echauffierte sich Schuhmacher. »Man kann doch Doping nicht als gottgegebene Tatsache akzeptieren! Und bis das Anti-Doping-System revolutioniert wird, vergehen noch Jahrzehnte. Wenn solche Reformen überhaupt je umgesetzt werden.«

»Außerdem scheinen Sie zu vergessen«, warf Dirk ein, »dass wir hier nicht nur über Sportler, sondern über Menschen sprechen. Menschen, die durch das Doping krank gemacht werden können. Sehen Sie sich doch nur einmal die beiden Herren dahinten an. Das sind Alan Douglas und Maxim Popov von der weltweiten Vereinigung von Dopingopfern. Sie werden auch in Korea sein, um auf das Elend der ehemaligen Athleten aufmerksam zu machen.«

Andrea blickte sich interessiert um. Die beiden Männer, auf

die Dirk Schuhmacher zeigte, sahen auf den ersten Blick eigentlich ganz gesund aus. Einer, Andrea tippte auf Douglas, war sehr groß und hager. Der andere wirkte gedrungen und ein wenig ungepflegt. Popov? Oder waren das Vorurteile?

»Was fehlt ihnen?«, erkundigte sich Valentine, auf einmal erstaunlich mitfühlend.

»Alan Douglas ist gehbehindert, dabei war er früher ein erfolgreicher Langstreckenläufer. Aber als junger Leistungssportler ist er ohne sein Wissen von seinem Trainer gedopt worden. Die Vitaminspritzen stellten sich als EPO heraus. Nach jahrelanger Einnahme hat er einen Gehirnschlag erlitten. Monatelang lag er zwischen Leben und Tod im Krankenhaus. Ganz mühsam hat er wieder laufen gelernt, doch das linke Bein zieht er noch immer nach.«

Andrea schlug die Hand vor den Mund. »Wie fürchterlich. Und Herrn Popov?«

Dirk wollte antworten, doch in diesem Moment schwoll der Lärm um sie herum tumultartig an: Das Rennen begann. Der erste Läufer stand bereits am Start. Die Aufmerksamkeit aller konzentrierte sich wieder auf die Piste.

Marc hatte die Startnummer acht gezogen. Nur sieben Läufer waren vor ihm. Plötzlich spürte Andrea die altbekannte Angst in ihr aufsteigen. Sie konnte kaum noch atmen. Hoffentlich würde alles gut gehen.

Die ersten Läufer waren zwei Deutsche und ein Norweger. Alle drei lieferten solide Leistungen ab und meisterten die Sprünge gut. Der Sprecher glaubte allerdings, dass ihr Tempo noch zu schlagen wäre. Dann kam der Österreicher Peter Winkler. Ein starker Gegner. Doch heute fuhr er wie mit angezogener Handbremse und konnte sich nicht wie gewohnt an die Spitze setzen. Es folgte ein Franzose, der die Sprünge ein wenig zu zaghaft anging, und dann stand mit Luca Zogg auch schon der erste Schweizer am Start. Die Kuhglocken der Fans begrüßten ihn stürmisch. Luca startete aggressiv, doch im Flachstück bekam er Gegenwind. Letztendlich erreichte er nur den dritten Platz, was ihn sichtlich ärgerte.

»Pech gehabt«, murmelte Axel Schuhmacher emotionslos und machte sich eine Notiz. Wahrscheinlich war ihm als Deutscher Zoggs schlechtes Abschneiden egal oder sogar lieb.

»Jetzt ist Oleksiy dran«, sagte sein Sohn und machte die Kamera bereit, obwohl er erst in knapp zwei Minuten, wenn der Ukrainer ins Ziel kam, Fotos schießen konnte.

Interessiert reckte sich Valentine nach vorn, um die Fahrt des bulligen Skiläufers besser auf dem Monitor verfolgen zu können. »Das ist der Sportler mit dem unerklärlichen Muskelzuwachs, richtig?«

Axel Schuhmacher drehte sich zu ihr um. »Keine Gerüchte, bitte. Er musste in dieser Saison bereits dreimal zur Dopingkontrolle. Alles negativ. Der Typ hat vermutlich einfach nur hart trainiert.«

Valentine lächelte spöttisch, enthielt sich aber eines Kommentars. Zumal der Ukrainer die schwierige Abfahrt gerade absolut fehlerfrei absolvierte. Alle seine Zwischenzeiten waren grün. Im zweistelligen Bereich grün. Er deklassierte seine Konkurrenz. Und natürlich landete er auf dem ersten Platz des Klassements.

»Ein wahrer Teufelskerl«, rief Schuhmacher begeistert. Dirk knipste.

Doch Andrea war in diesem Augenblick das Geplänkel ihrer Nachbarn egal: Marc würde als Nächster fahren. Das Herz schlug ihr bis zum Hals.

»Viel Glück«, meinte Valentine, als der Sprecher Marcs Namen nannte.

»Danke«, wisperte Andrea. Ihre Augen waren wie hypnotisiert auf den Monitor gerichtet.

Marc kam gut weg. Seine erste Zwischenzeit war null Komma eins vier Sekunden schneller als die des Ukrainers. Eine Sensation! Würde der alte Champion den neuen Wilden gleich bei seinem ersten Rennen schlagen? Die Stimme des Sprechers überschlug sich fast. Auch der Russi-Sprung klappte hervorragend. Der Vorsprung auf den Ukrainer schmolz, aber noch immer lag er in Führung. Nach dem Traversenschuss und der engen S-Kurve folgte der Sprung über den Hundsschopf … Marc erwischte ihn perfekt.

Dann passierte die Katastrophe – ein Aufschrei ging durch die Zuschauer.

»Neeeein!«, brüllte auch der Kommentator geschockt.

Plötzlich hatte Andrea ein hohles Gefühl im Kopf, während ihr Gehirn versuchte, die vom Sehnerv übermittelten Bilder zu verarbeiten. Marc war an der Minsch-Kante gestürzt und hing in den Fangzäunen. Scheinbar leblos. Wie von Sinnen rannte sie los und boxte sich einen Weg durch die nun schweigende VIP-Zuschauermenge.

***

Ich liege in meinem rustikalen Hotelzimmer im Bett und starre die Decke an. Dort ist ein gräulicher Fleck. Er ähnelt in Form und Farbe einem anderen Flecken, den ich vor vielen Jahren mal eine ganze Nacht lang angestarrt habe. Aber ich will jetzt nicht an diesen anderen Flecken denken. Diese Erinnerung raubt mir sämtliche Energien, rüttelt an dem brüchigen Fundament meines Seins wie ein heftig aufziehender Orkan und lässt mich danach ermattet und ausgelaugt zurück.

Im Fernseher läuft das Abfahrtsrennen in Kitzbühel. Obwohl ich vor Ort bin und sogar eines der völlig überteuerten VIP-Tickets ergattert habe, bin ich nicht zum Zuschauerareal gegangen, um den Wettkampf live anzuschauen. Das hat mit dem Fleck zu tun. Aber auch mit dem Umstand, dass ich mich nicht allzu oft im selben Umfeld zeigen will. Ich glaube allerdings nicht, dass die Menschen, die mich dort sehen, Verdacht schöpfen würden. Es liegt ein ausreichend großer Abstand zwischen mir und meinem Patienten. Meine Deckung ist gut gewählt. Darauf habe ich von Anfang an geachtet, denn wenn ich aufgrund meiner Machenschaften im Gefängnis landen würde, müsste meine Rache in Korea ausfallen.

Außerdem würde der einzige Lichtblick der Rennen, die hübsche Freundin von Marc Gassmann, auch nicht da sein. Er ist immer noch verletzt. Angeblich ist ein Seitenband gerissen, aber die Gerüchteküche brodelt immer und überall. Meistens liegen diese Plappermäuler falsch. Offiziell hat sein Trainer nur verlauten lassen, dass er für Kitzbühel leider ausfällt und man sich wegen der restlichen Saison noch mit den Ärzten berät. Mir kann das alles egal sein. Mein Schützling hat gerade eben auch auf der Streif gut abgeschnitten. So wie es momentan aussieht, belegt er sogar einen der ersten Plätze.

Der Fleck. Irgendwie zieht er meinen Blick magisch an. Plötzlich tauche ich wieder in meinem altes Leben ein. Ich fühle wieder diese unmenschliche Kälte, die meine Zähne hilflos klappern und meine halb erfrorenen Beine stolpern ließ, als wir mitten in der Nacht im Entenmarsch zu der Villa zurückkehrten.

Es war November. Die Bäume waren bereits kahl. Ein eisiger Wind fegte durch die laublosen Äste. Doch wir hatten – wie jede Woche – im Fluss baden müssen. Um uns von unseren Sünden zu reinigen. Und um uns abzuhärten.

Vor mir hustete Marie, als ob ihre Lunge gleich aus der mageren Brust springen würde. Sie war genauso alt wie ich, vierzehn, aber so klein und zierlich, dass sie aussah wie zehn. Ich mochte sie. Auch wenn wir noch nie ein Wort miteinander gewechselt hatten. Manchmal half sie mir mit den Hühnern. Sie ging liebevoll mit ihnen um. Fast so liebevoll wie ich. Das war ihm ein Dorn im Auge. Genauso wie Maries ausgelassenes Lachen, wenn der Hahn mal wieder Dummheiten machte. Ihr Wesen war ihm nicht gottesfürchtig genug. Er war deshalb besonders streng zu ihr. Um ihr die gottlosen Flausen auszutreiben.

Kurz vor dem Haus verließen Marie ihre Kräfte. Sie fiel zu Boden und blieb liegen, direkt neben meinen Beinen. Instinktiv bückte ich mich.

»Keiner fasst sie an«, bellte er. »Geht weiter.«

Ich schämte mich dafür, dass ich nicht die Kühnheit hatte, mich ihm zu widersetzen. Dass mir sogar der Mut fehlte, um mich umzudrehen und zu schauen, ob er sie auf dem eisigen Boden liegen ließ oder aufhob. Taub vor Kälte taumelte ich weiter. Bis in meine Kammer, die sich direkt neben Maries im ersten Stock befand.

Mitten in der Nacht wurde ich von ihrem krächzenden Husten geweckt. Offenbar hatte er sich erbarmt und sie in ihr Bett gebracht. Zutiefst erleichtert schlief ich wieder ein.

Doch am nächsten Morgen erschrak ich, als ich sie am Frühstückstisch sah. Ihre Augen glänzten unnatürlich, und die Wangen glühten. Sie musste hohes Fieber haben. Völlig apathisch saß sie da und blickte ins Leere. Ihr Frühstück rührte sie nicht an. Von Zeit zu Zeit wurde ihr schmaler Körper von dem fürchterlichen Husten gequält. Sie schien kaum die Kraft zu haben, die Hand vor den Mund zu halten. Ihr Atem ging rasselnd. Nachdem er die Tafel aufgehoben hatte, befreite er sie widerwillig vom Unterricht und von der Gebetsstunde, weil ihr »Bellen« den Rest der Kinder stören würde.

Während des Mathematikunterrichts überlegte ich die ganze Zeit, wie ich ihn dazu bringen könnte, den Arzt zu bestellen. Es gab nämlich einen Mediziner, der sich unserer »Gemeinschaft« angeschlossen hatte und dieselben Vorstellungen teilte: Antibiotika waren Teufelswerk und gehörten, genau wie sämtliche Impfungen, auf den Scheiterhaufen. Der alte Mann wohnte rund zwanzig Kilometer weit weg, aber er hatte ihn schon mehrmals gerufen, als wir Masern oder Windpocken gehabt hatten. Doch sosehr ich auch grübelte, ich traute mich nicht, darum zu bitten.

Der Tag verging quälend langsam. Die Stunden bis zum Abend zogen sich endlos hin und wurden von dem gedämpften Husten Maries aus dem ersten Stock nur noch schlimmer. Schließlich hielt ich es nicht mehr aus. Beim Abendbrot hob ich schüchtern die Hand.

»Ja?«, brummte er und bestrich sein Brot mit Butter.

»Ich glaube, Marie braucht einen Doktor«, stammelte ich.

Mit hochgezogenen Augenbrauen blickte er auf mich herab. »Marie braucht – wie wir alle – niemanden außer Gott.«

Auf einmal wurde ich zornig. Der Ärger ließ mich mutig werden. »Wenn wir alle nur Gott brauchen, warum bringst du uns dann Mathematik, Physik und Biologie bei? Wozu brauchen wir das ganze Wissen, wenn wir sowieso nur auf Gott vertrauen?«

Äußerlich blieb er ruhig. Doch seine Stimme war kaum hörbar, als er erwiderte: »Weil Gott uns den Verstand gegeben hat.«

Ich wusste in diesem Moment, dass ich für mein Aufbegehren bitter bezahlen und er niemals einen Arzt für Marie bestellen würde.

Nachdem wir auf unsere Zimmer gegangen waren, legte ich mich – noch vollständig angezogen – in mein Bett und lauschte in die Dunkelheit. Maries Husten hatte aufgehört, und ich fragte mich, ob es ihr vielleicht besser ging. Als ich vermutete, dass alle Bewohner, inklusive ihm, fest schliefen, wollte ich Gewissheit. Vorsichtig kletterte ich aus dem Bett und schlich mit klopfendem Herzen zu meiner Tür. Was sollte mir schon passieren, redete ich mir ein. Schließlich würde ich ja so oder so bereits für ein Vergehen bestraft werden. Da kam es auf ein zweites auch nicht mehr an. Doch mir war bewusst, dass ich mich mit diesen Gedanken nur beruhigen wollte. Das, was ich vorhatte, kam in seinen Augen einer Todsünde gleich.

Ich öffnete die Tür und schlich auf den Korridor. Bislang könnte ich immer noch die Ausrede benutzen, dass ich lediglich auf die Toilette musste. Mit geschlossenen Augen horchte ich nach verdächtigen Geräuschen. Doch alles blieb still. Leise klopfte ich an Maries Tür. Sie gab, wie erwartet, keine Antwort. Wahrscheinlich war sie zu schwach. Todesmutig drückte ich die Klinke nach unten. Ich hörte nur ihr schweres Atmen. Auf Zehenspitzen schlich ich mich an ihr Bett. Maries schmale Gestalt ging in dem Bett fast unter. Aber ihre Augen standen offen. Sie war wach. Als ob sie mich erwartet hätte.

»Wie geht es dir?«, flüsterte ich.

»Mir ist so kalt.« Es war mehr gehaucht als gesprochen.

»Soll ich dich wärmen?«

Maries Augenlider flatterten ihre Zustimmung.

Ohne zu zögern, legte ich mich zu ihr ins Bett und nahm sie in den Arm. Ihr frierender Körper fühlte sich zerbrechlich an.

Meine Wärme schien ihr gutzutun. Maries Atem ging etwas gleichmäßiger, und nach einiger Zeit schlief sie ein. Doch ich konnte nicht schlafen. Stunde um Stunde lag ich wach. Neben Marie. Durch einen Spalt im Vorhang fiel genügend Licht ins Zimmer, um einen grauen Fleck an der Decke zu sehen. Seine Umrisse glichen denen der Insel Elba. Mit etwas Phantasie ähnelte diese einem kleinen Fisch. Das hatte ich in seinem Erdkundeunterricht gelernt. Napoleon war nach Elba verbannt worden. Doch er hatte es nur ein knappes Jahr dort ausgehalten, bevor er wieder nach Frankreich aufgebrochen war.

Ich starrte auf den Fleck. Hatte ich gerade Schritte auf dem Korridor gehört? Schwere Schritte? Ich konzentrierte mich stärker auf den Fleck. Elba lag im Mittelmeer. Dort schien die Sonne wahrscheinlich das ganze Jahr über. Das stellte ich mir schön vor. Warmes Meerwasser, das träge an den heißen, sonnenbeschienen Strand wogte. Sorglose Menschen in Badeanzügen sonnten sich wie Eidechsen.

Die polternden Schritte schienen näher zu kommen. Der Fleck. Elba hatte eine Küstenlänge von genau hundertsiebenundvierzig Kilometern. Ob es ein Zufall war, dass der französische Nationalfeiertag jedes Jahr am 14. Juli gefeiert wurde? Oder hatte Gott das von langer Hand geplant?

In diesem Moment ging bedrohlich langsam die Tür auf. Aus dem Augenwinkel konnte ich seine Gestalt im Rahmen erkennen, doch ich blickte weiterhin starr auf den Fleck. Elba gehörte jetzt zu Italien. Warum sollte Gott die Küste also nach dem französischen Nationalfeiertag genormt haben? Plötzlich bekam ich Panik. Machten meine Gedanken überhaupt noch Sinn? Wurde ich tatsächlich verrückt? Oder war das nur die Angst?

Er kam näher. Gleich musste er mich sehen. Ich blickte starr auf den Fleck. So lange, bis mir sein wutverzerrtes Gesicht den Anblick versperrte.

***

Passini hatte das Drama um Marc Gassmanns Teilnahme an dem Rennen in Garmisch-Partenkirchen – der letzten Chance, um sich noch rechtzeitig für die Olympiade zu qualifizieren – hautnah mitbekommen. Alle hatten dem Skistar davon abgeraten, da eins seiner Seitenbänder bei dem Sturz in Wengen angerissen worden war und sein linkes Knie dadurch für eine solche Anstrengung zu instabil sei. Aber Gassmann hatte seinen Willen durchgesetzt.

»Ich kenne meinen Körper. Ich schaffe das schon«, hatte er gebetsmühlenartig wiederholt.

Andrea war darüber regelrecht ausgerastet. »Willst du deinen Ruhestand als Invalide bestreiten?«, hatte sie ihm an den Kopf geworfen.

Doch nun waren sie trotzdem vor Ort. Während Gassmann mit seinem Team auf der Kandahar-Abfahrt trainierte, hatten er und Andrea die für den Selbstmord von Kurt Loisl zuständige Polizeidienststelle aufgesucht. Inzwischen hatte er die Faxen absolut dicke: Die Olympiade stand unmittelbar vor der Tür, und man hatte ihnen immer noch keine Einsicht in die Akten gewährt. Was für eine Schlamperei. Dabei musste der Schlüssel für die Gemeinsamkeit zwischen diesen Fällen genau dort zu finden sein, denn in Hinsicht auf Wellingen und Haider hatten sie in den letzten Wochen gründlich ihre Hausaufgaben gemacht: Noch einmal hatten sie Freunde, Familienmitglieder, Nachbarn, frühere Kollegen und von ihnen trainierte Sportler befragt. Sie hatten Haiders und Wellingens Computer samt den jeweiligen Verlaufsprotokollen besuchter Internetseiten analysiert und sich auch einen Überblick über die Konten der beiden verschafft. Doch bezüglich der Verbindung zwischen dem toten Haider, dem Vermissten Wellingen und Gassmanns Trainer tappten sie nach wie vor im Dunkeln.

Die deutschen Kollegen hatten sich vielmals entschuldigt und sich damit herausgeredet, dass es mit der Witwe des Verstorbenen immer noch Ärger gäbe. Da hätte man nicht noch Öl ins Feuer gießen wollen, indem man eine Kopie der Akte ins Ausland schickte. Immerhin erlaubten sie ihnen, die schriftlich zusammengefassten Ermittlungsergebnisse unter Aufsicht durchzusehen. Das Resultat war ernüchternd. Passini hatte große Hoffnung in die Arbeit der deutschen Polizei gesetzt, doch nachdem man ein Fremdverschulden an Loisls Tod ausgeschlossen hatte, war kaum weiterermittelt worden. Mit anderen Worten: Die Polizei hatte keine Ahnung, weshalb sich der ehemalige Biathlontrainer von heute auf morgen an einem Lampenhaken erhängt hatte. Das einzig Interessante war Loisls Lebenslauf. Auch er hatte eine Zeit lang weibliche Athletinnen trainiert. Ob es zwischen den vier Männern – Wellingen, Bischoff, Loisl und Haider – also nicht doch an dieser Stelle einen Zusammenhang gab? Selbst wenn Bischoff behauptete, Loisl und Haider gar nicht persönlich zu kennen? Allerdings lagen die Zeiten des Deutschen als Trainer der Damenmannschaft schon endlos lang zurück. Wie sollten sie da an die Adressen der ehemaligen Sportlerinnen kommen, die ihm unterstellt gewesen waren? Sprengte das nicht den Rahmen seiner Untersuchungen? Bis auf Wellingens Verschwinden und die Drohungen gegen Bischoff war schließlich nichts Kriminelles geschehen, das diese Fleißarbeit rechtfertigen würde.

»Und was machen wir jetzt?«, fragte er, als sie wieder vor der Polizeistation standen.

Andreas Gesichtsausdruck wirkte entschlossen. »Das, was wir schon vor einigen Wochen hätten tun sollen.«

»Und das wäre?«

»Wir statten der Witwe einen Besuch ab.«

»Meinst du wirklich? Fallen wir den deutschen Kollegen damit nicht in den Rücken?«, fragte Passini skeptisch.

»Wieso denn? Die erwähnen wir gar nicht. Wir können uns schließlich die Adresse der Dame auch aus dem Telefonbuch besorgt haben. Und vielleicht ist sie ganz froh, wenn sie uns ihre Sorgen anvertrauen kann.«

Passini zog sein Handy hervor. »Na, dann wollen wir mal.«

Andrea lächelte. »Das ist nicht nötig, Alberto. Ich habe mir die Adresse aus den Akten gemerkt.«

»Ich dachte, wir geben vor, die Adresse im Telefonbuch gefunden zu haben? Was, wenn sie dort gar nicht drinsteht?«

»Dann haben wir als Schweizer Polizei doch bestimmt noch andere Methoden, um die rauszubekommen! Das wird die Dame schon nicht so eng sehen!« Mit einem Grinsen zog Andrea die Beifahrertür auf. Zögernd verharrte Passini neben dem Wagen und überlegte. Doch ihm fiel leider auch keine Alternative zu dieser unorthodoxen Vorgehensweise ein.

Die Doppelhaushälfte von Elsa Loisl lag etwas versetzt an der Zugspitzstraße, fast mitten im Zentrum von Garmisch. In den Fenstern hingen altmodische Gardinen, und auch sonst erinnerte das Gebäude an längst vergangene Zeiten. Passini schätzte, dass es irgendwann in den sechziger Jahren errichtet worden sein musste. Rein architektonisch gesehen nicht unbedingt eine Glanzzeit.

Er parkte den Wagen und folgte Andrea zur Haustür. Dann klingelten sie.

Wenig später öffnete ihnen eine drahtige grauhaarige Frau, die von Kopf bis Fuß in Schwarz gekleidet war. »Sie wünschen?«, fragte sie überrascht.

»Mein Name ist Passini. Dies ist meine Kollegin Andrea Brunner. Wir sind beide von der Graubündner Kantonspolizei und würden gern kurz mit Ihnen sprechen. Es geht um Ihren Mann.«

Beim Wort »Kantonspolizei« war der Gesichtsausdruck der Frau traurig geworden. »Mein Mann ist tot. Da gibt es nichts mehr zu reden.« Sie machte Anstalten, ihnen die Tür vor der Nase zuzuschlagen.

»Das wissen wir selbstverständlich. Bitte schenken Sie uns trotzdem ein wenig Ihrer Zeit. Wir sind auf drei sehr ähnliche Fälle gestoßen und wüssten gern etwas mehr über die … Umstände, die dazu geführt haben, dass Ihr Mann aus dem Leben geschieden ist.«

Zwischen den Augenbrauen der Frau hatte sich eine steile Falte gebildet. Offensichtlich dachte sie darüber nach, was in dieser Situation zu tun sei. Schließlich sagte sie: »Bitte weisen Sie sich aus. Es kann ja heutzutage jeder behaupten, von der Polizei zu sein.«

Passini nickte. »Da haben Sie absolut recht.« Andrea und er zückten ihre Dienstausweise, die von Frau Loisl ausgiebig studiert wurden.

Schließlich trat sie einen Schritt zurück. »Also gut. Kommen Sie rein.« Frau Loisl führte sie in ein dunkles Wohnzimmer, das zum Garten hin gelegen war. Durch die Stores mit der Goldborte konnte man die Berge sehen. Freundlich bedeutete ihnen die Dame des Hauses, auf dem braunen Ledersofa Platz zu nehmen.

»Also, was für andere Fälle sind das?«, fragte sie.

»Zunächst einmal möchten wir Ihnen unser Beileid aussprechen«, setzte Passini an. »Wie lange waren Sie denn mit Ihrem Mann verheiratet?«

»Vierzig Jahre«, antwortete sie gepresst.

»Dann sind Sie sicherlich nicht daran gewöhnt, allein in diesem schönen Haus zu sein.«

Sie seufzte. »Ganz im Gegenteil. Ich habe viele Jahre lang fast die meiste Zeit ohne ihn hier gewohnt. Mein Mann war durch seinen Beruf sehr viel unterwegs. Allerdings lebte damals noch meine Tochter bei mir.«

»Aber in den letzten Jahren muss ihr Mann doch hier gewesen sein? Wenn ich richtig informiert bin, war er bereits seit geraumer Zeit pensioniert.«

Sie nickte. »Das stimmt. Auch wenn es nach so vielen Jahren nicht ganz einfach ist, sich wieder aneinander zu gewöhnen. Wenn man ansonsten alles allein entschieden hat, fällt es einem schwer, sich plötzlich nach den Wünschen eines anderen zu richten.«

»Das glaube ich Ihnen«, pflichtete ihr Andrea bei, die bei solchen Gesprächen immer den richtigen Ton traf. »Waren Sie deshalb für ein paar Tage verreist, als Ihr Mann verstorben ist?«

Plötzlich standen Tränen in den Augen der älteren Frau. »Ich habe meine Tochter in Heidelberg besucht«, erwiderte sie. Man musste kein Hellseher sein, um zu erkennen, dass sie von einem schlechten Gewissen geplagt wurde.

»Sie machen sich doch hoffentlich keine Vorwürfe«, sagte Passini und beobachtete, wie Frau Loisl sich die Augen mit einem aus dem Ärmel gezogenen Taschentuch trocken wischte.

»Doch. Schon. Wenn ich hier gewesen wäre … dann hätte Kurt sich vielleicht nicht … das Leben genommen«, stammelte sie. »Dann hätte er doch mit mir über alles reden können.«

Passini warf Andrea einen schnellen Blick zu. Sie sah ähnlich verwirrt aus, wie er sich fühlte. Hatte die Polizei nicht ausdrücklich gesagt, dass Frau Loisl abstritt, dass ihr Mann sich selbst getötet hatte? Dass sie vermutete, ihr Mann habe eine Einbrecherbande überrascht, die dann seinen Mord als Selbsttötung inszenierte – selbst wenn es dafür keinen einzigen Beweis gab?

»Wissen Sie, weshalb Ihr Mann aus dem Leben scheiden wollte?«

Sie schüttelte langsam den Kopf. »Nein, nicht hundertprozentig. Er hat auch keinen Abschiedsbrief hinterlassen. Aber …« Sie zögerte weiterzusprechen.

»Aber was?«, hakte Andrea nach.

»Aber es könnte wegen Ludwig sein. In den Wochen vor seinem Tod hat er viel von ihm geredet. Mein Mann war sehr traurig, dass Ludwig den Kontakt zu ihm abgebrochen hatte.«

»Ludwig?«

»Ludwig Müller. Er war die Entdeckung meines Mannes. Ein Bub aus dem Ort, der es dank seines Trainings ganz nach oben geschafft hat und sogar eine Silbermedaille bei den Olympischen Spielen von Vancouver gewann.«

Ludwig Müller war der Name des Polizisten, mit dem sie wegen der Akte in Kontakt gewesen waren, aber das musste reiner Zufall sein. Wahrscheinlich kam dieser Name in Bayern sehr häufig vor. »Und die beiden hatten sich verkracht?«

»Ja, allerdings schon vor Jahren. Kurz nach der Olympiade.«

»Kennen Sie den Grund für das Zerwürfnis?«, fragte Passini.

»Nein, leider nicht. Kurt hat lange nicht darüber gesprochen, doch kurz vor seinem Tod hatte er irgendwas im Fernsehen gesehen, das sein Interesse an Ludwig wieder hatte aufleben lassen. Er hat ihn sogar auf der Polizeiwache besucht.«

»Auf der Polizeiwache?«, wiederholte Passini wie elektrisiert.

»Ja, der Ludwig hat nach seiner Sportlerlaufbahn auf Polizist umgesattelt.« Frau Loisl betupfte sich erneut die Augen. »Wahrscheinlich ist es Schicksal, dass ausgerechnet er und sein Kollege gekommen sind, als ich bei der Polizei angerufen habe, als ich … als ich Kurt gefunden hatte.«

ZWÖLF

Das monotone Summen des Flugzeugs wirkte beruhigend. Andrea, deren Kopf an Marcs Schulter lehnte, schlief tief und fest. Doch er selbst fand einfach keine Ruhe. Zu viele Dinge gingen ihm durch den Kopf: Würde sein Knie auch die Olympiade unbeschadet überstehen? War Hans ernsthaft in Gefahr, oder setzte er seine Gesundheit völlig umsonst aufs Spiel? Nutzte er die Bedrohung seines Trainers vielleicht nur als Vorwand, um es doch noch einmal auf der Piste richtig krachen zu lassen? Hans hatte recht gehabt mit seiner Vermutung, dass es ihm an der Freude fehlte. Inzwischen machte ihm das Skifahren wieder richtig Spaß. Selbst wenn seine Form noch etwas hinterherhinkte.

Nachdenklich rieb er sich das schmerzende Knie, während er darauf achtete, Andrea nicht durch eine ungeschickte Bewegung aufzuwecken. Sie brauchte dringend etwas Erholung von der ganzen Aufregung der letzten Zeit. Entgegen allem Widerstand, auch aus den eigenen Reihen, hatte er es tatsächlich geschafft, sich auf den letzten Drücker zu qualifizieren. Vor vier Tagen in Garmisch hatte er den achten Platz gemacht und war damit gerade noch in den Olympiakader gerutscht. Wenn er allerdings ehrlich zu sich war, dann war ihm das nur gelungen, weil Peter Winkler in der letzten Minute vom Start zurückgetreten war.

Im Training hatte sein Konkurrent deutlich bessere Zeiten als er eingefahren. Keiner wusste, weshalb Peter nicht gestartet war. Oder weshalb er überraschend auf seine Olympiateilnahme verzichtete. Böse Zungen behaupteten, dass er auf diese Weise einer positiven Dopingprobe entgehen wollte. Doch Marc wollte diese missgünstigen Gerüchte nicht glauben.

In den Reihen hinter ihm und Andrea saßen der größte Teil des Schweizer Alpin-Ski-Teams und sämtliche Betreuer. Viele von ihnen schnarchten friedlich vor sich hin, aber Luca Zogg tigerte schon seit Stunden den Gang auf und ab. Wahrscheinlich hatte er Angst, dass seine Muskulatur durch das lange Sitzen verhärtete. Aber jetzt war es bald geschafft, in anderthalb Stunden würden sie in Seoul landen. Von dort aus würde es, nachdem das Gepäck eingesammelt war, mit einem Hochgeschwindigkeitszug direkt in die Olympiaregion gehen.

Pyeongchang lag hundertdreißig Kilometer östlich der südkoreanischen Hauptstadt inmitten des Taebaek-Gebirges. Und damit auch verdammt nah an der nordkoreanischen Grenze, doch glücklicherweise schienen sich die politischen Spannungen zwischen den beiden Ländern wieder beruhigt zu haben. Angeblich sollten sogar Sportler aus dem Norden an den Spielen teilnehmen.

Als sie gestern den Ablauf der Reise besprochen hatten, hatte Hans ihnen erklärt, dass es diesmal zwei olympische Dörfer gab: eins am Meer in Gangneung, wo die Indoor-Sportarten wie Eishockey, Curling und Eiskunstlauf stattfanden, und eins in den Bergen in Alpensia für die restlichen Athleten. Insgesamt würden sechstausenddreihundert Sportler und ihre Betreuer anreisen, um sich an siebzehn Wettkampftagen in fünfzehn Sportarten zu messen. Zum Auftakt am 9. Februar sollte die Eröffnungsfeier im Olympiastadion steigen, die garantiert eine große Sause werden würde. Doch Marc hatte bereits entschieden, sich das Spektakel zu schenken und lieber schlafen zu gehen. Er hatte sowohl am Tag davor als auch am selben Tag und am Tag danach ein offizielles Training. Der Zeitunterschied zur Schweiz betrug acht Stunden, und wenn er für die Trainings und das Rennen fit sein wollte, musste er so schnell wie möglich den Jetlag überwinden.

Leider würden sich seine und Andreas Wege direkt nach der Ankunft im olympischen Dorf trennen, er musste zusammen mit seinen Kollegen ins Schweizer Hochhaus einziehen, während Andrea mit Hans und einigen anderen Betreuern und Gästen in einem Apartmenthotel außerhalb unterkommen würde. Aber spätestens bei den Trainings im Jeongseon Alpine Centre würden sie sich wiedersehen.

Auf die von Bernhard Russi konzipierte Abfahrtspiste war

er schon gespannt. Die neue Strecke war zweitausendachthundertsiebenundfünfzig Meter lang und startete relativ niedrig, auf nur tausenddreihundertsiebzig Metern Höhe. Neben seinem Knie galt seine größte Sorge dem Wetter. Für die nächsten Tage waren eiskalte Temperaturen von minus zwanzig Grad und ein kräftiger Wind angesagt. Hoffentlich würde die Abfahrt am Sonntag, dem 11. Februar, überhaupt stattfinden.

Gerade eben ging Luca erneut an Marcs Reihe vorbei. Doch diesmal blieb er kurz hinter seinem Gangplatz stehen, drehte sich abrupt um und beugte sich zu ihm herab. Marc legte seinen Zeigefinger auf die Lippen, um ihn am Sprechen zu hindern, aber sein Kollege kümmerte sich nicht um die schlafende Andrea. Man sah ihm an, dass er irgendwie unter Strom stand. Aber weshalb regte er sich so auf? Hans hatte schon vor Wochen bestätigt, dass Luca von der WADA eine nachträgliche Ausnahmegenehmigung für die Benutzung seines Asthmasprays bekommen hatte. Und so ein junger Kerl wie er konnte doch keine Panik wegen eines wichtigen Rennens schieben, selbst wenn es seine erste Winterolympiade war.

Doch Lucas Gedanken schienen sich mit etwas ganz anderem zu beschäftigen. »Hast du auch so einen Wisch bekommen?«, wisperte er aufgebracht.

»Was für einen Wisch?«, erkundigte sich Marc leise. Er hatte keine Ahnung, wovon der junge Berner sprach.

Luca musterte ihn intensiv, so als wollte er unbedingt eine Antwort von Marcs Augen ablesen. Es schien sich um etwas für ihn sehr Wichtiges zu handeln. Doch dann wandte er sich plötzlich ab und murmelte: »Ach, vergiss es.«

Wovon sprach er? Was beschäftigte ihn so? Für einen Augenblick überlegte Marc, ihm nachzugehen und ihn zur Rede zu stellen. Doch genau in diesem Moment streckte Andrea gähnend ihre Beine aus und fragte schlaftrunken: »Sind wir schon da?«

***

»Nein, Frau Wellingen. Leider haben wir immer noch keine neue Spur von Ihrem Ex-Mann.« Passini umfasste den Telefonhörer etwas fester. Ihm war bewusst, dass sie auf eine andere Nachricht gehofft hatte.

»Wenn Sie seine Leiche nicht finden, wird das Gericht ihn niemals für tot erklären. Dann kann meine Tochter weder die Pension erben noch seine Lebensversicherung ausgezahlt bekommen«, zeterte sie am anderen Ende der Leitung.

Passini zuckte mit den Schultern, auch wenn seine Gesprächspartnerin das gar nicht sehen konnte. »Frau Wellingen, wir tun unser Bestes. Aber es gibt leider immer noch keine handfesten Beweise, dass Ihr Mann tatsächlich gestorben ist. In solchen Fällen tun sich die Gerichte schwer. In der Schweiz muss erst eine mehrjährige Frist abgewartet werden, bevor jemand für tot oder verschollen erklärt wird.«

»Das ist eine Schande! Bis dahin ist die Pension bestimmt längst pleitegegangen! So wie die momentan in Grund und Boden gemanagt wird von dieser dummen Frau, die Reto als Rezeptionistin eingestellt hat. Aber meine Tochter und ich haben einfach keine Handhabe gegen die Ansprüche dieser Dame, weil offiziell immer noch mein Ex-Mann der Besitzer und Manager ist. Warum machen Sie nicht einfach Ihren Job und finden seine Leiche! Es ist doch ausgeschlossen, dass er noch lebt und einfach nicht zurückkehrt!«

»Frau Wellingen, ich versichere Ihnen, dass wir bislang alles getan haben und noch tun werden, was in unserer Macht steht, aber –«

Klick. Ohne ein weiteres Wort hatte die Dame aufgelegt. Als ob er persönlich etwas dafür könne, dass ihr Ex verschwunden war. Aber er hatte auch ohne ihre wöchentlichen Kontrollanrufe genug Arbeit. Passini blickte auf die Flut von Zetteln, Zeitungsausschnitten und Notizen. Frau Loisl hatte ihnen zwei Kartons voll damit überlassen.

Er hatte sich gegen seinen ersten Impuls entschieden, Ludwig Müller sofort auf der Wache zur Rede zu stellen. Zunächst musste er etwas Greifbares gegen ihn in der Hand haben. Deshalb war er mit den erbeuteten Beweismitteln zurück nach Chur gefahren.

»Und du glaubst, dass dieser Müller einen Mord vertuschen will?« Elias, der geduldig Frau Wellingens Anruf abgewartet hatte, kratzte sich das stoppelige Kinn.

»Eher nicht. Es ist unbestritten, dass Frau Loisl ihren Mann gefunden hat. Da war er bereits seit etwa achtundvierzig Stunden tot. Auch der Bericht der Pathologie erwähnt keinerlei Kampfspuren oder sonstige Anhaltspunkte für Fremdverschulden. Trotzdem ist diese Verschleierungstaktik merkwürdig. Warum wollte Müller uns die Akte nicht aushändigen? Warum hat er diese Lüge erzählt – dass die Witwe Stress machen würde? Wenn Andrea nicht die Idee gehabt hätte, Frau Loisl selbst einen Besuch abzustatten, hätten wir die Wahrheit nie erfahren.«

»Was vermutest du? Weshalb hat er das gemacht? Wonach sollen wir in diesem Haufen von Papier suchen?«

»Ich schätze, dass Loisls Selbstmord in irgendeiner Weise mit seiner Beziehung zu Müller zusammenhängt.«

Elias pfiff durch die Zähne. »Glaubst du, der Kerl hat auch den Abschiedsbrief des Trainers verschwinden lassen? Haider war alleinstehend. Aber Loisl muss doch in seinem letzten Moment an Frau und Tochter gedacht haben.«

»Keine Ahnung. Vielleicht. Obwohl Frau Loisl einen solchen Brief eigentlich hätte finden müssen. Sie hat uns auch erzählt, dass ihr Mann in den Wochen vor seinem Tod immer stiller und zurückgezogener geworden war. Damals dachte sie allerdings nicht an eine Depression, sondern daran, dass er sie verlassen wollte.« Passini rieb sich grübelnd über die Nase. Ihm gefiel der Gedanke nicht, dass ausgerechnet ein Polizist falsch spielte.

»Hm. Aber um noch mal auf meine Frage zurückzukommen: Manchmal sind die Hinterbliebenen zu geschockt, um sofort nach einer solchen Botschaft zu suchen. Eventuell hat sie den Brief auch in dem Wust von Papier auf seinem Schreibtisch übersehen. Warum hat Müller diesen ganzen Papierkram hier eigentlich nicht ebenfalls einkassiert? Wenn Kurt Loisl sich tatsächlich seinetwegen umgebracht hat, müsste er doch Angst gehabt haben, dass das jemand herausfindet.«

»Darüber habe ich auch schon nachgedacht. Aber wahrscheinlich ist das abwegiger, als wir annehmen. Loisl hat sich in seinem Hobbykeller erhängt. Die Dokumente waren in seinem Büro. Nachdem man von vornherein nicht von Fremdverschulden ausging, hätte es wahrscheinlich merkwürdig ausgesehen, wenn Müller sämtliche Unterlagen mitgenommen hätte. Außerdem hätte auf der Wache sicherlich nicht nur er das Ganze durchgesehen, sondern auch seine Kollegen. Vielleicht wäre er dann in Erklärungsnot geraten. So gesehen waren die Schriftstücke besser bei Frau Loisl aufgehoben, die – ganz die gute Hausfrau – auch tatsächlich alles fein säuberlich in zwei Kartons verpackt und diese in den Keller getragen hat. Wie gesagt, ohne Andrea hätte kein Hahn mehr nach dem Zeug gekräht.«

Elias nickte beeindruckt. »Clever, clever. Meinst du, dass Müller auch in den Fällen Haider, Bischoff und Wellingen seine Finger im Spiel haben könnte?«

»Keine Ahnung. Das müssen wir gegebenenfalls später überprüfen. Frau Loisl haben diese Namen jedenfalls nichts gesagt. Aber sie hat auch betont, dass ihr Mann Berufs- und Privatleben immer streng voneinander getrennt hätte. Unter Umständen kannte Kurt Loisl die Männer also trotzdem. Mit ein wenig Glück finden wir dazu etwas in den Unterlagen. Übrigens ist Kurt Loisl noch kurz vor seinem Tod nach Köln gefahren.«

»Köln? Wusste seine Witwe, was er dort wollte?«

Passini schüttelte den Kopf. »Sie machte eine Andeutung, dass ihr Mann eine seiner ehemaligen Flammen dort besucht haben könnte. Um die Ehe der beiden war es nach den langen Jahren der beruflichen Trennung nicht zum Besten bestellt. Sie hielt es wohl für besser, ihn nicht mit allzu vielen Fragen zu löchern. Stattdessen hat sie ihr eigenes Leben gelebt und oft die gemeinsame Tochter besucht.«

Elias schob die Ärmel seines Hemds hoch. »Gut. Dann wollen wir uns mal an die Arbeit machen.«

Passini schob eine der beiden Kisten zu ihm rüber und setzte sich, mit einem Block bewaffnet, vor die andere. Hoffentlich würden sie fündig werden.

***

Andreas Unterkunft war spartanisch eingerichtet. Ein Bett, ein Stuhl, ein Tisch. Statt eines Kleiderschranks gab es lediglich eine Stange auf Rollen. Die Küchenzeile durfte nicht benutzt werden, weil die Studioapartments in dem neu aus dem Boden gestampften Hochhaus unmittelbar nach den Olympischen Spielen verkauft werden sollten. Daher musste man sich das Wasser für die Kaffeemaschine aus dem Spülkasten der Toilette holen, vorausgesetzt, dass man unter solchen Umständen noch Lust auf einen Kaffee verspürte. Der Durchschnittskoreaner musste auch deutlich kleiner und schmaler gebaut sein als der gemeine Europäer. Die Duschkabine war dermaßen eng, dass man sich selbst als schlanke Frau kaum darin umdrehen konnte, und auch die Klobrille war ungewohnt klein.

Doch Marc und die anderen Sportler hatte es noch schlimmer erwischt, sie hausten zu zweit in winzigen Zimmern und mussten ihre Klamotten auf dem Gang lagern, damit sie ihr Reich überhaupt betreten konnten. Unter diesen erschwerten Bedingungen musste man sich mit seinem Mitbewohnern gut verstehen, sonst hielt man es keine zwei Wochen miteinander aus. Aber Marc hatte Glück gehabt und war mit einem stillen jungen Slalomspezialisten zusammengewürfelt worden. Zwischen Luca Zogg und seinem Zimmernachbarn hatte es dagegen schon gehörig gekracht. Zogg hatte offenbar extrem schlechte Laune, weil er unmittelbar im Anschluss an das erste, noch inoffizielle Training zu einer Dopingkontrolle gerufen worden war.

Im Nachhinein betrachtet erschien ihr Albertos Auftrag, Hans vor Ort zu beschützen, ein wenig lächerlich. Denn auf dem olympischen Gelände wimmelte es geradezu vor Polizisten, die uniformiert und in Zweiergruppen das Gelände durchstreiften. Da würde es ein Täter extrem schwer haben, seinem

Opfer unerkannt etwas anzutun. Nein, in dieser Hinsicht konnte man den Veranstaltern nur Lob aussprechen. Zumal sich die Zuschauermenge auf den Pisten durch die drastischen Temperaturen sehr in Grenzen hielt. Sie selbst hatte sich nach dem heutigen Training eine Stunde unter die warme Dusche stellen müssen, um wieder aufzutauen.

Andrea war gerade erst wieder vollständig angezogen, als es an ihrer Tür klopfte. Hans? Eigentlich hatte er sich doch nach dem Training etwas hinlegen wollen. Doch als sie die Eingangstür öffnete, stand Dirk Schuhmacher vor ihr, der zusammen mit seinem Vater in einem größeren Eckappartement im selben Stock wohnte.

»Hey!«, sagte Andrea mit einem Lächeln und trat einen Schritt zurück, um den blonden Hünen eintreten zu lassen. Vormals hatte sie ihn kaum beachtet, weil er nur Augen für Valentine Louvard zu haben schien. Aber aus der Nähe besehen war der Fotograf wirklich ein attraktiver Kerl. Zumindest, wenn man auf blonde Surfertypen mit längeren Haaren stand, die selbst auf festem Boden so breitbeinig herummarschierten, als ob sie sich gerade an Deck eines Fünfmasters befänden. Kein Wunder, dass die kleine Französin ihm nicht von der Seite wich. Valentine Louvard hatte sogar arrangiert, dass ihr die Wohnung unmittelbar neben den Schuhmachers zugeteilt worden war.

»Du hast dich doch gestern Abend über deinen Internetzugang beschwert und mich um einen dieser vom Pressezentrum speziell an Journalisten verteilten Codes gebeten«, setzte Schuhmacher an und wedelte mit einem Stück Papier. »Da habe ich mein Bestes gegeben.«

»Echt? Das ist großartig«, sagte sie und griff nach der offerierten Kostbarkeit. Bislang hatte sie sich mit Alberto per Telefon verständigen müssen, da die Internetverbindung immer wieder ausgesetzt hatte. Das wäre auf Dauer extrem kostspielig geworden. Lächelnd fügte sie hinzu: »Darf ich dich zum Dank auf einen Kaffee einladen? Ich habe mir vorhin extra Wasser in Flaschen besorgt.«

»Warum nicht?«, meinte Schuhmacher lässig und setzte sich ungefragt auf den einzigen Stuhl.

Wenig später hielten sie beide einen dampfenden Becher in der Hand.

»Wie ist das eigentlich, arbeitest du immer mit deinem Vater zusammen?«, fragte Andrea und kramte aus einer Plastikeinkaufstasche noch eine Packung koreanischer Sesamkekse hervor.

»Meistens«, meinte Schuhmacher und nahm sich ein Stück von dem angebotenen Gebäck.

»Dann müsst ihr euch aber außergewöhnlich gut verstehen. Bei den meisten Vater-Sohn-Teams gibt es doch sicherlich nervige Autoritätsrangeleien.«

»Es hat sich bei uns einfach so ergeben. Mein Vater war schon immer ein Familienmensch. Er hatte leider keine besonders schöne Kindheit, und da war er froh, eine eigene Familie gründen zu können.«

Andrea nickte. Sie selbst hatte durch den frühen Tod ihrer Mutter leider auch keine allzu erfreulichen Erinnerungen. Zumindest bis zu dem Zeitpunkt, als sie Marc näher kennengelernt hatte. »Bist du Einzelkind, wie ich? Oder hast du noch Geschwister?«

»Ich hatte noch eine jüngere Schwester. Doch die ist leider vor ein paar Jahren gestorben.« Man merkte seinem auf neutral gepolten Pokerface nicht an, ob er unter diesem Schicksalsschlag litt.

»Wie schrecklich. Ein Unfall?«, erkundigte sich Andrea mitfühlend.

Er nahm einen Schluck von seinem Kaffee. »Ich rede nicht gern über ihren Tod. Oder über den meiner Mutter.«

»Bitte entschuldige, ich wollte dir nicht zu nahetreten.«

»Kein Thema. Das kannst du schließlich nicht wissen.« Für einen Moment schwiegen sie beide. Dann räusperte sich der Fotograf. »Ich finde es übrigens gut, dass wir auf dem Flur hier alle Europäer sind. Da fühlt man sich irgendwie wohler als unter einer Gruppe Journalisten, die nur Chinesisch sprechen.«

»Also ich weiß bisher nur von euch, Hans und Valentine. Wer wohnt denn in den restlichen Wohnungen?«, fragte Andrea, erleichtert darüber, dass sie diesen Eisberg in ihrer Kommunikation sicher umschifft hatten. Außerdem interessierte sie die Antwort auf ihre Frage wirklich. Alberto hatte sie darum gebeten, über ihre unmittelbaren Mitbewohner Erkundigungen einzuziehen.

»Warte«, sagte Schuhmacher und zog einen zerknüllten Zettel aus seiner Jeanstasche. »Ich habe mir extra einen Plan besorgt, damit ich weiß, an welcher Tür ich klopfen muss, um zu dir zu gelangen.«

Er faltete das DIN-A4-Blatt auseinander, und Andrea blickte über seine Schulter auf einen Plan der acht Wohnungen des siebten Stockwerks, in den jemand mit rotem Filzstift Namen geschrieben hatte.

Der Fotograf zeigte mit seinem gebräunten Zeigefinger auf ihre eigene Wohnung, neben der links das Treppenhaus und der Lift lagen. Dann ließ er den Finger im Uhrzeigersinn weiterwandern. »Also, direkt neben dir wohnt Hans Bischoff. Dann kommt Valentine, deren Wohnung an unsere grenzt. Gegenüber von uns, in der anderen Eckwohnung, sind Douglas und Popov von der internationalen Dopingopfer-Vereinigung untergekommen und in der Wohnung unmittelbar neben ihnen Bohdan Bely Ruban, der Bruder und Trainer des Skifahrers mit demselben Nachnamen. Mein Dad und ich haben vor Kurzem eine Reportage über die beiden gemacht … Die restlichen zwei Wohnungen sind bislang frei. Keine Ahnung, ob da noch jemand einzieht. Offiziell fängt die Olympiade ja erst übermorgen an.«

In diesem Moment klopfte es erneut an ihrer Zimmertür. Diesmal waren es Schuhmachers Vater und … Valentine Louvard. »Hallo«, sagte sie mit einem Lächeln und begrüßte Andrea mit einem fröhlichen Augenzwinkern. Dann fügte sie an Dirk gerichtet hinzu: »Ich dachte, du wolltest Andrea nur den

Zugangscode vorbeibringen. Muss ich eifersüchtig sein, weil das so lange dauert?«

Andrea war sich darüber im Klaren, dass sie lediglich scherzte. Eine so schöne Frau wie die dunkelhaarige Französin brauchte sich keine Sorgen um abtrünnige Verehrer zu machen. Trotzdem war sie überrascht, wie weit die Beziehung zwischen den beiden offenbar gediehen war. Waren sie tatsächlich ein Paar?

»Wir haben nur einen Kaffee getrunken und ein wenig geplaudert«, versicherte Dirk Schumacher eifrig und schien sich nicht im Geringsten an Valentines Besitzansprüchen zu stören. Im Gegenteil.

Axel Schuhmacher schaute auf seine Uhr. »Mach schnell, Junge«, brummte er. »Wir müssen den nächsten Shuttle zum Pressezentrum erwischen. Da findet gleich eine Ad-hoc-Konferenz mit dem deutschen Team statt. Kommst du?«

Während Dirk Schuhmacher sich noch den letzten Rest seines Kekses in den Mund steckte und aufstand, musterte Andrea verstohlen seinen Vater. Auch ihm sah man auf den ersten Blick die durchlebten Dramen nicht an … auf den zweiten aber schon. Es lag etwas Unstetes in seinem Blick. Plötzlich erinnerte sie sich daran, wie heftig er auf Valentines kontroversen Dopingvortrag reagiert hatte. Nein, da gab es irgendetwas Dunkles unter seiner vermeintlich jovialen Oberfläche.

Wie wenig man doch die Menschen kannte, die einen umgaben. Sie hatte Schuhmacher schon viele Male vorher getroffen, aber erst heute fiel ihr diese Widersprüchlichkeit auf.

»Man sieht sich«, verabschiedete sich der Sohn von ihr. Auch der ältere Schuhmacher und Valentine hoben freundlich die Hand.

»Ja, bis ganz bald. Und nochmals vielen Dank für das Passwort!«

DREIZEHN

Jetzt, wo ich endlich in Südkorea angekommen bin, dem Beschuldigten Hans Bischoff tagtäglich bei seiner Arbeit zusehe und der erlösende Moment meiner Rache in greifbare Nähe rückt, plagen mich kaum noch Alpträume.

Die in meinen Armen an einer Lungenentzündung gestorbene Marie geistert nicht mehr durch meine Gedanken. Nur von Zeit zu Zeit muss ich noch an meinen Erzeuger denken. An seine perverse Bestrafung nach Maries Tod und die weitreichenden Folgen … Aber ich schweife ab. Dabei muss ich mich dringend auf die letzten noch notwendigen Schritte fokussieren, darf mir so kurz vor dem Ziel keinen einzigen Fehler leisten. Denn bislang hat alles ganz vorzüglich geklappt. Nicht eins meiner Drogenpakete ist verloren gegangen. Nacheinander habe ich sie in den verschiedenen Hotels von angeheuerten Boten abholen lassen. Mein Patient und mein Partner sind hochgradig zufrieden mit mir. Und das wenige, was ich für mich bestellt habe, lagert in meiner Unterkunft. Sicher versteckt, obwohl eine Durchsuchung eher unwahrscheinlich ist.

Bei der gerade stattfindenden Eröffnungsfeier sitze ich fast unmittelbar hinter Bischoff, starre auf seine rote Mütze und frage mich, ob er wohl ahnt, dass seine Tage gezählt sind. Erst gestern hat mir der Privatdetektiv, den ich bereits vor längerer Zeit angeheuert hatte, die Bestätigung geliefert, dass Bischoff zumindest von der damaligen »Behandlung« meiner geliebten Frau gewusst haben muss.

Mehr brauche ich nicht. Mitgefangen ist mitgehangen. Bischoff ist ein toter Mann. Ich werde keine Gnade walten lassen. Meiner Frau hat schließlich auch niemand Gnade gewährt. Niemand hat ihr geholfen, obwohl ich Himmel und Hölle in Bewegung gesetzt habe. Nein, in dieser Beziehung werde ich genauso kompromisslos wie mein Erzeuger handeln.

Erst kürzlich habe ich mich gefragt, wie viel von seinem

Erbgut wohl in mir steckt. Auch ich bin gut darin, Menschen zu manipulieren, und übe eine gewisse Anziehungskraft auf mental schwache Individuen aus. Ich bin genauso aufbrausend. Nur dass ich im Gegensatz zu ihm zu wahrer Liebe fähig bin. Ich hatte in »J« tatsächlich meine Seelenverwandte gefunden. Nein, ich will … ich kann ihren Namen immer noch nicht zu Ende denken. Früher haben die Buchstaben ihres Namens mir als Linderung gedient. Wie eine Zauberformel haben sie meine dunklen Erinnerungen vertrieben. Aber seit sie tot ist, wirkt diese Magie nicht mehr. Ja, sie hat sich sogar ins Gegenteil verkehrt. Der Gedanke an ihren Namen foltert mich, reißt sämtliche Wunden erneut auf.

Um mich abzulenken, versuche ich mich zu zwingen, die prächtigen Bilder der Eröffnungsfeier zu mir durchdringen zu lassen. Irgendwie ist es doch bedeutsam, dass Nord- und Südkorea gemeinsam ins Stadion einlaufen. Noch dazu in weißen Mänteln. Ob diese Farbe auch in ihrer Kultur für Frieden steht? Durch die Monitore, die neben unseren Sitzen angebracht sind, können Projektionen auf der ganzen Tribüne gespiegelt werden. Zum Beispiel die stark vergrößerten Landesflaggen der Teilnehmer. Die Mexikaner marschieren mit Sombreros auf dem Kopf. Der tonganische Flaggenträger scheint kälteresistent zu sein, er läuft mit eingeöltem nacktem Oberkörper einmal durch das ganze Stadion. Bei minus zwanzig Grad! Unwillkürlich frage ich mich, ob er ebenfalls ein wenig lebensmüde ist. Denn was werde ich nur nach meiner Rache mit meinem restlichen Leben in Freiheit tun, für das ich so lange gekämpft habe? Ohne sie hat doch alles keinen Sinn mehr. Aber ich darf jetzt nicht daran denken – ansonsten werde ich Fehler machen.

Mit Tränen in den Augen verfolge ich die Zeremonie, in der das olympische Feuer entzündet wird. Eine schmale Koreanerin, eine ehemalige Eiskunstläuferin, hält ihre Fackel an ein paar künstliche Eiskristalle, aus deren Mitte sich kurz darauf eine Art Feuerraupe bis zu dem hohen Gebilde vorarbeitet, das wie ein Druidenkessel auf langen Stelzen aussieht, und dort die ewigen Flammen entfacht. Eine theatralische Farce … wie meine

Rache, denn selbst davon wird die Liebe meines Lebens nicht mehr lebendig werden.

***

Es war schon früher Nachmittag in Südkorea, aber Alberto kam gerade erst in sein Büro, als Andrea ihn über FaceTime erwischte. Dank der besseren Internetverbindung sah sein Gesicht glücklicherweise nicht mehr wie ein verpixeltes Verbrecherfoto aus. Auch seine Sätze ergaben nun wieder Sinn. Die Bild- und Tonqualität war perfekt. Gut gelaunt winkte er ihr zu.

»Macht ihr Fortschritte?«, fragte Andrea leise, da die südkoreanischen Apartmentwände leider nicht allzu schalldämmend gebaut waren.

Er nickte. »Absolut. Wir haben jetzt den Inhalt beider Kisten ausgewertet. Willst du raten, womit sich Kurt Loisl in den letzten Wochen vor seinem Tod beschäftigt hat?«

»Mit Doping«, antwortete Andrea wie aus der Pistole geschossen.

»Genau. Wie kommst du darauf?« Alberto klang enttäuscht, offenbar hatte er sich ihre Reaktion auf seine Enthüllung anders vorgestellt.

»Ich habe Ludwig Müller gegoogelt. Er hat verdammt früh seine Karriere ad acta gelegt. Mit nur dreiundzwanzig Jahren. Auf dem bisherigen Höhepunkt seiner Laufbahn. Da ist doch klar, dass da etwas faul ist.«

»Soso«, meinte Alberto verschnupft. »Kannst du mir dann auch verraten, mit wem er sich in Köln getroffen hat?«

Andrea hatte durchaus eine Vermutung, aber sie wollte ihrem Mitstreiter nicht erneut die Pointe versauen. Deshalb sagte sie: »Nein, keine Ahnung.«

»Er hat sich mit Leuten aus dem Institut für Biochemie an der Sporthochschule getroffen oder – in anderen Worten – aus dem einen von nur zwei lizensierten Anti-Doping-Laboren in Deutschland«, verkündete Alberto.

»Wow. Und was wollte er dort?«

»Das wissen wir noch nicht, aber ich habe am Montagnachmittag ein Treffen mit dem Labor vereinbart und werde es herausfinden. Übrigens werde ich auf dem Weg dorthin, am frühen Montagmorgen, auch noch einmal Ludwig Müller sehen, um ihm eine Chance zu geben, reinen Tisch zu machen.«

»Hältst du das für klug? Vielleicht türmt er dann oder vernichtet Beweismaterial.«

»Wohin sollte er flüchten? Er hat Frau und Kinder. Außerdem kann er Loisl nicht eigenhändig umgebracht haben, alles spricht dagegen. Es geht nur um das Motiv für den Selbstmord des Trainers und darum, warum er uns die Akte vorenthalten hat.«

Andrea seufzte. »Wie du meinst. Du bist der Boss.«

»Vertrau mir ruhig. Ich werde schon noch rausfinden, weshalb sich Loisl das Leben genommen hat«, versicherte Alberto. »Und wie läuft es bei euch?«

»Gut. Hast du die Eröffnungsfeier im Fernsehen gesehen? Die war echt spektakulär. Mit leuchtenden Drohnen haben sie die olympischen Ringe in den Himmel gemalt. Über tausend waren daran beteiligt. Fehlerfrei! Da musste ich natürlich an diese Drohne denken, die Marc in der vorletzten Saison um ein Haar ins Jenseits befördert hätte.«

»Klar. Nein, ich habe es mir nicht angeschaut. Momentan gehen mir zu viele andere Dinge durch den Kopf. Aber man kann im Internet doch bestimmt eine Aufzeichnung abrufen. Übrigens, wie kommt Marc mit der Piste zurecht?«

»Heute war das letzte offizielle Training. Marc hat ganz gut abgeschnitten, er ist Sechster geworden. Aber er verausgabt sich eigentlich niemals ganz bei solchen Veranstaltungen.«

»Schön. Gibt es sonst noch etwas?«

»Ja, ich habe Hans nach Ludwig Müller befragt. Und natürlich sind sich die beiden bei der Olympiade in Vancouver begegnet. Hans hielt ihn damals für einen echt netten Kerl, aber die beiden haben sich seit dieser Zeit nie wiedergetroffen.«

»Merkwürdig. Ich frage mich wirklich langsam, wie das alles

zusammenhängt. Wie geht Hans eigentlich mit der Bedrohung um?«

»Gut. Du kennst ihn ja, er lässt sich nichts anmerken. Aber er wehrt sich auch nicht gegen mich als sein permanenter Schatten.«

»Heute ist schon der 10. Februar. Mit ein bisschen Glück ist in sechs Tagen sowieso alles überstanden.«

»Du rechnest also wirklich damit, dass am 15. Februar etwas passieren könnte? Das Datum lag doch in der Vergangenheit.«

»Ich wäre an diesem Tag besonders vorsichtig. Es muss ein wichtiges Datum für den Vorladungsschreiber sein. Und bislang ist es der einzige sachliche Hinweis, den wir haben.«

Andrea nickte. »Einverstanden. Ich werde ihn an dem Tag nicht aus den Augen lassen.«

»Ich verlasse mich auf dich.«

In diesem Moment hämmerte jemand aufgeregt gegen ihre Tür. »Andrea? Bitte mach sofort auf!« Es war Hans.

»Ich muss los«, verabschiedete sie sich eilig und kappte die Verbindung, ohne auf Albertos Verabschiedung zu warten. Hoffentlich ging es Marc gut. Gestern hatte einer der Sportler nach dem Verzehr von Restaurantessen mit dem Norovirus zu kämpfen gehabt.

Mit klopfendem Herzen riss sie die Tür auf: »Was ist mit Marc?«

Hans, bereits in Hut und Jacke, war erschreckend blass um die Nase. »Nichts. Es geht nicht um ihn, sondern um Luca Zogg. Er ist positiv getestet worden.«

Vor lauter Erleichterung wäre ihm Andrea am liebsten um den Hals gefallen. »Aber das ist doch nicht so schlimm, Hans. Luca hat doch eine Ausnahmebewilligung für das Asthmaspray.«

Hans stützte sich mit einer Hand am Türrahmen ab. »Es geht leider nicht um das Spray. Er ist positiv auf ein verdammtes Steroid getestet worden.«

»Wie bitte?«

»Du hast richtig gehört. Bitte komm sofort. Ausgerechnet er

selbst will dazu gleich eine Pressekonferenz geben. Wir müssen vorher unbedingt mit ihm und unserem Teamarzt sprechen.« Hans drehte sich um und strebte dem Lift zu.

Hastig griff Andrea nach ihrer Handtasche und ihrem Mantel und rannte ihm so schnell wie möglich hinterher. Schließlich hatte sie ihrem Chef erst vor wenigen Minuten versprochen, Hans nicht aus den Augen zu lassen.

***

Marc saß neben Andrea und Hans in der ersten Reihe und starrte wie gebannt auf Luca Zogg, der erstaunlich gefasst hinter dem Pult auf der Bühne thronte. Weder Hans noch der Cheftrainer Max Eberhard hatten ihn umstimmen können. Der junge Sportler hatte felsenfest darauf bestanden, sich selbst gegen die erhobenen Vorwürfe zu verteidigen. Auch wenn er mit den Argumenten dieser Verteidigung nicht hatte herausrücken wollen.

Gleich würden sie schlauer sein.

»Herzlichen Dank für Ihr zahlreiches Erscheinen und Ihr Interesse«, wandte sich Luca nun an die anwesenden Journalisten. Seine Stimme klang fest und klar. Nur seine zitternden Finger verrieten, dass er sich innerlich wohl doch nicht so cool fühlte, wie er sich gab. »Heute Mittag hat man mich darüber informiert, dass man in einer vor Kurzem durchgeführten Dopingkontrolle das anabole Steroid Nandrolon in meiner Probe gefunden hat. Offenbar ist dieser Wirkstoff, der unter dem Namen Deca-Durabolin auch in meinem Heimatland und in Österreich im Handel erhältlich ist, bei Bodybuildern sehr beliebt, um Muskeln aufzubauen. Doch ich versichere Ihnen, dass ich dieses Mittel niemals eingenommen habe. Ich gebe Ihnen mein Ehrenwort.«

Die Menge im Saal murmelte ungläubig. Marc konnte sie verstehen. Man hatte solche »Ehrenwörter« einfach schon zu oft gehört. Von Lance Armstrong, Jan Ullrich und allen anderen Dopingsündern – bevor sie dann doch zweifelsfrei des Medikamentenmissbrauchs überführt worden waren.

»Allerdings …«, Luca räusperte sich, um wieder die volle Aufmerksamkeit seines Publikums zu erlangen, »… kann ich leider nicht ausschließen, dass man mir das Medikament böswillig und mit voller Absicht untergejubelt hat. Es ist die einzige logische Erklärung für den positiven Test.«

Wie bitte? Marc traute seinen Ohren nicht. Was sollte das denn für eine merkwürdige Entschuldigung sein? Andere Sportler versuchten, sich mit unabsichtlich eingenommenen Nahrungszusätzen oder kontaminierten Speisen rauszureden. Aber dass ein Sportler behauptete, dass man ihm absichtlich und ohne sein Wissen Steroide gespritzt hatte? Das klang mehr als unglaubwürdig.

Tatsächlich rief einer der Journalisten ironisch in die Runde. »Wie ist das denn passiert? Sind Sie vielleicht ausgerutscht und versehentlich mit dem nackten Hintern auf die Spritze eines Konkurrenten gefallen?« Die Menge raunte belustigt.

Lucas Wangen liefen rot an. »Nein. Aber ich werde schon seit Wochen von mir unbekannten Leuten erpresst.« Zum Beweis hielt er einige blaue Zettel in die Höhe. »Auf diversen, teilweise unter meiner Hoteltür durchgeschobenen Nachrichten hat man mir befohlen, einhunderttausend Dollar an einer bestimmten Stelle zu deponieren. Falls ich dieser Aufforderung nicht nachkäme, würde mein nächster Dopingtest positiv ausfallen.«

»Und?«, rief der gleiche Journalist von eben, der sich wohl in seiner Rolle als wortführender Witzbold gefiel. »Hat man Ihnen für die Kohle die Steroidinjektionen frei Haus geliefert?«

Luca ignorierte den Einwurf, obwohl man an seinen wütend zusammengepressten Augenbrauen erkennen konnte, wie schwer ihm das fiel. »Nein, ich habe diesen Verbrechern selbstverständlich kein Geld gegeben. Zum einen, weil ich mich nicht erpressen lassen wollte. Zum anderen, weil ich mir nicht vorstellen konnte, dass es tatsächlich möglich ist, mich ohne mein Wissen zu dopen. Deshalb habe ich diese Drohung ignoriert und kann mir immer noch nicht erklären, auf welche Weise das Steroid in meinen Körper – oder zumindest in meine Probe – gekommen ist.«

Marc schüttelte missbilligend den Kopf. Unterstellte Luca etwa den koreanischen Dopingkontrolleuren, dass sie seine Probe absichtlich kontaminiert hatten? Das war hochgradig unprofessionell.

Derselbe Journalist hakte erneut nach: »Die Dopingproben werden doch anonymisiert, wie sollen Laborarbeiter da, wenn man ihnen rein hypothetisch so ein Fehlverhalten unterstellen will, überhaupt gewusst haben, welche Probe die Ihre ist?«

»Ich weiß es nicht«, antwortete Luca. »Ich will auch keinem Unschuldigen etwas Böses unterstellen. Aber ich bin mir hundertprozentig sicher, dass ich nicht gedopt habe, und deshalb kann ich nicht verstehen, wie diese Steroide in meinen Körper gelangt sind. Ich habe daher einen Anwalt engagiert und werde die anonymen Erpresserschreiben gleich der Polizei übergeben.«

»Heißt das, Sie werden das morgige Abfahrtsrennen nicht bestreiten?«, erkundigte sich der Journalist.

»Das heißt es ganz sicher nicht. Ich werde mir meine Teilnahme – besonders, solange meine B-Probe nicht ausgewertet ist – von nichts und niemandem verbieten lassen.« Mit diesen Worten stand Luca auf und stürmte aus dem Konferenzsaal.

Marc blickte sich um. Hans sah mitgenommen aus. Sicherlich hatte auch er diese Gruselgeschichte nicht als Ausrede erwartet.

»Glaubst du ihm das?«, erkundigte sich Andrea leise und drückte Marcs Hand, nach der sie während der Pressekonferenz gegriffen hatte.

Er zuckte die Schultern. »Ich weiß es nicht. Hört sich ein wenig abenteuerlich an, wenn du mich fragst.« Doch plötzlich fiel ihm Lucas merkwürdiges Verhalten im Flugzeug wieder ein. Er berichtete Andrea und Hans von Lucas Frage, ob auch Marc einen »Wisch« erhalten hätte.

»Dann stimmt es also vielleicht doch«, fragte Andrea mit einem Schimmer Hoffnung in der Stimme. »Ich kann mir nicht vorstellen, dass jemand so etwas Abwegiges erfindet.«

»Wir sollten auch unbedingt einmal mit Peter Winkler sprechen«, sagte Marc nachdenklich. »Vielleicht ist er ebenfalls erpresst worden. Das würde jedenfalls plausibel erklären, warum er – ohne eine akute Verletzung – in letzter Minute in Garmisch von seiner Teilnahme zurückgetreten ist. Ob er deshalb auch die Olympiade sausen lässt?«

»Möglich ist alles«, murmelte Hans. »Doch dass der Junge trotzdem morgen an dem Rennen teilnehmen will, gefällt mir. Der hat wirklich einen eisernen Willen. Andere hätten unter diesen Umständen bestimmt schon das Handtuch geworfen.«

»Aber wie kann das Dopingmittel in seinen Kreislauf gekommen sein? Das ist doch technisch gar nicht möglich, oder?«, fragte Andrea.

»Vielleicht sollten wir mal jemanden fragen, der sich mit so etwas auskennt.« Marc blickte bedeutsam in die Ecke des Konferenzsaals, in der Valentine Louvard angeregt mit zwei Männern diskutierte.

»Das ist eine hervorragende Idee, Alan Douglas und Maxim Popov von der Dopingopfer-Vereinigung zu dieser Sache zu befragen«, rief Andrea und eilte im nächsten Moment zu der kleinen Gruppe. Eigentlich hatte Marc von der hübschen Französin gesprochen, die vormals bei der WADA gearbeitet hatte. Aber gut – wahrscheinlich konnten die anderen beiden auch etwas zur Aufklärung dieses Rätsels beitragen. Gemeinsam mit Hans trottete er Andrea hinterher.

Nachdem man sich gegenseitig vorgestellt hatte, fragte Andrea, was denn die beiden Herren zu dieser unschönen Geschichte zu sagen hätten.

Maxim Popov, der einen schlecht sitzenden grauen Anzug trug und darin wie ein Mafiaboss aussah, verzog keine Miene. »Also, bei uns in Russland ist das nichts Besonderes. Da ist es schon öfter vorgekommen, dass gut verdienende Athleten zur Kasse gebeten werden, damit ihre Dopingtests nicht positiv ausfallen. Schutzgeld nennt man das. Teilweise in Millionenhöhe. Euro selbstverständlich. Hat denn niemand von Ihnen die Dokumentation des Journalisten Hajo Seppelt gesehen? Da berichten eine berühmte russische Marathonläuferin und ihr Mann darüber.«

»Aber das hier ist doch etwas anderes«, widersprach Hans. »Hier geht es doch nicht darum, dass ein x-beliebiger Funktionär sich auf Kosten eines Sportlers bereichern will, sondern darum, dass jemand seine Konkurrenz ausschalten will.«

»Dann zweifeln Sie zumindest nicht an den Eckdaten von Lucas Geschichte?«, erkundigte sich Marc bei Popov.

Der Russe schüttelte energisch den Kopf.

»Wir fragen uns nämlich gerade, ob das medizinisch überhaupt möglich ist, jemandem ein Steroid zu verabreichen, ohne dass der Betreffende das bemerkt«, ergänzte Andrea.

Valentine nickte energisch. Ihre dunklen Augen blitzten. »Aber natürlich ist das möglich. Man kann zum Beispiel hoch dosierte Steroide in eine Creme einarbeiten und diese im Vorbeigehen auf dem Arm eines eigentlich sauberen Sportlers aufstreichen. Das würde kurz vor einem Dopingtest schon reichen, um ein positives Ergebnis zu erzielen.«

Alan Douglas nickte. »Genau. Oder man injiziert das Mittel in eine Zahnpastatube. Oder in einen Energieriegel. Alles schon vorgekommen. Leider wird unter diesen Umständen die B-Probe von Herrn Zogg ebenfalls positiv sein.« Der Engländer sprach wie der Russe sehr gut Deutsch, doch seine Sätze trug er irgendwie schleppend vor. Sein linker Mundwinkel hing tiefer als der andere.

»Woher wissen Sie so etwas?«, fragte Hans bedrückt.

Der hagere Engländer, durch dessen schütteres rötliches Haar seine helle Kopfhaut durchblitzte, lächelte. »Ich bin Arzt und habe mich auf die Untersuchung von Dopingopfern spezialisiert.«

Marc musterte ihn interessiert. »Sind Sie als Zuschauer hier?«

»Nein, Maxim und ich wollen auf das Elend der Geschädigten aufmerksam machen. Und Geld für einen internationalen Hilfsfonds sammeln, der sich um die betroffenen Sportler kümmert und Präventionsveranstaltungen für Jugendliche finanziert. Bislang ist Deutschland nämlich das einzige Land auf der Welt, das Dopingopfern – aus der früheren DDR – hilft. Im Juli 2016 wurde dort das zweite Dopingopfer-Hilfegesetz in Kraft gesetzt, und jedem zwangsgedopten Athleten, der nachweisbar schwere Gesundheitsschäden erlitten hat, steht eine einmalige finanzielle Hilfe in Höhe von zehntausendfünfhundert Euro zu.«

»Ein Tropfen auf dem heißen Stein, wenn man die Kosten einer Krebsbehandlung zu bezahlen hat«, warf Valentine ein.

»Sicher. Aber immer noch besser als nichts«, konterte Popov und warf ihr einen bösen Blick zu.

Hans richtete sich interessiert an den Engländer. »Unter welchen Folgeerkrankungen leiden die gedopten Sportler?«

»Lesen Sie keine Zeitung? Aber als Trainer sollten Sie über solche Sachen sowieso Bescheid wissen! Schließlich verdienen Sie Ihr Geld auf dem Rücken dieser Leute«, ereiferte sich Popov.

»Wollen Sie mir etwa vorwerfen, mit gedopten Sportlern zusammenzuarbeiten?«, fragte Hans empört. »So etwas würde ich niemals wissentlich tun.«

»Wissentlich oder unwissentlich, das ist doch vollkommen egal. Warum wollen sich alle immer mit diesen popeligen Unterschieden herausreden? Es ist das System. Das ganze System. Eigentlich müsste jeder, der sein Geld im Dunstkreis des Profisports verdient, einen Prozentsatz seines Einkommens hergeben, damit die Menschen, die dieses System kaputtgemacht hat, endlich Hilfe bekommen!«, keifte Popov wütend, drehte sich um und verließ den Saal.

Alan Douglas' Wangen hatten sich gerötet. Es war ihm anzusehen, dass ihn der Ausbruch seines Kollegen peinlich berührte. »Entschuldigen Sie bitte, mein Kollege ist sehr emotional. Er arbeitet mit den Dopingopfern in Osteuropa zusammen. Da ist die Not besonders groß. Kinder, die tot oder missgebildet auf die Welt kommen. Depressionen. Krebs. Alles Folgeerkrankungen der Dopingmittel, die oft bereits Jugendlichen verabreicht wurden oder werden.«

Valentine war bei seinen Worten blass geworden. »Sie brauchen Ihren Kollegen nicht zu entschuldigen. Er hat völlig recht. Wir leben in einer grausamen und ungerechten Welt.«

Andrea legte ihre Hand tröstend auf den Arm der Französin. »Absolut. Wie gut, dass Sie ein Buch darüber schreiben werden. Dann werden vielleicht auch Sportfans auf diese Problematik aufmerksam, die bislang nicht über das entsprechende Hintergrundwissen verfügen. Das wird garantiert positive Veränderungen anstoßen.«

Douglas lächelte nachsichtig. »Ihr Wort in Gottes Gehörgang. Es ist ein hehrer Wunsch. Aber ich bin da skeptisch. Es scheint, als ob die Leser oder Zuschauer in Bezug auf Doping nicht gerade über ein Langzeitgedächtnis verfügen. Sie regen sich zwar jeweils über den aktuellen Dopingskandal auf, doch vierundzwanzig Stunden später ist alles wieder vergessen. Bis zum nächsten Drama, weil ein Radfahrer im Rennen an einem Herzinfarkt stirbt. Oder weil ein Reporter herausfindet, dass die italienischen Topfußballer der achtziger Jahre fünfmal häufiger an Krebs erkranken als die restliche Bevölkerung in Italien.«

Hans pfiff durch die Zähne. »Fünfmal häufiger?«

Douglas nickte. »Die Zahlen sind alarmierend. Deshalb haben Maxim und ich uns diesem Kampf verschrieben.«

»Vielen Dank dafür«, sagte Marc ernst. Dann wandte er sich an Andrea und Hans. »Morgen ist das Rennen. Ich muss jetzt leider in die Falle. Hoffentlich löst sich das ganze Problem mit Luca in Luft auf. Noch besteht ja die Möglichkeit, dass ihn die B-Probe entlastet.« Irgendwie hörten sich diese Worte selbst in seinen eigenen Ohren lahm an. Besonders nach den Gesprächen mit Douglas und Popov. Aber was sollte er sonst sagen? Dass er aus Protest ebenfalls nicht antreten würde? Sicher nicht.

»Schlaf gut«, erwiderte Andrea. »Wir sehen uns morgen vor dem Rennen.«

Hans, der ziemlich mitgenommen aussah, nickte ihm zum Abschied zu.

Während Marc im Shuttle zum olympischen Dorf saß und danach die wenigen Meter zum Haus des Schweizer Teams zurücklegte, musste er immer wieder über das Gespräch mit

Popov und Douglas nachdenken. Hatten die beiden recht? War er ebenfalls Teil eines dunklen »Systems« rund um den Spitzensport? Oder irrten sie sich? Was war denn mit all den positiven Dingen, die man gemeinhin mit Sport verband? Teamgeist, Fairness, ein gesunder Geist in einem gesunden Körper? Sport konnte jungen Menschen helfen, auch Straßenkindern und straffälligen Jugendlichen, einen anderen, einen besseren Weg einzuschlagen. Ihnen Disziplin und ein Ziel geben. Für Marc war es niemals nur darum gegangen, besser als alle anderen zu sein, sondern das Beste aus sich selbst herauszuholen. Deshalb hatte er sich im Training geschunden. Nur deshalb hatte er sich über seine Siege gefreut. Und das sollte nun alles schlecht sein? Beschmutzt von den diversen Dopingskandalen? Niemals!

Nachdenklich ging er an die Rezeption und fragte nach seinem Schlüssel. Die freundliche Koreanerin lächelte, als sie ihm das Gewünschte und einen blauen Umschlag reichte. »You 'ave got mail.«

Beim Anblick des Umschlags schlug sein Herz schneller. Sah die Farbe nicht genauso aus wie die von Lucas Zetteln? Plötzlich konnte er nicht warten, bis er zurück in seinem Zimmer war, sondern riss den verschlossenen Brief auf. Zu hastig. Das darin enthaltene Blatt Papier flatterte zu Boden, mit den Buchstaben nach oben. Mit vor Schock geweiteten Augen las Marc die ersten zwei Zeilen: »Wenn Sie während der Olympiade nicht positiv getestet werden wollen, sollten Sie umgehend 200.000 USD zahlen ...«

VIERZEHN

Nach dem turbulenten Sonntag war Passini bereits um fünf Uhr morgens aufgestanden, um pünktlich um halb neun in Garmisch-Partenkirchen einzutreffen, wo er dem – nachweislich lügenden – Polizisten Ludwig Müller einen Besuch abstatten wollte. Auf dem Weg dorthin ließ er sich noch einmal alle Ereignisse des gestrigen Tages durch den Kopf gehen. Alles hatte mit Andreas aufgeregtem Anruf angefangen, in dem sie ihn über Marcs Erpresserbrief in Kenntnis gesetzt hatte. Die Drohungen in dem von einem Botendienst überbrachten Schreiben hatten ihn hochgradig schockiert. Besonders nachdem sie ihm mitgeteilt hatte, dass Luca und vermutlich auch Peter Winkler ähnliche Briefe erhalten hatten.

»Ihr müsst den Brief umgehend an die koreanische Polizei und das IOC weiterleiten. Das muss alles sorgfältig dokumentiert werden«, hatte er ihr geraten und darüber nachgegrübelt, ob diese Erpressung wohl in irgendeiner Weise auch mit der Selbstmord- und Vermisstengeschichte unter den Wintersporttrainern zusammenhing. Oder wollte da nur jemand seine Konkurrenten ausschalten, und die ganze Sache war völlig losgelöst von den anderen Fällen zu betrachten? Er wusste es nicht.

Zwei Stunden später hatte ihn Andrea erneut kontaktiert: Marcs Abfahrtsrennen war aufgrund der schlechten Witterung von Sonntag auf Donnerstag verschoben worden. Donnerstag, den 15. Februar wohlgemerkt, also ausgerechnet auf Tag X! Das exakte Datum, das auf der Kugel eingeritzt worden war!

Verdammt! Er ermahnte sie erneut, besondere Vorsicht walten zu lassen. Aber mehr konnte er einfach nicht tun. Sein Boss würde niemals einen Flug nach Korea autorisieren, damit er sich selbst um alles kümmerte. Ihm waren die Hände gebunden, weshalb es ihn nicht gerade beruhigte, als Andrea am späten Nachmittag erneut anrief, um ihm von dem Treffen mit der koreanischen Polizei zu berichten.

»Die Kollegen halten den Brief an Marc für einen Fake, quasi einen geschickten Winkelzug, um Luca zu entlasten!«, hatte sie empört in den Hörer gerufen. »Und auch das IOC hat klipp und klar verlauten lassen, dass Marc – genau wie alle andere Athleten – gesperrt werden würde, wenn er vor oder nach dem Rennen positiv auf eine verbotene Substanz getestet würde. Es gelte das ›Strict-Liability-Prinzip‹, also das verschuldensunabhängige Prinzip, was besagt, dass jeder Sportler für sämtliche in seinem Körper gefundenen Substanzen selbst verantwortlich ist! Man könne schließlich nicht nachprüfen, ob jemand etwas freiwillig oder unfreiwillig einnehmen würde.«

»Mist. Dann muss Marc bis zu dem Rennen ganz besonders vorsichtig sein!«

»Das ist leichter gesagt als getan. Schließlich können wir hier noch nicht einmal eigenhändig kochen!« Andreas Stimme hatte verzweifelt geklungen.

»Aber es müssten doch genügend Dopingexperten vor Ort sein, um Marc zu unterstützen. Ich würde mich einfach so gut wie möglich beraten lassen.«

»Gute Idee. Nur dass wir momentan leider den Überblick verloren haben, wer hier genau unser Freund ist und wer uns schaden will«, hatte Andrea mit einer gehörigen Prise Sarkasmus erwidert.

»Ich verstehe dich, aber momentan bleibt uns leider nichts anderes übrig, als unser Bestes zu geben.«

»Schon klar. Ich melde mich.« Mit diesen Worten hatte sie aufgelegt.

Immer noch in Gedanken versunken, parkte Passini um Punkt halb neun vor der Polizeiwache, in der Müller arbeitete. Dann rief er sich energisch zur Ordnung. Schließlich hatte auch er hier einen Job zu erledigen.

Wenig später saß er dem überraschten Müller in seinem Büro gegenüber.

»Ich verstehe nicht ganz … Was verschafft mir erneut die Ehre Ihres Besuchs?«, fragte der Mittdreißiger mit einem Lächeln, das nicht ganz bis zu seinen wachsam schauenden Augen reichte. Dabei war er ansonsten ein sympathisch aussehender Bursche, der noch immer durchtrainiert und äußerst fit wirkte.

»Wir müssen uns darüber unterhalten, weshalb Sie uns die Akte über Kurt Loisl nicht geschickt haben.«

»Aber die Gründe dafür kennen Sie doch bereits. Die Witwe denkt –«

»Bitte überlegen Sie sich gut, was Sie als Nächstes sagen«, unterbrach ihn Passini. »Wir haben nämlich inzwischen mit Elsa Loisl gesprochen.«

Unter seiner Bräune schien Müller plötzlich blass zu werden, aber er versuchte, seinen Bluff trotzdem aufrechtzuhalten. »Na, dann hat sie Ihnen ja bestimmt ihr Leid geklagt. Aber ich versichere Ihnen, dass weder wir noch der Gerichtsmediziner irgendwelche Spuren gefunden haben, die auf einen Mord hindeuten.«

Passini musterte ihn intensiv. »Sie bleiben also bei Ihrem Lügenmärchen?«

»Wie bitte? Ich erzähle Ihnen doch keine Märchen.«

»Aber Lügen«, erwiderte Passini knapp. »Und sehr kurzbeinige noch dazu. Wir brauchen doch lediglich Frau Loisl hierherzubitten, und schon sind Sie überführt.«

Müller verzog keine Miene und schwieg.

»Warum haben Sie uns vorenthalten, dass Herr Loisl Sie früher trainiert hat? Und dass es zwischen Ihnen kurz nach der Olympiade in Vancouver zum Bruch gekommen ist?«

»Weil all das in keiner Weise mit seinem Ableben in Zusammenhang steht«, knurrte Müller.

»Oh, ich glaube doch.«

Müllers Stimme klang eisig, als er flüsterte: »Vermutlich haben Sie stichhaltige Beweise, wenn Sie einen deutschen Polizeibeamten des Mordes bezichtigen.«

»Das tue ich keineswegs. In dieser Hinsicht bin ich sogar ganz Ihrer Meinung. Loisl hat sich eindeutig selbst umgebracht. Aber die Frage ist doch, weshalb er sich erhängt hat. Und da sieht es halt nicht ganz so gut aus, wenn der Beamte, der die

Leiche findet – rein hypothetisch natürlich –, den Abschiedsbrief des Toten verschwinden lässt.«

»Sie lehnen sich aber ganz schön weit aus dem Fenster.« Müllers Mund mutierte zu einer wütenden dünnen Linie.

Passini entschied, dass es Zeit war, seine Taktik zu ändern. »Okay, das mit dem Abschiedsbrief ist nur eine Vermutung. Wie gesagt, eine Arbeitshypothese. Aber warum schweigen Sie so eisern? Ich will Ihnen doch nichts Böses. Es geht mir doch letztendlich nur darum herauszufinden, ob dieser Selbstmord in irgendeinem Zusammenhang mit den Fällen Haider und Wellingen steht.«

Sein Gegenüber schien mit sich zu kämpfen, und Passini musste sich zwingen, ihn nicht bei seinem inneren Zwiegespräch zu stören. Für gewöhnlich erreichte man mit konstruktivem Schweigen mehr, als wenn man unwillige Zeugen oder Beschuldigte totquatschte. Auf diese Weise konnte die Logik der vorangegangenen Worte ihre volle Wirkung entfalten.

Doch bei Müller zeigte dieser nützliche Trick keinen Effekt. Er ließ sich auch weiterhin nicht in die Karten schauen und beteuerte lediglich: »Ich gebe Ihnen mein Wort, dass Herr Loisls Selbstmord nichts mit den anderen Fällen zu tun hat.«

Passini schüttelte den Kopf. »Leider reicht mir Ihr Ehrenwort in diesem verzwickten Fall nicht. Deshalb werde ich mich jetzt als Nächstes nach Köln aufmachen.«

»Nach Köln?«, wiederholte Müller leise. »Wieso das denn?«

»Weil sich Herr Loisl kurz vor seinem Tod mit Leuten aus dem dortigen Anti-Doping-Labor getroffen hatte.«

Müllers Augen verengten sich. »Sie verschwenden nur Ihre Zeit.«

»Glauben Sie?« Passini lächelte. »Wie heißt es immer so schön? Die Sonne bringt es an den Tag.«

»Was soll denn der Quatsch bedeuten?«

»Schauen Sie, ich wollte Ihnen fairerweise vor meiner Reise eine Chance geben, reinen Tisch zu machen. Aber jetzt, da Sie mir die Wahrheit verweigern, werde ich keinen Stein auf dem anderen lassen, um herauszufinden, wer oder was Herrn Loisl in den Tod getrieben hat. Und ich hoffe für Sie, dass Sie mit dem Ergebnis meiner Ermittlungen leben können.«

Müller stand auf und reichte ihm die Hand. »Sie irren, wenn Sie glauben, dass ich mich schuldig fühle. Oder Angst vor Ihnen habe.«

»Umso besser«, meinte Passini und verabschiedete sich mit einem kräftigen Händedruck.

***

Es ist ein Wink Gottes. Jedenfalls hätte er, mein Vater, das behauptet. Das Rennen ist ausgerechnet auf ihren Todestag verschoben worden, den 15. Februar. Und obgleich ich meinen Glauben an Gott längst verloren habe, läuft mir bei dieser Nachricht ein Schauer über den Rücken. Vielleicht ist es Schicksal. Vielleicht hat Jelena – da, ich habe ihren Namen zum ersten Mal zu Ende gedacht, ohne in Tränen auszubrechen – aber auch selbst ihre Finger im Spiel. Ist es ihre Art, mir aus dem Himmel die Nachricht zukommen zu lassen, dass sie meine Rache nun doch billigt? Hat sie erst nach ihrem Tod verstanden, wie ungerecht unser beider Leben verlaufen ist?

Obwohl wir in unserer Beziehung alles geteilt haben, habe ich immer versucht, die Erzählungen über die außergewöhnlichen Umstände meiner Kindheit zu vermeiden. Hauptsächlich, weil ich den mitleidigen Ausdruck in ihren Augen nicht ertragen konnte. Trotzdem ist die Frau meines Lebens von diesem Thema fasziniert gewesen. Alles hat sie wissen wollen: wie er überhaupt zu diesem Monster geworden ist. Warum meine Mutter mich ihm kampflos überlassen hat. Und weshalb ich nicht geflüchtet bin, obwohl das Tor zur Straße doch jederzeit offen gestanden hat.

Es ist mir weder damals noch heute leichtgefallen, Antworten auf diese Fragen zu finden. Ich bin schließlich kein Psychologe. Trotzdem habe ich mir über die Jahre einiges an Wissen angelesen. Die letzte Sache ist sicherlich am einfachsten zu beantworten: Man flüchtet nicht vor dem einzigen Dasein, das man kennt. Sogar wenn dieses Dasein eine unablässige Folge von körperlichen und seelischen Misshandlungen beinhaltet. Wir waren daran gewöhnt. Das war unser Alltag. Mir wäre niemals in den Sinn gekommen, dass die Menschen auf der anderen Seite des Zauns anders leben könnten. Zumal er uns immer wieder versichert hat, wie unmoralisch und verkommen die Menschheit in ihrer Gesamtheit war. Was für eine wichtige Bedeutung uns »Kindern des Lichts« zukam, um den Himmel und das Paradies im Jenseits vor dem Bösen zu retten.

Die menschliche Psyche ist von jeher auf Überleben gepolt. Deshalb können sich die Menschen auch an die schlimmsten Lebensumstände anpassen. Das kann man auch bei den Opfern anderer Verbrechen beobachten. Bei den Geiseln der kolumbianischen Guerillabewegung FARC, die sich nach ihrer grausamen Gefangenschaft manchmal derselben Bewegung anschlossen oder ihre Entführer heirateten. Solches Verhalten wird unter dem Begriff »Stockholm-Syndrom« zusammengefasst: Opfer entwickeln in ihrer Todesangst einen Überlebensmechanismus, indem sie sich ihren Peinigern vollkommen unterwerfen und deren Ideale zu teilen beginnen. Bei uns war es ähnlich: Wir lauschten täglich seinen absurden Theorien, und nach einer gewissen Zeit wurden diese zur absoluten Wahrheit. Selbst für die Kinder, die von außerhalb kamen. Wir verstanden, dass er keine andere Wahl hatte: Er musste uns abhärten, damit wir den schlechten Menschen überlegen waren. Wir mussten sozial unabhängig und kontrolliert agieren, um vor der »Manipulation« der anderen geschützt zu sein. Deshalb akzeptierten wir alle Misshandlungen als unvermeidbar. Als im wahrsten Sinne des Wortes »gottgewollt«.

Aus meiner heutigen Sicht war mein Vater nicht verrückt. Sondern krank. Paranoid. Ein Sadist. In seinem Nachlass habe ich Tagebücher gefunden, aus denen hervorgeht, dass er schon mit achtzehn Jahren Allmachtsphantasien gehabt hatte. Außerdem quollen sämtliche Regale in seinen Privaträumen mit Büchern voller Verschwörungstheorien und hanebüchener religiöser Abhandlungen über. Sein ganzes Auftreten war bizarr. Das schwarze lange Haar glich einer zotteligen Mähne. Sommer wie Winter trug er dieselbe lange Kutte, unter der er nackt war. Der Blick aus seinen Augen war intensiv. Stechend. Aber er konnte auch extrem charismatisch sein. Seine Theorien faszinierten viele haltlose und schwache Menschen, die sich seiner Sekte anschlossen. Meine Mutter war eine von ihnen. Sie fühlte sich als etwas Besonderes, weil er sie auserwählt hatte, sein Kind zu gebären. In gewisser Weise war sie ebenfalls ein Opfer, denn kurz nach meiner Geburt schickte er sie auf eine Pilgerreise nach Afrika, von der sie nie zurückkehrte.

Was meine geliebte Jelena nie verstanden hat, ist, dass es am Rande dieser unerträglichen Lebensumstände durchaus auch schwindelige Momente des Glücks geben konnte: der liebliche Gesang eines Vogels im Morgengrauen. Eine Blume, die mitten im Schnee erblüht. Der Kontakt mit meinem Huhn. Und dass diese grausame Erziehung mir auch viel Kraft und einen eisernen Durchhaltewillen geschenkt hat. Eigenschaften, die mir in meinem heutigen Dasein Vorteile verschaffen. Wenn man dieses Martyrium überlebt hat, gibt es nicht viel, vor dem man sich zu fürchten braucht. Bis auf den sinnlosen Tod des einzigen Menschen, den man liebt …

Niemand kann ermessen, was Jelenas Verlust für mich bedeutet. Sie war die einzige Person, der ich mich nach all den Jahren der Einsamkeit nah gefühlt hatte. Sie allein hatte den mir durch das Stigma meiner Kindheit aufgezwungenen Panzer durchbrochen. Sie war vorbehaltslos auf mich zugegangen und hatte mir gezeigt, was Liebe bedeutete. Wie Zärtlichkeit unsere Herzen öffnete. Nach ihrem Tod war mir, als ob sämtliche Narben auf meiner Seele und meinem Körper erneut aufrissen und ich die Qualen meiner Kindheit noch einmal durchleiden musste.

Bischoff muss sterben. Daran führt kein Weg vorbei. Diese Rache ist nicht nur eine Option unter vielen, sondern die Voraussetzung, damit ich überhaupt in Erwägung ziehen kann, irgendwie – ohne Jelena – weiterzuleben.

***

Am Morgen hatten Marc und das ganze Team noch in der bitteren Kälte mit schützenden Gesichtsmasken trainiert, auf einem Teilstück der eigentlichen Abfahrt, das angeblich auch in dem peitschenden Wind ungefährlich war. Andrea, die trotz ihrer Daunenjacke bitterlich gefroren hatte, war Hans nicht von der Seite gewichen und deshalb auch eine der Ersten, die von dem Ergebnis von Zoggs B-Probe erfuhr: Sie war ebenfalls positiv und der Sportler damit bis auf Weiteres gesperrt. In einem Schreiben wurde er angewiesen, umgehend seine Habseligkeiten zu packen und aus dem olympischen Dorf in das Gebäude umzuziehen, in dem Hans und Andrea wohnten.

Drei Stunden später war es so weit. Andrea, die sich nach einer warmen Dusche in Hans' Apartment aufhielt, um ihn – leider vergeblich – davon zu überzeugen, das Rennen am Donnerstag im Fernsehen anzusehen, hörte ein lautes Getrappel auf dem Flur. Neugierig öffnete sie die Tür und sah Luca Zogg, der gerade mit einem riesigen Koffer und einem Skisack in das Apartment gegenüber von Hans einzog.

»Hey, Luca, brauchst du Hilfe?«, fragte Andrea mitfühlend.

»Nein«, bellte der junge Berner unfreundlich. Man sah ihm an, dass er innerlich vor Wut kochte.

»Willst du auf einen Kaffee zu uns kommen?«, erkundigte sich Hans, der ihr gefolgt war und ebenfalls in der Tür stand.

»Verpiss dich, du Wichser!«, schrie Zogg aufgebracht. »Schließlich ist es auch deine Schuld, dass ich bis zum Hals in der Scheiße stecke!«

Hans wich bei dem aggressiven Tonfall einen Schritt zurück, offenbar hatte er nicht mit dieser Reaktion gerechnet.

»Sag mal, wie redest du mit deinem Trainer?« Andreas Mitgefühl war bei Zoggs Worten in Ärger umgeschlagen. »Was kann Hans denn dafür, dass du von einem Verbrecher erpresst worden bist?«

Zogg wuchtete seine Gepäckstücke hitzig in die Wohnung. »Halt dich da raus. Du hast mit der ganzen Sache nichts zu tun. Aber wenn es dich so brennend interessiert: Erstens ist Hans nicht mehr mein Trainer. Ich weigere mich, auch nur noch eine Weisung von ihm anzunehmen. Und zweitens: Wenn er seinen Job besser gemacht hätte, könnte ich am Donnerstag mein erstes olympisches Rennen bestreiten!«

»Ich kann verstehen, dass du sauer und enttäuscht bist. Aber du solltest deinen Ärger nicht an Unschuldigen auslassen. Hans hat doch von der ganzen Geschichte nichts gewusst, wie hätte er dich da beschützen können?«

»Ha! Hat er euch das erzählt? Natürlich hat er von den Briefen gewusst. Den ersten habe ich schließlich schon in Beaver Creek bekommen! Aber er hat immer alles schön runtergespielt.« Er äffte Hans' Stimme nach. »›Das ist doch nur ein harmloser Idiot, der versucht, auf diese Weise an Geld zu gelangen. Mach dir keine Sorgen, Luca, wie soll so ein Kerl denn überhaupt Zugang zu deinen Testergebnissen haben? Es ist schlichtweg ausgeschlossen, dass man dich gegen deinen Willen dopen kann.‹«

Zogg schlug sich wütend die Hand vor die Stirn. »Und ich Idiot habe dem alten Knacker vertraut. Wahrscheinlich hätte ich von Anfang an zur Polizei gehen sollen!« Mit hassverzerrtem Gesicht verschwand er in seiner Wohnung und warf die Tür knallend hinter sich ins Schloss.

Andrea drehte sich um. »Stimmt das?«

Hans war aschfahl im Gesicht. Zum ersten Mal sah sie ihm deutlich sein Alter an. Kaum hörbar antwortete er: »Ja, leider.«

Da Dirk Schuhmacher und Valentine gerade gemeinsam aus dem Lift ausstiegen, drängte Andrea ihn umsichtig zurück in sein Zimmer und schloss hinter ihnen die Tür. »Bitte erzähl mir davon.«

»Da gibt es nicht viel zu erzählen«, sagte Hans und wich ihrem Blick aus.

»Warum hast du Luca nicht empfohlen, mit dem Schreiben sofort zur Polizei zu gehen?«

Seufzend setzte sich Hans auf den einzigen Sessel. »Weil ich wirklich geglaubt habe, dass es sich lediglich um einen völlig hirnverbrannten Versuch handelt, Luca Geld aus dem Kreuz zu leiern.«

Andrea konnte kaum glauben, was sie da hörte. »Aber mit solchen Sachen spielt man nicht. Du hast Marc doch früher, wenn er anonyme Briefe erhalten hat, auch gedrängt, sich an die Polizei zu wenden.«

»Das war etwas anderes.«

»Inwiefern?«

Hans zierte sich. Es war offensichtlich, dass er ihr nicht antworten wollte. Aber Andreas eindringlichem Blick konnte er sich nicht entziehen. »Damals ging es nicht um Doping.«

»Wieso? Was ist bei Doping anders?«

Hans seufzte. »Für die Presse wäre doch so ein Brief das große Fressen gewesen. Sobald das Wort ›Doping‹ fällt, stürzen die sich wie die Aasgeier auf eine Story. Kein Mensch kann das dann mehr kontrollieren. Plötzlich heißt es dann, wo Rauch ist, gibt es auch ein Feuer! Dann ist man dran, und zwar völlig unabhängig davon, ob jemand wirklich gedopt hat oder nicht.«

Andrea schüttelte missbilligend den Kopf. »Du hattest Angst vor negativer Presse?«

»Du hast doch selbst gesehen, wie die koreanische Polizei auf Marcs Schreiben reagiert hat. Alle glauben, dass man mit so etwas nur von einem eigenen Dopingversuch ablenken will.«

»Trotzdem. Ich billige nicht Lucas Ausdrucksweise, aber ich gebe ihm in der Sache recht. Du hättest darüber mit der Polizei oder zumindest mit Marc oder dem Cheftrainer reden müssen.«

Hans blickte zu Boden. »Das hättest du auch nicht getan, wenn du dasselbe erlebt hättest wie ich.«

»Wieso? Was hast du erlebt?«

Der Trainer fuhr sich mit beiden Händen durch sein volles graues Haar. »Ein Kollege und ich, wir sind einmal – bloß auf den Verdacht hin, dass wir unsere Schützlinge gedopt hätten – von einer guten Stelle gefeuert worden. Zwar konnten wir den Vorwurf aus der Presse raushalten, aber schön war das trotzdem nicht.«

»Wann und wo ist das denn geschehen?«

Hans richtete seinen Oberkörper wieder auf. Sein Gesicht war zu einer kummervollen Grimasse verzogen. »Lass uns von etwas anderem sprechen, Andrea. Bitte! Ich kann nicht die ganze Zeit nur an das Gestern denken. Natürlich war die Sache mit Luca, im Nachhinein betrachtet, ein Fehler. Aber dein Hätte-Könnte-Müsste nützt jetzt auch nichts mehr. Und wir sollten allein schon wegen Marc positiv bleiben. Er hat eine faire Chance, das Ding am Donnerstag zu gewinnen – Ruban hin oder her. Marc besitzt mehr Erfahrung. Und jetzt, wo Luca und Winkler aus dem Rennen sind …«

Andrea schnaubte durch die Nase. »Ja genau, sag ihm ruhig, dass derjenige, der hier die Briefe verschickt, zweimal erfolgreich seine Konkurrenten ins Aus befördert hat. Das wird Marc garantiert beruhigen.«

»Du weißt doch, wie ich es gemeint habe«, verteidigte sich Hans.

»Klar, irgendwie schon.« Andrea blickte ihm fest in die Augen und versuchte, den Gedanken zu verdrängen, dass Hans selbst der Briefeschreiber sein könnte, der seinem Protegé unter allen Umständen zu olympischem Gold verhelfen wollte. Wer hätte Zogg das Dopingmittel einfacher unterschieben können? Aber das war doch sicherlich ausgemachter Blödsinn. Da ging ihre Phantasie mit ihr durch. Oder?

FÜNFZEHN

Das hohe Tempo auf den deutschen Autobahnen war ungewohnt für Passini. Wenn man, wie er gerade, im Raum Frankfurt einhundertzwanzig Stundenkilometer fuhr, hatte man sofort einen Drängler hinter sich. Sogar auf der rechten Seite! Himmel! Nein, da lobte er sich das strengere Schweizer Tempolimit, bei dem man nicht jederzeit damit rechnen musste, dass man von einem Porsche mit zweihundertfünfzig Sachen überholt wurde! Dieser zusätzliche Stress störte ihn, denn in Gedanken war er immer noch in Garmisch. Müller hatte nicht mit der Sprache rausrücken wollen.

Aber er würde das Geheimnis um den Tod des Trainers schon noch lüften. Anhand der Zeitungsausschnitte hatten Elias und er bereits herausgefunden, dass sich Kurt Loisl ganz besonders für ein bestimmtes Medikament interessiert hatte: für Clenbuterol. Ein Mittel, das eigentlich zur Behandlung von Asthma konzipiert worden war, dem aber auch – obwohl es kein anaboles Steroid war – eine anabole Wirkung auf die Muskulatur sowie ein Fettverbrennungseffekt zugeschrieben wurde.

Wahrscheinlich hatte sich Müller ohne das Wissen seines Trainers damit gedopt, und dieser musste erst kürzlich, vermutlich in Köln, den Beweis dafür bekommen haben. Es war also nicht ausgeschlossen, dass sich Loisl wegen seines schlechten Gewissens umgebracht hatte, weil einer »seiner« Sportler sich eine olympische Medaille durch Doping erschlichen hatte. Vor seinem Tod musste der Trainer versucht haben, Müller zu überreden, die Trophäe zurückzugeben. Doch der uneinsichtige Polizist hatte sich geweigert – und Loisl auf diese Weise zu der Kurzschlusshandlung getrieben.

Zwei Stunden später parkte Passini vor dem Haupteingang der Kölner Sporthochschule, die im Stadtteil Müngersdorf unmittelbar neben dem Stadtwald gelegen war. Junge Studenten in Trainingsanzügen wuselten geschäftig um ihn herum, als er sich zum Institut für Biochemie durchfragte. Es war eins der ältesten Anti-Doping-Laboratorien, wie Passini im Internet herausgefunden hatte. Gegründet hatte es Professor Manfred Donike, der dem Institut von 1977 bis 1995 auch vorstand. Ihm war sein Schüler Professor Wilhelm Schänzer gefolgt, unter dessen Führung das Labor durch die WADA akkreditiert worden war. Erst im letzten Jahr hatte Schänzer – nach über dreißig Jahren – das Zepter an Professor Mario Thevis weitergereicht.

Das Labor lag im siebten Stock eines Hochhauses, das vermutlich noch aus der Gründungszeit des Instituts stammte. Passini musste unwillkürlich schmunzeln, als er den altersschwachen Lift betrat. Es war die perfekte Tarnung. Kein Mensch würde in diesem Gebäude ein hochmodernes, international anerkanntes Anti-Doping-Labor vermuten. Trotzdem gab es strenge Sicherheitsvorkehrungen, wie er bemerkte, als er aus dem Lift stieg. Die Eingangstür war abgeschlossen. Man musste einen Termin vereinbart haben, klingeln und sich ausweisen, um eingelassen zu werden. Aber Passini erschienen diese Vorkehrungen logisch, wenn man bedachte, dass hier einige der brisantesten Dopingfälle der Welt untersucht wurden.

Nachdem er alle Regularien hinter sich gebracht hatte, wurde er von einer freundlichen Dame in ein kleines Büro gebracht und mit einer Tasse Kaffee versorgt.

Wenig später betraten zwei Herren in offenen weißen Laborkitteln den Raum und setzten sich zu ihm. Passini hätte nicht genau sagen können, warum ihn ihr Anblick überraschte. Vielleicht hatte er im Unterbewusstsein erwartet, auf Wissenschaftler der Marke »zerstreuter Professor« zu treffen, doch da hatte er sich definitiv getäuscht.

Dr. Hartmut Weber und Dr. Stephan Görtz wirkten beide dynamisch und hellwach. Ihr Händedruck war fest, und im Grunde genommen erinnerten sie Passini eher an seine drahtig-sportlichen SEK-Kollegen als an – zumindest in seiner Vorstellung – blutleere Gelehrte. Vielleicht war es eben doch kein

Zufall, dass das Labor der Sporthochschule angegliedert war und nicht dem Lehrstuhl für Chemie.

»Was können wir für Sie tun, Herr Passini?«, fragte Dr. Weber, der stellvertretende Laborleiter.

Passini hatte sich schon auf der Fahrt überlegt, dass er zwar von Loisls Selbstmord berichten, doch seine Vermutung über das Motiv für sich behalten würde.

»... deshalb hätte ich gern gewusst, worüber Sie mit Herrn Loisl geredet haben«, endete er, nachdem er den Hintergrund seines Besuchs erklärt hatte.

»Das tut uns natürlich leid«, erwiderte Weber und musterte Passini mit neuem Interesse. »Ich erinnere mich an Kurt Loisl. Er schien mir ein Trainer vom alten Schlag zu sein. Jemand, dem Fair Play über den Erfolg seiner Schützlinge ging.«

Görtz, der einige Jahre jünger als Weber zu sein schien, nickte. »Ja, ich erinnere mich auch.«

»Weshalb wollte er sich mit Ihnen treffen?«, erkundigte sich Passini.

»Eigentlich hat er gar keine speziellen Fragen an uns gerichtet. Er bat lediglich um eine allgemeine Führung durch das Labor. Er sagte uns, dass er beabsichtige, jetzt, wo er pensioniert war, in bayrischen Schulen über die negativen Folgen von Doping zu sprechen. Deshalb wollte er sich einen Überblick über unsere Arbeit verschaffen.«

»Hm.« Passini lehnte sich enttäuscht in seinem Stuhl zurück. Er hatte nach der langen Anfahrt auf ein konkreteres Ergebnis gehofft. Nachdem er im Stillen seine Optionen durchgegangen war, sagte er: »Würde es Ihnen etwas ausmachen, mir die gleiche Führung zuteilwerden zu lassen? Vielleicht fällt uns gemeinsam noch etwas auf, an dem Loisl ein besonderes Interesse gezeigt hat.«

»Wie Sie meinen«, antwortete Weber, nicht unfreundlich, aber mit einem Anflug von Skepsis in der Stimme. Wahrscheinlich war er an eine akademischere Herangehensweise gewöhnt. »Fängst du bitte schon mal an, Stephan? Ich stoße dann später zu euch«, verabschiedete er sich.

»Kein Problem«, erwiderte Görtz, stand auf und bedeutete Passini, ihm zu folgen. »Wie Sie wahrscheinlich wissen, sind unsere Arbeitsschwerpunkte die präventive Dopingforschung, die Forschung im Bereich der Sporternährung und natürlich die Dopinganalytik. Hier …«, er zeigte in ein angrenzendes Büro, in dem zwei Mitarbeiterinnen saßen, »… werden zum Beispiel die täglich eingehenden Dopingproben in Empfang genommen und mit einer Labornummer registriert, bevor sie untersucht werden.«

Passini schaute interessiert auf die handhohen, mit einem weiß-orangen oder einem weiß-blauen Sticker versehenen Glasflaschen, die ordentlich aufgereiht in einem Regal standen. »Die Proben werde anonym untersucht, richtig?«

»Selbstverständlich. Aus dem Begleitschreiben geht lediglich hervor, ob die jeweilige Probe im Training oder bei einem Wettkampf genommen worden ist. Und ob es sich um einen weiblichen oder männlichen Athleten handelt. Diese Angaben sind wichtig für unsere Analysen.«

Passini nickte. »Das scheint mir logisch. Für Männer und Frauen gelten bestimmt unterschiedliche Parameter in Bezug auf Testosteron und die anderen Werte.«

»Richtig«, bestätigte Görtz.

»Wie viele Proben werden insgesamt jährlich bei Ihnen untersucht?«

»Letztes Jahr waren es einige tausend Blut- und Zehntausende Urinproben von Athleten. Dazu kamen dann noch die Proben von Rennpferden.«

»Klingt nach Arbeit«, erwiderte Passini beeindruckt. »Und wie teuer ist die Analyse einer einzelnen Probe?«

»Im Schnitt mehrere hundert Euro.«

Passini pfiff durch die Zähne, während er dem Wissenschaftler durch einen langen Korridor folgte. »Da machen Sie aber keinen schlechten Umsatz.«

Görtz zuckte mit den Schultern. »Dem stehen leider die zig Millionen für die Geräteausstattung und natürlich auch die Personalkosten für unsere siebzig Mitarbeiter gegenüber.«

»Was für Geräte sind das?«

»Das werden Sie gleich sehen.« Görtz öffnete eine gelbe Tür, hinter der sich das eigentliche Labor verbarg, und rückte zur Seite, um Passini eintreten zu lassen.

In dem überschaubar großen Raum herrschte eine bullige Wärme. Es roch diffus nach Urin. Zwei Mitarbeiter in Kittel und Handschuhen arbeiteten konzentriert vor einem Monitor. Doch Passini hätte sie fast übersehen, denn jeder freie Quadratmeter des Labors war mit den unterschiedlichsten Maschinen und Computern vollgestellt.

Unmittelbar neben Passini rüttelte ein Apparat eine Palette mit verschlossenen Mini-Reagenzgläsern, während ein anderer aussah wie ein überdimensionierter Kühlschrank, aus dem diverse Schläuche herausragten.

Görtz zeigte auf Letzteren und erklärte stolz: »Das ist zum Beispiel unser hochauflösendes Massenspektrometer MAT 253 für das Screening auf anabole Steroide.« Er deutete auf eine weitere bizarr aussehende Gerätschaft. »Und mit dem GCC-IRMS bestimmen wir die Isotopenzusammensetzung. Das eigentliche Testosteron-Nachweisverfahren, das relativ aufwendig ist, wird nämlich seit Ende der neunziger Jahre durch ein indirektes Bestimmungsverfahren mittels der $^{13}C/^{12}C$-Isotopen-Massenspektrometrie abgesichert. Das ermöglicht den eindeutigen Nachweis von Doping mit endogenen Steroidhormonen wie Testosteron, weil synthetische, chemisch veränderte Hormone sich deutlich von denen im Körper vorkommenden unterscheiden. Verstehen Sie?«

Passini verstand schon seit einigen Sätzen nichts mehr, aber er wollte sich vor dem Wissenschaftler keine Blöße geben. Deshalb murmelte er, ungewohnt schüchtern: »Hm. Interessant.«

Görtz hielt in seinem Vortrag inne und blickte ihn forschend an. Plötzlich grinste er. »Sorry, manchmal geht der Chemiker mit mir durch. Am besten erkläre ich ihnen unsere Arbeit erst einmal ganz generell, ohne zu sehr ins Detail zu gehen.«

»Das wäre bestimmt hilfreich«, bestätigte Passini mit einem Lächeln.

»Also, es gibt verschiedene Verfahren, aber im Grunde arbeiten alle nach dem gleichen Prinzip: Zunächst müssen die Proben auf die Analyse vorbereitet werden, es gilt, die Substanzen, nach denen wir suchen, zu extrahieren …«

Passini hob die Hand. »Auf Deutsch, bitte?«

»… rauszufischen. Mit Hilfe von speziellen Lösungsmitteln oder durch mechanische Trennverfahren werden diese Substanzen aus der Probe gelöst und dann aufkonzentriert. Letzteres geschieht zum Beispiel durch Hitze, um die Lösungsmittel zu verdampfen. Danach machen wir ein Screening, das im Idealfall mit möglichst wenig Aufwand alle verdächtigen Substanzen erfasst. Wenn hierbei etwas Auffälliges gefunden wird, folgt die eindeutige Identifizierung der Wirkstoffe. Das geschieht hauptsächlich mit einer Kombination aus Flüssigkeits- oder Gaschromatografie und Massenspektrometrie. Das Ergebnis erhält man dann als Schaubild auf dem Computer, in der Form solcher Ausschläge.«

Er zeigte auf den Monitor seiner Kollegen, auf dem eine Art Gauß'sche Glockenkurve zu sehen war.

»Jedes dieser optischen Signale steht dabei für eine andere Substanz. Circa achtzig Prozent aller Dopingverbindungen werden mit solchen chromatografischen und massenspektrometrischen Verfahren nachgewiesen. Nur für EPO und Proteine werden andere, immunbiologische Analysen benutzt.«

Passini nickte. Diesmal hatte er tatsächlich verstanden. »Wie viele der Proben sind denn nun eigentlich positiv?«

»Das variiert, aber im Durchschnitt nur ein bis zwei Prozent.«

»Ein ganz schöner Aufwand für so eine niedrige Quote.«

»Das stimmt. Aber was glauben Sie, wie hoch die Dopingquote wäre, wenn wir unseren Job nicht machen würden?«, entgegnete Görtz und lehnte sich entspannt mit dem Rücken gegen ein Regal.

»Hundert Prozent?«, schätzte Passini sarkastisch.

Der Wissenschaftler lächelte. »Wahrscheinlich nicht. Aber bestimmt doch dramatisch höher. Leider.«

»Wie lange nach der Einnahme kann man diese Substanzen in den Urinproben nachweisen?«

»Menschliche Wachstumshormone ungefähr achtzehn bis vierundzwanzig Stunden, die meisten anderen Substanzen achtundvierzig bis zweiundsiebzig Stunden. Anabolika können wir dagegen relativ lange nachweisen, sogar noch nach mehreren Monaten. Aber natürlich hängt das auch von der Dosierung ab.«

»Und Sie verbringen einen Großteil Ihrer täglichen Arbeit mit diesen Analysen?«, erkundigte sich Passini, während sich die Tür des Labors öffnete und Dr. Weber eintrat.

»Nein«, antwortete Görtz. »Unser Arbeitsfeld ist wirklich vielfältig. Neben der normalen Dopinganalytik treiben wir uns zum Beispiel viel im Internet rum und lesen Fachliteratur, um den neusten Dopingmethoden der Athleten auf die Spur zu kommen und diesen mit geeigneten Verfahren zu begegnen …«

»Na, da scheine ich ja genau zur rechten Zeit zu euch zu stoßen«, erklärte Weber. »Kommen Sie mal mit, Herr Passini. Ich habe da ein paar Dinge, die Sie interessieren dürften.« Er führte sie in sein Büro und zog aus einem Schrank eine große Kiste hervor. »Das sind all die kuriosen Sachen, die den kreativsten der überführten Dopingsünder eingefallen sind.« Grinsend hob er eine kurze fleischfarbene Plastikwulst nach oben, an der ein dünnerer, durchsichtiger Schlauch und ein leerer Beutel befestigt waren. »Was, glauben Sie, ist das?«

Passini betrachtete das Teil ratlos. »Keine Ahnung.«

»Das ist eine selbst gebaute Penisattrappe, an dem ein Beutel mit sauberem Urin befestigt war. Statt seines eigenen Penis hat der Athlet bei der Dopingkontrolle einfach dieses Teil aus der Hose gezogen und den sauberen Urin in die Testflasche laufen lassen. Inzwischen kann man übrigens bei Amazon und Co. naturgetreuere Kunstpenis-Modelle und anschließbare Päckchen mit sauberem Urin erwerben.«

»Das ist nicht wahr«, entfuhr es Passini. »Im legalen Onlinehandel?« Es passierte nicht allzu oft, dass ihn etwas ernsthaft schockierte.

Görtz nickte. »Doch. Leider entspricht das der Realität. Übrigens ist das nicht das einzig Interessante, was man dort kaufen kann.«

»Nicht?«

»Nein, dort findet man auch das sogenannte Schwarze Buch, ein tausendseitiges und dreieinhalb Kilogramm schweres ›Standardwerk‹, in dem alles steht, was der dopende Sportler über anabole Steroide und andere Dopingsubstanzen wissen muss.«

»Das ist jetzt aber ein Scherz?«

Weber seufzte. »Ich wünschte, es wäre so. Es wird dort von einem anonymen Autor namens D. Sinner – also Vorname mit D wie Doping und Nachname ›Sünder‹ – vertrieben. Offenbar ein Bestseller.«

»Und das ist legal?«

»Ich bin Wissenschaftler und kein Anwalt. Aber entweder fühlt sich die nationale und internationale Justiz dafür nicht zuständig, oder man hat längst aufgegeben, solchen Verbrechern auf die Schliche kommen zu wollen.«

Passini schüttelte entgeistert den Kopf. »In was für einer Welt leben wir eigentlich?«

Weber lächelte amüsiert. »Das, was ich Ihnen erzähle, ist doch nur die Spitze des Eisbergs. Wir mussten schon ganz andere Fälle aufklären. Zum Beispiel haben manche Sportler, die EPO – also ein Peptidhormon – eingenommen hatten, kurz bevor sie zur Dopingkontrolle mussten, mit ihrem Fingernagel ein Stück eines handelsüblichen Spülmaschinentabs abgekratzt und das in den Urinstrahl gehalten. Die darin enthaltene Protease hat das EPO zerstört. Aber natürlich haben wir inzwischen eine Methode gefunden, um solche Manipulationen trotzdem nachzuweisen.«

»Unglaublich. Sie sind ja der Sherlock Holmes unter den Chemikern.«

»Wir geben unser Bestes«, erwiderte der Wissenschaftler bescheiden. »Aber es gibt noch viele andere Facetten bei unserer Arbeit. Meistens versuchen wir ja, die Bösen zu überführen, doch manchmal geraten Sportler auch völlig unverschuldet in die Dopingfalle. Dann müssen wir versuchen, sie daraus zu befreien und eine logische Erklärung für den positiven Test zu finden. Zum Beispiel konnten wir 1999 – nach einer aufwendigen Suche – nachweisen, dass man dem Leichtathlet Dieter Baumann, der sich selbst für den Kampf gegen Doping engagiert hat, unwissentlich den Wirkstoff Nandrolon in die Zahnpastatube gespritzt hatte. Seine eingereichten Haarproben, in denen der Wirkstoff ebenfalls hätte auffindbar sein müssen, waren nämlich negativ. Darüber hinaus gibt es auch durch nachlässige Produktionsverfahren kontaminierte Nahrungsmittel und –«

Plötzlich richtete sich Görtz zu seiner vollen Größe auf. »Herrgott noch mal, jetzt weiß ich wieder, wofür sich Kurt Loisl damals besonders interessiert hat!«

»Ja?«, hakte Passini aufgeregt nach.

»Für den Fall des Tischtennisteams!«, rief Görtz.

»Du hast recht, Stephan. Nun erinnere ich mich auch«, bestätigte Weber.

Passini dagegen war enttäuscht. Tischtennis klang nicht besonders vielversprechend. »Worum ging es da genau?«

Weber räusperte sich. »Nach einer Turnierreise in China wurden einige der Spieler positiv auf ein bestimmtes Dopingmittel getestet. Was den Fall so besonders machte, war, dass dieses bestimmte Mittel bei ihrer Sportart gar keinen Sinn hatte, da als eine der häufigsten Nebenwirkungen Muskelzittern auftreten kann – tödlich für die akkurat agierenden Hände von Tischtennisspielern. Was war also geschehen?«

»Wie immer haben wir die Sportler befragt, was sie zu sich genommen und welche Körperpflegeprodukte sie benutzt hatten. Doch das half uns in diesem Fall nicht weiter. Allerdings hatten die meisten Spieler ausgesagt, dass sie während der Reise vorwiegend Steaks in den Restaurants gegessen hätten. Und so …«

»… haben wir andere Reisende kontaktiert, die dieselben Provinzen aufgesucht und dort ebenfalls Fleisch konsumiert hatten. Nach der Reise haben wir sie dann getestet und … Überraschung … auch sie waren Clenbuterol-positiv.«

»Clenbuterol?«, rief Passini wie elektrisiert. Das war doch genau das Mittel, das Loisl so intensiv recherchiert hatte.

»Ja, Clenbuterol. Unsere Recherchen haben dann ergeben,

dass man das Zeug in China bei der Rindermast verwendet, weil es das Fleisch fettarm und so schön rot macht. Und jedes Mal, wenn die armen Tischtennisspieler sich ein leckeres Steak bestellten, nahmen sie den Wirkstoff ohne ihr Wissen auf.«

»Verrückt«, meinte Passini, während er versuchte, die einzelnen ihm bereits bekannten Puzzleteile zu einem schlüssigen Bild zusammenzusetzen. Plötzlich kam ihm eine Idee. »Wissen Sie zufällig, in welchen Ländern man Tieren Clenbuterol verabreicht?«

»Bislang haben wir nur von China und Mexiko gehört. Übrigens hat uns Herr Loisl genau die gleiche Frage gestellt.«

Passini frohlockte innerlich. Er war auf dem richtigen Weg. Clenbuterol. China und Mexiko! Das musste etwas zu bedeuten haben!

»Herr Passini? Ist alles okay?«, fragte Dr. Weber.

Seine Frage riss Passini aus dem sich immer schneller drehenden Karussell seiner Gedanken. »Ja. Alles ist ganz wunderbar. Vielen herzlichen Dank für die Führung. Sie haben mir wirklich weitergeholfen.«

Dr. Görtz lehnte sich interessiert nach vorn. »Wissen Sie jetzt, weshalb sich Kurt Loisl umgebracht hat?«

»Nicht hundertprozentig. Aber ich habe eine Vermutung. Eine These, die ich umgehend überprüfen werde.« Kurz darauf verabschiedete sich Passini und machte sich erneut auf den Weg nach Süddeutschland.

***

Als sehr präziser Mensch überlasse ich ungern etwas dem Zufall. Deshalb habe ich mir das Mordszenario noch einmal ganz detailliert aufgeschrieben. Punkt für Punkt. Bis Bischoff tot vor mir liegt. Besonders lange habe ich darüber nachgedacht, von welcher Seite mir möglicherweise Gefahr drohen könnte. Und wie ich mit jedem einzelnen dieser möglichen Probleme umgehen würde. Bei Wellingen habe ich es schließlich genauso gemacht, und da hat alles wie am Schnürchen geklappt. Leider werde ich am 15. keinen hilfreichen Partner an meiner Seite haben. Das wäre unter den gegebenen Umständen zu gefährlich. Auf der anderen Seite muss ich diesmal auch niemanden aus seinem eigenen Haus entführen, um seine Leiche unauffindbar zu entsorgen. Diesmal werde ich alles direkt vor Ort erledigen. Es wird etwas Zeit brauchen … Ich rechne mit circa zwanzig Minuten.

Aber mental und körperlich bin ich auf jeden einzelnen Handgriff vorbereitet.

Außerdem bin ich mir über die Rangfolge meiner Prioritäten im Klaren: Es ist mir egal, ob ich es schaffen werde, Bischoff vor seinem Tod ein »Schuldig«-Bekenntnis schreiben zu lassen. Er ist vermutlich der letzte Mensch, den ich in meinem Leben umbringen werde. Und wenn es keine losen Enden mehr gibt, werde ich nach der Olympiade das Land verlassen und eine Zeit lang aus dem Sichtfeld der Öffentlichkeit verschwinden. Und wer weiß, wie ich danach aussehen werde … Es ist heutzutage so einfach, sein Äußeres zu verändern: zehn Kilo rauf oder runter. Eine andere Haarfarbe. Andere Klamotten. Die meisten Menschen sind doch schon froh, wenn sie sich selbst jeden Morgen im Spiegel erkennen. Und vor meinem Partner bin ich sicher, der hängt viel zu tief mit drin, um gegen mich auszusagen. Davon abgesehen ist er nicht der Typ Mensch, der einen nahen »Verwandten« an die Polizei verraten würde.

Nur eine einzige Sache ist mir wichtig: Ich will, dass Bischoff an Jelenas Todesdatum stirbt. Es soll den Abschluss meiner Rache markieren. Ich habe an ihrem Grab geschworen, dass ich ihren Tod innerhalb eines Jahres vergelten werde. Und diesen Schwur gedenke ich zu halten.

Ich starre auf das eng beschriebene karierte Blatt vor mir. Es stammt aus einem dieser Uni-Blocks mit vorperforierten, abheftbaren Seiten. Solche Blocks hatte ich damals auch benutzt. Damals, als ich an meinem achtzehnten Geburtstag die Villa, die anderen Kinder und auch ihn verlassen musste. Auf einmal flimmern die Buchstaben vor meinen Augen, und ich erinnere mich wieder an diese Zeit. Wie sehr ich diesen Tag der Freiheit herbeigesehnt hatte. Wie kaum etwas anderes in meinem Leben. Doch als er endlich da war, machte ich mir vor Panik fast in die Hosen.

Plötzlich stand ich mit einem fadenscheinigen, fast leeren Koffer vor dem Haus und musste mein Leben selbst in die Hand nehmen. Ich sollte mich in einer Welt zurechtfinden, die mir von klein auf als Hölle geschildert worden war. Nur finanziell musste ich mir keine Sorgen machen: Die Sekte hatte Paten für mich organisiert, die in den nächsten Jahren mein Studium zahlen würden. Doch alles andere war mein eigenes Problem: Ich hatte noch nie allein gewohnt, mich eigenständig organisiert, eingekauft, mich mit Fremden unterhalten …

Jeder einzelne Tag war ein Überlebenskampf. Ich konnte kaum schlafen, mein Blut pulsierte, vollgepumpt mit Adrenalin. Alles war neu, machte mir Angst und traumatisierte mich. Ich hatte mich in meinem ganzen Leben noch nie so fremd gefühlt. Ein Fisch auf dem Trockenen. Alle anderen an der Uni konnten aufeinander zugehen, Partys feiern, lachen – nur ich war ein seltsamer Sonderling. Jeder konnte es sehen. Ich wusste nicht, wie ich mich anziehen, wie ich mich benehmen sollte. Jeden Morgen huschte ich so unauffällig wie möglich zu den Vorlesungen, und direkt im Anschluss suchte ich wieder Zuflucht in meiner anonymen Ein-Zimmer-Wohnung. Ich wurde mager, weil ich so selten wie möglich in einen dieser riesigen Supermärkte ging, deren Auswahl mich überforderte. Bis ich ausgerechnet dort von einer mir unbekannten Frau angesprochen wurde.

Ihr Name war Alexandra, sie war zwanzig Jahre älter als ich und arbeitete als Krankenschwester in einem nahe gelegenen Spital. Alex hatte auf den ersten Blick bemerkt, dass ich anders war. Und so nahm sie sich meiner an. Einerseits wie eine Mutter, andererseits aber auch wieder nicht: In weniger als einer Woche wurden wir ein Paar. Und nach einer weiteren Woche zog ich bei ihr ein. Sie brachte mir alles bei, was man in der realen Welt wissen musste. Alex war bodenständig, das genaue Gegenteil einer Intellektuellen. Aber wahrscheinlich half mir gerade ihre unumwundene, einfache Art, die Dinge beim Namen zu nen-

nen, mehr, als wenn ich eine Therapie bei einem der besten Psychiater der Welt gemacht hätte.

Wenn mein Vater irgendetwas von meinem neuen Lebenswandel geahnt hätte, wäre er aus den Tobsuchtsanfällen gar nicht mehr herausgekommen. Aber bis auf meine Noten, die ich den Paten regelmäßig schicken musste, um auch weiterhin mein Sponsorengeld einzustreichen, wusste er nichts von mir. Absolut nichts. Denn es bestand ein ausdrückliches Kontaktverbot für die »Kinder des Lichts« in den ersten fünf Jahren, nachdem sie die Villa verlassen hatten. Sie sollten sich erst allein in der »Höhle des Löwen« bewähren, bevor sie in den Schoß der Sekte zurückkehren durften. Mir war allerdings schon nach wenigen Monaten klar, dass ich niemals dorthin zurückkehren würde. Doch in dieser Hinsicht sollte ich mich irren. Einige Jahre später zwangen mich bestimmte Umstände, die Villa doch noch einmal zu betreten.

Alex war gut zu mir gewesen. Und selbst wenn ich sie zu keinem Zeitpunkt geliebt hatte, würde ich ihr mein ganzes restliches Leben dankbar sein. Dafür, dass sie mich aus meiner Höhle der Einsamkeit rausgelockt und zu einem vollwertigen Menschen gemacht hatte. Dafür, dass sie damit meine Liebe zu Jelena überhaupt erst ermöglichte.

Nach meinem Studium verließ ich Alexandra und ging in ein anderes Land, um meinen ersten Job anzutreten. Ich wusste nicht genau, was sie damals empfand. Vielleicht wäre sie glücklich gewesen, wenn ich sie gebeten hätte, mit mir zu kommen, aber für mich stand das niemals zur Debatte. Tief in meinem Inneren, ganz intuitiv, hoffte ich darauf, mich richtig zu verlieben, meine wahre Seelenverwandte zu finden.

Inzwischen hatte ich all die Bücher der Weltliteratur gelesen, die uns mein Vater in meiner Kindheit verboten hatte. In ihnen hatte ich ein Echo meiner eigenen leidenschaftlichen Gefühle gefunden, und ich sehnte mich danach, diese Sinnesempfindungen ausleben zu können. Doch im Grunde war ich immer noch zu introvertiert und schüchtern, um selbst eine Frau anzusprechen, die mir gefiel. Und deshalb konzentrierte ich mich auf meine Arbeit, wurde erfolgreich und kletterte die Karriereleiter hoch. So verbrachte ich – so verschenkte ich – wertvolle Jahre.

Als ich Jelena das erste Mal in einer Bar traf, hatte ich die Hoffnung auf die eine große Liebe bereits aufgegeben. Ich hatte mir ein kleines, sicheres Leben aufgebaut, von dem ich mir einredete, dass es mich ausfüllte und mir genügte. Auf diesen Urknall der Liebe war ich nicht vorbereitet gewesen, hatte ihm keine Schutzmechanismen entgegenzusetzen. Es war, als ob ich von innen heraus bersten würde. Als ob alle lang angestauten Gefühle wie ein heißer unaufhaltsamer Lavastrom aus meinem verkrusteten Herz fließen würden.

Nach unserer ersten Nacht war ich ihr mit meiner ganzen Seele verfallen, hätte alles für sie aufgegeben. Ihr ging es genauso, und wir versicherten einander, für immer zusammenzubleiben. Wenn ich geahnt hätte, wie kurz »für immer« währen sollte und dass Jelena damals schon die Saat der Krankheit in sich trug, die sie eines Tages umbringen würde, wäre ich mit ihr auf eine einsame Insel ausgewandert. Ich hätte meinen Job gekündigt und jede verbleibende Minute mit ihr verbracht. Aber ich wusste es nicht.

Mein Mordplan ist bei meinen Erinnerungen nass geworden. Einige Tränen sind auf das eng beschriebene Papier getropft. Aber auch diese Feuchtigkeit wird meine ursprüngliche Absicht nicht verhindern.

Mit dem Zettel in der Hand gehe ich ins Bad, reiße ihn in winzig kleine Stücke und werfe alles ins Waschbecken. Dann hole ich mein Feuerzeug und stecke die Schnipsel in Brand. Wie hypnotisiert sehe ich zu, wie meine mörderischen Gedanken von den Flammen zerstört werden. Die Asche, die übrig bleibt, spüle ich den Abfluss hinunter … Jetzt ist alles bereit. Der Countdown kann beginnen.

***

An diesem Abend, nach einem weiteren anstrengenden Training, hatte Marc nach einem kleinen Imbiss früh ins Bett gehen wollen, weshalb er das gemeinsame Abendessen absagte.

Während Andrea und Hans noch in der Lobby überlegten, auf welches der vielen Restaurants in Alpensia sie Lust hatten, stießen Alan Douglas und Maxim Popov zu ihnen.

»Wollen Sie sich uns anschließen?«, erkundigte sich Alan Douglas. »Wir sind gerade auf dem Weg ins ›Gi Cow‹, um uns dort ein Katsu-Schnitzel und Udon zu gönnen.«

Andrea wäre zwar lieber mit Hans allein geblieben, aber bevor sie ablehnen konnte, hatte der Trainer schon zugesagt.

So saßen sie sich eine Viertelstunde später bei Sake und Asahi-Bier gegenüber und bestellten eine Unmenge von asiatischen Köstlichkeiten. Die immer noch extrem kalte Witterung schien den Appetit aller Anwesenden anzukurbeln, wie Hans mit einem Lächeln feststellte. Wie der Russe erbat auch er sich »anständiges Besteck« statt der lokalen Stäbchen. Andrea und Douglas versuchten dagegen, sich die Vorspeise auf die einheimische Art und Weise einzuverleiben, was ihnen auch mehr oder weniger gut gelang.

Während Popov und Marcs Trainer in ein Gespräch über die beste Skiausrüstung für das koreanische Klima vertieft waren, prostete Alan Douglas Andrea zu. »Auf ein gutes Rennen.«

»Danke. Ich hoffe nur, dass es diesmal nicht wieder verschoben wird.«

»Haben Sie Angst, dass man Marc ansonsten doch noch ein Dopingmittel unterschieben könnte?«

Andrea blickte überrascht auf. »Wie kommen Sie darauf?«

»Axel Schuhmacher hat mir von dem Brief erzählt. Das Schreiben scheint die Behauptungen von Luca Zogg zu untermauern.«

»Allerdings. Auch wenn die koreanische Polizei bedauerlicherweise nicht der gleichen Meinung ist.«

»Ist das so?«

Andrea nickte. »Leider.« Dann versuchte sie, die Unterhaltung wieder in eine andere Richtung zu lenken. »Ich bin übrigens immer wieder überrascht, wie gut Sie Deutsch sprechen. Woher kommt das?«

Der Engländer lächelte. »Danke für die Blumen. Mein Vater war Deutscher. Nach dem Tod meiner Mutter bin ich bei ihm in seiner Heimat aufgewachsen.«

»Ah, deshalb.«

»Was vermutet denn die koreanische Polizei, wer hinter dem Schreiben stecken könnte?«, schnitt Douglas das leidige Thema erneut an.

»Sie haben uns gesagt, dass sie eine Ermittlung einleiten, aber sie lassen sich dabei nicht in die Karten schauen. Deshalb habe ich keine Ahnung, ob sich Fingerabdrücke auf dem Papier gefunden haben oder die Nachforschungen bei dem Botendienst irgendetwas ergeben hat. Es ist eine ungute Situation, und ehrlich gesagt werde ich sehr erleichtert aus Korea abreisen.«

Douglas nickte. »Kann ich gut verstehen. Axel machte gestern auch den Eindruck, als ob er die Nase voll hätte.«

»Schuhmacher senior?«

»Ja, wir sind ganz gut befreundet. Er hat mehrere Artikel über unsere Arbeit und den geplanten Entschädigungsfonds für Dopingopfer verfasst.«

»Und weshalb will er aus Korea weg?«

Douglas' Lächeln fiel in sich zusammen. »Das hat persönliche Gründe.«

»Dürfen Sie nicht darüber sprechen?«, erkundigte sich Andrea.

Douglas dachte kurz nach. »Ach, es ist eine traurige Geschichte. Aber eigentlich ist nichts davon geheim ... also warum nicht ... Axel ist niedergeschlagen, weil sich die Todestage seiner Ehefrau und seiner Tochter bald jähren.«

Andrea nickte. »Sein Sohn hat mir schon von diesen Schicksalsschlägen erzählt, aber keine Einzelheiten erwähnt. Woran sind die beiden gestorben? Bei einem Autounfall?«

Douglas schüttelte den Kopf. »Nein. Axels Ehefrau ... Ich komme gerade nicht auf ihren Namen, aber es war, glaube ich, etwas Russisches. Anastasia? Julija? Nein, ich erinnere mich nicht. Jedenfalls litt seine Ehefrau schon vor dem Freitod der gemeinsamen Tochter an klinischer Depression, und danach ...«

»Dirk Schuhmachers Schwester hat sich ebenfalls umgebracht? Weshalb denn, um Himmels willen?«, rief Andrea entsetzt. Irgendwie wurde ihr das alles gerade zu heftig. Sie hatte in der letzten Zeit von zu vielen Menschen gehört, die mit voller Absicht aus diesem wunderschönen und einzigartigen Leben geschieden waren. Unwillkürlich musste sie an ihre Mutter denken. Warum gaben all diese Menschen einfach auf? Waren sie psychisch krank, oder machten sie es anderen Selbstmördern nach? Die Medien posteten zwar jetzt die Telefonnummern von Seelsorgern unter ihre Berichte über Freitode, aber ob das wirklich half? Andrea kam es jedenfalls so vor, als ob die heutige Gesellschaft in dieser Hinsicht versagte. Das Leben war insgesamt zu anonym geworden. Man kümmerte sich – vor allem in den Großstädten – nicht mehr umeinander. Es war traurig. Und falsch.

Douglas schien ihr ihre Gefühle anzusehen und legte eine respektvolle Pause ein, bevor er antwortete. »Judith, so hieß Schuhmachers Tochter, war eine begabte Athletin. Eine Eiskunstläuferin. Sie hat ihre Eltern bekniet, sie zu einer berühmten Trainerakademie nach Litauen gehen zu lassen. Doch offenbar ist sie dort von einem der Trainer missbraucht worden. Das feinfühlige Mädchen konnte wohl nicht mit dieser traumatischen Erfahrung leben …«

»Hat man den kriminellen Trainer wenigstens weggesperrt?«

Er machte eine abwehrende Handbewegung. »Soweit ich weiß, ist er aus einem Mangel an Beweisen freigesprochen worden. Sie wissen als Polizistin bestimmt selbst, wie diffizil die Ermittlungen und Verhandlungen solcher Fälle sind.«

»Und daraufhin hat sich auch die Mutter das Leben genommen?«

»Ich kenne die Details nicht. Axel sagte mir, sie sei an einem gebrochenen Herzen gestorben. Wahrscheinlich hat sie nach dem Tod ihrer Tochter einfach nicht mehr zurück in den Alltag gefunden.«

»Oh Gott, was für eine Tragödie. Das tut mir schrecklich leid.«

Popov, der sich immer noch mit Hans unterhielt, horchte auf. »Was tut Ihnen leid, schöne Frau?«

Douglas, der ahnte, dass sie nicht in der Stimmung war, um erneut über diese tragischen Ereignisse zu sprechen, sprang ihr mit einer Notlüge zur Seite. »Frau Brunner tut es leid, dass Luca Zogg vom morgigen Rennen ausgeschlossen worden ist.«

Die Miene des Russen verfinsterte sich. »Mir tut das absolut nicht leid. Ich habe den kleinen Mistkerl heute Morgen auf dem Korridor getroffen und ihn gefragt, ob er sich für unsere Organisation einsetzen will. Und wisst ihr, was er daraufhin erwidert hat?«

»Keine Ahnung«, erwiderte Douglas.

»Dass die Dopingopfer schließlich alle selbst schuld an ihrer Misere wären und ihm den Buckel runterrutschen könnten.«

Hans seufzte. »Auch wenn es gerade nicht den Anschein hat, aber Luca ist eigentlich ganz okay. Er leidet nur extrem darunter, dass er – ohne eigenes Verschulden – wahrscheinlich seinen ersten olympischen Wettkampf verpasst. Nur deshalb schlägt er momentan dermaßen verbal über die Strenge.«

»Wahrscheinlich?«, wiederholte Douglas. »Glaubt er denn, dass er die Sperre noch rückgängig machen kann?«

»Der Cheftrainer wollte ihn eigentlich heute schon in den Flieger in Richtung Schweiz setzen. Aber Luca hat erreicht, dass er noch bleiben kann. Er arbeitet mit seinem Anwalt an einem Einspruch vor dem höchsten Sportschiedsgericht.«

Douglas wiegte nachdenklich seinen Kopf. »Na ja, ob diese Anstrengungen von Erfolg gekrönt sein werden, wage ich zu bezweifeln.«

Popov winkte ab. »Pure Zeitverschwendung. Und was heißt denn hier eigentlich ›ohne eigenes Verschulden‹? Ich bitte Sie! Das glaube doch, wer will. Ich jedenfalls nicht. Wo Rauch aufsteigt, gibt es auch ein Feuer.«

Hans warf Andrea bei der Bemerkung einen bezeichnenden Blick zu. Sie nickte. Offenbar stimmte es: Das Thema Doping ließ niemand kalt.

SECHZEHN

Auf dem Rückweg von Köln war Passini von einem Stau in den anderen gekommen, weshalb er Garmisch erst sehr spät erreichte. Zu spät, um Ludwig Müller noch am selben Tag einen Besuch abzustatten. Deshalb nahm er sich ein Zimmer in einer kleinen Pension in unmittelbarer Nähe der Polizeiwache, recherchierte noch ein wenig im Internet und beschloss, sich direkt am nächsten Morgen um die Aufklärung von Kurt Loisls Selbstmord zu kümmern.

Nach einer guten Nacht und einem ausgiebigen Frühstück begab er sich auf den Weg. Diesmal machte Ludwig Müller keinen Versuch, seinen Unmut über Passinis erneute Stippvisite zu verstecken.

»Was wollen Sie jetzt schon wieder von mir?«, herrschte er ihn statt einer Begrüßung an, nachdem eine junge Wachtmeisterin Passini in sein Büro geführt hatte.

»Herr Müller, ich ahne inzwischen, weshalb Sie das Motiv für Kurt Loisls Selbstmord unter Verschluss halten wollen.«

»Ich versichere Ihnen, was immer Sie sich in Ihrer überbordenden Phantasie zusammengereimt haben, entspricht nicht der Wahrheit. Ich habe nichts zu verheimlichen. Und jetzt verlassen Sie auf der Stelle mein Büro und kehren bitte nur wieder, wenn Sie irgendeine Ihrer Unterstellungen auch beweisen können«, knurrte der Polizist ärgerlich.

Passini ließ sich von seiner Wut nicht beeindrucken. »Wie schon erwähnt: Ich war gestern in Köln, und die Mitarbeiter des dortigen Anti-Doping-Labors haben mir erzählt, dass sich Herr Loisl ganz besonders für ein bestimmtes Mittel interessiert hat.« Er machte eine Pause und beobachtete den wütend flackernden Blick seines Gegenübers. »Und zwar für Clenbuterol.«

Obwohl sich Müller alle Mühe gab, sein unbewegtes Pokerface beizubehalten, konnte Passini ihm ansehen, dass ihn die Erwähnung des Wirkstoffs nicht kaltließ. »Und wenn schon«, erwiderte er erregt. »Was soll das mit mir zu tun haben?«

»Ich schätze, sehr viel. Sie haben doch damals in Vancouver eine Silbermedaille gewonnen.«

»Ja. Und?«

»Mit einem Zeitergebnis, das Sie vorher noch niemals erreicht hatten. Richtig?«

»Und wenn schon«, wiederholte Müller gereizt. »Im Wettkampf ist man immer schneller als im Training.«

»Aber normalerweise nicht ganz so eklatant.«

»Was wollen Sie damit andeuten?«

»Dass man da schon auf die Idee kommen könnte, dass Sie vielleicht ... etwas nachgeholfen haben.«

Müller sprang hinter seinem Schreibtisch auf. »Raus mit Ihnen! Diese unhaltbaren Anschuldigungen werde ich mir nicht länger anhören!«

Passini blieb entspannt in seinem Besucherstuhl sitzen. »Hören Sie sich doch meine Geschichte erst einmal bis zu Ende an.«

Müllers Gesicht war tomatenrot angelaufen, aber er unternahm keine weiteren Anstrengungen, um Passini aus seinem Büro herauszukomplementieren. »Ich rate Ihnen, möglichst schnell zu Ihrer Pointe zu kommen«, bellte er.

»Gut«, willigte Passini ein. »Also zurück zu Vancouver. Auch Kurt Loisl bezweifelte, dass Sie diese Leistung ganz ohne Stimulanzien hinbekommen hatten. Obwohl ein offizieller Dopingtest während der Olympiade negativ ausgefallen war. Deshalb ließ er Sie nach Ihrer Rückkehr erneut und ganz privat auf Dopingstoffe testen. Richtig?« Müller verzog keine Miene, aber er verschränkte abwehrend die Arme vor der Brust. »Und dieser Test fiel leider positiv aus. Das Labor, das Ihren Urin anonym analysiert hatte, fand einen klassischen Wirkstoff, um schneller Fett zu verbrennen. Genauer gesagt, Clenbuterol.«

»Sie lügen. Ich habe in meinem ganzen Leben noch nie gedopt.« Müller stand kurz vor der Explosion.

Passini sprach unbeirrt weiter. »Nach diesem für ihn sehr

enttäuschenden Ergebnis hat Ihr Trainer Sie gezwungen, Ihre Karriere umgehend zu beenden – und das, obwohl Sie in der Form Ihres Lebens waren und bestimmt noch viele Jahre erfolgreich an Wettkämpfen hätten teilnehmen können. Doch wahrscheinlich hat Kurt Loisl Ihnen gedroht, Sie anderenfalls bei der WADA zu verpfeifen. Dann hätte man Ihnen Ihre Silbermedaille genommen und Sie jahrelang gesperrt. Es hätte einen Riesenskandal gegeben und –«

»Wovon träumen Sie eigentlich nachts?«, zischte Müller. Doch in seinem Gesicht konnte Passini Verunsicherung ablesen.

»Und den wollten Sie partout vermeiden. Stattdessen beteuerten Sie immer wieder, dass Sie Ihren Körper noch nie gedopt hätten. Dass das Labor einen Fehler gemacht haben müsse. Doch Loisl glaubte Ihnen nicht und zog seine Bestrafung – den erzwungenen vorzeitigen Rücktritt von Ihrer Sportlerkarriere – eiskalt durch.«

»Wie … wie kommen Sie denn auf diese abstruse Geschichte?«, stammelte Müller, plötzlich ziemlich bedrückt.

Passini griff in die Seitentasche seiner Jacke und zog einen Artikel heraus, den ihm die freundliche Dame an der Rezeption seiner Pension am Vorabend ausgedruckt hatte. Er reichte ihn Müller, da er den Inhalt und Titel bereits auswendig kannte. Letzterer lautete: »Unser erfolgreicher Olympiazweiter gönnt sich einen wohlverdienten Urlaub vor seiner Rückkehr in die Heimat.« Müller hatte unmittelbar im Anschluss an die olympischen Wettkämpfe Urlaub gemacht – ausgerechnet in Mexiko.

Nachdenklich betrachtete der Polizist das Stück Papier in seiner Hand.

»Sie haben dort viele gute Steaks gegessen, stimmt's?«, erkundigte sich Passini. »Und dabei haben Sie unwissentlich das verdammte Clenbuterol, das dort in der Rindermast verwendet wird, mit aufgenommen.«

Müller schwieg.

»Loisl hat seinen Fehler erst kurz vor seinem Tod realisiert – als er aus irgendeinem Anlass angefangen hat, über Clenbuterol zu recherchieren. Wahrscheinlich litt er wegen dieser Sache schon längere Zeit unter einem massiv schlechten Gewissen. Sie waren als beliebter Polizeibeamter in seinen Augen irgendwie nicht der typische Dopingsünder. Und wie hätten Sie damals überhaupt an das Zeug gekommen sein sollen? Deshalb befragte Loisl unter anderem die Mitarbeiter des Kölner Anti-Doping-Labors. Als diese ihm dann von einem unverschuldet verseuchten Tischtennisteam erzählten und dass Clenbuterol auch in mexikanischem Fleisch gefunden worden war, ging ihm ein Licht auf. Und plötzlich fühlte sich Loisl wahnsinnig schuldig. Er hatte Sie um die Früchte einer erfolgreichen Sportlerkarriere betrogen, weil er Ihnen nicht geglaubt hatte, dass Sie unschuldig waren!«

Der Polizist räusperte sich. »Nach seinem Besuch in Köln kam er hier vorbei und hat mich um Entschuldigung gebeten«, erklärte er bitter. Offenbar hatte er seinen Widerstand gegen Passinis Worte aufgegeben. »Aber ich … ich …«

»Sie konnten ihm nicht vergeben. Schon klar. Loisl hatte Ihnen nach jahrelangem Training – nach einer Kindheit voller Entbehrungen – das genommen, wofür Sie Ihr ganzes Leben gekämpft hatten.«

Müller nickte. »Aber ich habe ihn deshalb nicht umgebracht.«

»Ich weiß. Wahrscheinlich haben Sie Loisl nach seinem Freitod seine ungerechte Tat sogar doch noch verziehen. Nur deshalb haben Sie den Ruf des alten Trainers und sein Vermächtnis durch eine recht beherzte Tat beschützt. Stimmt das?«

Statt einer Antwort ging Müller zu seinem Schreibtisch und zog einen an ihn adressierten Briefumschlag aus einer Schublade hervor. Er reichte ihn Passini. »Er hat in seinem Abschiedsbrief alles zugegeben und mich um Vergebung gebeten. Aber ich wollte nicht, dass man ihn als Erpresser in Erinnerung behalten würde. Ohne Kurts Hilfe hätte ich schließlich niemals eine olympische Medaille gewonnen …« Müllers Stimme zitterte. Eine einzelne Träne rann über seine Wange. »Müssen Sie jetzt diese Sache an die große Glocke hängen?«

Passini schüttelte den Kopf. »Nein. Ich werde mir lediglich eine Kopie von Loisls Abschiedsbrief für die Akten machen. Ansonsten bin ich ganz Ihrer Meinung: Niemandem ist damit gedient, wenn diese traurige Geschichte an die Öffentlichkeit gerät.«

»Danke«, sagte Müller leise. Erleichterung stand ihm ins Gesicht geschrieben.

»Keine Ursache«, murmelte Passini und stand auf. Er war sich nicht sicher, ob seine Entscheidung im juristischen Sinne korrekt war. Rein moralisch gesehen konnte er nicht anders handeln.

Zehn Minuten später saß Passini am Steuer und lenkte seinen Wagen in Richtung Österreich. Während im Radio bayrische Schlagermusik dudelte, dachte er über die Schlussfolgerungen nach, die er aus seiner Entdeckung ziehen musste: Der Fall Loisl hatte demzufolge definitiv nichts mit den anderen Fällen zu tun. Es ging inzwischen also nur noch um den Selbstmord von Haider und Wellingens unerklärliches Verschwinden. Bei beiden hatte man diese merkwürdigen »Schuldig«-Botschaften gefunden. Er würde Andrea so bald wie möglich von diesen neuen Entwicklungen in Kenntnis setzen müssen, obwohl er nicht genau wusste, was das für die Bedrohungslage von Bischoff bedeutete.

***

Die Zeit war wie im Flug vergangen, und auf einmal stand der Tag der Entscheidung vor der Tür. In der Schweiz war es erst kurz nach drei Uhr morgens, als Marc sich als erster Läufer auf den Start vorbereitete. Trotz all seiner Erfahrung klopfte sein Herz schneller. Ein Rennen im Rahmen der Olympischen Winterspiele war eben doch nicht nur ein weiterer Weltcup-Wettbewerb. Jeder Athlet konnte es fühlen: Es herrschte eine ganz besondere Atmosphäre. Ob das an der Historie der Spiele lag? In der Antike wurden sie zu Ehren Zeus' abgehalten. Die Griechen glaubten damals, dass die Götter ihnen ihre athletischen Fähigkeiten verliehen, sodass dem Training und den Wettkämpfen ein religiöser Charakter zugesprochen wurde. Erfolgreiche Sportler, denen also die Götter gewogen waren, wurden als Helden verehrt. Heute war dieses Mystische größtenteils verloren gegangen, aber es gab auch in den Ritualen der modernen Spiele Andenken an diesen Ursprung.

Zwei Wochen lang beherrschten die Spiele die Weltpresse und das Fernsehprogramm aller Nationen. Selbst Menschen, die sich sonst nicht für Sport interessieren, fieberten plötzlich mit den Athleten mit und teilten deren Emotionen bei Sieg oder Niederlage. Ein fast heiliges Drama. Und er war zum letzten Mal ein Teil davon. Ein glorreiches, ein grandioses Gefühl. Entgegen allen Erwartungen hatte er die olympische Qualifikation geschafft. Schon das allein machte ihn stolz und siegeshungrig.

Aber er hatte auch – wie immer vor großen Rennen – schlecht geschlafen. Wilde Alpträume hatten ihn gequält, in denen er von gesichtslosen Menschen mit überdimensionalen Spritzen verfolgt worden war. Irgendwie verrückt, wie sein Unterbewusstsein auf diese Dopingdrohung reagierte. Dabei war er bislang noch nicht einmal zu einer Kontrolle gebeten worden. Um seine verkrampfte Halsmuskulatur zu lockern, ließ er langsam den Kopf hin- und herkreisen.

Hinter ihm redete Bohdan Bely Ruban intensiv auf seinen Bruder ein, der die Startnummer zwei ergattert hatte. Er schien ihn auf den Sieg einzuschwören. Aber sie hätten genauso gut Kochrezepte austauschen können, denn Marc verstand kein Wort Ukrainisch. Er selbst war heute nur mit dem Servicemann des Schweizer Teams am Start. Seine alte persönliche Crew hatte er nach der letzten Saison entlassen, und durch den späten Aufbruch in diesem Jahr waren sie schon anderweitig gebunden gewesen, als er sich bei ihnen gemeldet hatte. Auch auf Hans' Beistand am Starthaus hatte er diesmal freiwillig verzichtet, um ihn heute, am 15. Februar, nicht noch zusätzlich zu gefährden. Als Fitnesscoach hielt er sich allerdings – obwohl Andrea ihn inständig gebeten hatte, nicht sein Zimmer zu verlassen – mit ihr und Eberhard im Zielraum auf.

»Unsere Devise heißt siegen«, hatte der Cheftrainer vorhin noch in der Teambesprechung zu ihm gesagt. Doch Marc versuchte, sich keinen zu großen Druck aufzubauen. Das brachte nichts. Es war gescheiter, das Rennen möglichst locker anzugehen und einfach unter den aktuellen Umständen das Beste zu geben. Die waren ungewöhnlich genug, wenn man eine Landkarte betrachtete: Südkorea lag genauso südlich wie Sizilien, und die Winter in dem asiatischen Land wurden lediglich durch die stürmischen Nordwinde trocken und kalt. Nur das japanische Nagano war jemals ein südlicherer Austragungsort für Winterspiele gewesen.

Auch der Start der Piste war besonders. Er war auf tausenddreihundertsiebzig Meter über dem Meeresspiegel gelegen und damit wesentlich tiefer als die anderen olympischen Strecken. In Sotschi hatte das Rennen zum Beispiel rund siebenhundert Meter höher, auf zweitausendfünfundvierzig Meter, angefangen. Durch diese niedrige Lage herrschten fast fünf Grad Celsius Unterschied zwischen dem Anfang und dem Ende der Strecke, was sich natürlich auch auf das Material auswirkte. All das musste er jetzt verdrängen, denn im Grunde sollte er versuchen, einfach so viel Spaß wie möglich zu haben.

In diesem Moment gab ihm der Startrichter das Zeichen, sich fertig zu machen. Und plötzlich fühlte Marc, wie der ganze Stress von ihm abfiel. Fast so unbekümmert wie als Teenager rutschte er zur Startlinie vor. Was hatte er schon zu verlieren? Er besaß doch bereits alles, was er zum Leben brauchte.

Seine Augen fokussierten sich auf die Strecke vor ihm. Wie durch einen dichten Nebel hörte er das Startsignal und katapultierte sich mit aller Kraft aus dem Starthäuschen. Danach reagierten sein Körper und seine Muskeln von ganz allein … instinktiv. Wie auf Schienen ging er tief in die Hocke und visierte die erste Kurve an. In seinem Helm rauschte es, doch sein Atem ging tief und gleichmäßig. Durch das viele Training war seine Kondition genau auf dem Punkt – perfekt. Alles lief nach Plan.

Er fuhr akkurat die Linie, die er sich vorgenommen hatte.

Und selbst die Sprünge klappten tadellos. Plötzlich wurde Marc von diesem unglaublichen Glücksgefühl überwältigt, das sich früher immer bei den Rennen eingestellt hatte. Geschwindigkeitsrausch pur. Energie in ihrer reinsten und vollkommensten Form. Am liebsten hätte er seine unbändige Freude laut rausgeschrien. Doch das würde zu viel Kraft kosten, und Marc tröstete sich damit, dass er den oberen Teil der Piste absolut fehlerfrei und in wahrer Champion-Manier hinter sich gelassen hatte. Genau so konnte es weitergehen.

Auch im Mittelteil der steilen Piste lief alles glatt. Marc spürte, wie er mit jeder Wendung, mit jedem Sprung seinen rasanten Lauf noch weiter beschleunigte. Seine Schenkel brannten. Ein wahrer Husarenritt. Aber er war absolut eins mit seinen Skiern und baute einen unfassbaren Speed auf. Unendlich viel schneller als im Training. Sein Herz schien geradezu zu fliegen. Wenn er jetzt das Endstück und den Zielsprung nicht vermasselte ... dann ...

Wie ein Adler segelte er durch die Luft und federte den Aufprall auf der steinharten Piste geschmeidig ab. Und schon passierte er die Ziellinie. Noch während des Abbremsens blickte er zur Anzeigetafel: 1:40,27. So schnell war Ruban selbst im Training nicht gefahren. Jubelnd riss er die Arme hoch.

Nachdem er aus den Bindungen gestiegen war, sah er sich suchend unter den Zuschauern im Zielraum um. Schließlich bemerkte er Andrea, die wie verrückt klatschte und übers ganze Gesicht strahlte. Ohne darüber nachzudenken, dass Ruban wahrscheinlich schon gestartet war, ging er zu ihr rüber und gab ihr einen leidenschaftlichen Kuss. Erst danach hockte er sich auf die kleine Tribüne für den aktuell Führenden im Rennen und schaute zum Monitor. Dann erstarrte er. Rubans Zwischenzeiten waren grün. Der Teufelskerl schien tatsächlich noch schneller unterwegs zu sein als er. Verdammt! Konnte das wirklich mit rechten Dingen zugehen?

Im Endeffekt erreichte der Ukrainer die Ziellinie zwei Zehntelsekunden vor ihm. Sein Traum von Gold war geplatzt. Marc fühlte sich, als ob ihm jemand in den Magen geboxt hätte. Trotzdem gratulierte er dem Ukrainer, bevor er niedergeschlagen und mit hängenden Schultern die Tribüne räumte. Gerade als er aus dem Sichtfeld der Kameras getreten war, spürte er eine Hand auf seinem Arm.

»Mister Gassmann, please follow me. You have been selected for a doping control«, informierte ihn ein unscheinbarer Koreaner in höflichem Ton.

Auch das noch! Wenn er jetzt – ohne gedopt zu haben – auch noch positiv getestet wurde, war nicht nur seine Hoffnung auf eine Medaille, sondern seine gesamte Karriere am Ende!

***

Manchmal hilft einem auch der Zufall: Ich habe nicht damit gerechnet, dass ich zu Marc Gassmanns Silbermedaillenfeier eingeladen werden würde, die aus einem feuchtfröhlichen Abendessen in einem Luxusrestaurant bestand. Aber offenbar hat er fast jeden Menschen dazugebeten, den er an diesem Nachmittag getroffen hat, denn wir sind eine ganz schön große Gruppe.

Ursprünglich wollte ich mein Opfer mit schnell wirkenden K.o.-Tropfen außer Gefecht setzen. Doch nun habe ich ein starkes Schlafmittel zu der Feier mitgebracht, das ich in weiser Voraussicht ebenfalls im Internet bestellt und mir nach Seoul habe liefern lassen. Gegen Ende des Abends, wenn alle – außer mir – angesäuselt sind, wird es ein Leichtes sein, das Pulver in Bischoffs Drink zu mixen.

»Prost!«, ruft Gassmann und hebt sein Champagnerglas. »Eigentlich hatte ich ja auf Gold gehofft. Aber nachdem ich meine Niederlage verdaut habe, finde ich eigentlich, dass die silberne sowieso viel dekorativer aussieht. Oder was meint ihr?«

Alle klatschen. Ich lächele versonnen. Diese Goldmedaille gehört irgendwie auch mir. Jedenfalls habe ich meine Seite des Deals gehalten. Oleksiy Bely Ruban hat Gold gewonnen und wird nun endlich das Geld verdienen, das er sich immer ge-

wünscht hat. Wir sind quitt. Ich bin auch von dieser geheimen Bürde befreit. Jetzt muss ich nur noch meine letzte Aufgabe erledigen: Bischoff.

Irgendwie kann ich nicht verhindern, dass meine Gedanken während des fünfgängigen Menüs erneut in die Vergangenheit abschweifen. Zu Jelenas verstörtem Blick, als ich ihr von der letzten Begegnung mit meinem Vater berichtet hatte. Damals, beziehungsweise schon kurz davor, ging es ihr bereits schlechter. Immer wieder wurde sie wochenlang in die Klinik eingewiesen. Eines Tages traf ich auf dem Weg dorthin auf ein weiteres »Kind des Lichts«. Einen Jungen, den ich unter dem Namen Peter kannte, was aber nichts zu bedeuten hatte. Mein Vater taufte alle Kinder auf einen neuen Namen, wenn sie zu ihm kamen. Um mit meinem früheren Leben abzuschließen, hatte auch ich meinen Geburtsnamen vor einigen Jahren geändert. Peter musste ungefähr zwei Jahre jünger als ich sein, und doch wirkte er wie ein gebrochener alter Mann, als ich ihn in zerrissenen Klamotten und mit glasigem Blick am Straßenrand sitzen saß. Er hatte es nicht geschafft, den Dämonen unserer Kindheit zu entkommen, so viel war sicher.

»Peter«, sagte ich, als ich mich zu ihm hinunterbeugte und mir seine stinkende Alkoholfahne in die Nase zog. »Erkennst du mich?«

Das Weiße seiner Augen war blutunterlaufen. Als er seinen Mund zu einem schiefen Lächeln verzog, bemerkte ich, dass ihm ein Schneidezahn fehlte. Doch es war offensichtlich, dass er kapierte, wer da vor ihm stand.

»Hey! Wie geht's dir?«, nuschelte er heiser.

»Gut. Mir geht's gut, Peter. Willst du mit zu mir nach Hause und dich duschen?«

Er nickte. »Keine schlechte Idee.« Er versuchte aufzustehen, doch allein schaffte er es nicht. Ich musste ihm helfen, hochzukommen.

Letztendlich blieb er eine ganze Woche. Wenn ich nicht gerade im Krankenhaus oder auf der Arbeit weilte, verbrachte ich all meine Zeit mit ihm. Wir kochten zusammen und vermieden es, über die Villa und die Vorkommnisse darin zu sprechen. Bis zu seinem letzten Abend.

»Wo willst du jetzt hin?«, fragte ich ihn, als er mir mitteilte, dass er mich morgen verlassen wollte.

»Ich muss zurück«, antwortete er, mit so etwas wie Todesangst in seinen Augen. Mir war sofort klar, was er meinte.

»Wieso?«, fragte ich ihn entgeistert.

»Ich … ich habe vor Kurzem erfahren, dass meine Eltern auch meine kleine Schwester Sophie in seine Obhut gegeben haben, und …« Er schluchzte. »Und du weißt ja selbst, was das bedeutet.«

»Wie alt ist sie?«, fragte ich mit zusammengebissenen Zähnen.

»Neun. Sie ist erst neun Jahre alt.«

»Und was willst du machen, wenn du in der Villa ankommst?«

»Ich muss … muss versuchen, sie von dort wegzuholen«, stotterte er matt.

Bis heute weiß ich nicht, welcher Teufel mich ritt, als ich antwortete: »Lass mich das machen, Peter.«

Bereits zwei Tage später brach ich auf und –

In genau diesem Moment spricht Andrea Brunner mich an und unterbricht meine düsteren Gedanken.

»Wie lange bleiben Sie eigentlich noch in Korea?«, fragt sie mit einem Lächeln und erinnert mich daran, dass sie auf eine natürliche Art und Weise sehr hübsch aussehen kann. Auch wenn sie heute ein wenig gestresst wirkt. Zu Recht, wie ich finde, denn ich vermute schon seit Tagen, dass sie den Auftrag übernommen hat, Bischoff vor mir zu schützen. Jedenfalls weicht sie ihm nicht von der Seite. Doch es wird der kleinen Maus nicht gelingen, den Trainer vor seinem verdienten Tod zu bewahren. Dazu bin ich zu schlau. Zu gut vorbereitet.

Trotzdem beschließe ich spontan, auch ihr ein wenig Extra-Müdigkeit ins Wasserglas zu zaubern. Ja, es ist mir nicht entgangen, dass sie als Einzige den Abend enthaltsam verbringt.

»Ich weiß es nicht. Das hängt von verschiedenen Dingen ab«, antworte ich wahrheitsgemäß.

»Haben Sie sich noch kein Ticket für den Heimflug gekauft?«, erkundigt sie sich verwundert.

Irgendwie bin ich mir sicher, dass sie mich niemals zum Kreis der Verdächtigen zählen wird. »Doch. Aber so etwas lässt sich doch umbuchen.«

»Wie spontan. Das finde ich gut«, sagt sie und strahlt mich an.

Wir plaudern noch eine ganze Weile über Gott und die Welt. Dann schreckt sie plötzlich mitten im Satz auf. Mit einem gehetzten Blick, ganz so, als ob sie ihre Aufgabe vernachlässigt hätte, schaut sie zuerst zu dem unversehrten Bischoff und dann auf ihre Uhr. Erleichtert bemerkt sie: »Hm, nur noch eine Dreiviertelstunde bis Mitternacht.«

Ich kann mir schon denken, weshalb sie die Uhr im Auge behält, und erlaube mir einen kleinen Spaß. »Warten Sie auf einen Prinzen, oder weshalb freuen Sie sich so auf Mitternacht?«

»Nein! Meinen Prinzen habe ich doch schon gefunden«, scherzt sie mit einem Blick auf Gassmann.

»Bei so viel Liebesglück kann ja man fast schon neidisch werden«, erwidere ich charmant. Aber ihre Worte veranlassen mich ebenfalls, mich erneut auf meine Aufgabe zu konzentrieren. Ich darf den richtigen Moment nicht verpassen. Sobald das Dessert gereicht wird, ist es zu spät, dann rührt Bischoff sein Weinglas nicht mehr an und wartet nur noch auf seinen Espresso. So hat er es jedenfalls bei allen anderen Gelegenheiten gehalten. Schließlich bin ich durch meine Recherchen bestens über ihn informiert.

Doch meine Sorgen waren umsonst: Eine knappe halbe Stunde später kann ich mich entspannt zurücklehnen. Sowohl Bischoff als auch Andrea Brunner haben die ihnen zugedachte Ration an Schlafpulver brav ausgetrunken. Jetzt brauchen wir nur noch nach Hause zu gehen, und dann kann meine ganz private Party steigen.

SIEBZEHN

Andrea rekelte sich wohlig. Es war bereits zehn Uhr morgens, doch sie lag immer noch in ihrem Bett. Zugegebenermaßen mit einem schlechten Gewissen. Aber irgendwie hatte sie sich diese kleine Pause auch redlich verdient. Was war sie gestern Abend fertig gewesen! Sie hatte den ganzen Heimweg mit Hans um die Wette gegähnt. Obwohl diese Müdigkeit nach der monatelangen Sorge um den Trainer – der glücklicherweise vergeblichen Sorge – vielleicht auch ein wenig verständlich war. Außerdem hatte sie sich nichts vorzuwerfen. Sie hatte Hans noch sicher zu seinem Zimmer gebracht und war erst ins Bett gesunken, nachdem sie überprüft hatte, dass seine Tür ordnungsgemäß von innen abgeschlossen war. Und heute war endlich der 16. Februar! Gemäß Albertos Einschätzung, die der Profiler der Kantonspolizei teilte, lag die größte Gefahr endlich hinter ihnen. Es war eine leere Drohung gewesen. Die Kugel mit dem eingeritzten Datum »15.2.2017« hatte letztendlich nichts zu bedeuten gehabt.

Doch ihr Trip nach Korea war nicht umsonst gewesen: Marc hatte erneut die Silbermedaille abgestaubt, und hoffentlich war auch sein Dopingtest negativ ausgefallen. Jedenfalls hatten sie noch nichts Gegenteiliges gehört. Und sie waren ein Paar. Zwar ohne konkrete Zukunftspläne, aber immerhin ein Paar. Also war zum ersten Mal seit Langem alles im grünen Bereich, und sie spürte, wie die innere Anspannung mehr und mehr von ihr abfiel. Der einzige Wermutstropfen war, dass Marc diese Nacht nicht bei ihr verbringen konnte, weil er bereits um sechs Uhr früh einen Interviewtermin mit dem Schweizer Fernsehen wahrnehmen musste und sie nicht wecken wollte. Aber glücklicherweise würde es jetzt, nach ihrer Versöhnung, noch viele gemeinsame Nächte geben.

Doch nun musste sie unbedingt aufstehen und dafür sorgen, dass Hans – in ihrer sicheren Begleitung – zu seinem Frühstück kam. Sie griff nach ihrem Handy und rief ihn über WhatsApp an, um ihm mitzuteilen, dass sie in einer Viertelstunde bei ihm wäre, aber Hans meldete sich nicht. Wahrscheinlich war sein Akku mal wieder leer. Er gehörte noch zu der Generation, die sich nicht dem Zwang unterwarf, überall und ständig erreichbar zu sein. Andauernd vergaß er, das Gerät aufzuladen.

Kurz entschlossen warf sich Andrea einen Bademantel über und trat in den Korridor. Dort lief sie fast Maxim Popov in die Arme, der ihr freundlich zunickte und kurz darauf wortlos in seiner Wohnung verschwand. Andrea sah ihm etwas ratlos hinterher. Was machte der Russe um diese Uhrzeit noch hier, hatte er nicht gestern etwas von einer Pressekonferenz über den Entschädigungsfonds gefaselt? Aber dann schob sie diesen Gedanken energisch beiseite und klopfte an die Tür von Hans' Wohnung. Erst dezent, dann lauter. Aber der Mistkerl antwortete einfach nicht! Wahrscheinlich hatte er sie – ganz der Gentleman – rücksichtsvoll schlafen gelassen und war mit Marc allein frühstücken gegangen. Es war bestimmt nett gemeint, aber dafür würde er trotzdem eine Gardinenpredigt abbekommen. Was dachte er sich nur dabei, einfach ohne sie das Haus zu verlassen! Sie hatte ihm erst gestern Abend auf seine Anfrage hin versichert, dass die Gefahr zwar geringer geworden war, aber immer noch nicht bei null lag.

Zurück in ihrer Wohnung duschte sie schnell, zog sich an und rief danach Marc an, der sich glücklicherweise sofort meldete.

»Hallo, Andrea. Hast du gut geschlafen, mein Engel?«, rief er froh gelaunt in die Leitung.

Erleichtert antwortete sie: »Fast ein bisschen zu gut beziehungsweise zu lange. Wo steckt ihr bösen Buben denn gerade?«

Marc lachte. »Also ich böser Bube frühstücke im Pressezentrum. Die anderen hier sind alle lieb. Wann stoßt ihr zwei Schlafmützen zu uns? Es gibt nur noch bis elf Uhr Frühstück.«

Plötzlich gefror ihr das Blut in den Adern. Dachte Marc etwa, dass Hans bei ihr wäre? Hektisch sagte sie: »Aber Hans ist doch bei dir, oder?«

»Nein, das ist er nicht. Er würde doch niemals ohne seine Aufpasserin irgendwohin gehen ... Wieso? Ist er nicht bei dir?« Seine Stimme klang wie ihre: besorgt.

»Marc, ich kann ihn nicht erreichen! Er geht weder an sein Handy, noch öffnet er die Tür!« Ihre Stimme überschlug sich fast vor Panik.

»Fuck! Hast du keinen Zweitschlüssel?«

»Nein!« Andrea verspürte das hohle Gefühl der Panik in sich aufziehen. Dagegen musste sie ankämpfen. »Aber ich besorge mir jetzt einen Generalschlüssel an der Rezeption.«

»Warte auf mich. Ich bin gleich da. Dann sehen wir zusammen nach Hans«, erklärte Marc. Im Hintergrund hörte sie das kratzende Geräusch eines über den Boden geschobenen Stuhls. Offenbar war Marc bereits im Aufbruch begriffen. Auch er machte sich also Sorgen, obwohl er sie mit sanfter Stimme zu beruhigen versuchte. »Vielleicht hat Eberhard Hans zu sich gerufen. Wahrscheinlich haben sie eine Besprechung wegen Luca. Ich werde ihn gleich mal anrufen.«

»Okay, mach das. In der Zwischenzeit besorge ich den Schlüssel. Beeil dich!«, antwortete sie, ohne sich von seinem Versuch, sie zu beruhigen, täuschen zu lassen.

Exakt zwölf Minuten später stand Marc neben ihr an der Rezeption. Der junge Koreaner, der in Besitz des Generalschlüssels war, hatte sich geweigert, ihn ohne Aufsicht herauszurücken, weshalb sie kurz darauf alle drei den Aufzug betraten. Mit zitternden Fingern drückte sie auf den Knopf mit der Sieben.

»Eberhard hat auch nichts von Hans gehört?«, erkundigte sich Andrea, heiser vor Angst, auf dem Weg nach oben.

Marc schüttelte den Kopf.

Es war eine rhetorische Frage gewesen. Er hätte ihr längst davon erzählt, wenn der Cheftrainer mit Hans Kontakt gehabt hätte. Aber die ominöse Stille machte alles noch schlimmer. Andreas düstere Vorahnungen verstärkten sich. Wo zum Teufel steckte Hans? Warum antwortete er nicht? Oder gab es doch noch eine völlig harmlose Erklärung für seine Abwesenheit?

Vor der Tür angekommen bollerte Marc noch einmal kräftig dagegen. »Mach endlich auf, Hans!«, brüllte er so laut, dass der Rezeptionist verschreckt zusammenzuckte.

Doch alles blieb ruhig. Es waren keine Schritte auf der anderen Seite zu hören. Auch nicht das Rauschen einer prasselnden Dusche. Unaufgefordert steckte der Koreaner seinen Schlüssel ins Schloss und öffnete Hans' Apartment. Brüsk drängelte sich Andrea an ihm vorbei und ging schnurstracks in Richtung Schlafzimmer. Marc folgte ihr dicht auf den Fersen.

Im Türrahmen blieben beide fassungslos stehen. Der Anblick, der sie dort erwartete, ließ Andrea einen schrillen Entsetzensschrei ausstoßen.

Hans lag mit geöffneten Augen und starrem Blick an die Decke im Bett. Er war tot. Auf seiner Brust lag ein Zettel mit dem Wort »Schuldig«.

***

Alles hat genau so geklappt wie geplant. Ein befriedigendes Gefühl. Mit dem im Internet bestellten »15-teiligen Pick-Set zum Schlossknacken«, in dem auch transparente Trainingsschlösser zum Üben enthalten waren, hatte ich – selbstverständlich mit chirurgischen Handschuhen ausgestattet – das Schloss von Bischoffs Tür, ebenso wie in den Nächten davor, bequem aufbekommen. Der alte Trainer hatte schnarchend in seinem Bett gelegen. Alles, was ich zu tun hatte, war, ihm das zweite Kopfkissen so fest wie möglich aufs Gesicht zu drücken. Ein Kinderspiel. Er war durch das Schlafmittel derart ausgeknockt gewesen, dass er kaum Gegenwehr geleistet hatte. Anderthalb Minuten später waren seine Arme schlaff zur Seite gefallen. Zur Vorsicht hatte ich das Kopfkissen noch ein wenig länger auf Mund und Nase gehalten, bis ich mir sicher war, dass Bischoff seinen letzten Atemzug getan hatte. Ich hatte seine Bettdecke runtergezogen und den vorbereiteten Zettel mit dem – in neutralen Druckbuchstaben geschriebenen – Wort »Schuldig« auf seine Brust gelegt. Danach verließ ich den Tatort. Selbstver-

ständlich nach einem vorsichtigen Blick durch Bischoffs Türspion, um zu überprüfen, dass die Luft auf dem Korridor rein war.

Irgendwie wird das Morden mit jedem Mal leichter. Bischoff ist nun schon mein drittes »Opfer«. Doch ich fühle mich nicht schuldig. Ich würde jederzeit wieder so handeln. In meinen Augen gibt es eine höhere Moralinstanz als einen Richter. Eine Art heilige Gerechtigkeit, die jenseits des Gesetzbuchs verankert ist. Auge um Auge, Zahn um Zahn. Jesus hat sich in der Bergpredigt geirrt. Man darf dem Bösen nicht auch noch die andere Wange hinhalten. Das habe ich lang genug praktiziert, und es hat mich fast in den Wahnsinn getrieben. Außerdem wird Bischoff vermutlich sowieso der letzte Mensch bleiben, den ich zu töten verpflichtet gewesen bin. Obwohl … Ich werde mich erst vergewissern müssen, dass der Tatverdacht nicht doch auf mich oder meinen Partner fällt. Unter diesen – zugegeben – eher unwahrscheinlichen Umständen kann es leider sein, dass ich doch noch einmal zuschlagen muss, um uns beiden eine sichere Zukunft zu gewährleisten.

Dieser unerquickliche Gedanke hat mich heute Nacht erneut heimgesucht, kurz bevor ich mich nach der Tat ins Bett gelegt habe. Aber auch diese Vorstellung hielt mich nicht davon ab, wie ein Baby ein- und durchzuschlafen.

Endlich ist es vollbracht! Jelenas Mörder sind – auf den Tag genau – ihrer gerechten Strafe zugeführt worden. Zum ersten Mal seit einem Jahr kann ich wieder frei atmen. Natürlich hatte ich auch von ihr geträumt: Ihre dunklen Haare wehten im Wind, als sie durch eine blühende Sommerwiese auf mich zulief und sich in meine ausgebreiteten Arme fallen ließ. In meinem Traum strich sie mir ganz sanft übers Haar. Sie hauchte meinen Namen, und wir küssten uns. Wild und leidenschaftlich, so wie vor ihrer Krankheit. Das wunderschöne Gefühl der Nähe zwischen uns hält auch noch lange nach dem Aufwachen an.

Obwohl ich leider früh aufstehen muss. Ich habe mir den Wecker für sechs Uhr dreißig gestellt. Denn ich will lieber nicht anwesend sein, wenn Bischoffs Leiche gefunden wird. Er und seine Aufpasserin frühstücken normalerweise gegen halb acht. Wahrscheinlich wird um die Uhrzeit die Hölle los sein. Meine schauspielerischen Fähigkeiten schätze ich eher durchschnittlich ein. Und ehrlich gesagt habe ich keine Ahnung, wie man sich im Normalfall – also als Unschuldiger – bei so einem »Drama« verhält. Nein, es ist besser, wenn ich durch eine angemessene zeitliche Verzögerung einigermaßen gefasst auftreten kann. Deshalb nehme ich mir vor, den frühen Morgen außerhalb unserer Behausung zu verbringen.

***

Die Katastrophe, die er schon beim ersten Lesen des Drohbriefs an Bischoff intuitiv befürchtet hatte, war eingetreten. Alle ihre Anstrengungen hatten den Tod des Trainers nicht verhindern können. Das Böse hatte gesiegt.

Passini hatte sich selten so niedergeschlagen und nutzlos gefühlt. Auch Andrea merkte man ihre grenzenlose Trauer an. Sie sah furchtbar mitgenommen aus, auch wenn Passini nicht wusste, wie viel davon der nur mittelprächtigen Internetverbindung und FaceTime geschuldet war. Doch die bitteren Furchen um ihren Mund und die dunklen Ringe unter ihren Augen hatte er bei ihren früheren Gesprächen nie bemerkt. Nie zuvor hatte sie so fahrig, verheult und nervös gewirkt. Es war offensichtlich, dass sie sich für Bischoffs Tod verantwortlich fühlte. Deshalb sagte Passini mit sanfter Strenge: »Andrea! Bitte beruhige dich. Niemand gibt dir die Schuld an seinem Tod. Ich weiß, dass du alles haargenau nach Plan durchgezogen hast. Dass du dein Bestes gegeben hast. Ich habe keine Ahnung, wie es dem Mörder trotzdem gelingen konnte, ihn umzubringen.«

»Ich hätte in seiner Wohnung schlafen müssen!«, warf sie sich vor.

»Das ist doch Blödsinn. Niemand hätte davon ausgehen können, dass der Mörder es schaffen würde, an der Tag und Nacht besetzten Rezeption vorbeizukommen, um Hans in seinen eigenen vier Wänden umzubringen.«

Ein Schauer lief durch Andrea. »Es war auch schon nach Mitternacht! Also der 16. Februar … Und du hast mir doch versichert, dass er dann aus der größten Gefahr raus ist«, schluchzte sie.

Passini malte ein dickes Kreuz auf den Notizblock vor sich. »Ich weiß. Aber in dem Zusammenhang ist mir gerade aufgegangen, dass uns beiden da ein Denkfehler unterlaufen ist«, erwiderte er leise. Andreas Gefühlsausbruch berührte ihn. Er fühlte sich hilflos und unfähig, wenn eine Frau in seiner Gegenwart weinte und ihm kein gutes Argument einfiel, um sie zu trösten.

»Wie? Was für ein Denkfehler?« Andrea rieb sich mit einem Taschentuch die Tränen von den Wangen.

»Ja, es war Mitternacht – aber nur in Korea! In der Schweiz und in Österreich dauerte der 15. Februar durch die Zeitverschiebung leider noch acht Stunden länger.«

Andreas Hand krampfte sich um das Papiertaschentuch. »Verdammt! Du hast recht! Was für ein unverzeihlicher Irrtum!«

Passini zuckte mit den Schultern. »Vielleicht war dem Täter das Datum auch egal … Vielleicht hat er ja tatsächlich erst am 16. Februar zugeschlagen. Das werden wir erfahren, sobald der Bericht der Pathologie fertig ist. Weißt du schon, wann das ungefähr sein wird?«

»Nein, keine Ahnung. Das Ganze ist sowieso ein einziger Alptraum. Kaum einer der koreanischen Polizeibeamten spricht ein Wort Englisch, geschweige denn Deutsch. Und unserem Dolmetscher sind die notwendigen Fachausdrücke nicht geläufig.«

»Aber sie haben Bischoffs Leiche bereits mitgenommen? Und den Tatort gesichert und auf Spuren untersucht?«

Andrea hob hilflos die Arme. »Wenn ich alles richtig verstanden habe, ja. Ich selbst durfte während der Zeit nicht in der Wohnung anwesend sein. Alles, was ich weiß, habe ich aus dem radebrechenden Gespräch mit dem koreanischen Kommissar.«

»Und der hat gesagt, dass es keinerlei Spuren von Gewalteinwirkung gibt, richtig? Dass Hans erstickt ist oder ihm ein Gift verabreicht worden sein muss?«

Sie nickte. »Vordergründig hat er das gesagt. Marc glaubt allerdings, dass der Kommissar vermutet, dass Hans eigenmächtig irgendetwas eingenommen hat, um Selbstmord zu begehen.«

»Weshalb sollte Bischoff das tun? Das macht doch keinen Sinn. Sein langjähriger Schützling hat gerade eine Silbermedaille gewonnen – das sollte doch wohl eher ein Grund zur Freude sein.«

»Ja, aber das Ergebnis von Marcs Dopingtest steht immer noch aus, und Luca Zogg wurde gerade des Dopings überführt. Marc glaubt, dass die Polizei Hans' vermeintlichen Selbstmord und den ›Schuldig‹-Zettel als Schuldeingeständnis wertet.«

»Was für ein Blödsinn. Ihr habt ihm doch sicherlich von den anderen Fällen und dem Drohbrief erzählt?«

»Natürlich. Wir haben es zumindest versucht. Aber ich weiß leider nicht, wie viel davon bei ihm angekommen ist.«

Passini schüttelte ungläubig den Kopf. »Was für eine Tragödie. Wie nimmt Marc die ganze Sache auf?«

»Marc hat mit keinem anderen Trainer so lange zusammengearbeitet wie mit Hans. Seine größten Erfolge haben sie alle gemeinsam erreicht. Und darüber hinaus waren die beiden echte Freunde. Da kannst du dir schon denken, wie es ihm geht. Er ist am Boden zerstört, besonders weil er die Gefahr, in der Hans schwebte, nie richtig ernst genommen hat.« Sie atmete geräuschvoll durch. »Aber er betäubt seinen Schmerz mit Aktivität. Gerade ist er mit dem Kommissar nach unten gegangen, um herauszufinden, was die Sicherheitskameras aufgezeichnet haben.«

»Das ist eine gute Idee«, lobte Passini. »Bitte ruft mich umgehend an, wenn ihr diese Informationen habt.«

»Machen wir. Aber bevor du auflegst, habe ich noch eine Frage: Glaubst du, dass diese Doping-Erpresserbriefe ebenfalls von dem Mörder geschrieben wurden? Es ist doch merkwürdig, dass gleich zwei von Hans trainierte Sportler welche bekommen haben. Wer könnte denn daran interessiert sein, sowohl Trainer als auch Athleten auszuschalten?«

Es erleichterte ihn, dass allmählich Andreas logisches Denken wieder die Überhand über ihre Trauer gewann. »Keine Ahnung. Marc meinte, dass Peter Winkler wahrscheinlich auch einen bekommen hat. Und der wird von jemand anderem trainiert. Wahrscheinlich spricht kein Athlet freiwillig über so etwas. Deshalb könnte es im Verborgenen noch mehrere Sportler geben, die auch so einen Wisch erhalten haben. Wir werden es im Auge behalten. Aber Elias und ich arbeiten schon seit ein paar Tagen mit Hochdruck daran, die Listen mit den von Thomas Haider trainierten Langläufern mit denen von Wellingen und Bischoff abzugleichen. Irgendwo muss es da eine Verbindung geben, die wir bisher übersehen haben. Wenigstens ist der Personenkreis nun wesentlich kleiner geworden, seit wir wissen, dass der Fall Loisl nichts damit zu tun hat.«

»Wie wollt ihr denn an die Liste mit den polnischen Sportlerinnen kommen? Das habt ihr doch schon einmal versucht und seid an der Sprachbarriere und der Bürokratie gescheitert. Und Hans konnte sich doch nicht mehr an alle Namen der Sportlerinnen erinnern, oder?«

»Er hat uns vor seiner Abreise nach Korea noch sieben Namen genannt, die ihm wieder eingefallen waren. Drei sogar mit ›J‹: Jana Ossowska, Jelena Beloya und Beata Jankowska. Aber leider stehen weder sie noch die drei anderen Frauen auf Haiders Liste. Elias ist allerdings die blendende Idee gekommen, sich an die geschiedene Frau Wellingen zu wenden, die ja selbst Polin ist. Sie hat nach etwas Überredungskunst auch zugestimmt und gestern im dortigen Leistungszentrum angerufen.« Er schnäuzte sich die Nase. »Im Grunde hoffen wir jeden Moment auf ein Fax mit der vollständigen Liste.«

Andrea nickte. »Gute Arbeit. Richte Elias bitte mein Lob aus.«

»Das mache ich. Sollen wir uns um die Benachrichtigung von Bischoffs nächsten Angehörigen kümmern?«

»Nicht nötig. Marc hat bereits Hans' Schwester verständigt. Sie will sich morgen in den Flieger setzen und herkommen, um sich um die Überführung seines Leichnams und alle Formalien zu kümmern. Aber das dürfte gar nicht so einfach werden. Wahrscheinlich müssen wir die Schweizer Botschaft in Seoul um Hilfe bitten. Hast du ansonsten noch eine Idee, was wir tun könnten, um dich bei der Aufklärung zu unterstützen?«

»Ich muss erst mal mit meinem Vorgesetzten reden, wie wir jetzt am besten mit den Koreanern zusammenarbeiten können. Eigentlich ist es ja unser Fall. Aber ich würde vorschlagen, dass ihr zwei so bald wie möglich nach Hause zurückkehrt.«

Andrea verzog das Gesicht zu einer Grimasse. »Ich glaube kaum, dass es einem von uns gelingen wird, Marc von hier wegzulocken, solange der Mörder noch auf freiem Fuß ist.«

ACHTZEHN

Marc klopfte ungeduldig an Andreas Wohnungstür. Er würde durchdrehen, wenn er ihr nicht umgehend diese Neuigkeiten erzählen konnte.

Als sie die Tür öffnete, sah sie genauso erschöpft aus, wie er sich fühlte. Dabei waren noch keine acht Stunden vergangen, seit sie gemeinsam Hans' Leiche gefunden hatten. Irgendwie kam ihm das Ganze immer noch wie ein böser Traum vor. Vollkommen irreal. Doch dann fiel sein Blick auf das gelbe Klebeband, mit dem die Polizei Hans' Wohnung versiegelt hatte, und ihm wurde bewusst, dass sein Freund und Trainer tatsächlich nicht mehr da war. Dass er ihn niemals wiedersehen würde. Dass der einzige Coach, dessen Meinung er uneingeschränkt akzeptiert hatte, nie wieder im Zielraum auf ihn warten würde. Plötzlich kämpfte er mit den Tränen.

Schweigend schlang Andrea ihre Arme um ihn und lehnte ihren Kopf an seine Schulter. Sie verstanden sich auch ohne Worte. Für eine ganze Weile standen sie so da, tief versunken in ihrem Schmerz.

»Lass uns reingehen. Ich muss dir etwas Wichtiges erzählen«, sagte Marc, als er seine Gefühle wieder einigermaßen unter Kontrolle hatte.

»Valentine ist gerade da, um mir ihr Beileid auszudrücken. Soll ich sie bitten zu gehen?«, flüsterte Andrea in sein Ohr.

Marc überlegte einen Moment. »Nein, das ist nicht nötig. Diese Nachricht wird sich nicht verheimlichen lassen. Und vielleicht ist es sogar besser, wenn wir mit allen Betroffenen sprechen.«

»Betroffenen?«, wiederholte sie verwirrt.

»Ja. Lass uns reingehen, dann erzähle ich es euch beiden gleichzeitig.«

»Okay.«

Valentine Louvard stand etwas verloren mitten im Zimmer.

Es war ihr wahrscheinlich peinlich, sie in diesem intimen Moment zu stören, als Marc eng umschlungen mit Andrea eintrat.

»Mein herzlichstes Beileid«, murmelte sie und wollte gerade an ihnen vorbeigehen, um den Rückzug anzutreten, als er sie mit einer Geste aufhielt. »Bitte bleiben Sie. Was ich zu sagen habe, geht leider auch Sie etwas an.« Sie nickte, ihre großen, dunklen Gazellenaugen auf ihn gerichtet. Marc holte tief Luft. »Ich komme gerade von einem Treffen mit dem Kommissar. In diesem Hochhaus gibt es mehrere Sicherheitskameras: eine in der Lobby und dann noch eine auf jeder Etage.«

»Dann ist der Mörder also gefilmt worden, wie er in Hans' Apartment eindrang?«, rief Andrea wie elektrisiert.

»Leider nein. Die Kameras sind aus Gründen der Privatsphäre nicht auf den Korridor, sondern auf das Treppenhaus und den Lift gerichtet.«

»Also kann man sehen, wie der Mörder aus dem Lift steigt?«, fragte Valentine. »Um wie viel Uhr ist er gekommen? War er maskiert?«

Marc schüttelte den Kopf. »Leider ist es komplizierter. Der Rezeptionist und der Kommissar haben mir gestattet, mit ihnen die Aufnahmen der letzten vierundzwanzig Stunden anzusehen.«

»Du kannst dir doch unmöglich Stunde für Stunde das ganze Band angeschaut haben, oder war das in Zeitraffer?«

»Noch besser. Die Kamera ist an einen Bewegungsmelder angeschlossen. Sie hat also nur dann gefilmt, wenn jemand aus dem Lift oder aus dem Treppenhaus gekommen ist.«

»Und?«, rief Andrea ungeduldig. »Wer ist der Mörder?«

Marc schaute sie traurig an. »Ich weiß es nicht.«

»Er war also tatsächlich maskiert?«, erkundigt sich Valentine.

»Nein, denn es hat – außer denjenigen, die hier wohnen – in den letzten vierundzwanzig Stunden niemand anderes das Stockwerk betreten.« Jetzt hatte er die Bombe endlich platzen lassen.

Andrea verstand sofort und schlug sich schockiert die Hand vor den Mund. »Nein!«

Valentine Louvard brauchte etwas länger. Dann weiteten sich auch ihre schönen Augen. »Es war einer von … uns?«

Marc nickte. »Ja. Zwei Personen, die eigentlich hier wohnen, haben gestern Abend offenbar woanders übernachtet. Alan Douglas …«

»… hat seine Schwester besucht, die für eine Nacht in Seoul einen Zwischenstopp eingelegt hat«, erinnerte sich Valentine. »Das hat er mir gestern früh vor seiner Abreise erzählt. Deswegen konnte er sich das Abfahrtsrennen auch nicht anschauen.«

»Stimmt. Und Bohdan Ruban war ebenfalls nicht da. Wahrscheinlich hat er mit seinem Bruder die Goldmedaille zu heftig gefeiert. Jedenfalls ist er erst heute Mittag wieder aufgekreuzt. Aber ihr versteht, was das bedeutet?«

»Dass einer … von uns … Hans umgebracht haben muss«, stammelte Andrea entsetzt.

Valentine Louvards Züge wirkten wie versteinert, als sie erwiderte: »Wenn Sie, wie Sie mir gerade gesagt haben, von der Schweizer Polizei abgestellt worden sind, um sich um Bischoffs Sicherheit zu kümmern, zählen Sie selbst sicherlich nicht zum Kreis der Verdächtigen. Wir anderen aber schon.«

»Ich glaube leider nicht, dass der Kommissar Andrea einfach so von der Liste streicht. Er scheint mir ein überaus sturer Bursche zu sein«, erklärte Marc und zog Andrea etwas fester an seine Seite. »Ich musste laut werden, damit er mich die Bänder mit anschauen lässt.«

»Gut, dass wenigstens ich hundertprozentig weiß, dass ich es nicht war«, meinte Andrea nachdenklich.

Valentine lächelte traurig. »Das Gleiche habe ich auch gerade gedacht.«

»Obwohl ihr zwei schon allein deshalb nicht als Täter in Frage kommt, weil ihr zart gebaute Frauen seid. Hans war zwei Köpfe größer als ihr und trotz seines Alters in sehr guter Verfassung. Ihr hättet ihn schon rein physisch nicht überwältigen können.«

Die Französin nickte. »Das stimmt.«

Aber Andrea widersprach ihr. »Noch wissen wir ja gar nicht,

wie er zu Tode gekommen ist. Wenn er vergiftet worden ist, dann könnte auch eine zierliche Frau die Mörderin sein.«

»Das stimmt leider auch«, erwiderte Valentine. »Dann werden wir wohl kaum um ein Verhör auf Koreanisch herumkommen.«

»Ganz sicher nicht. Der Kommissar hat mir vorhin gesagt, dass der Obduktionsbericht vermutlich bereits morgen früh fertiggestellt wird. Dann wissen wir mehr. Aber er hat – bis auf Weiteres – eine Ausgangssperre gegenüber allen Verdächtigen verhängt.«

»Das heißt, wir können nicht mehr raus?«, fragte Andrea perplex.

»Vor dem Gebäude steht eine fünfköpfige Wache.«

»Auch das noch«, murmelte Valentine verstört.

»Sind Alan Douglas und Bohdan Ruban schon zurückgekehrt?«, wollte Andrea wissen.

»Nein, aber wie gesagt, sie gehören auch nicht zu den Verdächtigen.«

»Also dürfen sie ihre Sachen packen und das Haus verlassen, wenn sie wiederkommen?«

»Vermutlich. Keine Ahnung, wie das abläuft. Jedenfalls bringt man euch gleich etwas zu essen.«

In diesem Moment klopfte jemand zornig gegen Andreas Tür. Axel Schuhmacher und sein Sohn.

»Das ist eine unglaubliche Frechheit! Wir sind Gefangene!«, schrie der Sportreporter aufgebracht.

»Vater, beruhige dich. Die Ausgangssperre kann doch nicht allzu lange dauern«, sagte Dirk Schuhmacher beschwichtigend und legte seinen Arm um Valentine Louvard, die sich schutzsuchend an ihn schmiegte. Waren die beiden jetzt zusammen? Bislang hatte Marc nur mitbekommen, dass sich der Fotograf und die Französin recht gut verstanden. War nach der Party gestern Abend noch etwas zwischen den beiden gelaufen?

»Aber was, wenn sie doch länger währt? Übermorgen Abend gehen unsere Flüge. Ich kann und werde nicht einen Tag länger in diesem gottverdammten Land bleiben, als ich unbedingt muss!«

Axel Schuhmacher war gefährlich rot im Gesicht. Marc war kein Arzt, doch der Journalist sah für ihn nicht besonders gesund aus. »Ich glaube nicht, dass Sie Ihre Flüge umbuchen müssen«, versuchte er, Dirk zur Seite zu springen. Wahrscheinlich müssen Sie nur kurz Ihre Sichtweise der Dinge schildern und Ihre Personalien ange–«

»Meine Sichtweise der Dinge? Das ist doch lächerlich. Ich war wie alle anderen hier auf Ihrer Feier. Danach haben wir uns noch auf dem Korridor verabschiedet und sind ins Bett gefallen. Fertig!«

»Und was haben Sie heute Morgen gemacht?«, erkundigte sich Andrea. »Waren Sie in Ihrer Wohnung, als wir Hans … gefunden haben?«

»Um wie viel Uhr soll das gewesen sein?«

»Um zehn Uhr vierzig.«

»Nein, da waren Dirk und ich frühstücken. Übrigens mit Luca Zogg, der uns seine ganze Geschichte noch einmal in Ruhe erzählen wollte.«

Verdammt! Luca Zogg war auch einer der Verdächtigen. Das hätte Marc um ein Haar vergessen. »Wo ist Zogg jetzt?«

»Er streitet sich mit dem Kommissar wegen der Ausgangssperre. Ziemlich aggressiv übrigens«, antwortete Schuhmacher.

Andrea schien Zogg auch nicht mehr auf dem Radar gehabt zu haben. Wahrscheinlich fasste sie deshalb zusammen: »Damit stehen außer Valentine und mir momentan noch Sie beide, Luca Zogg und Maxim Popov unter Verdacht?«

Dirk Schuhmacher grinste. »Scheint so. Das erlebt man auch nicht alle Tage. Wie in einem ›Tatort‹-Krimi.«

»Hör gefälligst auf, so dämlich zu lachen«, fauchte ihn sein Vater an. »Das ist doch kein Witz oder eine Fernsehshow, sondern bitterer Ernst. Wenn die koreanische Polizei nicht bald den wahren Mörder findet, schmeißen Sie uns wahrscheinlich alle in den Knast. Und dann gnade uns Gott! Das Land hier ist doch noch immer keine richtige Demokratie und wahrscheinlich auch kein Rechtsstaat. Gibt es bei denen nicht sogar noch die Todesstrafe?«

Valentine nickte. »Ja, aber die Todesurteile werden momentan nicht vollstreckt.«

»Na, da ist er doch, der Regenbogen am Horizont«, witzelte der junge Schuhmacher.

Sein Vater musterte ihn so wütend, als ob er sich gleich auf ihn stürzen wollte. Stattdessen murmelte er: »Ach, halt's Maul.« Sein überbordender Ärger war erstaunlich, denn normalerweise hatte das Verhältnis der beiden immer so harmonisch gewirkt. War das der Stress?

»Wo ist eigentlich Popov?«, fragte Marc plötzlich.

»Keine Ahnung«, antwortete man ihm vielstimmig. Nur Andrea meinte: »Heute Morgen, kurz bevor wir Hans' Leiche entdeckt haben, habe ich ihn auf dem Gang getroffen. Seitdem habe ich ihn auch nicht mehr gesehen.«

»Können wir jetzt alle wieder in unsere Wohnungen gehen?«, fragte Valentine, die unter dem Streit zwischen Vater und Sohn zu leiden schien. Sie war ganz blass im Gesicht und befreite sich von Dirk Schuhmachers Arm auf ihren Schultern.

»Sicher«, antwortete Andrea. »Aber vorher habe ich noch eine Frage. Wie einige von Ihnen bereits wissen, arbeite ich für die Schweizer Polizei. Ich war damit beauftragt, Hans Bischoff vor einem Anschlag zu schützen und –«

»Da haben Sie aber ganze Arbeit geleistet, Kindchen«, unterbrach Axel Schuhmacher sie sarkastisch.

Marc wollte ihn umgehend für seinen unverschämten Kommentar zurechtweisen, aber Andrea kam ihm zuvor. »Sie haben vollkommen recht«, meinte sie tapfer. »Ich mache mir selbst auch die größten Vorwürfe. Und genau deshalb wollte ich Sie fragen: Würde es Ihnen etwas ausmachen, wenn ich ebenfalls bei Ihren Verhören mit der koreanischen Polizei anwesend wäre? Um mir selbst ein Bild von der Situation zu machen?«

»Selbstverständlich nicht«, erklärte die bleiche Französin. »Ich habe nichts zu verbergen.«

»Wir beide haben auch nichts zu verbergen«, antwortete der Reporter. »Schließlich können wir gegenseitig bezeugen, dass wir gestern Nacht unsere Wohnung nicht verlassen haben.«

Also hatte Dirk Schuhmacher doch nicht die Nacht mit Valentine verbracht. Oder hatte er sich rausgeschlichen, nachdem sein Vater eingeschlafen war? Marc nahm sich vor, noch einmal bei ihm nachzuhaken. Er erwiderte »Umso besser« auf Schuhmachers Behauptung, obwohl er auch ohne ein Jurastudium wusste, dass ein Alibi unter Familienmitgliedern wertlos war. »Dann verabschieden wir uns an dieser Stelle, und ich werde mal an Maxim Popovs Tür klopfen, um ihn über die aktuelle Situation zu informieren. Bis dann. Wir sehen uns bestimmt, wenn das Abendessen geliefert wird.« Er geleitete die drei zur Tür und ließ sie hinter dem letzten Verdächtigen, Dirk Schuhmacher, ins Schloss fallen. »Was hältst du von dem ganzen Haufen? Hast du schon einen Verdacht, wer es gewesen sein könnte?«

»Nein, dazu ist es noch zu früh. Aber ich werde jetzt Alberto die Namen durchgeben und ihn bitten, einen Background-Check zu machen und herauszufinden, wer von den Verdächtigen mit Thomas Haider und Reto Wellingen in Verbindung gebracht werden kann.«

»Tu das«, antwortete Marc ernst. »Ich werde mich in der Zeit um Maxim Popov kümmern.«

***

Passini und Elias hatten die ganze Nacht durchgearbeitet, ihre Kollegen waren um sieben Uhr morgens dazugestoßen. Glücklicherweise kam ein solches Arbeitspensum nicht alle Tage vor. Aber seit Bischoffs Tod gab es jede Menge zu tun, und auch der Druck seines Chefs, den Fall schnellstmöglich aufzuklären, setzte ihnen zu. Bislang hatte die einheimische Presse Bischoffs Tod zwar noch nicht mit den anderen Fällen in Verbindung gebracht, sondern mit der Schlagzeile »Am selben Tag: Gassmann gewinnt Silber und verliert langjährigen Trainer« als tragischen Schicksalsschlag gewertet. Aber spätestens, wenn die koreanische Polizei das Ergebnis des Obduktionsberichts veröffentlichte, würden die Journalisten wissen, dass Bischoff ermordet worden war.

Andrea hatte ihm mitten in der Nacht eine E-Mail mit der englischen Zusammenfassung des Berichts des Pathologen geschickt. Darin stand schwarz auf weiß, dass Bischoff zwischen ein Uhr und drei Uhr morgens erstickt worden war, vermutlich mit einem Kissen oder einer Decke. Er war tatsächlich – zumindest nach Schweizer Zeit – am 15. Februar gestorben. Außerdem hatte man ein starkes Beruhigungsmittel in seinem Blut gefunden, das wahrscheinlich dafür gesorgt hatte, dass er sich nicht übermäßig gegen seinen Angreifer zur Wehr gesetzt hatte. Leider gab es keine fremden DNA-Spuren. Weder unter seinen Fingernägeln noch sonst wo an seiner Leiche oder im Schlafzimmer. Das allein ließ schon fast auf einen Profi schließen.

Während Passini sich einen Espresso in die Tasse laufen ließ, blickte er verstohlen gähnend auf seine Uhr. Es war bereits halb neun. Die Verhöre durch die koreanische Polizei mussten bald abgeschlossen sein. Er war schon gespannt auf die Ergebnisse, obwohl er sich nicht allzu viel davon erhoffte. Andrea hatte jedenfalls versprochen, ihn sofort danach anzurufen. Ob sie eine Idee hatte, bei welcher Gelegenheit man Bischoff das Beruhigungsmittel verabreicht haben könnte?

Auf dem Rückweg zu seinem Büro kam Passini an Elias' offen stehender Tür vorbei. Er und zwei weitere Beamte arbeiteten konzentriert an ihren Computern und kümmerten sich um die Background-Checks der fünf des Mordes verdächtigten Personen. Doch leider hatten die drei bislang noch keine zielführenden Hinweise ausgemacht.

Alle Verdächtigten schienen genau der- oder diejenige zu sein, die sie vorgaben: Die Karriere von Luca Zogg, der in einem Waisenhaus im Berner Oberland aufgewachsen war, hatten die Schweizer Medien gut dokumentiert.

Auch die von Maxim Popov und Alan Douglas gegründete Vereinigung für internationale Dopingopfer gab es tatsächlich. Zwar hatten die Beamten wenig über Popovs Vorleben herausbekommen, aber unter den dopinggeschädigten Sportlern in Osteuropa galt er offenbar als barmherziger Samariter. Der

Russe sammelte Sponsorengelder und ließ Sportler und deren Angehörige ausfliegen, um sie in einer kanadischen Klinik behandeln zu lassen.

Die Französin Valentine Louvard hatte tatsächlich in Kanada gelebt und in Montreal für die WADA gearbeitet. Von ihr gab es einige international beachtete wissenschaftliche Aufsätze, die sich alle mit Doping befassten.

Axel Schuhmacher und sein Sohn Dirk waren Freiberufler und in ihrem Job anerkannt. Sie lebten in Köln, reisten aber fast das ganze Jahr über zu den verschiedensten Sportevents.

So weit das Internet. Doch heute im Laufe des Tages wollten Elias und die Kollegen diese Erkenntnisse noch durch telefonische Recherchen absichern.

Passini grübelte über den Listen mit den Sportlerinnen. Das Fax aus Polen war gestern am späten Nachmittag gekommen. Zu ihrer großen Enttäuschung stimmte kein einziger der Namen mit denen auf der Liste von Thomas Haider überein. Und außer den drei Namen mit »J«, die ihnen Bischoff bereits genannt hatte, gab es nur noch zwei weitere: Jelena Krych und Dorota Jabkowska. Doch selbst wenn er die Recherche mit diesen fünf Namen beginnen würde, konnte es Wochen dauern, bis sie diese und die restlichen sechzig von Haider und Wellingen trainierten Sportlerinnen aufgespürt hatten. Was für eine verfahrene Situation! Gab es da nicht doch noch einen intelligenteren Ansatz?

In diesem Moment klopfte jemand an seine Bürotür.

»Herein«, rief Passini, der seine Tür aus alter Gewohnheit hinter sich zuzog. In seinem ehemaligen Büro in Samedan war es ohne diese Vorsichtsmaßnahme zu laut zum Arbeiten gewesen. Zu seiner Überraschung betrat Verena Kurtz das Zimmer, die sympathische Mutter eines der von Thomas Haider trainierten Mädchen aus Österreich. Doch um ein Haar hätte er sie nicht erkannt. Frau Kurtz war ein Schatten ihres früheren bildhübschen Selbst. Die rötlich braunen Locken wirkten matt, und sie schien stark an Gewicht verloren zu haben. Ihr Lächeln wirkte aufgesetzt.

»Frau Kurtz! Was führt Sie zu mir?«, erkundigte sich Passini und stand auf, um sie zu begrüßen.

»Guten Morgen, Herr Passini. Es hat mir keine Ruhe mehr gelassen. Ich muss Ihnen unbedingt etwas sagen.«

»Und da haben Sie sich um halb sechs Uhr morgens in den Wagen gesetzt und sind hierhergefahren?«, fragte Passini ungläubig und bot ihr einen Sitzplatz an.

Sie lächelte gequält. »Um vier Uhr. Ich fahre langsam. Außerdem schlafe ich seit einigen Monaten sowieso ziemlich schlecht.«

»Was ist denn so wichtig, dass es Sie um diese Uhrzeit aus dem Bett treibt?«

Frau Kurtz knetete nervös ihre Hände. »Eigentlich hätte ich es Ihnen schon viel früher sagen müssen, aber … aber das ist mir aus persönlichen Gründen nicht leichtgefallen. Doch jetzt, nachdem ich lange darüber nachgedacht habe, glaube ich, dass die Wahrheit wichtiger ist als meine eigene Befindlichkeit.«

»Sie sprechen von Herrn Haider, nehme ich an. Hat es mit seinem Lebenswandel zu tun?«

»In gewisser Weise.« Sie blinzelte angestrengt.

»Hat er sich den Mädchen, die er trainiert hat … ihrer Tochter gegenüber … also doch nicht immer hundertprozentig korrekt verhalten?«

Frau Kurtz schien nach den richtigen Worten zu suchen. Stotternd setzte sie an: »Thomas …« Ihr Atem ging schneller. »Er war einer der feinfühligsten und liebevollsten Menschen, die ich je kennengelernt habe. Er hätte niemals ein Mädchen oder eine Frau gegen ihren Willen geküsst oder berührt. Aber sehen Sie … wir … also Tom und ich … wir haben uns geliebt.«

Passini lehnte sich verblüfft in seinem Stuhl zurück. »Sie hatten eine Affäre?«

»Ja«, erwiderte sie schlicht.

»Wusste Ihr Mann davon?«

Frau Kurtz musterte ihn verstört. »Nein. Weder er noch jemand anderes. Meine Tochter hat wahrscheinlich vermutet, dass ich ihn mochte, aber selbst sie hat nicht mitbekommen, wie ernst diese Sache zwischen Tom und mir war.«

Plötzlich ahnte Passini etwas Fürchterliches. »Thomas Haider hat sich Ihretwegen umgebracht?«

Statt ihm zu antworten, brach Frau Kurtz in Tränen aus.

Er zog eine Packung Papiertaschentücher aus seiner Schublade und reichte ihr eins. Schluchzend griff sie danach und presste es sich vor den Mund.

Passini gab ihr einen Moment, um sich zu beruhigen. Dann hakte er nach: »Sie haben die Affäre beendet, weil Sie Ihren Mann nicht verlassen wollten?«

Frau Kurtz versuchte zu antworten, aber aus ihrem Mund kamen nur halb erstickte Laute. Es dauerte eine ganze Weile, bis sie in der Lage war weiterzusprechen. »Ich … ich musste eine Entscheidung treffen. So ging es nicht weiter. Wir litten beide zu sehr unter diesem elendigen Versteckspiel. Das war unserer Liebe nicht würdig. Aber eine Scheidung kam für mich eben auch nicht in Frage. Mein Mann hätte es mir nie verziehen, dass ich ihn verlasse. Es wäre zu einer Schlammschacht sondergleichen gekommen, und ich wollte nicht, dass meine Tochter unter dem Egoismus ihrer Eltern zu leiden hat.«

»Ich verstehe. Aber Herr Haider hat diese Nachricht nicht gut aufgenommen?«

Sie schüttelte den Kopf. »Nein, er war am Boden zerstört. Wir … wir haben uns wirklich sehr geliebt.«

»Deshalb hat er sich aus Liebeskummer das Leben genommen«, murmelte Passini mehr zu sich selbst als zu seinem Gegenüber. Doch auf einmal fiel ihm etwas ein. »Eins müssen Sie mir aber noch erklären. Weshalb hat er ausgerechnet das Wort ›Schuldig‹ hinterlassen? Das macht in diesem Zusammenhang meines Erachtens keinen Sinn: *Sie* haben doch die Beziehung zu ihm beendet.«

Ihre Lippen bebten. »Das war seine letzte Nachricht an mich.«

Passini musterte sie fragend.

Frau Kurtz’ Stimme klang rau, als sie sagte: »Wir hatten ein gemeinsames Lied. Sie verstehen … einen Song nur für uns, mit dem Titel ›I Stand Accused‹. Von der amerikanischen Sängerin

Randy Crawford.« Sie pausierte für einen Moment, bevor sie weitersprach. »Darin kommt eine Zeile vor, die lautet ›I am guilty of loving you too much‹. Thomas hat an dieser Stelle immer mitgesungen …«

Passini nickte. »›Guilty‹ bedeutet schuldig … also schuldig, weil er Sie *zu* sehr geliebt hat?«

Ihre Tränen flossen erneut. »Sie müssen mir glauben … Ich habe nie damit gerechnet, dass er sich umbringen könnte. Er war fünf Jahre jünger als ich und hätte bei seinem Aussehen und mit seinem Job doch jede haben können.«

»Aber er wollte nur Sie«, fasste Passini zusammen. Frau Kurtz blieb still. »Und nun sind Sie zu mir gekommen, um ihn von jeglichem Verdacht reinzuwaschen, dass er sich den jungen Sportlerinnen unsittlich genähert haben könnte?«

Sie nickte. »Sein Umgang mit den Mädchen war tadellos. Ich wollte, dass Sie das wissen und nicht schlecht von ihm denken.«

»Danke. Und was passiert nun mit Ihnen?«, erkundigte sich Passini mitfühlend.

Sie hob ihr verheultes Gesicht und blickte ihn unvermittelt an. »Ich muss jetzt damit klarkommen, dass Thomas … meinetwegen … nicht mehr weiterleben wollte.«

»Aber Sie werden sich nicht selbst …?«

»Nein. Das würde ich meiner Tochter niemals antun.« Sie legte ihre sehnigen Hände rechts und links auf die Lehnen des Stuhls, drückte sich energisch ab und stand auf. »Bitte bemühen Sie sich nicht, Herr Passini. Ich finde allein hinaus.«

Doch Passini war schneller. Er schüttelte ihre Hand zum Abschied und hielt für sie die Tür auf. »Alles Gute, Frau Kurtz. Bitte kommen Sie gut nach Hause und … viel Kraft für die nächste Zeit.«

Sie nickte wortlos und ging. Eine gebrochene Frau.

Als er erneut hinter seinem mit Akten und Papieren überladenen Schreibtisch Platz genommen hatte, wurde Passini die ganze Tragweite ihrer Aussage klar. Unvermittelt hieb er mit der geschlossenen Faust auf die hölzerne Tischplatte, obwohl er solche groben, dramatischen Gesten normalerweise verabscheute. Doch heute war ihm das egal. Der Mörder hatte ihn nach Strich und Faden verarscht. Weder der Fall Loisl noch der Fall Haider hatten in irgendeiner Weise mit Wellingen und Bischoff zu tun. Der Mörder hatte lediglich die oberflächlichen Parallelen der zwei Selbstmorde dazu genutzt, um ihn auf den Holzweg zu schicken. Offenbar hatte er sich von diesen Fällen inspirieren lassen und Bischoffs Brief die drei Zeitungsartikel beigefügt, um eine nicht existente Verbindung vorzugaukeln.

Nur … weshalb hatte er das gemacht? Um die Polizei von einer offensichtlicheren Lösung abzulenken? Um ihre Kapazitäten anderweitig zu binden, während er in aller Seelenruhe Bischoffs Tod in Südkorea plante? Warum hatte er Bischoffs Tod angekündigt und nicht den von Wellingen? Letzterer war doch garantiert auch ermordet worden, selbst wenn seine Leiche noch nicht entdeckt worden war. Hatte der Mörder auf Zeit gespielt? Einen langfristig angelegten Plan verfolgt?

Passini empfand eine ungeheure Wut auf diesen Kerl. Doch er würde den Mörder unter den fünf Verdächtigen entlarven. Die Fälle Wellingen und Bischoff mussten eine Verbindung haben. Definitiv! Diese beiden Trainer hatten tatsächlich zusammengearbeitet, hatten erfolgreich in Polen eine Frauenmannschaft trainiert. Die Lösung des ganzen Rätsels musste in der polnischen Namensliste liegen. Mit oder ohne »J«. Einer der fünf Verdächtigen musste eine Verbindung zu diesen Sportlerinnen haben. Er musste unbedingt mit dem dortigen Leistungszentrum telefonieren. Am besten mit Hilfe eines schnell verfügbaren Dolmetschers. Doch auf dem Dienstweg würde das zu lange dauern. Entschlossen griff Passini zu dem Hörer seines Festnetzanschlusses. Wo hatte er noch einmal die Nummer von Frau Wellingen abgespeichert?

***

Das Verhör war ein Spaziergang: Wie lange kannten Sie Hans Bischoff? Kannten Sie ihn gut? Hatten Sie jemals mit ihm Streit? Sind Sie, nachdem Sie ins Bett gegangen sind, noch einmal auf-

gestanden? Benutzen Sie Schlafmittel? Dürfen wir uns in Ihrer Wohnung umschauen? Alles Pipikram. Als ob ich den Rest des Schlafmittels mit zurück auf mein Zimmer genommen hätte! Für wie dumm halten die mich eigentlich? Natürlich hatte ich alles direkt im Restaurant entsorgt. Das übrig gebliebene Pulver hatte ich ins Klo gespült, den neutralen, nicht beschrifteten Behälter hatte ich sorgfältig ausgespült und in den Abfalleimer geschmissen. Mein Zimmer ist reiner als rein. Der Tatort auch. Kein Haar, keine DNA-Spur wird mich belasten. Alles ist so, wie es sein soll!

Gegen Ende des Verhörs hatten sich die Beamten für die Unannehmlichkeiten entschuldigt und mir dann trotzdem meinen Pass abgenommen. Diese Maßnahme soll verhindern, dass ich das Land verlasse. Aber wenigstens haben sie die lästige Ausgehsperre aufgehoben. Außerdem habe ich sowieso an all diese Eventualitäten gedacht und verfüge in einem in Seoul deponierten Koffer selbstverständlich über einen anderen Pass. Mit wenigen Handgriffen kann ich mich in diese Person verwandeln und ohne Probleme ausreisen. Auch das habe ich bereits getestet.

Ich bin mir bewusst, dass ich zu intelligent und geschickt bin, um von diesen stümperhaften Amateuren geschnappt zu werden. Die Polizei ist weder hier noch in der Schweiz gewieft genug, um mir auf die Schliche zu kommen. Ich manipuliere sie alle, spiele ein raffinierteres Spiel als sie. Der einzige Mensch, dem ich je auf den Leim gegangen bin, der einzige Mensch, der mich jemals gegen meinen Willen zu seinem Werkzeug gemacht hat, ist mein Vater.

Mit Widerwillen erinnere ich mich an meine Reise in die Vergangenheit, um, wie versprochen, Peters kleine Schwester aus den Fängen meines Erzeugers zu befreien.

Mein Herz klopfte wie wild, als ich vor der Haustür der Villa stand, die heruntergekommener aussah, als ich sie in Erinnerung hatte. Alle seine Grausamkeiten waren mit einem Schlag wieder präsent. Nur dass ich inzwischen ein anderer Mensch war: stärker, selbstbewusster. Ich wurde geliebt.

»Was für eine Überraschung. Das verlorene Kind kehrt zu-

rück«, sagte mein Vater, als er mir die Tür öffnete. »Du hast dich also doch nicht vollkommen von Gott abgewandt.«

»Ich bin hier, um Sophie abzuholen. Peter möchte sie selbst aufziehen«, erwiderte ich kalt. Obwohl ich versuchte, es mir nicht anmerken zu lassen, schockierte mich das Äußere meines Vaters. Er trug die altbekannte Kutte. Aber sein Gesicht war aschfahl und seine Wangen eingefallen. Selbst die inzwischen graue Mähne wirkte irgendwie gelichtet und ungepflegt.

»Niemals«, antwortete mein Vater. »Du weißt, dass ich nie ein Kind aufgebe, wenn ihre gottesfürchtigen Eltern es mir anvertraut haben.«

»Besonders wenn es kleine, hübsche Mädchen sind, nicht wahr?«, fragte ich bitter. »Glaub mir, es ist besser für dich, wenn du Sophie freiwillig rausrückst. Ansonsten rufe ich die Polizei. Du hast deine allmächtigen Schöpferphantasien lang genug ausgelebt.«

Mein Vater lächelte. »Ich wusste immer, dass du eine Kämpfernatur besitzt und außerdem bockig wie ein alter Esel bist. Aber du vergisst, dass ich in dieser Gegend ein angesehener Mann bin und du nur ein unbeschriebenes Blatt. Wir sollten es darauf ankommen lassen, wem die Polizei glaubt. Auf üble Nachrede stehen empfindliche Geldbußen.«

»Ein Blick in deinen Keller sollte genügen, um den härtesten aller obrigkeitsverliebten Polizisten von deiner Schuld zu überzeugen. Und vielleicht macht mit dem richtigen finanziellen Anreiz dann auch eine deiner vielen Haushälterinnen den Mund auf.«

Plötzlich lief ein Schauer durch meinen Vater. »Ich überlege mir das mit Sophie«, murmelte er, ungewohnt nachdenklich. »Aber lass uns erst einmal einen Spaziergang unternehmen, die Sonne scheint heute so schön.«

Obwohl mich seine Reaktion überraschte, wertete ich dieses Zugeständnis als Erfolg und lief hinter ihm her, als er die bekannte Richtung zum Fluss einschlug, in dem wir bei jedem Wetter gezwungen worden waren zu baden.

Als wir das Wasser erreichten, gingen wir wortlos neben-

einanderher auf dem befestigten Weg, der daran entlangführte. Hier war die Böschung zu steil und zu steinig, um sicher in den Fluss zu gelangen, das konnte man nur an einer flacheren Stelle tun, die bereits hinter uns lag.

»Erzähl mir von dir«, sagte mein Vater.

Ich zuckte mit den Schultern. »Was willst du wissen?«

»Wie geht es dir? Wo wohnst du? Was arbeitest du?«

Ich hatte nicht die Absicht, ihm etwas über mein wahres Leben zu verraten. Es wäre fürchterlich, wenn er mich später ausfindig machen könnte. Deshalb beschränkte ich mich auf Gemeinplätze. »Mir geht es gut. Ich lebe in einer schönen Stadt und habe einen Job, der mir Spaß macht.«

»Soso«, meinte er trocken. »Du willst mir also deine Sünden nicht gestehen? Dass du ohne das Sakrament der heiligen Kirche mit einer Frau zusammenlebst. Hast du wirklich geglaubt, dass ich dich einfach so ziehen lasse? Ich weiß alles über dich.«

Zu meinem absoluten Horror zählte er sämtliche Stationen meines Lebens nach der Kindheit in der Villa auf. Er hatte ganz offensichtlich Privatdetektive auf mich angesetzt. Und schließlich sprach er den Satz aus, der ihm zum Verhängnis werden sollte.

Seine kleinen, verschlagenen Augen waren aufmerksam auf mich gerichtet, als er sagte: »Du weißt, dass diese Krankheit, an der deine Konkubine Jelena gerade krepiert, die Strafe Gottes für dein liederliches Leben ist.«

Ich hatte nicht vorgehabt, meine Hand gegen ihn zu erheben. Trotz allem, was er mir angetan hatte, war er mein biologischer Vater. Aber irgendetwas in mir zerbrach bei seinen Worten. Vielleicht war es meine Moral, vielleicht das letzte bisschen Macht, das er noch über mich gehabt hatte. Jedenfalls schubste ich ihn im nächsten Moment die Böschung hinunter. Da er nicht mit meinem Stoß gerechnet hatte, fiel er rücklings vier Meter in die Tiefe.

Das Geräusch, mit dem sein Hinterkopf auf einem großen Stein aufschlug, hörte sich schrecklich an. Danach herrschte Stille. Totenstille. Trotzdem musste ich mich vergewissern, ob er tatsächlich verschieden war. Vorsichtig kletterte ich etwas weiter vorn die Böschung hinab und marschierte im Flussbett zu ihm zurück.

Vater sah schlimm aus. Die Kutte war hochgerutscht und entblößte die haarigen weißen Beine. Seine Augen waren geschlossen. Blut floss aus einer unsichtbaren Wunde an seinem Hinterkopf und vermischte sich mit dem Wasser des Flusses. Ich beugte mich zu ihm hinab und horchte …

Er atmete noch.

Plötzlich bekam ich Panik, dass er diesen Sturz doch noch überleben könnte. Meine Beine zitterten bei diesem Gedanken. Meine Brust war wie zugeschnürt. Wie von Sinnen nahm ich den schwersten Stein, den ich finden konnte, hob ihn mit der Hand, die von Herzen kam, hoch, zielte und ließ ihn fallen. Kurz bevor der Felsbrocken mit der rechten Schläfe meines Vaters kollidierte, schlug er die Augen auf und … Vielleicht irrte ich mich, aber ich meinte, fast so etwas wie Stolz in seinem Blick zu erkennen. Wenige Sekunden später wurde sein Blick starr. Das Monster war tot.

Und doch hatte er gesiegt. Einige Wochen später erfuhr ich, dass mein Vater schon vor meiner Ankunft dem Tod geweiht gewesen war, sein Körper voll mit bösartigen Tumoren. Die Ärzte hatten ihm nur noch wenige Wochen zu leben gegeben. Doch mit seinem letzten Atemzug hatte er mich noch zu einem schlechten Menschen gemacht. Zu seinem Mörder. Es musste ihn zutiefst befriedigt haben, dass ich in seine übergroßen Fußstapfen trat.

NEUNZEHN

Andrea fühlte sich wie durch die Mangel gedreht. Den ganzen Tag hatte sie in den Verhören mit der Polizei zugebracht. Direkt im Anschluss hatte sie alle Erkenntnisse, die leider unzureichend waren, telefonisch an Alberto weitergeleitet und bei dieser Gelegenheit vernommen, dass der Fall Haider nichts mit dem Verschwinden von Wellingen und dem Mord an Hans zu tun hatte. Und dass Frau Wellingen, die zufälligerweise sowieso gerade in Chur weilte, noch heute mit ihm das polnische Biathlonzentrum anrufen würde, um den aktuellen Aufenthaltsort der damals von Hans und Wellingen trainierten Sportlerinnen zu erfahren. Alberto beabsichtigte, in den nächsten Wochen sämtliche dieser Frauen über ihre Zeit mit den beiden Trainern zu befragen und herauszufinden, zu welchem der fünf Verdächtigen sie eine Verbindung hatten. Eine Heidenarbeit. In Andreas Ohren hörte sich das auch nicht gerade vielversprechend an, aber sie hatte keinen Alternativvorschlag, um auf die Spur des Mörders zu kommen. Leider. Dabei würde sie alles tun, um ihn zur Strecke zu bringen.

Sie konnte sich allerdings immer noch nicht vorstellen, dass ausgerechnet einer der Menschen, die mit ihr auf derselben Etage wohnten und mit denen sie erst gestern Marcs Silbermedaille gefeiert hatten, Hans' Mörder sein konnte. Oder gingen sie alle von falschen Voraussetzungen aus? Hatten sie sich von einem vermeintlich sicheren Beweis blenden lassen? Der Videoaufnahme. Konnte der wahre Killer den von der Kamera aufgenommenen Film nicht irgendwie manipuliert haben? In der heutigen Zeit mit Photoshop und Co. war es doch bestimmt ein Leichtes, jemanden von einer Aufnahme zu löschen oder ein anderes Gesicht auf eine bestimmte Person zu projizieren. Oder? Sie musste sich die Aufnahme unbedingt noch einmal selbst anschauen und sich erkundigen, ob jemand *vor* dem gestrigen Morgen Zugang dazu gehabt haben könnte! Nein, der einzige Lichtblick war momentan, dass Marc nicht von ihrer Seite wich und heute die Nacht in ihrem Apartment verbringen würde. Auch jetzt saß er gerade neben ihr und starrte wissbegierig auf die Notizen, die sie sich während der Verhöre gemacht hatte.

»Lass uns noch einmal die Sitzordnung beim Abendessen durchgehen«, sagte er in diesem Moment. »Es waren mit dem gesamten Team, den Fahrern und Journalisten zwar über vierzig Personen bei der Feier anwesend. Aber im Grunde genommen müssen wir uns ja nur um die Leute kümmern, die bei euch auf dem Korridor wohnen, oder? Kein anderer der Anwesenden hätte doch sonst davon etwas gehabt, Hans ein Beruhigungsmittel unterzujubeln.«

Andrea stöhnte innerlich. Das hatten sie schon hundertmal getan. Immer wieder hatten sie überlegt, wer in Hans' unmittelbarer Nähe gesessen hatte und ihm etwas ins Glas schütten konnte. Aber gut. Auf ein Neues. Sie nahm sich ein Blatt Papier und malte ein Rechteck darauf. Dann machte sie mittig an der unteren Seite ein Kreuz. »Hier hat Hans gesessen. Genau zwischen dir und mir.« Sie schrieb Marcs und ihren Namen neben das Kreuz. »Ihm direkt gegenüber saß Eberhard, der zu seiner rechten Seite Dirk Schuhmacher als Nachbarn hatte und auf der linken Luca Zogg. Außerdem war Valentine Dirks Tischdame, saß also auf seiner anderen Seite, und neben Luca hockte einer deiner Teamkollegen …«

»Genau. Das war der Bernhard.«

Andrea schrieb diese Namen an die fiktive Abendtafel und überlegte. »Richtig. Und uns hatten sich diese zwei Funktionäre als Nachbarn aufgedrängt – die Herren Oberleitner und Schlumpf.

»Da die Polizei es für sehr wahrscheinlich hält, dass Hans das Beruhigungsmittel mit dem Wein aufgenommen hat, wären das also die Leute, die an dem Abend mehr oder weniger direkt an sein Glas kommen konnten«, ergänzte Marc. »Aber wir haben vergessen, wer noch alles gekommen ist, um sich mit mir zu unterhalten, und somit ebenfalls für eine ganze Weile neben Hans stand.«

»Stimmt!«, sagte Andrea erregt. »Die haben wir vergessen. Also ich kann mich zum Beispiel an diesen dicken englischen Journalisten erinnern, der minutenlang mit dir gesprochen hat.«

»Der ist jedoch genau wie Bernhard und die Funktionäre nicht verdächtig, weil sie nicht auf eurem Korridor wohnen! Aber Popov kam zu mir. Er hatte extra zwei Wodka-Shots organisiert, um auf russische Art mit mir anzustoßen.«

»Daran erinnere ich mich zwar nicht, aber ich war zwischendurch auch einmal auf der Toilette«, gab sie zu. »Sonst noch wer?«

»Nein, nicht dass ich wüsste. Obwohl nach dem Hauptgang durch das ständige Anstoßen mein eigener Alkoholpegel derart war, dass ich mich nur noch sehr schwammig an die Zeit danach erinnere.« Marc überlegte. »Das würde also zum Beispiel bedeuten, dass Axel Schuhmacher, der sich Hans an diesem Abend – zumindest soweit wir wissen – nicht genähert hat, als Mörder aus dem Schneider wäre.«

Andrea schüttelte den Kopf. »Nein, das trifft nicht zu. Zumindest entlastet ihn das nicht als Mörder. Nur als denjenigen, der Hans das Beruhigungsmittel gegeben haben könnte. Aber was, wenn er mit seinem Sohn unter einer Decke steckt? Dann hätte Dirk Hans das Schlafmittel gegeben, und sein Vater hätte ihn später in der Nacht umgebracht. Vielleicht hat er nur deshalb so getobt, als man ihm und seinem Sohn – wie uns allen – den Pass abgenommen hat.«

Marcs Augen weiteten sich ungläubig. »Aber welches Motiv sollten die beiden haben? Hans und ich kennen, beziehungsweise kannten, die beiden doch schon seit Jahren. Wir sind immer wieder bei Rennen aufeinandergetroffen.«

»Ob es etwas mit der Tragödie um Axels Tochter und seine Ehefrau zu tun hat?«

»Möglich. Doch was soll das sein? Hans hat weder in den baltischen Staaten gearbeitet noch mit Eiskunstläufern.«

»Soweit du weißt – aber es gab doch auch immer wieder Phasen, in denen er dich nicht trainiert hat.«

»Ich kann mir das beim besten Willen nicht vorstellen. Wie lange ist denn die Geschichte mit der Tochter her?«, erkundigte sich Marc.

»Ich weiß es nicht. Aber das müssen wir unbedingt rausbekommen.«

»Wir dürfen auch die Motive der anderen drei nicht außer Acht lassen, die alle – zumindest theoretisch – die Chance gehabt hätten, Hans etwas in den Wein zu mischen.«

»Klar. Auch wenn es mir ebenfalls schwerfällt, bei ihnen ein Motiv auszumachen. Aber gehen wir sie mal der Reihe nach durch. Valentine Louvard, welchen Grund könnte sie gehabt haben, Hans umbringen zu wollen?«

Marc überlegte. »Sie ist eine ausgewiesene Dopinggegnerin. Könnte sie vielleicht hinter den Erpressungen von uns Spitzensportlern stecken? Sie hat mit Sicherheit das Wissen und wahrscheinlich auch die Fähigkeiten oder die Beziehungen, um Dopingproben zu manipulieren. Ihre Anwesenheit bei den Rennen ist doch eigentlich ein wenig ominös …«

»Du vergisst, dass sie für ihr Buch recherchiert«, gab Andrea zu bedenken.

»Dafür würden doch sicherlich ein oder maximal zwei Skirennen reichen. Oder?«

Andrea zuckte mit den Schultern. »Ich kenne mich da nicht aus. Vielleicht wollte sie einfach engere Kontakte zu bestimmten Sportlern und Trainern knüpfen. Hat doch auch irgendwie geklappt. Ich hatte das Gefühl, dass Hans sie mochte. Außerdem, selbst wenn sie die Erpresserin wäre: Weshalb sollte sie ihn deswegen umbringen?«

»Vielleicht hat er ihr bei der Feier im Restaurant zu verstehen gegeben, dass er weiß, dass sie dahintersteckt.«

Andrea warf ihm einen skeptischen Blick zu. »Hast du irgendetwas in dieser Richtung belauscht?«

»Leider nein.« Marc zog eine Grimasse.

»Also ich finde, dass dieses Szenario sowieso viel besser zu Popov passt. Er verlangt doch die ganze Zeit, dass jeder professionelle Sportler für seinen Fonds für Dopingopfer spenden sollte. Da liegt doch der Gedanke nahe, dass er die Athleten erpresst, die sich weigern, etwas zu geben. Und vielleicht ist ihm Hans auf die Schliche gekommen.«

»Tja, da gibt es nur das kleine Problem, dass ich zum Beispiel nie wegen einer solchen Spende angefragt worden bin und trotzdem einen Erpresserbrief erhalten habe.«

Andrea atmete geräuschvoll aus. »Hm. Verdammt.«

»Und Luca Zogg kann ich mir beim besten Willen auch nicht als Killer vorstellen«, meinte Marc.

Sie konnte sich nicht verkneifen, die Augenbrauen kritisch hochzuziehen. »Du hast auch nicht miterlebt, wie aggressiv er Hans wegen der Erpresserbriefe angemacht hat. Und jetzt, wo er das Rennen wegen seiner Sperre verpasst hat ... Vielleicht sind ihm da mitten in der Nacht die Pferde durchgegangen. Er hat an Hans' Tür geklopft, um ihn zur Rede zu stellen, und die Unterhaltung eskaliert ... Hast du übrigens gewusst, dass Hans über diesen Brief bereits in Kanada informiert worden war?«

»Nein, das wusste ich nicht. Aber Hans hat schon vor einiger Zeit angedeutet, dass es um Lucas Manieren nicht zum Besten steht. Der Arme ist offenbar in einem Heim aufgewachsen.« Marc strich ihr liebevoll über die Wange. »Übrigens wird es Zeit, dass wir ins Bett gehen. Deine grauen Zellen brauchen ein wenig Erholung.«

»Wieso?«, fragte Andrea entrüstet.

»Weil deine Mordtheorien immer abenteuerlicher werden. Warum sollte Luca Hans zuerst ein Schlafmittel einflößen, wenn er ihn dann anschließend im Affekt erwürgt?«

»Oh Mann«, gähnte sie, bemüht, ihre Schamesröte zu überspielen. Marc hatte natürlich recht, diese Theorie passte vorn und hinten nicht zusammen. »Ja, lass uns schlafen gehen. Schließlich können uns die fünf Verdächtigen ohne Pass sowieso nicht entwischen.«

***

Frau Wellingen wirkte genauso gepflegt und elegant wie bei ihrem ersten Treffen. Passini begrüßte sie herzlich. »Vielen Dank, dass Sie uns Ihre Zeit opfern.«

Sie winkte ab. »Kein Problem. Wenn Sie im Gegenzug die Leiche meines Ex-Manns finden, sind wir quitt. Sie gehen doch davon aus, dass er tot ist, oder?«

Passini biss sich auf die Unterlippe. »Ja, inzwischen müssen wir das wohl leider. Wir haben nicht eine Sichtmeldung erhalten. Aber wir können ihn trotzdem erst von der Vermisstenliste streichen, wenn der Mörder uns mitgeteilt hat, wo er ihn begraben hat.«

»Dann machen wir uns besser an die Arbeit. Wenn seine Pension noch ein paar weitere Monate so schludrig runtergewirtschaftet wird, wird meine arme Tochter nichts außer Schulden erben.«

»Sind Sie deswegen in Chur?«

Frau Wellingen nickte, doch sie führte das Thema nicht weiter aus.

»Hat Ihnen mein Kollege schon geschildert, weshalb wir Sie hergebeten haben?«

»Sie wollen, dass ich in Ihrem Auftrag mit dem polnischen Biathlonstützpunkt spreche.«

Passini nickte. »Die dortige Administration war so freundlich, uns die Liste mit den Namen der Sportlerinnen zu schicken. Aber jetzt haben wir noch drei weitere Fragen: Als Erstes wüssten wir gern, ob jemand eine Verbindung zwischen diesen Personen …«, er reichte ihr die Liste mit den Mordverdächtigen, »… und den von Ihrem Mann trainierten Biathletinnen herstellen kann.«

Frau Wellingen betrachtete die Liste mit Interesse. Tief im Inneren hatte Passini ein schlechtes Gewissen. Doch er beruhigte sich, dass der Verstoß gegen das Datenschutzgesetz in diesem Fall gerechtfertigt war, weil es Tage dauern würde, eine qualifizierte Übersetzerin anzuheuern. Tage, die er momentan nicht entbehren konnte.

»Warum sind diese zwei Namen schon durchgestrichen?«,

erkundigte sich Frau Wellingen und zeigte auf Alan Douglas und Bohdan Bely Ruban.

»Die Verbindung zu diesen zwei Herren konnten wir schon selbst klären«, log Passini.

»Aha. Und welche Fragen haben Sie außerdem noch?«

»Zweitens wäre es hilfreich zu wissen, weshalb Ihr Mann und Bischoff damals gefeuert wurden. Und drittens bräuchten wir zu den erhaltenen Namen wenn möglich auch noch die zugehörigen Adressen.«

»Okay«, sagte Frau Wellingen. »Haben Sie noch die Namen mit den Sportlerinnen für mich? Nur für den Fall, dass die- oder derjenige, mit dem ich sprechen werde, nicht informiert ist.«

»Natürlich. Hier ist sie.« Passini war erleichtert, dass Frau Wellingen so genau verstand, worum es ging. Dem Gespräch auf Polnisch würde er kaum folgen können.

»Na, dann wollen wir mal.« Sie griff nach dem Telefon und wählte die angegebene Nummer. Passini drückte ganz automatisch auf die Lautsprechertaste.

Zunächst schien niemand zu antworten. Doch nach dem vierten Klingeln nahm jemand ab, und sie hörten eine Frauenstimme. Das Gespräch dauerte vielversprechend lang. Über eine Viertelstunde. Aber wie vorausgesehen verstand Passini lediglich die Namen der Verdächtigen und der Sportlerinnen, die Frau Wellingen mit klarer Stimme vorlas. Schließlich neigte sich das Telefonat dem Ende zu, und mit einem letzten »Dziękuję«, das »Danke schön« bedeutete, legte sie auf. Es war das einzige polnische Wort, das Passini beherrschte. Er hatte es auf einer Dienstreise nach Warschau aufgeschnappt.

»Und?«, fragte er begierig. »Was haben Sie herausgefunden?«

Frau Wellingens Augen funkelten. »Ha! Genau das, was ich schon immer vermutet habe: Mein Ex ist gefeuert worden, weil man ihn verdächtigt hat, den Mädchen ohne Wissen des Vorstands Medikamente zu verabreichen. Medikamente, die die Leistung der Sportlerinnen steigern sollte.«

»Er hat sie gedopt?« Passini pfiff durch die Zähne.

»Man konnte es ihm nicht eindeutig nachweisen, weil die

Athletinnen alle Angst vor ihm hatten und nicht darüber reden wollten. Aber es gab genug Verdachtsmomente, um ihn deswegen vor die Tür zu setzen.«

»Allerhand. Und Bischoff hat davon gewusst?«

»Vielleicht ja. Vielleicht auch nicht. Doch der Vorstand hat mit beiden kurzen Prozess gemacht. Die Dame am Telefon hat es so ausgedrückt: ›Sie hatten die Trainer zusammen eingekauft ...«, sie malte mit ihren schlanken Fingern Anführungszeichen um das Wort »eingekauft«, »... und wollten sie auch wieder gemeinsam loswerden.‹ Kein polnischer Trainer hätte freiwillig mit einem Schweizer zusammengearbeitet. Allein schon wegen der Sprache.«

»Ich verstehe. Und was ist mit den Adressen der Sportlerinnen?«

»Sie sagte, dass dies über ihre Befugnisse hinausginge, aber sie wollte sich dafür einsetzen, dass man sie Ihnen zuschickt.«

Passini nickte. »Das ist sehr gut. Vielen Dank.«

Frau Wellingen blickte auf die Anmerkungen, die sie sich auf der Sportlerinnenliste gemacht hatte. »Ach ja, und in Bezug auf mögliche Verbindungen zwischen den zwei Listen konnte sie mir leider nichts Neues sagen. Bis auf den Zusammenhang, den Sie selbst schon rausgefunden haben, wusste sie auch nichts Weiteres zu berichten.«

Plötzlich bekam Passini eine Gänsehaut. Das passierte immer, wenn er eine interessante Entdeckung machte. »Wie meinen Sie das?«, fragte er. »Welchen Zusammenhang?«

Frau Wellingen machte ein verwirrtes Gesicht. »Nun, wie Sie bereits wissen, ist sie seine Schwester ...«

Er lehnte sich nach vorn und versuchte mit aller Kraft, nicht laut zu werden. »Wer ist wessen Schwester?«

»Na, diese Jelena.«

»Welche Jelena? Es gibt zwei auf der Liste. Und bitte sprechen Sie in ganzen Sätzen.« Am liebsten hätte er die Wahrheit aus ihr herausgeschüttelt.

Offenbar machte sie sich über seine Ungeduld lustig, denn sie rollte mit den Augen und sprach so langsam wie mit einem

Kleinkind. »Jelena Beloya … ist die Schwester von … Bohdan Bely Ruban.«

Passini hatte das Gefühl, als ob sein Kopf gleich explodierte. »Und woher wissen Sie das?«

»Ich habe es gleich bemerkt, und die Dame im Leistungszentrum hat es mir bestätigt. Sie ist seine ältere Schwester.«

»Und wie haben Sie es … bemerkt?«, stammelte Passini fassungslos.

»Wissen Sie denn nicht, dass die Menschen in Russland und in der Ukraine immer zwei Familiennamen haben? Angenommen, jemand trägt den Namen Lev Ivanovich Chekov, dann ist Chekov der Nachname und Ivanovich patronymisch.«

»Patro… was?«, fragte Passini. Er hatte das Wort noch nie gehört.

»Eine modifizierte Form des Namens des Vaters. In meinem Beispiel heißt der Vater Ivan, und daraus würde dann bei einem Sohn Ivanovich und im Falle einer Tochter Ivanova. Verstehen Sie?«

Diesmal stand er offenbar selbst auf der Leitung. Denn er verstand immer noch kein Wort. »Und was hat das mit dem Ukrainer zu tun? Der heißt doch Bohdan Bely Ruban. Aber keine der Sportlerinnen hat einen Doppelnamen, der mit Ruban endet.«

»Den hat sie wahrscheinlich abgelegt, um nicht zwischen den polnischen Athletinnen aufzufallen«, erklärte Frau Wellingen.

»Wer?«

»Wie ich schon sagte … Jelena Beloya.«

Passini starrte sie an. »Ich denke, aus Ivan wird Ivanova. Warum wird dann aus Bely plötzlich Beloya?«

Sie lächelte. »Eine Ausnahmeregelung.«

Das war der Durchbruch. Passini konnte es fühlen. Zwar hatte er noch keine Ahnung, warum Bischoff wegen Rubans Schwester umgebracht worden sein sollte. Zumal Ruban in der Mordnacht gar nicht in seiner Wohnung geschlafen hatte und somit unmöglich selbst als Täter in Frage kam. Aber er würde die Zusammenhänge schon noch aufdecken! Jetzt musste er zuerst Frau Wellingen danken und sie verabschieden. Und dann würde er umgehend Elias und Andrea von dieser unglaublichen Neuigkeit in Kenntnis setzen.

***

Keiner hat offenbar in dieser Nacht gut geschlafen. Selbst ich nicht. Stattdessen habe ich die wenigen Sachen gepackt, die ich mitnehmen will, wenn ich mich heute aus dem Staub mache. Es ist ein glücklicher Umstand, dass die Polizei die absolute Ausgangssperre so schnell wieder aufgehoben hat und wir nur zwischen zehn Uhr abends und acht Uhr morgens in unseren Wohnungen anwesend sein müssen. Ich habe die Nase voll von Korea und will endlich nach Hause. Dort, wo ich unbehelligt von der Polizei, gelbem Flatterband und den Menschen leben kann, deren Gegenwart ich für eine zu lange Zeit ertragen musste. Es reicht einfach. Ich will mit meinen Erinnerungen an Jelena allein sein. Und selbst von meinem Partner, der mich gestern überreden wollte, die angenommene Rolle auch weiterhin zu spielen, habe ich genug. Nein, ich habe meine Seite des Deals erfüllt und absolut kein Interesse an einer Verlängerung.

Der einzige Grund, weshalb ich überhaupt noch an dem gemeinsamen Frühstück teilnehme, ist, dass meine Flucht auf diese Weise später bemerkt wird. Ich werde ganz nebenbei in die morgendliche Unterhaltung einfließen lassen, dass ich mir heute das andere olympische Dorf ansehe, in dem die Eishockeyspieler, Biathleten und Schlittschuhläufer wohnen. Auf diese Weise wird mich tagsüber keiner vermissen. Bis heute Abend um zehn Uhr bin ich längst in meinen Flieger nach Frankfurt gestiegen. Und ich glaube kaum, dass jemand nach dem Namen, der in meinem neuen Pass steht, fahnden wird.

Seit wir in dem kleinen Restaurant angekommen sind, sitzen Andrea Brunner und Marc Gassmann etwas abseits von dem nicht ganz vollständigen Rest unserer Truppe und flüstern intensiv miteinander. Leider ist mein Platz zu weit entfernt, um auch nur ein Wort zu verstehen. Aber sie scheinen miteinander zu streiten oder zumindest eine hitzige Diskussion zu führen. Das irritiert mich, und ich bin völlig vertieft in den Versuch, ihnen die lautlosen Sätze von den Lippen abzulesen. Gerade als ich meine, entziffert zu haben, dass Gassmann zu seiner Freundin sagt: »Ich halte das für einen riesengroßen Fehler«, legt mir mein Sitznachbar seine Hand auf den Arm.

»Träumen Sie am helllichten Tag?«, fragt er mit einem ironischen Lächeln. »Ich habe Sie bereits drei Mal gebeten, mir die Milch zu reichen.«

»Entschuldigung«, sage ich und gebe ihm das Gewünschte. »Aber ich habe heute Nacht extrem schlecht geschlafen.«

»Ist denn schon wieder Vollmond?«, fragt Alan Douglas, der unsere Unterhaltung überhört hat. »Ich habe mich ebenfalls die ganze Nacht im Bett gewälzt.«

»Oder haben Sie ein schlechtes Gewissen?«, erkundigt sich mein Nachbar spitz, an den Engländer gerichtet.

»Also wenn jemand kein schlechtes Gewissen haben muss, bin das ja wohl ich«, erwidert Douglas. »Ich war in der Nacht des Mordes gar nicht im Haus und halte mich lediglich aus Respekt und aus Gründen der Pietät an die Anordnungen der Polizei. Doch Sie stehen wohl tatsächlich unter Mordverdacht.«

Wütend schnaubt der Angesprochene durch die Nase. »Diese ganzen Schlussfolgerungen stützen sich lediglich auf den Film dieser lächerlichen Securitykamera, aber meines Erachtens kann der genauso gut von jemandem ausgetauscht worden sein. Von solchen Sachen liest man doch immer wieder in der Zeitung. Kennen Sie sich vielleicht mit so etwas aus?«

»Ich bin Arzt, kein Verbrecher. Bitte unterstellen Sie mir keine kriminellen Handlungen.«

Während sich die Menschen um mich herum schlecht gelaunt anmotzen, weil sie sich gegenseitig verdächtigen, ist es mir leider unmöglich, mich auf die Konversation zwischen Gassmann und Brunner zu konzentrieren. Deshalb überrascht es mich, als Gassmanns Freundin urplötzlich aufsteht und sagt: »Dürfte ich kurz um Ihre Aufmerksamkeit bitten?«

Es ist, als ob alle auf ihre Ansprache geradezu gewartet hät-

ten, jedenfalls wird es innerhalb von Sekunden mucksmäuschenstill in dem abgeteilten Raum, in dem wir sitzen.

»Vielen Dank. Heute Nacht haben wir mit dem Leiter des Schweizer Sonderkommandos telefoniert, der für die Aufklärung des Mordes an Hans Bischoff und des Verschwindens seines früheren Kollegen Reto Wellingen zuständig ist. Er hat eine wichtige Entdeckung gemacht, und ich bin auf Ihre Hilfe angewiesen, um die Ermittlungen durch Ihre zusätzliche Informationen hoffentlich deutlich zu verkürzen.«

Mein Sitznachbar trompetet ungefragt dazwischen. »Wir sind noch gar nicht vollständig. Zwei fehlen noch.«

Brunner schaut in die Runde, um sich zu vergewissern, um wen es sich dabei handelt. Dann erwidert sie. »Das ist nicht so schlimm. Wir können auch ohne die beiden anfangen. Vielleicht ist das sogar besser.«

»Was für eine wichtige Entdeckung ist das denn?«, frage ich, weil ich es nicht mehr abwarten kann. Hoffentlich sind die Schweizer Polizisten nicht auf der richtigen Spur.

Brunner räuspert sich. »Also ohne lange Vorrede: Die beiden Bely-Ruban-Brüder haben offenbar eine Schwester namens Jelena Beloya Ruban, und diese ist vor rund zehn Jahren von Hans und seinem Kollegen in Polen trainiert worden. Wir vermuten stark, dass hier ein Zusammenhang zu dem Mord besteht. Leider wissen wir immer noch nicht, aus welchem Motiv heraus der Mörder die beiden Trainer umbringen wollte – aber eventuell könnte es mit Doping zusammenhängen.«

Mein Magen revoltiert. Mir ist speiübel. Wie ist das möglich? Auf welche Weise haben sie Jelena so schnell mit ihren Brüdern und den Morden in Verbindung gebracht? Doch ich darf mir meine Verzweiflung auf keinen Fall anmerken lassen. In meinem Kopf schmiede ich wilde Pläne … und verwerfe sie wieder. Irgendwie muss ich die Ermittlungen aufhalten. Aber wie?

»Mit Doping?«, erkundigt sich Alan Douglas nach einer Schweigeminute. »Hat Bischoff seine Athleten gedopt? Ist Marc Gassmann bei dem Silbermedaillenrennen etwa auch gedopt gewesen?«

»Selbstverständlich nicht!«, stellt Brunner umgehend klar. »Wenn überhaupt, dann ist das alles mindestens zehn Jahre her.«

»Also ich … ich kann mir das einfach nicht vorstellen«, murmele ich, um die Stille zu durchbrechen.

Brunner zuckt mit den Schultern. »Wir werden der Sache nachgehen. Natürlich wollen weder Marc noch ich das glauben, aber wir werden in alle Richtungen ermitteln. Deshalb meine Frage: Wer von Ihnen hat schon einmal von dieser Schwester gehört?«

Mein Sitznachbar und Alan Douglas zeigen auf. Ich selbst fühle mich wie ein Verräter, weil ich leugne, mit ihr bekannt gewesen zu sein.

»Interessant«, sagt Brunner wie aus der Pistole geschossen. »Und was wissen Sie über diese Frau?«

Douglas antwortet als Erster. »Sie war eine ziemlich erfolgreiche Biathletin, die, soweit ich weiß, nach ihrem Karriereende nach Kanada gezogen ist.«

Mein Sitznachbar nickt. »Genau.«

Offenbar scheint niemand zu wissen, dass Jelena letztes Jahr gestorben ist.

»Wissen Sie, wo sie in Kanada gelebt hat?«, fragt Brunner.

Instinktiv halte ich die Luft an und bete: Bitte, lieber Gott, mach, dass sich Douglas nicht an die Stadt erinnert, in der wir so lange gewohnt haben. Ansonsten wäre es ein Leichtes für die Polizei, in kürzester Zeit alle Zusammenhänge herauszufinden.

»Keine Ahnung«, erwidert mein Sitznachbar, und ich schöpfe neue Hoffnung.

Doch dann antwortet Alan Douglas laut und klar: »In Montreal, wenn ich mich nicht irre. Da, wo auch die Klinik beheimatet ist, in der Maxim die russischen Dopingopfer behandeln lässt.«

Brunner strahlt übers ganze Gesicht. »Klasse, Alan. Vielen Dank. Das werde ich sofort weiterleiten. Ich wusste doch, dass wir gemeinsam schneller Fortschritte erzielen werden.« Letzteres ist eindeutig an ihren Freund gerichtet, der aussieht, als ob er gerade auf eine Zitrone gebissen hat. Klar, er ahnt bereits, dass Brunner und er sich in diesem Moment zur Zielscheibe des Mörders gemacht haben. Denn ich muss sie stoppen. Mir bleibt gar keine andere Wahl.

Auch wenn es mir um diese beiden relativ jungen und unschuldigen Menschen leidtut. Sie werden als Kollateralschaden enden. Aber sie dürfen nicht mit der Schweiz telefonieren. Ansonsten ist das Spiel für mich gelaufen.

Ich habe Jelena vor ihrem Tod versprechen müssen, dass ich ihre jüngeren Brüder beschützen würde. Seit ich ihr erzählt hatte, wie mein Vater durch meine Hand gestorben war, hatte sie Angst, dass ich zu rücksichtslos bei meinen Rachegelüsten vorgehen würde. Doch ich habe mich an mein Versprechen gehalten. Auf ihre Brüder fällt nicht der geringste Schatten des Verdachts. Dank der Beweise durch die Sicherheitskamera kann ihnen keiner an den Kragen. Denn natürlich habe ich es extra so eingefädelt, dass Bohdan und Oleksiy für die fragliche Nacht hieb- und stichfeste Alibis haben. Sie waren mit einer ganzen Gruppe von amerikanischen Journalisten medienwirksam feiern. Doch jetzt bin ich auf die Hilfe meines Partners angewiesen. Allein werde ich mir die beiden neugierigen Nasen leider nicht vom Hals schaffen können.

Während ich Brunner und Gassmann zur Tür eilen sehe und auch die anderen Frühstücksgäste die Tafel aufheben, greife ich hastig nach meinem Handy. Jetzt muss es rasend schnell gehen. Nach meiner Einschätzung habe ich nur eine einzige Chance, diese Sache unbeschadet zu überstehen: Ich muss darauf vertrauen, dass die beiden nicht von einem öffentlichen Shuttlebus oder gar von der Straße aus mit der Schweizer Polizeidienststelle telefonieren … Dann wäre ich verloren. Meine einzige Hoffnung besteht darin, dass sie die Intimsphäre von Brunners Wohnung für dieses Telefonat bevorzugen, wo ihnen schließlich auch eine bessere Internetverbindung zur Verfügung steht. Und gesetzt den Fall, dass ich diesmal ausnahmsweise das Glück auf meiner Seite habe, muss ich dafür sorgen, dass sie diese Wohnung nicht mehr lebend erreichen.

Ich wähle die vor längerer Zeit auswendig gelernte Nummer. Als sich am anderen Ende der Leitung die bekannte dunkle Stimme meldet, sage ich: »Hör mir gut zu und mach dann haargenau das, worum ich dich bitte. Verstanden?«

Noch während ich ihm meine Anweisungen erteile, winke ich mir ein Taxi heran.

ZWANZIG

»Und ich sage dir, es war ein Fehler«, beharrte Marc im Bus auf dem Weg zurück. »Wir haben den Mörder freiwillig in unsere Karten schauen lassen und ihn damit vorgewarnt. Wenn er jetzt abhaut, ist es unsere Schuld. Glaub mir, Alberto wird nicht glücklich über deine Entscheidung sein, eigenmächtig alles aufzudecken.«

Andrea rollte mit den Augen. »Marc, begreifst du denn nicht? Wir haben Alberto wahrscheinlich monatelange Arbeit erspart. Jetzt wissen wir, wo wir nach dieser Jelena suchen müssen. Und wer weiß, ob Alberto allein jemals auf Montreal gekommen wäre. Nun braucht es nur einen Anruf bei der Stadtverwaltung oder der Einwanderungsbehörde, und wir haben ihre Adresse. Ein weiterer Anruf, und wir wissen, mit welchem Verdächtigen sie in Verbindung steht.«

Marc schüttelte den Kopf, wollte ihr aber nicht weiter widersprechen. »Was glaubst du, wer dahintersteckt?«, fragte er stattdessen.

»Da gibt es doch im Grunde nur zwei Möglichkeiten, oder? Jelena Beloya muss ungefähr in unserem Alter sein, wenn sie vor zehn Jahren von Wellingen trainiert wurde und gleichzeitig die ältere Schwester der beiden Ruban-Brüder ist, die vier- und sechsundzwanzig Jahre alt sind.«

»Wen meinst du?«

»Der Mörder hatte wahrscheinlich eine Liebesbeziehung mit ihr. Sonst würde er doch nicht eine derart drastische Rache gegen ihre ehemaligen Trainer verüben wollen. In meinen Augen kommen deshalb nur der attraktive Mittdreißiger Dirk Schuhmacher oder der Mittvierziger Maxim Popov, der Jelenas Sprache spricht und seine Dopingopfer in Kanada behandeln lässt, in Frage. Luca Zogg ist zu jung, und Axel Schuhmacher ist zu alt. Oder was meinst du?«

Marc zuckte mit den Schultern. »Kann sein. Obwohl manche Frauen auch auf ältere Männer stehen. Vielleicht hat Axel Schuhmacher sich nach dem Tod seiner Frau mit ihr getröstet.«

»Und was vermutest du als Motiv?«, wisperte Andrea und blickte auf die linke Seite des Busses, der gerade von einem Taxi überholt wurde.

»Ich kann mir beim besten Willen nicht vorstellen, dass es irgendetwas mit Doping zu tun hat. In all den Jahren, in denen ich mit Hans zusammengearbeitet habe, war er immer ein radikaler und entschiedener Dopinggegner«, sagte Marc und sah auf die Karte mit den Haltestellen. Noch eine Station, dann würden sie aussteigen.

»Ehemalige Raucher sind auch immer die militantesten Nichtraucher«, gab Andrea zu bedenken. »Welchen Grund könnte es in deinen Augen sonst noch geben?«

»Alberto hat angedeutet, dass dieser Wellingen auf blutjunge Mädchen stand. Vielleicht hat er sich tatsächlich an Jelena vergangen, und sie ist darüber depressiv geworden. Könnte doch sein, oder?«

Andrea nickte. »Möglich ist alles. Bald werden wir die ganze Wahrheit erfahren. Ich finde es nur erstaunlich, dass ihre Brüder, die über diese Geschichte auch irgendwie informiert sein müssten, offenbar nicht an der Rachegeschichte beteiligt sind. Dabei hatte ich gedacht, dass gerade Osteuropäer besonders enge Familienbande pflegen.«

»Und was, wenn sie doch mit einem der Verdächtigen zusammenarbeiten? Und sich nur für die Mordnacht ein Alibi besorgt haben, falls wir darauf kommen, dass Jelena ihre Schwester ist?«

»Mensch, Marc! Natürlich! Genau so muss es sein!«, rief Andrea begeistert. »Was glaubst du, mit wem sie unter einer Decke stecken?«

»Diesmal können es nur die Schuhmachers sein. Haben die nicht selbst angegeben, an einem ausführlichen Artikel über die Brüder recherchiert zu haben? Außerdem: Wenn es sich wirklich um sexuellen Missbrauch gehandelt hat, wissen sie wegen der Geschichte mit ihrer eigenen Tochter und Schwester, wie schlimm so etwas enden kann.«

»Ja, absolut. Und Maxim Popov kommt ganz sicher nicht in Frage, der würde niemals mit einem Athleten wie Oleksiy Bely Ruban etwas zu tun haben wollen, von dem die halbe Welt vermutet, dass er gedopt hat.«

Sie gingen die letzten Meter von der Haltestelle bis zu dem Hochhaus zu Fuß. Schneller als sonst. Dann betraten sie das Gebäude. Marc hatte bereits den Lift gerufen, als der koreanische Rezeptionist ihnen zuwinkte. »Frau Brunner, es gibt zwei neue Nachrichten für Sie.«

»Bestimmt von Alberto«, meinte Andrea. »Hoffentlich hat er nicht selbst schon den Wohnort von Jelena Beloya herausgefunden!«

Doch die erste Nachricht stammte von dem koreanischen Kommissar und lautete: »Experten bestätigen: Aufnahmen nicht manipuliert. Niemand außer dem Personal des Sicherheitsdienstes hatte die Möglichkeit, daranzugelangen. Beweis steht.«

»Also haben wir den richtigen Kreis von Verdächtigen«, fasste Marc grimmig zusammen. »Einer von ihnen *muss* der Mörder sein.«

»Hm-hm«, sagte Andrea und blickte auf ihre Uhr. »Hier ist übrigens noch eine topaktuelle telefonische Nachricht von Dirk Schuhmacher, die erst vor zwei Minuten eingegangen ist. Er will sich mit uns über Jelena Beloya und Hans' Mörder unterhalten. Von Angesicht zu Angesicht. Wir sollen ihn in zehn Minuten an der Brücke hinter den Hochhäusern treffen. Du weißt schon, das ist die Brücke, die über die Schnellstraße in den Wald führt.«

»Das machen wir auf keinen Fall!«, erwiderte Marc. »Wir werden jetzt umgehend bei Alberto anrufen.«

»Dirk meint aber, seine Informationen wären sehr wichtig, sonst könnte der Mörder noch heute früh entkommen.« Während Marc erneut zum Lift marschierte, blieb Andrea unentschlossen stehen.

»Du überlegst doch jetzt nicht wirklich, da hinzugehen«, stöhnte Marc genervt. Manchmal schoss Andrea wirklich übers Ziel hinaus. Sie war einfach zu ehrgeizig. »Das kann genauso gut eine Falle sein. Wir haben vor wenigen Minuten Schuhmacher und seinen Vater noch als die wahrscheinlichsten Mörder identifiziert. Außerdem war der junge Schuhmacher doch noch nicht einmal bei dem Frühstück anwesend. Woher sollte also ausgerechnet er etwas Wichtiges über Jelena Beloya und den angeblichen Mörder von Hans wissen?«

Andrea überlegte kurz. »Vielleicht hat sein Vater ihn angerufen. Du hast doch vorhin selbst noch den Artikel der beiden Schuhmachers über die Rubans erwähnt. Überleg doch mal. Maxim Popov kommt genauso gut als Täter in Frage. Oder Schuhmacher senior hat allein gehandelt. Wenn Dirks Nachricht wirklich wichtig ist und wir auf diese Weise den wahren Killer ans Messer liefern können, dann hätte ich garantiert wieder einen Job bei der Kantonspolizei.«

Marc schüttelte den Kopf. »Job hin oder her. Das ist zu gefährlich!«

»Seit wann bist du so ein Angsthase? Dirk ist schließlich allein, und wir sind zu zweit. Oder willst du nicht mitkommen? Dann gehe ich zur Not auch allein.« Sie machte Anstalten, sich zum Ausgang zu wenden.

Marc hielt sie am Arm fest. »Ich glaube nicht, dass Dirk allein an der Brücke warten wird. Wahrscheinlich wird sein Vater auch noch aufkreuzen. Aber ich komme mit, wenn du vorher Alberto von unseren Plänen in Kenntnis setzt.« Hoffentlich würde Passini Andrea von diesem idiotischen Einfall abraten. Auf ihn würde sie wahrscheinlich eher hören.

Zu Marcs Erleichterung zückte Andrea ihr Handy und wählte Albertos Nummer. Doch kurz darauf sagte sie: »Leider besetzt.«

»Dann ruf die Nummer seiner Dienststelle an«, verlangte Marc.

»Bis ich mich da zu jemandem durchgefragt habe, sind die zehn Minuten vorbei und Hans' Mörder ist vielleicht schon über alle Berge. Komm jetzt endlich! Lass uns gehen!« Sie machte auf dem Absatz kehrt und marschierte zum Ausgang. Schweren Herzens folgte Marc ihr.

***

Ich warte am anderen Ende der Brücke, der dem Wald näheren Seite, und sehe Gassmann und Brunner schon von Weitem auf mich zukommen. Fast tun sie mir leid. Irgendwie ist das alles zu leicht gegangen. Vor zwei Minuten hat mich Bohdan, der sich glücklicherweise sowieso gerade in der Nähe der Piste aufhielt, darüber informiert, dass der Schlüssel des Rettungshubschraubers steckte und er keinerlei Probleme hatte, den Piloten durch einen Schlag gegen die Halsschlagader temporär auszuschalten. Er ist jetzt bereits auf dem Weg zu mir. In der Tasche meines Daunenmantels krampft sich meine Hand um den Stein, den ich direkt hinter der Brücke am Waldrand aufgelesen habe. Jetzt muss ich nur noch meine Rolle gut spielen. Ich winke den beiden zu.

Als Andrea Brunner mich auf der anderen Seite der Brücke sieht und erkennt, bleibt sie unwillkürlich stehen. Vielleicht spüren die Menschen ganz unbewusst die Aura des Bösen, die mich umgibt. Vielleicht ist Brunner aber auch einfach nur überrascht, weil sie nicht erwartet hat, mich hier zu sehen. Kurz darauf gehen sie und ihr Freund weiter.

»Was machen Sie denn hier?«, fragt Brunner, als sie mich erreichen.

»Dirk hat mich gebeten, Ihnen den Weg zu zeigen. Er wollte nicht zufällig von seinem Vater dabei beobachtet werden, wie er mit Ihnen spricht.«

»Heißt das, dass wirklich Axel Schuhmacher Hans getötet hat?«, erkundigt sich Gassmann hastig.

Ich nicke. »Ja, leider. Dirk hat es erst heute früh rausgefunden und mich umgehend verständigt.«

»Und wie sind Sie so schnell vom Restaurant hierhergekommen?«, fragt Gassmann misstrauisch.

Ich werde mich zuerst um ihn kümmern müssen. Er scheint

meine Geschichte anzuzweifeln, als er fragt: »Warum hat Dirk Andrea eigentlich nicht direkt auf ihrem Handy angerufen, sondern ihr nur diese mysteriöse Nachricht an der Rezeption hinterlassen?«

Ich zucke mit den Schultern. »Wahrscheinlich hatte er ihre Nummer nicht. Oder er hatte Angst, dass sein Vater zufällig bei ihr sein und der Konversation lauschen könnte.«

Brunner verpasst ihrem Freund einen Stoß gegen die Rippen. »Jetzt frag doch nicht so ein dummes Zeug«, weist sie ihn ungeduldig zurecht. »Ich würde gern endlich mit Dirk sprechen. Wo ist er?«

Letzteres ist an meine Wenigkeit adressiert, und ich zeige den Waldweg entlang. »Er steht unmittelbar an der nächsten Lichtung. Es ist nicht weit. Sie müssen einfach zweihundert Meter weitergehen. Wenn Sie nichts dagegen haben, komme ich auch mit.«

»Natürlich«, erwidert Brunner und macht sich auf den Weg. Mit einem grimmigen Gesichtsausdruck folgt ihr Freund ihr auf dem Fuß. Ich bilde – wie geplant – die Nachhut und habe eine wunderbare Aussicht auf ihre nur durch Wollmützen geschützten Hinterköpfe. Ursprünglich habe ich zwar vorgehabt, sie noch zu fragen, ob sie die Schweizer oder die koreanische Polizei bereits erreicht haben, um ihnen Jelenas letzten Wohnort mitzuteilen. Aber angesichts von Gassmanns Zweifeln will ich das jetzt lieber nicht riskieren. Wenn ich später ihre Handys überprüfe, weiß ich, woran ich bin.

Mit klopfendem Herzen ziehe ich den Stein aus der Tasche und gehe ein wenig schneller, um Gassmann einzuholen.

***

Andrea wachte von einem schmerzhaften Tritt gegen ihr Schienbein auf. Desorientiert öffnete sie die Augen und blinzelte. Vor sich erkannte sie eine metallene Lehne. In ihren Ohren dröhnte ein unglaublicher Lärm. Woher kam das? Sie versuchte, sich aufzusetzen, und bemerkte dabei, dass ihre Hände und

Füße gefesselt waren. Verdammt! Was war passiert? Wo war sie? Mühsam richtete sie ihren Oberkörper auf und glaubte zu träumen. Allerdings war es ein Alptraum. Neben ihr saß Marc. Er war wach, doch gefesselt wie sie, mit weißen Mullbinden und Klebeband. Seine Augen starrten sie verzweifelt an. Aber er konnte nicht sprechen. Über seinem Mund war ebenfalls ein Klebestreifen befestigt. Genau wie bei ihr. Und sie schienen … in einem Helikopter zu fliegen!

»Schau an, schau an … da ist ja unser Dornröschen. Na, ausgeschlafen?«, hörte ich eine bekannte Stimme hinter mir sagen. Ziemlich laut, um den Rotorlärm zu übertönen.

Plötzlich fielen Andrea die einzelnen Puzzlesteine der Ereignisse wieder ein, die sie in diese missliche Lage gebracht hatten: Marc war auf einmal wie ein gefällter Baum neben ihr niedergegangen. Erschrocken hatte sie sich umgedreht, um den Grund dafür auszumachen … und war ebenfalls durch einen gezielten Schlag gegen die Schläfe hingestreckt worden.

Und zwar von niemand anderem als … Valentine Louvard.

»Neugier ist der Katze Tod.« Es war auch jetzt die Stimme der zierlichen Französin, die zu ihnen sprach. Unter Schmerzen drehte sich Andrea zu ihr um und sah in ihr schönes, entspannt lächelndes Gesicht. Am Steuer neben ihr saß die massige Gestalt von Bohdan Bely Ruban.

»Da schaut ihr, nicht wahr? Mit mir habt ihr zwei wohl nicht gerechnet.« Sie stand auf und kletterte um die Reihe der Sitzplätze herum. Schließlich nahm sie genau vor Marc und ihr auf der Krankenliege der als Rettungshubschrauber ausgestatteten Maschine Platz. Sie griff nach vorn und riss erst Andrea und dann Marc den Klebestreifen vom Mund.

Ohne ihre Angreiferin zu beachten, fragte Marc: »Bist du okay, Andrea?«

Sie nickte. »Tut mir leid. Ich hätte auf dich hören sollen.«

Valentine verzog ihren vollen Mund erneut zu einem Lächeln. »Ja, hinterher ist man immer schlauer, nicht wahr?«

»Dann haben Sie also Hans ermordet?«, fragte Marc. »Was haben Sie mit der Familie Ruban zu tun?«

Andrea bewunderte seinen Mut, ihr war irgendwie ganz schwindelig vor Angst. Auch wenn sie nicht genau wusste, ob sie sich mehr vor Ruban oder der merkwürdig gelassenen Valentine fürchten sollte.

»Fragen über Fragen«, sagte Valentine und strich sich eine Strähne ihres dunklen Haars aus dem schönen Gesicht. »Aber ihr habt Glück. Ich brenne darauf, euch die ganze Geschichte zu erzählen.«

»Einen Teil kennen wir ja schon«, knurrte Marc grimmig. »Sie haben sich von den Selbstmorden der zwei Trainer inspirieren lassen, um den Tod von Reto Wellingen ebenfalls wie eine Art Suizid aussehen zu lassen.«

»Genau. Ich habe in der Zeitung über diese beiden Fälle gelesen und gedacht, dass das für die Polizei ein schönes Rätsel ergeben würde. Und ihr könnt euch nicht vorstellen, wie scharf dieser dämliche Wellingen auf ein Date mit mir war. Er konnte es kaum erwarten, von Bohdan, meinem vermeintlichen Bruder, abgeholt zu werden.«

»Demnach ist Wellingen tot«, stellte Andrea mit zitternder Stimme fest. »Wo haben Sie seine Leiche versteckt?«

Valentine schmunzelte. »Ganz in der Nähe seiner Pension. In einem Bergsee, außerhalb von Churwalden.«

»Und dann haben Sie Hans einen anonymen Brief geschrieben?«

»Richtig.«

Marc zerrte an seinen Fesseln. Leider vergeblich. »Weshalb haben Sie seinen Tod auf diese Weise angekündigt?«

»Um die Polizei auf die falsche Fährte zu locken.«

Andrea schüttelte den Kopf. Trotz ihrer Angst konnte sie logisch denken. »Aber wenn Sie den Brief nicht geschrieben hätten, hätte die Polizei doch gar nichts von dieser Bedrohung gewusst.«

Die Französin klatschte ironisch Applaus. »Touché. Sie haben mich durchschaut. Ich wollte ihn nur ebenfalls ein wenig leiden lassen. Wellingen hat vor seinem Ende den Preis für seine Sünden gezahlt … Am Schluss hat er seinen Tod sogar herbeigesehnt. Aber ich wusste schon im Voraus, dass ich Ähnliches nicht mit Bischoff würde machen können. Dazu war die Zeit zu knapp. Doch ich wollte, dass auch er büßen musste.«

»*Sie* haben ihm also das Schlafmittel verabreicht.« Es war eine Feststellung von Marc und keine Frage.

»Ja, und es war so leicht. Ich habe das Zeug einfach unter dem Tisch in mein eigenes Glas geschüttet und danach nur noch die Gläser vertauscht. Das Gleiche habe ich übrigens mit deinem Glas gemacht, meine Süße.« Valentine legte ihren Zeigefinger unter Andreas Kinn, um ihr ins Gesicht zu sehen. »Du bist echt eine hübsche Maus.«

»Lassen Sie doch diese Spielchen! Was soll das!«, rief Marc und versuchte mit seinen vor dem Körper gefesselten Händen, Valentines Hand wegzuschubsen.

»Ach, reg dich ab. Du brauchst nicht eifersüchtig zu sein«, erwiderte die Französin ungerührt und kickte seine Hand mit ihrem Fuß zur Seite. »Andrea steht doch auf das schwache Geschlecht: Männer.« In ihren Worten schwang so etwas wie Ekel mit.

»Sie ... Sie sind lesbisch?«, erkundigte sich Andrea ehrlich verblüfft.

»Du hast es erfasst, meine Schöne. Männer haben doch keine Ahnung von der Liebe. Alles nur Bestien.«

Marc stieß einen überraschten Laut aus, und auch in Andreas Kopf überschlugen sich die Gedanken. »Dann waren Sie also ... die Geliebte von Jelena Beloya?«

»Nein«, sagte Valentine bestimmt. »Ich war nicht ihre Geliebte. Ich war ihre Frau. Wir haben, kurz nachdem wir uns kennengelernt hatten, in Kanada standesamtlich geheiratet.«

»Aber wenn Sie glücklich verheiratet sind, warum mussten Hans und Reto Wellingen sterben?« Marcs Stimme war immer noch sein Erstaunen anzumerken.

»Weil sie Jelena auf dem Gewissen haben.« Valentine lächelte nicht mehr. Im Gegenteil. Ihr Gesicht hatte einen kalten und grausamen Ausdruck angenommen. »Wellingen hat sämtlichen von ihm trainierten Athletinnen gegen ihren Willen Dopingmittel verabreicht. Wer sich weigerte, die Pillen zu nehmen, wurde knallhart aus dem Team geschmissen. Aber Jelena, die nur aufgrund eines Sportstipendiums in Polen war, konnte sich das nicht leisten.«

»Selbst wenn das so gewesen ist – warum haben Sie auch Hans umgebracht?«

»Unterlassene Hilfeleistung. Er muss davon gewusst haben. Wenn er dem illegalen Treiben von Wellingen ein Ende gesetzt hätte, wäre Jelena noch am Leben.«

»Ihre Frau ist … gestorben?«

Valentine schüttelte den Kopf. In ihren großen Augen standen plötzlich Tränen. »Nein, sie ist nicht gestorben. Sie ist jämmerlich verreckt. An einem Gehirntumor. Selbst der behandelnde Arzt hat bestätigt, dass dies mit ihren knapp vierunddreißig Jahren aller Wahrscheinlichkeit nach eine Folge des Zwangsdopings ist.«

»Und da haben Sie und Jelenas Brüder beschlossen, sich zu rächen?«, erkundigte sich Andrea leise. Obwohl Marc und sie in großer Gefahr schwebten, ließ sie Valentines offensichtliches Leid nicht unberührt.

Die Französin schnaubte durch die Nase. »Jelenas Brüder!«, sagte sie verächtlich. »Jelenas Brüder haben sich, wie ihre ganze Familie, von ihr abgewandt, als sie herausgefunden haben, dass Jelena eine Frau liebt. Die ganze Sippe stammt aus der tiefsten ukrainischen Provinz, da ist es offenbar immer noch eine Sünde, homosexuell zu sein.«

»Aber wie kommt es, dass zumindest einer von ihnen …«, Marc wendete seinen Kopf und zeigte mit dem Kinn auf Bohdans breiten Rücken, »… gemeinsame Sache mit Ihnen macht?«

Valentine lachte bitter. »Das? Das ist nichts weiter als ein Businessdeal. Eine Hand, die die andere wäscht. Doping gegen ein wenig Unterstützung bei meinem Rachefeldzug. Denn für den sportlichen Erfolg seines Bruders würde Bohdan praktisch alles tun. Sogar einen Pakt mit einer lesbischen Frau eingehen, die eigentlich seine Schwägerin ist.« Sie senkte den Kopf und fügte leise hinzu. »Und auch, wenn ich nicht stolz darauf bin: Nach der jahrelangen Arbeit in der Anti-Doping-Forschung weiß man, wie es geht, ohne entdeckt zu werden. Im Grunde genommen gehört Oleksiys Goldmedaille mir.«

Sie pausierte, offenbar emotional total entkräftet. Minutenlang starrte sie vor sich hin.

»Und wo bringen Sie uns hin?«, fragte Marc nach einer gefühlten Ewigkeit. Seine Worte schienen sie zurück in die Gegenwart zu holen. Müde blickte sie aus dem Fenster. Sie flogen in etwa vierzig Metern Höhe über einem Gebirgszug. Unter ihnen gab es nichts weiter außer schier endlosem Wald.

»Nirgendwohin. Ihr müsst jetzt leider auch sterben. Mir bleibt keine andere Wahl.«

Andrea wusste instinktiv, dass die Französin sich keinen abartigen Scherz erlaubte. Ihre Worte waren bitterböser Ernst. Marc und sie würden sterben. Sterben, weil sie nicht auf ihn gehört hatte. Ihre Angstschreie gellten durch den Helikopter. Doch Valentine ignorierte sie, genauso, wie sie nicht auf Marcs wütende Fragen nach dem Warum einging. Stattdessen kletterte sie gleichmütig und augenscheinlich erschöpft an ihnen vorbei, zu der dem Piloten entgegengesetzten Helikoptertür und stieß sie auf. Eiskalte Luft blies in die Kabine und wirbelte durch den Raum. Das Rauschen der Rotorblätter wurde lauter. Über die Sitzbank hinweg griff sie nach der wimmernden, sich trotz ihrer Fesseln wehrenden Andrea und zerrte sie in Richtung der offenen Tür.

»Stopp!« Ein harter Bass ließ Valentine in ihrer Bewegung innehalten. Er gehörte Bohdan Bely Ruban. »Wir hatten ausgemacht, sie fünfzig bis hundert Kilometer weiter westlich auszusetzen. Von zwei weiteren Morden hast du nichts gesagt!« Der Ukrainer klang ungehalten, und Valentine ließ für einen Augenblick von Andrea ab.

»Willst du Idiot etwa dein ganzes restliches Leben auf der Flucht sein? Was wird dann aus der tollen Skikarriere deines Bruders?«, höhnte sie böse. Andrea, die für einen winzigen Moment Hoffnung geschöpft hatte, dass Marc und sie diese

Situation doch noch überleben würden, fühlte wieder dieselbe Todesangst wie zuvor.

»Auge um Auge. Zahn um Zahn. Was wir bislang getan haben, diente der Gerechtigkeit. Die beiden Toten waren schuldig. Aber diese zwei Menschen hier sind unschuldig. Sie haben weder dir noch uns etwas getan«, beharrte Bohdan. »Ich werde nicht zulassen, dass du sie auch noch umbringst.«

»Sie werden uns an die Polizei verraten, und was dann?«

»Darüber machen wir uns später Gedanken, aber ich werde nicht zum Massenmörder, nur weil du es von mir verlangst«, sagte Bohdan entschieden.

Marc und Andrea verrenkten die Köpfe, um zu sehen, was hinter ihren Rücken vor sich ging.

Valentines Gesicht war hochrot angelaufen. Ihre Stimme klang hysterisch, als sie schrie: »Ich habe Jelena versprochen, auf euch dämliche Muskelberge aufzupassen. Sie würde mir niemals vergeben, wenn –«

Bohdan hob die Hand. »Verschon mich mit diesen Horrorgeschichten. Meine Schwester war krank. Auch schon vor dem Krebs, sonst hätte sie sich niemals in eine Frau verliebt. Noch dazu in eine wie dich. Das ist doch gegen die Na–« Er sprach nicht zu Ende, weil Valentine sich aus der Rettungstasche eine Schere gegriffen hatte und damit völlig entfesselt auf ihn einhackte. Er wehrte sich, doch der geschlossene Sicherheitsgurt behinderte ihn. Aus einer Wunde am Hals und seiner abwehrenden Hand floss bereits Blut … und der Helikopter geriet bedenklich ins Trudeln. Sie würden alle zusammen abstürzen!

Plötzlich kippte die Maschine zur Seite. Valentine stieß einen spitzen Schrei aus. Marc und Andrea wurden fast aus ihren Sitzen geschleudert, nur die hohen Lehnen der Sitzbank verhinderten Schlimmeres. Als sie sich wieder umschauten, wurden sie Zeugen einer dramatischen Situation: Der blutüberströmte Ukrainer hielt das Steuer fest in der Hand, offenbar hatte er dieses extreme Manöver absichtlich eingeleitet.

Valentine musste dabei das Gleichgewicht verloren haben und zu Boden gestürzt sein. Mit um Halt zappelnden Beinen kurz vor der Tür, die sich durch die Schräglage dem Abgrund zuneigte, krallte sie sich an dem geöffneten Gurt ihres eigenen Sitzes fest.

Doch ihre Kräfte schienen sie zu verlassen ... Stück für Stück glitten ihre Finger den Gurt entlang ... näher und näher auf den Abgrund zu.

Dann rutschten ihre schweißnassen Hände über die metallene Schnalle.

»Bohdan!«, kreischte sie, als ihr Körper über den glatten Boden schlitterte und sie sich panisch festzuhalten versuchte. Vergebens!

Schreiend fiel sie aus dem Cockpit in den steingrauen Himmel.

EPILOG

»Und?«, fragte Ricardo Anwander, Passinis Vorgesetzter, und lehnte sich in seinem Stuhl nach vorn. Seine Stimme klang angespannt. »Was ist dann passiert?«

»Dann hat der Ukrainer den Hubschrauber wieder in eine flugtauglichere Position gebracht und Gassmann und Brunner rund vierzig Kilometer von Pyeongchang entfernt ausgesetzt. Auf einem unwirtlichen, schneebedeckten Plateau. Mitten in den Bergen.«

»Verdammt.«

»Die Provinz namens Gangwon, in der auch die demilitarisierte Zone liegt, die Korea in Norden und Süden teilt, ist fast vollkommen unbesiedelt. Es gibt nur einzelne, recht verstreut liegende Dörfer. Im Koreakrieg war dieses Gebiet hart umkämpft, und es gibt immer noch Angehörige, die in den Wäldern nach den mehr als siebentausendsiebenhundert verschollenen US-Soldaten suchen. Während des Krieges gab es dort so viele amerikanische Truppen, dass sogar Marilyn Monroe eingeflogen wurde, um die Moral zu –«

»Können wir uns bitte nur auf das Wesentliche beschränken?«

Alberto rieb sich die Augen. Er schwafelte. Eine Todsünde im Polizeidienst. Doch er war bereits seit achtundvierzig Stunden auf den Beinen und brauchte dringend eine Mütze Schlaf. »Sorry, Boss. Die beiden sind acht Stunden lang durch das Gelände geirrt, bis sie auf einer Gebirgsstraße glücklicherweise auf einen Lieferwagen gestoßen sind, der sie zur nächsten Polizeistation gefahren hat.«

»Ein Wunder, dass sie das in der Affenkälte durchgehalten haben.«

»Andrea Brunner war völlig abgekämpft und ausgekühlt. Aber mit vereinten Kräften haben sie sich immer weitergeschleppt. Leider fehlte von den beiden Ruban-Brüdern bereits jede Spur, als Gassmann und Brunner zum olympischen Dorf zurückgekehrt sind.«

»Gibt es einen internationalen Haftbefehl?«

»Ja. Wir haben Tag und Nacht mit den koreanischen und kanadischen Behörden zusammengearbeitet. Aber natürlich haben die Brüder einen ziemlich großen Zeitvorsprung. Wir müssen abwarten, ob wir sie noch in Seoul erwischen. Denn wenn sie erst einmal in der Ukraine untergetaucht sind …«

»… kommen wir nicht mehr an sie ran.«

Alberto nickte. »Leider.«

Anwander winkte ab. »Im Grunde sind die beiden sowieso nur kleine Fische. Kaum mehr als Erfüllungsgehilfen. Valentine Louvard, die eigentliche Mörderin von Wellingen und Bischoff, ist ja mit an Sicherheit grenzender Wahrscheinlichkeit tot, oder? Hat man ihren Leichnam bereits gefunden?«

»Nein. Die Koreaner durchsuchen das Gebiet mit Hunden. Doch auch das kann Tage, wenn nicht gar Wochen dauern. Gassmann und Brunner wissen nicht, wo genau Louvard aus dem relativ tief fliegenden Heli gestürzt ist, und die Koreaner können nur Vermutungen zur Lage der Unglücksstelle anstellen.« Passini holte tief Luft. »Aber normalerweise überlebt man einen Sturz aus hundert Metern Höhe nicht.«

Anwander nickte. »Nein. Völlig unmöglich.«

»Doch wir werden den Fall trotzdem lückenlos aufklären. Momentan gibt es noch ein paar Ungereimtheiten. Louvard hat während ihres Studiums in Toronto ihren Namen offiziell ändern lassen. In diesem Zusammenhang werden wir überprüfen müssen, ob sie bereits früher straffällig geworden ist.«

»Verstehe. Gibt es auch Neuigkeiten in Bezug auf den Erpresser von Zogg und Gassmann?«

»Bislang noch nicht. Aber die koreanischen Behörden nehmen den Fall inzwischen sehr ernst und haben uns zugesagt, nach dem verwendeten blauen Papier zu suchen.«

»Gute Arbeit. Hoffentlich klärt sich diese unschöne Geschichte auch noch auf.« Ein flüchtiges Lächeln streifte Anwanders Gesicht. »Tja, wenn das alles war, würde ich vorschlagen, dass du dich jetzt umgehend nach Hause fahren lässt und für mindestens acht Stunden an deiner Matratze lauschst. Bitte komm erst wieder ins Büro, wenn du dich selbstständig auf den Beinen halten kannst und keine Koffeininfusion brauchst, um die Augen offen zu halten.«

Es war lustig gemeint, aber Passini konnte Ricardos Lächeln nicht erwidern. Stattdessen räusperte er sich, um den Kloß in seinem Hals hinunterzuschlucken. »Es tut mir aufrichtig leid, dass wir Bischoff nicht besser beschützen konnten. Andrea Brunner, das Team und ich haben wirklich alles gegeben, aber –«

Sein Vorgesetzter unterbrach ihn mit erhobener Hand. »Alberto, du bist ein alter Hase in diesem Geschäft. Du weißt genauso gut wie ich, dass wir auch nur Menschen sind. Soweit ich es beurteilen kann, habt ihr alles richtig gemacht und seid jeder möglichen Spur aufs Gründlichste nachgegangen. Manchmal läuft eben trotzdem etwas schief und unschuldige Bürger kommen zu Schaden. Das Wichtigste ist, dass zu guter Letzt die Gerechtigkeit siegt. Selbstvorwürfe sind also nicht angebracht. Verstehen wir uns?«

Alberto nickte zögerlich. Er fühlte sich mies. Irgendwie leer und hoffnungslos. Aber vielleicht war das auch nur der Müdigkeit geschuldet.

***

Die Bombe platzte zwei Tage später, kurz nachdem man Marc mitgeteilt hatte, dass das Ergebnis seines Dopingtests negativ war: Alan Douglas wurde der Erpressung überführt.

Man hatte in seinen Unterlagen das für die Erpresserbriefe verwendete charakteristisch blaue Papier gefunden, und daraufhin hatte der englische Arzt ein umfassendes Geständnis abgelegt. Angeblich hatte Douglas mit dem erbeuteten Geld Dopingopfer unterstützen wollen. Es war ihm peinlich gewesen, dass sein Partner Maxim Popov sich so intensiv und erfolgreich um die Geschädigten gekümmert hatte und seine eigene –

eher administrative – Arbeit dagegen verblasst war. Doch er war so stümperhaft bei seinem Verbrechen vorgegangen, dass kein einziger der erpressten Sportler gezahlt hatte. Um seinen Forderungen Nachdruck zu verleihen, hatte er Luca Zogg, den er unsympathisch fand, ein Dopingmittel untergejubelt. Bei seinem Geständnis betonte er mehrfach, dass diese einmalige Dosis – in Form einer zerstoßenen Tablette im Getränk – dem Sportler gesundheitlich keinerlei Schaden zugefügt hätte.

Marc konnte kaum glauben, dass ausgerechnet der vermeintlich so feinfühlige Arzt dahintersteckte. Aber momentan kam ihm sein ganzes Leben sowieso wie ein nie enden wollender Alptraum vor. Die Ankunft von Hans' völlig aufgelöster Schwester, die dringend seine Hilfe bei der Überführung der sterblichen Überreste brauchte, ließ ihn den erlittenen Verlust erst richtig begreifen. Er ging ins Unermessliche. Hans hinterließ ein riesiges Vakuum in seinem Leben. Als Freund, aber auch als Coach. Eine traumatisierende Leere, die niemals ein anderer zu füllen in der Lage wäre.

Damit war seine Entscheidung gefallen: Er würde mit dem Profisport aufhören und etwas anderes machen, auch wenn er noch nicht wusste, was genau das sein sollte. Aber es fühlte sich richtig an, einen Schlussstrich unter diese Phase seines Lebens zu ziehen. Endgültig. Und selbst die Entscheidung des Internationalen Olympischen Komitees, dem geflüchteten Oleksiy Bely Ruban die im Abfahrtslauf errungene Goldmedaille abzuerkennen und Marc zuzusprechen, änderte daran nichts. Es war ein schaler Sieg, und er hätte sämtliche seiner Medaillen und Weltcup-Trophäen dafür gegeben, um Hans nur für einen Tag wieder bei sich zu haben.

Außerdem verhielt sich Andrea äußerst merkwürdig. Einen Moment herzlich und liebevoll, den anderen kalt und abweisend. Ein ständiges Auf und Ab. Er wusste nie genau, woran er bei ihr war. Eine emotionale Achterbahnfahrt. Weshalb nur? War das ihre Art zu trauern? Machte sie sich immer noch Vorwürfe, dass es ihr nicht gelungen war, Hans vor Valentine Louvards perfiden Mordplänen zu beschützen?

Er hatte ihr doch ein ums andere Mal versichert, dass diese hinterhältige Schlange auch den weltbesten Polizisten ausgetrickst hätte. Und selbst der in Gewaltverbrechen überaus erfahrene Alberto Passini teilte diese Einschätzung. Ging es am Ende um ihre geplatzten Karriereträume? Glaubte sie, dass Hans' Tod ihr für ewig die Rückkehr zur Kantonspolizei verwehren würde? Oder … hatte sie tatsächlich schon wieder die Nase voll von ihrer Beziehung? Fühlte sie sich durch seine ständige Gegenwart eingeengt?

Dabei hatten sie doch gerade erst erneut unter Beweis gestellt, was für ein gutes Team sie waren. Seite an Seite hatten sie den tödlichen Helikopterflug überstanden und sich durch die einsame und eiskalte Schneelandschaft gequält. Unaufhörlich hatten sie einander Mut zugesprochen, sich gegenseitig ihrer Liebe versichert. Das konnte doch jetzt unmöglich schon vorbei sein! Marc wollte jedenfalls die vor ihm liegende unbekannte Zukunft nur gemeinsam mit Andrea angehen. Das Leben war zu kurz und auch zu wertvoll, um es ohne die Person zu verbringen, die einem alles bedeutete.

***

Endlich saßen sie im Flugzeug. Andrea konnte es kaum erwarten, Korea und all die fürchterlichen Erinnerungen hinter sich zu lassen. Marc schlief auf dem Sitzplatz neben ihr. Sein Gesicht war blass, und selbst in diesem vermeintlich entspannten Zustand wirkten seine Züge seltsam angestrengt und gleichzeitig völlig erschöpft. Die feinen Furchen um seinen Mund waren beim Hinflug jedenfalls noch nicht da gewesen. Sie rührten ihr Herz.

Er litt unter dem Tod seines Trainers mehr, als er sich eingestehen konnte. Marc wollte stark sein. Für sie. Damit sie sich nicht noch mehr Vorwürfe machte, als sie es ohnehin schon tat. Auch momentan ließen ihre Schuldgefühle sie nicht zur Ruhe kommen. Immer wieder ging ihr durch den Kopf, wie einfach sie seinen Tod hätte verhindern können: Sie hätte bloß in Hans'

Apartment schlafen müssen. Oder wäre sie dann jetzt ebenfalls tot? Valentine war eine völlig skrupellose Frau gewesen. Wahrscheinlich hätte sie auch nicht vor einem Doppelmord zurückgeschreckt, um ihre Rachepläne zu verwirklichen.

Doch noch etwas anderes nagte an ihrem Gewissen. Nach Marcs und ihrer Rückkehr – nachdem sie beide nur haarscharf am Tod vorbeigeschrammt waren – war Andrea mit ihm im Bett gelandet. Wie entfesselt und voller Leidenschaft hatten sie sich geliebt, hatten auf diese körperliche Art und Weise ihr Überleben zelebriert. Wahrscheinlich eine verständliche Reaktion nach einer solchen Grenzerfahrung. Allerdings konnte sie es immer noch nicht fassen, dass sie tatsächlich ohne Verhütung mit Marc geschlafen hatte. Mehrfach. In der damaligen Situation schien es das Natürlichste von der Welt zu sein, doch im Nachhinein kam ihr dieses Verhalten ziemlich verantwortungslos vor. Immerhin wäre ein Baby das Letzte, was sie in dieser unklaren Phase ihres Lebens haben wollte.

Doch konnte sie wirklich schwanger sein? Es war wahrscheinlich noch zu früh für einen dieser Tests aus der Apotheke, oder? Und war es nicht sowieso wissenschaftlich erwiesen, dass die Fertilitätsrate mit Anfang dreißig rapide abnahm? Allein bei dem Gedanken, Marc offenbaren zu müssen, dass sie eventuell bald zu dritt wären, wurde ihr ganz schummerig. Und was würde dann mit ihrer Karriere passieren? Sie hatte es Marc noch nicht gesagt, aber Alberto hatte ihr einen Job in seiner Abteilung bei der Kantonspolizei in Chur angeboten.

Unglücklich knotete sie ihre Finger ineinander. Andrea hasste es, Geheimnisse vor Marc zu haben. Sie liebte ihn. Über alles. Aber sie musste sich selbst erst darüber klar werden, wie es mit ihrem Leben weitergehen sollte. Vielleicht konnte sie die restlichen neun Stunden Flug dafür nutzen.

Vielleicht würde sich aber auch alles von ganz allein klären, wenn sie endlich wieder Schweizer Boden unter ihren Füßen spüren würde …

Danksagung

Wie immer haben wir einigen unglaublich hilfsbereiten und sachkundigen Menschen zu danken:

- Klaus Hämmerle und Dominik Baldauf für die Fotos und Informationen aus Pyeongchang,
- Michaelas ehemaligem Klassenlehrer Gerd Hillebrand für den Kontakt und die Begleitung zum Institut für Biochemie der Kölner Sporthochschule,
- Dr. Sven Guddat für die unschätzbar wertvollen Informationen zum Thema Doping,
- den zwei unermüdlichen Testleserinnen Hella Grünig und Stephanie Volland,
- Carlos Westerkamp für die tolle Zusammenarbeit beim Lektorat
- und last, but not least Julia Feldbaum, ohne deren aufmunternde Kritik der Krimi mal wieder nicht fertiggestellt worden wäre.

Wir hoffen, dass das vorliegende Buch unsere Leser ein wenig für das wichtige Thema Doping sensibilisiert. Es muss sich auch in den Köpfen der Zuschauer, Sponsoren, Veranstalter und in der Politik etwas ändern, um dieses Problem in den Griff zu bekommen. Unserer Meinung nach darf man nicht nur den jungen und ehrgeizigen Sportlern, die in dem aktuellen System Medaillen gewinnen wollen, die Schuld zuweisen. Auch Athleten sind nur Menschen, die nicht jedes Jahr aufs Neue ohne »Hilfsmittel« Rekorde brechen können. Der Preis, den gedopte Sportler mit ihrer ruinierten Gesundheit bezahlen, ist zu hoch. Deshalb: ein klares Nein zu Doping!

Marc Girardelli und Michaela Grünig
ABFAHRT IN DEN TOD
Broschur, 256 Seiten
ISBN 978-3-7408-0051-2

Marc Gassmann ist kurz davor, den Gesamtweltcup ein fünftes Mal zu gewinnen, als beim berühmten Lauberhorn-Rennen eine Drohne auf die Piste stürzt. Marc wird getroffen. Wollte ihn einer seiner Konkurrenten aus dem Weg räumen? Ausgerechnet Kantonspolizistin Andrea Brunner, seine Ex-Freundin, soll ihn beschützen. Harmonie? Fehlanzeige. Als sich ein weiterer Anschlag auf Marc ereignet, beginnt die gemeinsame Jagd nach einem mysteriösen Unbekannten …

»Gekonnt gesetzt sind die Actionszenen und sorgsam die falschen Spuren. Unübertroffen ist die Eröffnungssequenz, in der der Leser mit Gassmann die Lauberhorn-Abfahrt hinunterrast.« Die Presse

www.emons-verlag.de